名著点读

我是猫

〔日〕夏目漱石◎著

林少华◎译

青岛出版集团 | 青岛出版社

图书在版编目（CIP）数据

我是猫 /〔日〕夏目漱石著；林少华译 . — 青岛：青岛出版社，2020.11
（名著点读）
ISBN 978-7-5552-9181-7

Ⅰ. ①我… Ⅱ. ①夏… ②林… Ⅲ. ①长篇小说—日本—近代 Ⅳ. ① I313.44

中国版本图书馆 CIP 数据核字（2020）第 117442 号

MINGZHU DIANDU · WO SHI MAO

书　　名　名著点读 · 我是猫
著　　者　〔日〕夏目漱石
译　　者　林少华
出版发行　青岛出版社（青岛市崂山区海尔路 182 号，266061）
本社网址　http://www.qdpub.com
邮购电话　0532-68068091
责任编辑　刘　冰
封面设计　戊戌同文
照　　排　青岛乐喜力科技发展有限公司
印　　刷　青岛国彩印刷股份有限公司
出版日期　2020 年 11 月第 1 版　2023 年 7 月第 3 版第 4 次印刷
开　　本　16 开（787mm × 1092mm）
印　　张　23.75
字　　数　320 千
书　　号　ISBN 978-7-5552-9181-7
定　　价　50.00 元

编校印装质量、盗版监督服务电话　4006532017　0532-68068050

目录

第一章

我是猫。名字还没有。

至于在哪里出生,全然无从知晓。只记得似乎是在黑麻麻潮乎乎的地方喵喵哭泣来着。我在这里第一次看见了人这一物种,且是书生①——后来听说——人中最凶恶的种类。[1]传闻书生时不时捕抓我们煮食。不过当时不怎么懂事,所以也没觉得多么害怕。只是被他托在掌心飕一下子举起时有战战兢兢之感。在掌心上约略镇静下来目睹书生的脸,想必是最初见得的所谓人的长相。当时那怪怪的感觉至今仍在。不说别的,理应用毛装饰的脸却光溜溜浑似药罐。其后也遇见了很多猫,但如此不伦不类的再未见到。不仅如此,脸的正中委实过于突出。而且从其孔中不时忽忽喷烟,呛得我实在受不了。近来终于明白,原来这就是人吸的香烟。

[1] 开头即写人的“凶恶”,为全书对人类社会的批判意味定下了基调。

在这书生掌心舒舒服服蹲了一阵子,而后以非同寻常的速度动了起来。至于是书生动还是惟独自己动则不知晓,反正觉得天旋地转,胸口难受。本以为根本活不成了,不料扑通一声眼睛冒出火花。此前的事倒是记得,此后的事无论怎么回想也不明所以。

蓦然回神,书生不见了。原本有很多的兄弟姐妹,一只也见不到。就连再紧要不过的母亲也无影无踪。这还不算,地方也和原来的不同,亮得不得了,亮得几乎睁不开眼睛。噢,心想情况好像有些蹊跷。一步一挪往前一爬,简直痛不可耐——原来我从稻草上被一把甩到细竹丛中。

好歹爬出竹丛一看,对面有很大的水池。我蹲在池前考虑如

① 书生:学生,尤指寄宿于别人家里一边帮忙一边学习的青年。

何是好，想不出像样的方案。良久打定主意：如果哭上一会儿，书生没准又来接我。“喵——喵——”试哭两声，但谁也没来。不久，池面有风飒然而过，天色渐晚。肚子饿得不行。想哭也哭不出声。无奈之下，只好下决心往有食物的地方移动。于是开始围着水池从左往右绕行。滋味实在不好受。勉强忍着爬行之间，终于来到似乎有人的气息的地方。心想爬来这里总有办法可想，遂从竹篱破洞钻进一家宅院。缘分甚是奇特。假如这竹篱不破，我饿死路旁亦未可知。难怪常言说一树之荫，前世之缘。这竹篱的洞，至今仍是我看望三毛时的通道。宅院倒是偷偷进来了，但不知下一步怎么办。不久，夜幕降临，饥寒交迫，冷雨袭来，一切刻不容缓。别无他法，姑且往似乎明亮温暖的方向步步靠近。如今想来，那时已经进入宅院里面了。在这里，我得到再次目睹书生以外之人的机会。最先遇见的是阿三①。此人一看见我，立马抓我脖颈扔去外面，比前面的书生还要凶狠。哎呀，心想这下可完了！遂闭目合眼，听天由命。问题是又饿又冷，百般难耐，于是再次趁阿三不注意爬进厨房，结果又很快被扔了出去。被扔出去，我又爬进来；爬进来，又被扔出去。记得好像如此反复四五遍。当时我对阿三那个人实在烦不胜烦。最近偷得阿三一条秋刀鱼，算是报了此仇，心中大快。最后一次被她抓起正要扔出去时，此家的主人一边说吵什么一边走了出来。女佣拎着我朝主人说，这只流浪猫不管怎么赶都还是进厨房来，伤透脑筋。主人拈着仁丹胡看了一会我的脸，少顷说道：“那么就留在家里吧！”说罢走进里面。看样子主人不甚开口说话。阿三老大不乐意地把我甩进厨房。如此这般，我终于决定把这户人家作为自己的家。[2]

[2] 细致描写阿三对“我”的凶狠，与主人收留“我”形成鲜明对比。

我的主人极少和我面对面。听说职业是教师。从学校返回就一头扎进书斋，几乎一整天不出来。家人以为他是甚是了得的

① 阿三：おさん。做饭的女佣。

用功者。他本人也做出一副用功者的样子。实则并非家人所说的用功者。我时而蹑手蹑脚窥看他的书斋：他经常睡午觉，不时把口水淌在打开的书上。他胃不好，皮肤带有淡黄色，没有弹力，显出缺乏活力的征候。然而甚是能吃。大吃之后又吃淀粉酶①。吃完后打开书本，看了两三页就开始犯困。口水淌在书上。这是他每晚周而复始的功课。[3]虽然是猫，但我也时有所思：教师这东西实在自在得很。倘生而为人，非当老师不可。既然这般躺躺歪歪也能胜任，那么猫也未必不行。尽管如此，若让主人说来，再没有比当教师痛苦的了。每次有朋友来，他都这个那个抱怨一番。

[3] 多次写到主人“淌口水”，细节描写具体传神。

我住进此户人家的当时，除了主人甚是不受待见，无论去哪里都被一脚踢飞，无人搭理。至今连个名字都没给取，即使从这点也可看出自己如何不被当个玩意儿。无奈之下，只好尽可能待在让我住进来的主人旁边。早晨主人看报时必定趴在他膝上，他午睡必定伏于其背部。这未必意味着我喜欢主人，而是因为此外无人搭理，实属迫不得已。其后有了种种经验，得知作为睡觉佳处，早晨为饭桶之上，夜晚为被炉之上，晴好的中午为檐廊之中。不过最为舒心惬意的，是夜里钻进此家小孩被窝与之同床共寝。小孩一个五岁一个三岁，晚上睡同一房间同一被窝。任何时候都能在他们中间找出足以容身的余地，想方设法挤进了事。若运气不佳而有一个小孩醒来，最后势必天翻地覆。小孩——尤其那个小的心术不正——说猫来了猫来了，深更半夜也大哭大叫。这么着，那个神经性胃消化不良的主人必定起身从另一房间飞奔而出。实际上几天前还被他用尺子狠狠打了屁股。

和人住在一起时间里，越观察越不得不断言他们是为所欲为的。特别是时常睡一个被窝的小孩，简直无法无天。兴之所至，或把我大头朝下拎着，或用口袋套住脑袋，或一把扔开，或塞进灶

① 淀粉酶：diastase。淀粉分解酶，帮助消化。

膛。而我只要稍一还手，就全家出动对我穷追猛打。前几天也是同样，我轻轻往榻榻米上磨一下爪子，太太就勃然大怒，再也不肯让我进起居室。哪怕人家在厨房地板上冻得浑身发抖也满不在乎。我所敬重的斜对面的阿白，每次相见都说再没有比人更没人情的了。阿白近来产了四只珍珠般的猫崽。可是那家的书生在第三天把它们拿去房后的水池扔了，四只一只没剩。阿白流着眼泪从头到尾诉说一遍，而后宣称为了保全我等猫族亲子之爱，为了过上美好家庭生活，必须和人开战，将其赶尽杀绝。所论无不在理。另外，相邻的三毛君也大为愤慨，谓人不懂何谓所有权。本来我等同族之间，无论鱼干头还是鲻鱼脐，最先发现者拥有食之的权利。假如对方不守此规矩，诉诸武力也未尝不可。然而他们人类似乎丝毫没有这一观念，我等发现的佳肴必为彼等夺走。他们依仗力气大而把本应由我等食用的美味佳肴掠为己有。阿白居于军人之家，三毛君的主人是律师。我因住在教师家里，事关这等事，同他们两位相比，莫如说别无挂碍，一天天得过且过即可。纵然人类，也不至于永远蒸蒸日上。也罢，耐着性子静等猫时代到来好了！

提起为所欲为，我想起一件事来，一件我家主人因了为所欲为而受挫的事。主人原来不具有能压人一头的本事，却无论对什么都想插一手。或者鼓捣俳句向《布谷鸟》[①]投稿，或者写新体诗投给《明星》[②]，或者写错误连篇的英文。有时还沉溺于弯弓射箭、练习谣曲，又有时吱吱呀呀拉小提琴。可怜的是，哪一样都提不起来。然而一旦着手就不顾胃病而欲罢不能。因在厕所中哼唱谣曲，结果被左邻右舍取了个诨名：厕所先生。而他丝毫不以为意，依然反复哼唱吾乃平宗盛[③]是也。以致众人忍俊不禁："噢，宗盛驾

①《布谷鸟》：刊发俳句的刊物名称，至今犹存。

②《明星》：刊发新体诗（现代诗、白话诗）的刊物名称。

③ 平宗盛：1147—1185，日本有名的武将。谣曲《熊野》开头第一句。

到！”不知主人出于何种考虑，我住进来一个月后，在某月的发薪日提了个大包袱匆匆返回。思忖买回的是什么呢？原来是水彩画颜料、毛笔和瓦特曼纸[①]，看样子决心自今日起开始画画而不再鼓捣谣曲和俳句什么的了。果不其然，翌日开始的一段时间里，午觉也不睡了，每天每日一味在书斋里挥笔作画。问题是看他画出来的东西，谁都分辨不出画的是什么。也许本人也觉得不怎么样，某日搞美学的朋友来时，听得如下谈话：

“像是画不太好啊！看别人画，觉得那还不容易？而一旦自己动笔，到底觉得实非易事。”此乃主人的感慨。果然实话实说。

他的朋友透过金边眼镜看着主人的脸说道：“一开始是不可能顺手的。不说别的，单单闭门想象是画不出来的。过去意大利的大画家安德烈·德尔·萨托[②]说过，画画务求摹写自然本身。天有星辰，地有露华，飞有飞禽，走有走兽，池有金鱼，枯木有寒鸦。大自然即是一幅活的巨画。如何？如果你要画出像样的画来，我劝你务必写生。”

“哦，安德烈·德尔·萨托说过这样的话？一无所知啊！言之有理，诚哉斯言！”主人心悦诚服，对方则从金边眼镜里面透出仿佛嘲笑的笑意。

翌日，我照例来到檐廊午睡。正睡得舒坦，主人破例走出书斋，在我身后一个劲儿搞来搞去。蓦然醒来，睁开一分眼缝看去，他正在聚精会神地以安德烈·德尔·萨托自居。我见状禁不住哑然失笑。作为被其朋友揶揄的结果，他最先尝试的是对我来个写生。我已睡得足够充分，非常非常想打个哈欠。可是想到主人正好不容易地专心写生，便心有不忍，于是静静忍住不动。他现已画完我的轮廓，正在给面部着色。让我坦言好了，作为猫我绝对不够档次。身段也好毛色也好脸形也好，哪一样我都绝不认为胜过别

① 瓦特曼纸：以麻为主要原料制成的高档绘画纸。

② 安德烈·德尔·萨托：Andrea del Sarto（1486—1530/1531），意大利文艺复兴时期佛罗伦萨派代表性画家。

的猫。问题是，哪怕再自惭形秽，也无论如何都不认为自己就如此刻我的主人正在描绘的那般怪模怪样。首先颜色不同。我拥有的肤色是含黄的浅灰色掺以漆样斑点，同波斯猫别无二致。惟独这点任凭谁看都毋庸置疑。然而目睹主人现在用的彩色，非黄非黑，非灰非褐。而又并非其混杂之色，只能评价为此乃一种颜色。更为不可思议的是没有眼睛。当然，这是酣睡当中的写生，自是情有可原。可是就连仿佛眼睛所在之处也找不见，势必分不清是瞎猫还是睡猫。我心中暗想：哪怕再是安德烈·德尔·萨托也说不过去。可我不得不佩服他的心无旁骛。本想尽可能一动不动，奈何刚才就小便告急，体内筋肉阵阵发痒，已经到了刻不容缓的地步。于是迫不得已地擅自把双腿尽情伸向前去，脑袋用力往下一压，啊一声打了个哈欠。到了这个时候，再装老实也没用了。反正已经打乱主人安排，那么顺便去后院方便一下好了，就慢慢悠悠爬了起来。这么着，主人发出失望与恼怒交并的声音，从客厅中吼道："混账！"我这主人骂人时必骂混账，此乃惯习，此外不知如何谩骂。这倒也罢了，可是不理解人家迄今的忍耐，而张口就来个混账，失礼之至！况且假如平生第一次骑上他的后背时哪怕给一点点好脸色，我也情愿忍受这谩骂。而于我有利之事一次也没慨然做过，却对人家起身小便骂道"混账"，岂有此理！归根结底，人这东西一向自恃其力飞扬跋扈。如果没有多少比人强大的存在出现还以颜色，不知以后会嚣张到何种地步。

若是这个程度的为所欲为，尚可忍气吞声。但事关人的缺德行径，我曾听得理应比这悲惨几倍的报道。

我家后面有十坪①左右的茶园。虽然不大，但日照好，颇觉心旷神怡。家里小孩吵闹不堪而无法安心午睡的时候，或者百无聊赖肚子不甚舒服之时，我总是来此养吾浩然之气。[4] 某个小阳春

[4] 拟人化的手法让人忍俊不禁。

① 坪：日本传统面积单位，约合 3.3 平方米。

风和日丽的午后二时，午饭后我美美睡了一觉，随后权作运动移步茶园。我一株株嗅着茶树根部来到西侧杉树墙旁边，见一只大猫压倒枯菊躺在上面睡得昏天黑地。对我的临近也好像浑然不觉，或觉察也满不在乎，只管长拖拖鼾声如雷地大睡特睡。潜入别人家庭园却能睡得如此肆无忌惮，我不能不为其大胆大度而惊讶。他是纯粹的黑猫。刚刚偏午的太阳将透明的光线抛洒在他的皮毛上，就好像那金灿灿的柔毛间有肉眼看不见的火焰不断升腾。他体格魁伟，堪称猫中的大王，足有我的两倍。我既有赞叹之念，又有好奇之心，忘乎所以地伫立在他面前一心看个没完。静谧的春风轻轻诱动探出杉树墙的梧桐树枝，使得两三片树叶翩翩然落在枯菊丛中。大王陡然睁开滚圆的眼睛。至今仍然记得，那眼睛比人珍视的琥珀还远为美丽，闪闪生辉。他一动不动，将仿佛从双眸深处射出的光聚集于我窄小的额头，开口道："鬼东西到底是谁？"

作为大王，觉得用词多少有失斯文，但其声音底层蕴含着足以让猛犬也为之折服的力量，我因之怀有不少畏惧。但我思忖倘不寒暄则事情不妙，于是尽可能故作镇静冷冷答道："我是猫，名字还没有。"而实际上此刻我的心跳远比平时剧烈。

他报以绝对轻蔑的语调："什么？猫？听得我全然莫名其妙！到底住哪儿？"完全旁若无人。

"我住在这里的教师家中。"

"估计是那么回事，都瘦成什么样子了！"毕竟是大王，口气极大。察其用词，很难认为是良家之猫。不过看他如此丰盈富态，想必丰衣足食，受用山珍海味。以致我不得不问："这个，你究竟是谁？"

"俺是人力车夫家的老黑！"他昂然答道。

人力车夫家的老黑，乃是附近无人不晓的捣乱分子。但毕竟是人力车夫家，只是力大，而无教养，谁都很少与之交往，是个堪称“同盟敬远主义”标本的家伙。听得他的名字,觉得屁股隐隐发痒。与此同时,也产生了些许轻蔑之念。我想先试一下他是何等不学无术,遂有以下问答:

“人力车夫和教师到底哪个厉害?”

“当然是人力车夫啦!瞧你这鬼东西家的主人,简直皮包骨!”

“不愧是车夫家的猫,看上去力大无穷。在车夫家,吃香喝辣不成问题吧?”

“瞧你说的,俺去哪个地方都不愁没好吃的。你这鬼东西也别总是在茶园里钻来钻去了,跟在我后面试试看,不到一个月就胖得认不出来!”

“那就拜托了!可我觉得教师住的房子好像比车夫的宽敞。”

“傻瓜蛋,房子再大不是也填不满肚皮吗?”

看样子他大为气恼,一个劲儿抖动那仿佛紫竹削成的耳朵,雄赳赳气昂昂地走了。我和车夫家的老黑成为知己就是从这时开始的。

而后我也常常和老黑相遇。每次遇上,他都俨然车夫口出狂言。日前入耳的无德事件,其实就是从老黑口中听得的。

某日,我和老黑照例在温暖的茶园里东倒西歪谈天说地。他把常说的大话当作新闻重复一遍之后,向我提问如下:“鬼东西你以前捉过几只老鼠?”

尽管自知论力气和勇气根本比不过老黑——知识倒是比他充实得多——但接触这一提问之时,到底有些难为情。而事实终究是事实,容不得弄虚作假,于是回答:“一直想捉还没捉到。”老黑不停地抖动其鼻端直挺挺探出的长须,一阵狂笑。老黑原本只知道自吹自擂,而脑浆却不够用。只要装出心悦诚服的样子喉咙咕噜咕噜响着听他口吐狂言,他就极好对付。和他接近之后,我很快就明白了个中奥妙。这种场合也不例外,勉强自我辩解弄得形势越来越糟，那可是不明智的。我打定主意，索性让他自我吹嘘一番，趁机敷衍再好不过。这么着，我乖顺地逗他：“你毕竟正当年，捉了很多吧？”不出所料，他冲着墙壁裂缝一阵呐喊：“倒也不是很多，不过三四十只还是捉过的吧！”他得意洋洋地回答。

他继续下文：“老鼠一两百只，我单枪匹马什么时候都不在话下。可黄鼠狼那家伙对付不来。一次去扑黄鼠狼，结果倒了大霉。”

“噢，难怪。”我随声附和。

老黑眨巴一下大眼睛说道：“去年大扫除时的事。我家主人拎着石灰袋放到檐廊地板下面，没想到一只大黄鼠狼慌慌张张跳了出来。”

“嗬！”我现出钦佩的神情。

“虽说是黄鼠狼，但也就比老鼠大一点点。畜牲！我赶紧追去，终于把它追进了脏水沟。”

“干得好！”我一声喝彩。

“不料这家伙到了紧急关头放出最后一屁，臭啊臭啊！自那以来一看见黄鼠狼，胸口就堵得慌。”

讲到这里，就好像现在仍能嗅到去年的臭气似的，抬起前爪往鼻头来回抹了两三下。

我也觉得不无可怜，就想给他加油打气：“不过若是老鼠，给你盯上可就一命呜呼了吧？毕竟你捕鼠大名鼎鼎，除了老鼠不吃别的，所以才那么胖，毛色才那么好。是吧？”为了讨老黑欢心的这句问话，不料结果适得其反。

他喟然长叹：“想起来真没意思啊！哪怕再能赚再能捕鼠，可世界上再没有比人那种家伙更霸道的了——把人家捉的老鼠统统没收拿去派出所。[5]派出所不知谁捉的，反正每只给五分钱！因了我的关照，我家主人已经至少赚了一元五角，可是从不让我吃一口像样的东西。跟你说，人这东西，无非是冠冕堂皇的盗贼！”

看来，不学无术的老黑也到底明白了这点儿事理。看样子他

[5] 为了预防传染病，东京当时奖励市民捕鼠。

相当气愤，背上的毛倒竖起来。我心里有些不是滋味，遂适当敷衍一番，返回家中。从此下了决心再不捕鼠。不过当了老黑的喽啰之后，到处物色老鼠以外的美食的事也不做了。较之好吃好喝，还是睡觉来得舒坦。看来，住在教师家里，猫也难免染上教师那样的习惯。可得小心才是，否则很快得胃病也有可能。[6]

[6]“老黑”是捕鼠能手，功劳却被车夫抢去。“老黑”毛色黑，车夫心肠黑。

说起教师，我的主人近来也好像明白过来：在水彩画方面终将一事无成。十二月一日的日记写了这样一件事：

今天会上第一次见到某某人。据说他相当放荡，实际上也一副久经情场风采。既然如此禀性之人为女人喜爱，那么与其说某某放荡，恐怕莫如说某某不得不放荡更为合适。据传他的夫人原是艺伎，此事令人羡慕。说放荡男士坏话的那伙人，其中大部分本不具有放荡的资格。而以“放荡家”自居者之中，也有不少并无放荡资格的人。此等人并非身不由己却又勉为其难。恰如吾辈之于水彩画，终无学有所成之虑。尽管如此，惟独自己仍以达人自许。如若喝餐馆佳酿或出入青楼即可成为达人之论能够成立，则吾辈能成为像样的水彩画家亦在情理之中。一如吾辈的水彩画不画为妙，比之愚昧的达人，还是乡下的粗人有品位得多。

达人论多少难以首肯。而羡慕艺伎夫人，作为教师亦是不应说出口的愚见。惟独对自家水彩画的批评眼光足够实在。虽然主人有如此自知之明，但其自负之心实难消除。两日后的十二月四日的日记这样写道：

昨晚做梦，梦见自觉画水彩画难成气候，遂扔去一边。却不知何人镶以气派的画框挂于橱窗之上。观之，自己也觉得大有长进，喜不自胜。如此彻夜孤芳自赏之间，不觉天亮醒来。原来情形依旧，并无长进。这点与晨光同样赫然在目。

看来主人就连做梦都对水彩画依依不舍。这样一来，水彩画家自不待言，夫子所说的达人也遥不可及。

主人梦见水彩画的第二天，那位金边眼镜美学家久违地来看主人。刚一落座便劈头一句："画怎么样了？"主人淡淡答道："依照你的忠告努力写生。写生当中，原先未曾觉察的物的形态、色的精细变化等果真了然于心。西方古来强调写生，始有今日的发展。不愧是安德烈·德尔·萨托。"不但对日记所言只字不提，反倒把安德烈·德尔·萨托赞扬一番。

美学家边笑边搔头道："实话跟你说，那是胡扯！"

"什么？"主人仍对无中生有之事浑然不觉。

"你还问什么？你赞不绝口的安德烈·德尔·萨托嘛，那是我随口捏造的。没以为你会如此信以为真。哈哈哈哈……"一副乐不可支的样子。

我在檐廊里听得这番交谈，不由得预想他今天的日记将如何记述。

这位美学家的惟一乐趣就是信口开河让人受骗上当。他好像丝毫没有顾及安德烈·德尔·萨托事件给主人的情绪之弦以怎样的震颤，自以为得计地道出以下的话来："哎呀，不时出以戏言而人皆信以为真，这足以激发诙谐美感，有趣有趣。日前对一个学生说尼古拉斯·尼克尔贝[①]曾劝爱德华·吉本[②]勿以法文撰写其一代巨

① 尼古拉斯·尼克尔贝：英国小说家狄更斯（1812—1870）的小说《尼古拉斯·尼克尔贝》中的主人公，虚构人物。主人公之死则无中生有。

② 爱德华·吉本：Edward Gibbon（1737—1794），英国杰出的历史学家，是8世纪欧洲启蒙时代史学的卓越代表。

著《法国革命史》，而改用英文出版。而这个学生记忆力好得出奇，在日本文学演讲会上把我的话一本正经地复述一遍，委实滑稽透顶。岂料，当时大约一百名旁听者全都听得认认真真。此外还有一桩趣事。前不久一次有文学家在场的席间有人提起哈里森[①]的历史小说《特奥法诺》，我评论说那是历史小说中的扛鼎之作。尤其女主人公之死，写得鬼气袭人。坐在对面的从未口出不知之语的先生接道，那部分实非名文莫属。于是我得知此人也和我同样没看这部小说。”

患有神经性消化不良的主人睁圆眼睛问道：“这般信口开河，假如对方看了可如何是好？”听那意思，简直像是说骗人倒也无妨，只是画皮剥开时岂不麻烦！

美学家岿然不动。“那有什么？届时只消说和别的书混为一谈了就是！”说罢哈哈大笑。美学家虽然戴的是金边眼镜，而其品质却和车夫家的老黑有相似之处。主人默默把“日出[②]”吐成一个圈，表情仿佛说我可没那个勇气。

美学家于是现出画也白画那样的眼神：“不过，开玩笑是开玩笑，画那东西其实是很难的。据说列奥纳多·达·芬奇曾令其弟子描摹教堂墙壁上的水渍。也有道理。如厕时如果细细端详漏雨的墙壁，自然会有美妙无比的花纹出现。你留心写生试试，必有妙趣横生的东西！”

“你又骗人了吧？”

“不，只有这个是实话。岂非振聋发聩之语？达·芬奇都可能做如是说。”

“的确振聋发聩。”主人半是举起降旗。不过他好像仍未如厕写生。

车夫家的老黑后来成了瘸子，有光泽的毛渐渐褪色脱落。我

① 哈里森：Frederic Harrison（1831—1923），英国小说家。

② 日出：香烟商标名。

评说比琥珀还要美丽的那对眼睛也积满了眼屎。特别明显引起我注意的是他的情绪萎靡不振和体格每况愈下。最后在那座茶园见到他那天我问怎么回事，他说：“黄鼠狼的放屁绝招和鱼铺的扁担活活要命啊！”

在红松林间点缀出两三层红色的红叶如往昔的梦幻一般消散，靠近石制洗手盆的红白山茶花也把花瓣交替抖落一尽。朝南的三间[①]半檐廊很快有冬日光照斜射进来，不刮寒风的日子很少有了。我的午睡时间也好像随之受到挤压。

主人天天到学校去。回来就一头扎进书房。每有人来，便说教师当够了当够了。水彩画也极少画了。淀粉酶也说没用不吃了。小孩子倒是一天不少地去幼儿园。回家又是唱歌又是拍球，时而抓我的尾巴倒拎作乐。

没有好吃的可吃，我固然没怎么变胖，但基本还算健康。亦未变瘸，日复一日打发时光。老鼠坚决不抓。阿三依然讨厌。虽说不给取名字，但欲望说起来没有止境。所以我做好打算，要在这教师家里终了此生。

① 间：日本长度单位，一间约六尺。

第二章

过年以来，我多少有了名声。虽说是猫，但也觉出了一点趾高气扬的滋味。难得难得！

元旦一大早就有一枚明信片送到主人身边。乃是他的一位画家朋友寄来的贺年片。上半端涂红，下半端涂以深绿，正中蹲了一只动物，均以彩色粉笔处理。主人在那间书斋里将这幅画横看竖看看个没完，口称好颜色啊！既已大体感叹完了，以为他就此罢手，不料又开始横看竖看。忽而扭转身躯，忽而把手伸长，像老者看三世相①一样看，抑或朝着窗口那边凑到鼻端来看。若再不罢手，双膝摇来晃去实在险象丛生。终于摇晃得不那么剧烈了，却又低声说到底画的什么呢？对明信片的色彩主人诚然欣赏，但不知道所画动物的究竟，从一开始就显出冥思苦索的样子。明信片就那么莫名其妙不成？我优雅地半睁睡眼，气定神闲地看去，原来是自家肖像！虽说不至于像主人那样极力模仿安德烈·德尔·萨托，但不愧是画家，无论形体还是色彩无不有模有样。谁看都知非猫莫属。稍为有些眼力，都能一眼看出即使猫中也不是别的猫而是我这只猫——便是画得如此高明。如此一目了然之事却不了然而如此煞费苦心，多少为之感到不忍。如果可能，真想告知画的是我。就算看不出是我，也起码要让他知道是猫。然而人这东西不懂我等猫类语言，他们没有得到上天这分恩宠。只好置之不理。遗憾！[1]

[1] 采用对比方法写看明信片，结果出人意料。“主人”的愚拙无知不言而喻。

有一点需向读者交代一下。人本来就有个毛病，动不动就随口以轻蔑的语气“猫儿猫儿”评价我辈，甚为不妥。牛马来自人

① 三世相：根据出生年月日和面相推断三世因果，预测吉凶的占卜书。

类渣滓、猫来自牛粪马粪——对于浑然不觉自家无知而满脸傲慢神气的教师来说，如此想法也许并不稀罕。但在旁人眼里则实在有失体统。哪怕再是猫，也不是那般粗制滥造的。别人看来或许一般模样、别无差异、哪一只都不独具特色，然而进入猫之社会一看，简直五花八门，十人十样那句人界之语完全适用于此。眼神也好鼻头也好毛色也好腿形也好，千差万别。从胡须的张弛到耳朵的曲直、尾巴的垂翘，没有一样是相同的。长相丑俊、好恶取向、风流与否，即使说悉数迥异也不过分。尽管如此判然有别，然而人的眼睛说只朝上看也好什么也好，总之只往天上看，所以我等脾性自不用说，就连识别长相这等小事也全然无能为力，可怜之至！据说古来就有同类相求之语，言之有理。年糕铺晓得年糕铺，猫晓得猫——了解猫到底非猫不可。就算人聪明绝顶，这点也稀里糊涂。而且——恕我直言——他们并不如其自信那般无所不能，故而难上加难。何况如我家那位缺乏同情心之流，口称相互知根知底，实则连爱的至关重要都不明白。无可救药。他就像生性顽劣的牡蛎那样窝在书斋之内，从不曾面对外界。还居然摆出一副颇有远见卓识的神态，未免滑稽可笑。作为并无远见卓识的证据，我的肖像就在眼前却丝毫没有开悟的样子，居然说出这等无可理喻的话来："今年是征俄①第二年，所以画的怕是熊吧？"简直不打自招。

就在我趴在主人膝头如此闭目合眼思来想去之间，女佣拿来第二枚明信片。一看，乃活版印制，四五只外国猫齐刷刷排成一排，或手握铅笔或开卷用功。其中有一只独自离席，在桌角大跳西洋猫步探戈。上端以日本墨赫然写道"我是猫"。右侧甚至来了一首俳句：看书复跳舞，猫之春日正迟迟，书舞两不误。此乃主人旧日弟子寄来的，谁看都能一眼看出含义，而迂腐的主人似乎

① 征俄：始于1904年的日俄战争。

仍不开窍，莫名其妙地歪头沉思，自言自语道：“奇怪啊今年是猫年？”看上去他仍对我的声名鹊起浑然不觉。

这当口，女佣拿来第三枚明信片。这回不是彩绘明信片，正中写道“恭贺新年”，旁边一行写的是“惴惴然恭请问候那只猫”。写得这般清楚，主人就算再迟钝也似乎明白过来，如梦初醒似的噢一声往我脸上看了一眼。眼神较往常略有不同，像是多少含有尊敬之意。迄未被世间认可其存在的主人突然得以有了新面目，倘若认为乃是托我猫君之福，这一眼神想必理所当然。

也巧，格子门叮铃、叮铃、叮铃铃响了起来。估计有客来访，既是来客，自有女佣出门相迎。除了鱼铺的梅公来时我概不动身，故而照样悠悠然伏在主人膝头。岂料，主人像被高利贷上门讨债一般以不安的神情看着房门口那边。看样子他懒得接待拜年的客人和陪其喝酒。偏执到如此地步，作为人未免说不过去。既然那样，那么早早外出岂不更好？可他又无此勇气，其牡蛎根性愈发暴露无遗。不大工夫，女佣进来说寒月先生驾到。名叫寒月的这个人据说同是主人的旧日弟子，今已大学毕业，似乎比主人还有作为。不知何故，此人常来主人这里玩。来了就牢骚不断：爱恋自己的女人有还是没有啦，人世有趣还是无聊啦，或耸人听闻或情色可餐。何苦找主人这样日渐枯槁之人讲这种话呢？着实令人费解。而另一方面，牡蛎式主人听其倾谈之间不时随声附和这点就更加妙不可言。

“好久没有问候了。说实话，去年年底以来忙得不可开交。虽然心里总想出门，但脚步终归未能拐来这边……”来客一边捏弄和服外褂的带子，一边说着谜一样的话语。

“脚步拐去哪里了呢？”主人做出一本正经的神情，拉了拉黑地带花纹的棉布外褂的袖口。这外褂因是棉布质料，袖子不够长，底襟往左右两边露出五分左右的粗绸和服。

“嘿嘿嘿，方位有所不同。”寒月君笑道。一看，今天门牙减少一颗。

“你的牙怎么了？”主人转换话题。

“噢，其实在某个地方吃香菇来着。”

“吃什么？”

“这——，吃了一点点香菇，用门牙咬香菇伞檐，结果牙咯嘣掉了下来。”

“香菇能吃掉门牙？这可有些老气横秋。作俳句或许能成，但恋爱难成啊！”主人用手心轻拍我的脑袋。

“啊，这就是那只猫吧？胖得满可以的嘛！看这样子，跟车夫家的老黑比都不至于败下阵来。真是了得！”寒月君对我大加夸奖。

“近来可是长大不少！”主人得意地啪啪打我的头。被夸自是欣喜，而头隐隐作痛。

“前天晚上凑合搞了个合奏会。”寒月君又拉回话题。

“在哪儿？”

“在哪儿怕是不值得您问。小提琴三把，钢琴伴奏，相当相当有意思。小提琴若是三把，即使拉得不好也可一听。两个是女的，我掺和进去了。连我自己都觉得非同凡响。”

“嗬，那女的是什么人？”主人不无羡慕地问。

日常生活中，主人虽然生就一副枯木寒岩般的面孔，但实际上绝非对妇人冷漠之人。一次读西方某部小说，其中出现的一个人几乎对所有妇人都一见钟情。以致读得书中带有讽刺意味地写道屈指计算他对路上通过的妇人的将近七成怀有恋情，主人便感叹此乃真理。至于如此心猿意马的男士何以苦度牡蛎式生涯，猫类如我自是百思莫解。说失恋之故者有之，谓胃病所致者有之，称无钱胆怯者亦有之。反正他并非关乎明治史那样的大人物，怎么都无所谓。不过，不无羡慕地询问寒月君的女伴则是事实。

寒月君兴致勃勃地用筷子夹起一片饭前鱼糕，用半个门牙咬了一口。我本来担心会不会又弄掉一颗，而这回竟万无一失。

“没什么，两个都是某处的千金，您不认识。”对方事不关己似的答道。

“原来……”主人欲言又止，略去“如此”，陷入沉思。

寒月君大约觉得差不多是时候了，催促说：“天气很不错啊！如果得闲，一起去散散步如何？旅顺攻陷了，街上到处喜气洋洋。”

看主人神色，较之旅顺陷落，似乎更想打探女伴身份。思忖良久，终于下定决心：“好，出去走走！”

说罢果断起身。仍是那身衣着：黑地带花纹的棉质外褂，加上那件据说是兄长遗物而二十年来已然穿旧的“结城捻线绸”棉袍。虽说捻线绸结实耐用，但这般穿个没完没了也是够呛。点点处处已经变薄，对着日光可以瞧见由内侧补缀的针脚。主人的服装无分正月腊月，亦无分家常服外出服。外出时双手揣怀一晃儿出门。至于是因为没有外出衣服，还是有而懒得换，我辈无从知晓。只是，惟独这点很难认为是失恋之故。

两人出门之后，我可就不客气了，将寒月君吃剩的鱼糕据为己有。近来我不再是普通猫了。桃川如燕[①]以后的猫或格雷[②]的偷金鱼之猫那样的资格，于我已绰绰有余。车夫家的老黑之流，早已不在话下。纵然偷吃一片鱼糕，也不至于给人说三道四。况且趁人不注意之机偷吃零食这个毛病，也并非我等猫族独有。这里的女佣等人就趁太太不在家之时偷吃糕点，偷了吃，吃了偷。不仅女佣，就连太太吹嘘接受上等教育的小孩其实也有此倾向。那是四五天前的事。两个小孩很早很早就睁眼醒来，主人夫妇还在睡梦中就面对面坐在餐桌前。平时他们是把每天早上主人吃的面包蘸一点砂糖来吃，而此日正好有糖罐放在桌上，甚至小勺都配

① 桃川如燕：明治初期的“讲释师”（类似我国的评书艺人），原名杉浦要助，因以讲猫闻名，故得如燕之猫名。

② 格雷：托马斯·格雷（Thomas Gray，1716—1771），英国诗人。

好了。因为没有像往日那样分配砂糖，所以大的那个很快从罐中舀出一勺倒在自己的盘子上。这么着，小的那个也一如姐姐所示，以同样的方法把同样分量的砂糖倒入自己盘中。两人对视片刻，大的再次拿起小勺满满舀了一勺加在自己盘里，小的那个当即拿勺让自己的分量和姐姐的相同。结果，姐姐又舀一勺。妹妹也不示弱地加了一勺。姐姐再次朝糖罐下手，妹妹再次拿起小勺。眼看着一勺接一勺周而复始，以致两人盘里砂糖堆积如山。罐里一勺砂糖也不剩了。[2] 就在这时，主人揉着惺忪睡眼从卧室出来，将特意舀出的砂糖原模原样放回糖罐。看这情形，就基于利己主义的公平这一观念而言，人或许优于猫，而智慧好像反而比猫差。在堆积如山之前快快舔光了事岂不更好！但遗憾的是，我辈所言之事照例沟通不了，只能在饭桶盖上默默看着。

[2] 姐妹俩偷吃砂糖的情节写得生动有趣。

不知和寒月君外出的主人走去哪里了，很晚才回来。翌日坐在饭桌前已经九点左右了。从那个饭桶盖上拜见，主人正默默吞食年糕。吃完一碗，又吃一碗。年糕切块固然不大，但好像吃了六七块。最后一块剩在碗里，说道再不吃了，放下筷子。若别人如此任性，无论如何他也不会答应。但大要主人威风自鸣得意的他，只是满不在乎地目视浑浊的汤汁中那烤焦的年糕残骸了事。

夫人从壁橱拉门深处掏出胃药放在桌面上，主人说："不管用，不吃了！"

"可是，听说对淀粉类食物很有作用，还是吃了吧！"太太想哄他吃。

"淀粉也罢什么也罢，反正不管用！"主人顽固劲儿上来了。

"你这人就是没常性。"太太像是自言自语。

"不是没常性，是药不管用。"

"可前些日子不是一直说管用管用很管用，天天吃日日吃的吗？"

"前些日子是管用，但是近来不管用了。"答话好像对偶句。

"这样子吃吃停停，就算再管用的药也怕不管用。还是要有耐心才行。胃弱病和别的病不同，不好治。"说着回头看着端盆等候的女佣。

"这话一点儿不错。不继续多少服用一些，怕是弄不清是好药还是坏药的。"女佣毫不迟疑地站在太太一边。

"无所谓。不吃就是不吃，女人家懂得什么，少啰嗦！"

"反正是女人。"太太把淀粉酶往主人面前一捅，想强迫他吃下去。主人一声不吭地走进书斋。

太太和女佣相视嬉笑。这种时候尾随跳到他膝头，势必大吃苦头，我就悄悄从院子绕到书斋檐廊，从纸拉窗缝隙窥看。主人翻开爱比克泰德[1]那个人的书。如果主人能像平时那样看懂，自有过人之处。而不出五六分钟，便像摔书一般扔在桌子上。料想是这么回事。继续细看，接下去抽出日记本写了如下内容：

> 和寒月散步于根津、上野、池端、神田一带。池端酒馆前有艺妓身着衣裾绣花的春装拍羽毛毽。衣服华美而相貌颇丑，总觉得与我家猫相似。

作为貌丑之例，即使不举出我来也可以的嘛！纵使我辈，倘去"喜多床"[2]刮刮脸，想必也和人毫无二致。人就是自命不凡，伤透脑筋。

> 拐过"宝丹"[3]房角，又见一艺妓走来。此女身材苗条，柳肩恰到好处，所着淡紫衣服也洗练自然，显得优雅得体。露出白牙笑道："小源哥，昨晚……实在太忙了

① 爱比克泰德：Epictetus（55？—135？），古希腊哲学家。

② "喜多床"：当时位于东京帝大正门前的理发店名称。

③ "宝丹"：当时东京一家药店的名称，全称"守田宝丹本铺"。

啊!”而其语声感觉如流浪乌鸦一般沙哑,使其蛮不错的风采大打折扣。所谓小源哥是何许人也,也懒得回头打量,只管双手揣怀走上御成道。寒月看上去总好像心神不定。

再没有比人的心理更难琢磨的了。主人此时这颗心是恼怒呢?还是轻浮呢?抑或在哲人遗书中寻求一丝安慰呢,全然闹不明白。是对人世报以冷笑呢,还是想融入其间呢?是为无聊小事大动肝火呢,还是超然物外呢?尽皆不得而知。在这方面,猫可是单纯的。想吃就吃,要睡即睡,怒时拼命发怒,哭时要死要活地哭。不说别的,日记那种百无一用的玩意儿绝对不写。没有写的必要。像主人那样表里不一的人或许有必要通过写日记在暗室中显露无法出示给世人的本来面目,而我等猫类行住坐卧、行屎送尿无一不是真正的日记,所以不必特意费工夫保存自己的真面目。[3]倘有写日记的时间,索性安卧檐廊才是正理。

[3]“行住坐卧,行屎送尿”是佛教用语,泛指日常生活中的举止言行。

在神田某餐馆吃晚饭,久违地喝了两三杯正宗①。今早胃况甚好。胃弱最好晚间喝上一杯。淀粉酶当然不成。不管谁说什么都没用。没用的东西无论如何都没用。

大肆攻击淀粉酶,就像自己跟自己吵架。今早的火气仍余烟袅袅。人类日记的本色表现于此亦未可知。

日前甲某说废除早饭于胃有益。于是两三天没吃早饭,但肚子咕咕叫个不停,并无功效可言。乙某忠告务必戒掉咸菜。依他之说,所有胃病都源于咸菜。只要戒掉咸菜,胃病

① 正宗:一种日本清酒的名称。

之源即告枯竭，肯定康复无疑。自那以来大约一个星期筷子没碰咸菜，然而未见特效，故近日重操旧业。问于丙某，告以按腹揉疗治法最为可取。不过普通做法不成，而须采用皆川流之古流揉法。只要按一两次，几乎所有胃病皆可根治。安井息轩①亦深爱此按摩术。坂本龙马②那样的豪杰，也不时接受治疗。故而即刻跑去上根岸求人按摩。岂料对方说什么必须揉骨方可治愈，还说什么倘不把五脏六腑的位置颠倒过来就很难根治。其按摩简直残忍之至。后来身体如棉花一样，像得了昏睡病似的舒心惬意，结果只一次就吃不消而作罢。A君说千万不要吃固体食品。随后一天天只喝牛奶。但此时肠中隆隆作响，就好像发洪水似的，彻夜难眠。B氏说要用横膈膜呼吸，以便运动内脏。这样，胃功能自然趋于健全，务请一试！这也多少尝试过了，但总觉得腹部不适，难以为继。并且不时兴之所至地力争做得专心致志，但不出五六分钟就忘个精光。而若努力记住，横膈膜就耿耿于怀，既读不成书又写不成文章。美学家迷亭见状，调侃道又不是临产男子，赶快算了！是故近来半途而废。C先生提议吃荞麦面条如何？我当即清汤面笼屉面交替吃了起来，奈何只落得个腹泻，概无功效。为了治这多年来的胃弱症，我用尽大凡能用的方法，但一切都是徒劳。惟独昨晚和寒月干的三杯正宗分明见了效果。从今往后每晚喝上两三杯就是。

这也绝不会长期坚持。主人的心如我辈的眼球时刻变化不止，无论做什么都没常性。何况，尽管日记上如此这般为胃病担

---

① 安井息轩：1799—1876，江户时期儒学家。

② 坂本龙马：1836—1867，皇权主义鼓吹者，武士。

忧，但表面上硬是打肿脸充胖子，着实好笑。日前他的友人、某某学者来访，出于某种见地大发议论，说所有的病都不外乎是祖辈罪孽和自己个人罪孽相加的结果。看上去做了深入研究，说得条理清晰秩序井然堂堂正正。可怜的是，无论头脑还是学问，我家主人都根本没达到足以反驳的程度。而另一方面，毕竟自己正为胃病所苦，看样子总是设想辩解，以求保全面子："你的说法固然有趣，可是卡莱尔[①]是胃弱患者哟！"简直就像说既然卡莱尔是胃弱病，那么自己的胃弱病也是光彩事。作为应酬话可谓牛唇不对马嘴。

这么看，友人一口咬定说："即使卡莱尔是胃弱病，胃弱病患者也肯定成不了卡莱尔！"

听得主人哑口无言。看来，如此富于虚荣心之人还是不得胃弱病为好。今晚开始喝酒云云，未免滑稽好笑。细想之下，今天早上吃了那么多年糕也怕是昨晚同寒月君觥筹交错之故。我也想尝尝年糕的味道。

尽管是猫，但我基本无所不吃。一来没有像车夫家的老黑那样远征巷口鱼铺的气力，二来不是像新道的二弦琴女师傅家的三毛那样可以挑肥拣瘦的身价。因而挑剔意外之少。我既吃小孩子掉下的面包渣，又舔掉下的糕点馅。虽然咸菜颇不可心，但也曾为了体验吃过两片咸萝卜干。吃起来真是奇妙，那以后差不多所有的东西都能入口。讨厌那个讨厌这个纯属奢侈任性，无论如何不应出自栖居教师家的猫辈之口。据主人介绍，法兰西有个名叫巴尔扎克的小说家，乃是极为讲究的人。不过不是讲究饮食，而是文章极尽讲究之能事——毕竟是小说家——某日想给自己写的小说中的人取名字，这个那个取了很多，却怎么都不中意。这当口朋友来了，一起出门散步。朋友本来就是稀里糊涂被他领出来的，

① 卡莱尔：托马斯·卡莱尔（Thomas Carlyle，1795—1881），英国批评家、历史学家。漱石小说经常提及。

而巴尔扎克心里想的是如何找到自己一直冥思苦想的人名，所以出门后只管边走边看店铺招牌。然而还是没有中意的名字。他领着朋友一味走个不停。朋友莫名其妙地尾随其后。结果他们从早到晚探险巴黎。临回去时巴尔扎克忽然瞥见一家裁缝店的招牌。细看，招牌上写着马卡斯这一名字。巴尔扎克拍手叫道："就这个就这个只能是这个！马卡斯岂不正是好名字？在马卡斯前加上Z这个大写字母，无可挑剔的名字就出来了。非Z不可。Z.Marcus，无与伦比！看来，自己取的名字就算自以为取得好的，也总好像有矫揉造作之处，索然无味。终于有了称心如意的名字！"

他简直忘了朋友的困窘，只顾一个人喜不自胜。不过，如若为了给小说人物取名字而不得不一整天探险巴黎，那也太麻烦了。倘能讲究到那般地步，自是谢天谢地。但以我辈这样有牡蛎式主人的处境而言，无论如何都没那份心思。什么都无所谓，有吃的就行——所以这么想，想必也是境遇使然。因此，现在想吃年糕也绝非讲究的结果，而是出于有得吃的时候无论什么只管吃这样的考虑。从而想起主人吃剩的年糕会不会剩在厨房里……转去厨房查看。

今早见到的年糕以今早见到的颜色粘在碗底。实不相瞒，年糕这东西迄今一次也未曾吃到嘴。看上去，既好像美味可口，又多少让人惧怵。用前爪拨弄上面的菜叶。再看爪子，粘了年糕的表皮黏糊糊的。嗅了嗅，一股把锅底的饭移去饭桶时的香味。吃？还是算了？四下环视。不知幸与不幸，空无一人。阿三正在以腊月正月都同样的神情打羽毛毽，小孩子在客厅里唱"你说什么呀小白兔"。要吃，此其时也。若错失良机，势必等到来年才能知道年糕那东西的滋味。尽管是猫，我辈也刹那间悟得一条真理："难得的机会使得所有动物敢做不情愿做的事情。"

说实话，我不特想吃年糕。莫如说，那碗底状态越细看越觉得心里发怵，懒得吃了。假如此时阿三推开厨房门，或者听得小孩子的脚步声越来越近，我肯定毫不留恋地弃碗而去。而且明年来临之前年糕之念都不会浮上心头。可是谁也没来，怎么犹豫都没人来。感觉就像有人劝我快吃怎么还不快吃！我一边窥看碗中一边期盼有谁快来。还是谁都不肯来。年糕非吃不可。最后，我就像把全身的重量砸进碗底一样，猛一下子把年糕一角吞进口中。如此竭尽全力扑食，一般东西都必定咬断。糟了！以为可以了就往外拽牙，却拽不出来。想重咬一口，却又动弹不得。年糕莫不是魔物？觉察时为时已晚。如同掉进泥沼之人越着急拔腿越咕嘟咕嘟深陷下去，我越咬嘴越不灵，牙齿动弹不得。齿感诚然有，但仅有齿感是无济于事的。美学家迷亭先生曾评价我的主人，说他优柔寡断。诚哉斯言！这年糕也和主人一样，无论如何都优柔寡断。咬啊咬啊，怎么咬都如同以三除十，尽未来际遥遥无期。[4]如此烦闷之际，我辈不觉邂逅了第二条真理：“所有动物都本能地预知事物的适与不适。”

[4]“尽未来际”是禅语，指未来的尽头，永远的未来。

真理诚然发明了两条，但由于年糕黏之不去，丝毫没觉出快意。牙齿被年糕肉吸收了，掉牙一般疼痛。再不咬断逃走，阿三就来了。小孩的歌唱似已停歇，必来厨房无疑。烦闷之极，咕噜噜摇了摇尾巴，全无效用。耳朵或竖起或平卧，同样徒劳。想来，耳朵尾巴和年糕了不相干。总之摇尾没用，竖耳没用收耳没用。觉察之后，再不尝试。最后好歹想到仅有的一招：借助前爪把年糕扯掉。首先举起右边那只来回抚摸嘴巴四周。仅仅抚摸是摸不掉的。其次伸出左边那只以嘴巴为中心急速画圈。魔物不会因如此咒语脱落。耐心是关键。遂左右开弓轮番上阵，情况依然如故，牙齿悬在糕中不动。啊，麻烦！两只爪同时使用。结果奇异的是，惟独此时能用两只后腿站起来了。感觉好像不是猫了。

是猫也好不是猫也好，时至今日怎么都无所谓了。为了弄掉糕魔一切在所不惜！决心既定，开始满脸抓来挠去。由于前腿动作剧烈，每每失去重心扑倒。扑倒时必须用后腿调整平衡，因而不能居于一处不动，满厨房到处左冲右突上蹿下跳，连我自己都佩服居然这般敏捷灵巧。第三条真理蓦然浮现眼前："临危之际，能为平时不能为之事，是谓天佑。"

有幸享受天佑的我辈拼死拼活同糕魔作战。作战之间，似有足音响起有人走来。心想人来这里可不得了，随即一跃而起，更快地满厨房跑动。足音越来越近。啊，遗憾，天佑略嫌不足。终于给小孩发现了，大声说道："哎哟，猫吃年糕跳舞呢！"

最先听得此声的是阿三，羽毛毽和毽拍都一扔了之，啊一声从厨房门闯了进来。太太则以带有家徽的皱纹和服形象说："讨厌的猫！"甚至主人也从书斋出来："这个混账东西！"连称有趣有趣的都是小孩子。这么着，众人不约而同地哈哈大笑。

气恼，痛苦，舞步欲罢不能，狼狈之至。笑声好歹停下时，那个五岁女孩儿又来一声："妈妈，猫也真够意思啊！"众人当即以挽狂澜之势重新起哄。

人之缺乏同情心的行径，所见所闻相当不少，但从未像此时这般又气又恨。天佑终究去而不来，遂如往日四脚爬地，眼珠忽黑忽白，丑态百出，情何以堪。

主人到底目不忍视，命令阿三："好了，把年糕拿掉！"阿三看着太太，眼神仿佛说再让它跳一会儿不好吗？太太虽然想看跳舞，但无意见死不救，遂沉默不语。

"再不拿掉就死了，赶快拿掉！"主人再次回头看阿三。

阿三就像梦中好东西刚吃一半就被叫醒似的，面无表情手抓年糕猛地一拉。虽说不是寒月君，但仍担心门牙全部断掉。这可不是要说什么痛不痛，而是根本受不了——紧紧咬进年糕的牙被毫不留情地强拉硬扯！我辈因此领教了"所有安乐都不应不通过痛苦"这第四条真理。当我一闪一闪东张西望时，家人早已进入里面的起居室。[5]

[5]"我"吃年糕的心理描写、动作描写细致入微，非常生动。

受此重挫之际而被家中阿三看个正着也让我不大好意思。索性改弦更张，打算去新道二弦琴师傅家的三毛子那里看看，遂从厨房走到后面。

三毛子以貌美闻名附近。我辈固然是猫，但风情大体还是懂的。在家中目睹主人的愁眉苦脸，或遭到阿三申斥而心情郁闷之时，必定去找这位异性朋友谈天说地。这么着，不知不觉之间心情豁然开朗，过去的焦虑啦劳苦啦统统不翼而飞，感觉就像获得新生。女性的影响委实大不可比。

在不在呢？从杉树墙空隙间扫视过去，但见三毛子戴着正月才戴的新项圈有模有样端坐檐廊。其背部的丰盈状态简直无可言喻，极尽曲线之美。尾巴的弧形、腿的折曲，以及不无忧伤地不时抖一下耳朵的情状，根本无法形容。何况正在暖洋洋向阳地方优雅得体地静坐不动，尽管身体不失端庄肃穆之态，但那不输天鹅绒般光滑的满身绒毛仿佛反射着春日阳光无风而翩然摇颤。

我神思恍惚注视有顷。而后蓦然回神，一边低声呼唤“三毛子三毛子”一边以前爪示意。三毛子道一声“哎呀先生”走下檐廊。红项圈上的铃铛叮铃叮铃声声悦耳。噢，正月里还要戴铃，铃声真是好听。如此赞叹之间，三毛子来我身旁由右往左摇一下尾巴：“哎哟先生新年快乐！”

我等猫类之间互相寒暄时须尾巴直立如棍并往左摇晃一周。这街上称我为先生的惟有这三毛子。上次说了，我还没有名字。因我住在教师家中，所以只有三毛子示以敬意而一口一个先生相称。被称为先生，我也并不完全觉得不快，因而嗯嗯作答。

“啊新年快乐！打扮得相当可观啊！”

“去年十二月底承蒙师傅买的。不错吧？”说着叮铃叮铃摇响铃铛。

“声音果然好听！有生以来我从未见过这么漂亮的东西。”

“瞧你说的，大家都挂在项下。”随即又叮铃叮铃摇晃几下，“声音是好听吧？我很高兴的。”叮铃叮铃叮铃叮铃摇个不停。

“看来你家师傅十分疼爱你啊！”我以自身相比，暗暗表露羡慕之意。

三毛子纯真无邪，天真地笑道：“真的哟，简直当成了自己的孩子！”猫也未必不笑。人以为除了自己没有会笑的，大错特错。我辈的笑，是把鼻孔弄成三角形震颤喉结来笑，人不可能明白。

“你那里的主人到底是谁呢？”

“主人？说法够奇妙的。是师傅，二弦琴师傅。”

“这个我也知道的。我是问身份是什么？过去是很高贵的身份吧？”

“嗯。”

等你时间里小松公主……

纸拉窗内师傅弹起二弦琴。

“声音好听吧？”三毛子洋洋得意。

“好听是好听，可我听不懂。唱的究竟是什么呢？”

“那个？就是那个什么呀！师傅最喜欢那个。……师傅已经六十二了，身体结实着呢！”

既然活到六十二，必须说身体结实才是。“嗬。”我应了一声。尽管不无傻气，但想不出别的应答，奈何奈何！

“不过本来出身很好的，师傅常这么说。”

“唔，原来是什么身份？”

“说是天璋院[①]的御祐笔[②]的妹妹出嫁的婆家的婆婆的外甥的女儿。”

“什么？”

① 天璋院：鹿儿岛藩主岛津齐彬的养女（1836—1883）。嫁于德川幕府第十三代将军德川家定，家定死后皈依佛门，称天璋院。

② 御祐笔：幕府掌管文书的官职名称。

“天璋院的御祐笔的妹妹出嫁的……”

“难怪。请稍等等！天璋院的妹妹的御祐笔……”

“喂喂不对,天璋院的御祐笔的妹妹……”

“好了,明白了,就是天璋院吧？”

“嗯。”

“是御祐笔吧？”

“不错。”

“出嫁了。”

“妹妹出嫁了。”

“啊错了错了,妹妹出嫁的婆家……”

“婆婆的外甥的女儿吧？”

“是的。明白了吧？”

“哪里,乱七八糟不得要领。说到底,相当于天璋院的什么人？”

“你也够糊涂的了！所以说是天璋院的御祐笔的妹妹出嫁的婆家的婆婆的外甥的女儿。刚才不是说了吗？”

“这个我倒是完全明白了……”

“明白不就行了！”

“嗯。”

别无他法,投降了事。我们有时候必须口吐抠死理的谎言。

纸拉窗内的二弦琴声戛然而止,传出师傅的语声:“三毛呀三毛,吃饭喽！”

三毛子喜滋滋地说:“喏,师傅叫我呢,我得回去了。好吗？”说不好也没用。

“那么,请再来玩儿！”

三毛子随即叮铃叮铃摇着铃铛跑进院子,却又马上返回,担忧地问:“你脸色非常不好,出什么事了？”

我总不好说吃年糕跳舞了。“倒也没什么大不了的。琢磨点事儿，弄得头痛了。心想跟你说说话就会好的，就出来找你。”

“是吗？多多保重。再见！”看上去多少有些依依不舍。

这么着，吃年糕受挫之气顿时恢复如初。心旷神怡。回程想从那座茶园穿行，于是踩着初融的霜花从建仁寺的院墙豁口探脸一看，车夫家的老黑又在枯菊丛中弓背打哈欠。近来我已不是看见老黑心怀畏惧的那个我了，问题是被其搭话嫌麻烦，就打算佯作不知径自走过。作为老黑的脾性，倘认定他者蔑视自己，绝不会善罢甘休。

“喂喂，无名鼠辈权兵卫，近来开始装模作样了不是？就算吃教师的饭，也不必那么趾高气扬嘛！拿人当傻瓜岂不恶心透了！”

看样子老黑还不知我已声名鹊起。本想说明两句，但这家伙毕竟理解不来，所以姑且寒暄一下以尽快离开为妙。

“哎呀老黑君，恭喜恭喜，还是那么精神抖擞嘛！”

我竖起尾巴往左摇晃一圈。老黑只竖尾巴而不寒暄。

“有什么可恭喜的？若是正月就可恭喜，你这家伙不是一年到头都可恭喜吗？[6]当心点儿，瞧你那副风箱式嘴脸！”

[6]“恭喜”在日语里亦有“傻瓜”“蠢货”之意。

风箱式嘴脸似乎是骂人话，但我不明所以。

“请教一下，‘风箱式嘴脸’是什么意思呢？”

“嗬，你这家伙挨了骂还问骂的什么，这个简单：正月野郎！”

“正月野郎”固然有诗意，而其含义比什么“风箱式嘴脸”还要不明不白。作为参考很想问个明白，可是问也肯定问不出明确回答。于是面面相觑不言不语，情形多少有些尴尬。就有这时，阿黑家的女主人扯着嗓门喊道：“哦，搁在板架上的马哈鱼不见了！不得了！又给阿黑那个畜牲偷吃了！再没有这么可恨的猫了。看它回来我怎么收拾！”

吼声毫不留情地振动初春悠闲的空气，将树枝无声君之代①变得俗不可耐。

① 树枝无声君之代：日本谣曲《高砂》。四海波涛静，国治风亦平，太平君之代，树枝寂无声。意为太平盛世。

老黑做出傲慢的神情，仿佛说要发怒，随便你发怒好了。它往前探出四方下巴，示意：你可听见了？

刚才因应对阿黑而没注意，现在一看，他脚下有一块价值二钱三厘的马哈鱼骨头沾满泥土扔在那里。

“你还是一如既往啊！”我忘了刚才的语境，禁不住脱口而出。

“什么一如既往？你这个混蛋！吃一两片马哈鱼就一如既往了？少说瞧不起人的话，再不怎么着也是车夫家的老黑！”

老黑没撸袖口，代之以把右前腿倒举到肩头那里。

“你是老黑君，一开始就知道的。”

“知道还说一如既往，什么意思？算什么事？”

老黑一味煽风点火。我若是人，势必被他抓住胸襟抡来抡去。我约略退缩，心想事情麻烦了。

正想之间，那位女主人的大嗓门再次传来：“跟你说，西川君[①]，招呼你呢西川君，招呼你有事，瞧你这人！马上拿一斤牛肉来！好吗？听见了吗？牛肉不硬的部位来一斤！”要牛肉的声音打破四邻寂静。

“哼，一年只能买一次牛肉，说话却那么粗声大气，一斤牛肉就对四邻炫耀，无可救药！臭娘们！”老黑一边嘲笑一边叉开四肢站定。

我不知如何回应，兀自默默注视。

“区区一斤，倒是不够满意。不过也罢，买回来俺吃掉就是！”说得就好像为他准备的似的。

“这回可是真正的美餐，太好了太好了！”我想尽快让他回去。

“不关你什么事，少废话！烦人！”说着，后腿突然一蹬，把倒地的霜柱哗一下子弄得我满头满脸。我吃了一惊，在我拍打身上泥水时间里，阿黑钻过围墙，消失去了哪里。怕是琢磨西川的牛肉

① 西川君：西川为当时有名的肉铺。

去了。

刚一到家就听得主人的笑声从客厅传来。笑声不同以往，甚是欢快，似乎有了春天气象。哦？从大敞四开的檐廊拉门凑到主人身旁一看：来了一位陌生的客人。头发整齐分开，身着带家徽的棉布外褂和小仓裙裤，一副极为地道的书生模样。再往主人小火盆那边看去，有一个春庆彩漆香烟盒，与之并列的是一张名片，上面写道“谨此介绍越智东风君——水岛寒月”。于是知道了客人姓名，知道了他是寒月君的朋友。我是主客交谈当中进来的，闹不清来龙去脉，不过似乎是关于我上回介绍的美学家迷亭君的事。

“他说他有个有趣的方案，叫我务必一同前往。”客人慢条斯理地说道。

“什么？所谓方案，莫不是让你陪他去西餐馆吃午饭？”主人续完茶推到客人面前。

“这个嘛，所谓方案云云，当时我也弄不明白。不过反正是那方面的事，所以心想大概有什么趣闻……”

“一起去了？原来如此。”“可是深感意外。”主人“啪”一声打了一下蹲在他膝部的我的脑袋，仿佛说果不其然。拍得不轻。

“又是滑稽剧那样的名堂吧？那人就好那手。”主人陡然想起安德烈·德尔·萨托的事来。

“嘿嘿，他问我要不要吃什么新鲜东西……”

“吃了什么？”

“他先看着菜谱这个那个就菜式讲了一番。”

“是在点菜之前？”

“是的。”

“往下呢？”

“往下他歪起头看着男侍者，说好像没有新鲜东西啊！男侍者不服气，说烤鸭里脊和烧小牛排之类怎么样？先生应道根本不会来这里吃那种司空见惯的东西。男侍者不理解司空见惯是什么意思,神情奇妙地默不作声。”

“估计是那么回事。”

“之后朝我转过脸开始口出豪言:去法兰西和英吉利,倒是能吃到天明调和万叶调。[7] 而在日本,去哪里都像用一个模板压出来似的,以致没情绪进西餐馆。不过此君到底留过洋吗?”

[7] 天明调是天明年间始于俳人与谢芜村的俳句风格(调)。万叶调是日本最早诗集《万叶集》的和歌风格。此处用以寻侍者开心。

“哪里,迷亭怎么可能留洋呢?当然喽,他有钱、有时间,想去倒是随时都可以去。想必往后准备去,却当成已经去过了来开玩笑的吧!”主人自以为自己出语不凡,想诱使客人笑却自行笑了起来。客人并无钦佩的表示。

“是吗?不知不觉之间我以为他留过洋了,以致洗耳恭听。而且,他还像亲眼见了似的形容了蛞蝓汤和炖青蛙什么的。”

“那怕是从谁嘴里听来的吧?关于说谎,他可是十分了得的名人。”

“看样子似乎是的。”说罢,客人注视花瓶里的水仙,亦可看出些许遗憾的表情。

“那么,所谓方案,就是这名堂喽?”主人确认道。

“不,那仅仅是开场白,正题在后头。”

“嗬——”主人夹以带有好奇意味的感叹词。

“后来他跟我商量:蛞蝓啦青蛙啦,那东西想吃也没门儿了,姑且来个 Tochimenbo① 凑合一顿吧!我无意中脱口而出好吧。Tochimenbo,够妙的了!”

“嗯,其妙无比。但由于先生过于一本正经了,所以没能觉察。”简直像在向主人就自己的疏忽致歉。

“后来怎么样了?”主人麻木不仁地问道,对客人的致歉全无同情的表示。

---

① Tochimenbo:汉字写作橡面坊,俳人安藤连三郎的俳号,因日语发音 Tochimenbo 同西餐炸牛肉土豆饼 Minceball 相近,故用于调侃。

“往下喝令男侍者拿两份 Tochimenbo 来！男侍者回问是 Minceball 吗？先生愈发显得一本正经，订正道不是 Minceball，是 Tochimenbo。”

“得得，Tochimenbo 这道面食果真有的吗？”

“这个嘛，我觉得有些好笑，但一来先生那般气定神闲，二来又是众所周知的西洋通，何况当时认定他已留洋无疑，所以我也插嘴告诉男侍者 Tochimenbo、Tochimenbo。”

“男侍者怎么做的？”

“男侍者嘛，现在想来，实在滑稽透顶。他思索片刻，说十分不好意思，今天 Tochimenbo 不巧没有，Minceball 倒是马上可以做出两人份来。先生以不胜遗憾的神情说那么好不容易来这里就白来了。能不能想想办法让我们吃一顿 Tochimenbo 呢？说罢给了男侍两角小费。男侍者说反正我跟厨师商量一下，然后走进里边。”

“看来是真想吃 Tochimenbo 啊！”

“过了一会儿，男侍者走出来说，万分抱歉，做是可以做的，但要多少花些时间。迷亭先生不慌不忙地应道：‘正月，反正我们闲着，等一会儿吃也是不碍事的。’说着从衣袋里掏出香烟，一口接一口喷云吐雾。我也无可奈何，从怀里掏出《日本新闻》开始读报。正读着，男侍者又到里面商量去了。”

“真够折腾人的了！”主人以不亚于阅读战争报道的气势往前凑了凑，“结果男侍者又出来了，不无可怜地说近来 Tochimenbo 用料脱销，去龟屋也好去横滨十五番也好都买不到。所以往下一段时间只能表示歉意。先生一边看着我一边不断重复道伤脑筋啊特意来一趟。我也不好总不作声，便随声附和真是遗憾啊遗憾之至。”

“说得是！”主人表示赞成。可我辈不知道说的是什么。

“这一来，男侍者面露窘色，说材料不久就会来的，届时务请光临。先生问材料要用什么？男侍嘿嘿嘿嘿笑而不答。先生追问一句材料是日本派[①]的俳人吧？男侍者说是的是的，所以近来去横滨也没能买到，实在抱歉得很。”

“啊哈哈哈，这就是收场噱头吗？有趣有趣！”主人少见地放声大笑，笑得双膝摇颤，我辈险些跌落下去。主人对此毫不介意。想必主人是因为得知上当于安德烈·德尔·萨托的并非自己一人而忽然变得心情开朗。

“后来两人走到门外，问我如何，巧用 Tochimenbo 那里有意思吧？样子十分得意。我说万分敬佩，随即向他告别。以致午饭时间推迟，饥肠辘辘，狼狈不堪。”

“给你添麻烦了！”主人这才表示同情。对此我辈亦无异议。交谈中断片刻，我的喉咙声传进主客耳朵。

东风君咕嘟一口喝干变凉的茶水，正色说道：“其实今日登门，是为有事相求。”

“啊，为求何事？”主人也正襟危坐。

“如您所知，我因为喜欢文学艺术……”

“好事！”先生予以鼓励。

“志同道合之人前些日子组织一场朗读会，打算每月聚会一次，将这方面的研究继续下去。第一次是去年年底举行的。”

“有一点还请赐教，说起朗读会，听起来似乎是带上某种调门朗读诗文之类。情况到底如何呢？”

“啊，作为打算，最初从古人作品开始，再逐步纳入同人的创作之类。”

“说起古人之作，莫不是白乐天的《琵琶行》那样的作品？”

“不是。”

“是芜村的《春风马堤曲》[②]那一类？”

“不是。”

① 日本派：以正冈子规为中心通过报纸《日本》掀起俳句革新运动的俳人们。橡面坊（Tochimenbo）亦属此派。

②《春风马堤曲》：俳人与谢芜村（1716—1783）的自由体长诗。

“那么搞的是什么呢？”

“日前搞的是近松的殉情作品[①]。”

“近松？那个写净琉璃的近松？”

近松没有两人。提起近松，必是戏曲家近松无疑。追问这点的主人居然愚昧到这个地步。主人则浑然不觉，亲切地抚摸我的脑袋。这个世上，有人把冷眼认定为暗送秋波，所以这个程度的谬误完全不足为奇，任其抚摸就是。

“嗯。”东风子偷看主人脸色。

“那么是一个人朗读呢还是分配角色来搞呢？”

“分配角色配合搞了一次。目的首先是尽可能对剧中人物怀以同情以充分表现其性格，同时伴以手势和动作。对白以尽可能再现那个时代之人为主，小姐也好，徒工也好，努力表现得就像其人临场一样。”

“那一来，不是和演剧差不多了？”

“嗯，就差没有戏装和布景了。”

“恕我冒昧，进展可顺利？”

“啊，作为第一次，我想还是成功的。”

“那么，你说日前搞的殉情故事……”

“那，那是船老大把嫖客送到芳原[②]去的那场。”

“那一场可是很有难度啊！”到底是教师，主人歪头沉思，鼻孔喷出的日出牌香烟掠过耳边拐去脑后。

“哪里，也没什么太吃不消的。登场人物不过是嫖客、船老大、花魁、跟妈、鸨母和见番[③]罢了。”东风子镇定自若。

主人听得花魁一词，约略皱了皱眉头。但对跟妈、鸨母、见番

① 近松的殉情作品：江户时期“净琉璃”（一种说唱剧本）、歌舞伎作者近松门左卫门（1653—1725）以男女殉情为主题的剧作。

② 芳原：江户、东京有名的妓院街。一般写作“吉原”。

③ 见番：艺妓、娼妓管理者。亦作“检番”。

这类术语似乎没有明确认识，于是首先就此提问："跟妈大概相当于娼家的使女吧？"

"研究得还不充分，不过我想跟妈是妓院的女佣，鸨母是那里的助理之类的吧！"东风子刚才还说要模仿剧中人物的声调以求逼真，却好像连鸨母和跟妈的性质都稀里糊涂。

"原来如此。跟妈隶属于妓院，鸨母是住在娼家的。还有见番指的是人还是一定的场所呢？如果是人，是男人还是女人呢？"

"见番估计是男人。"

"是掌管什么的呢？"

"还没研究到那个地步，回头查查看。"

我往上看了一眼主人，心想这个样子那天还一起对台词，结果岂不莫名其妙！而主人意外认真："那么朗读者除了你还有什么人参加呢？"

"好多人咧！花魁是法学士K君，留着仁丹胡，用的是女人娇滴滴的语声，有些奇妙。此外因为有个花魁阵痛发作的地方……"

"朗读也非那样不可吗？"主人不安地问。

"是的。反正表情很重要。"东风子始终以文艺家自居。

"阵痛发作可顺利？"主人口吐警句。

"惟独这点第一次不无勉强。"东风也口吐珠玑。

"对了，你是什么角色？"主人问。

"我是船老大。"

"哦——，你是船老大！"流露的语气仿佛说作为你如果能当船老大，我当见番也不在话下。

少顷，"船老大够呛吧？"主人直言不讳。

东风子看样子不怎么生气，仍保持沉静的语调："因了这船老大，好不容易办的节目也落得个虎头蛇尾。说起来，会场旁边有四五个女生寄宿，不知怎么听得的，反正在哪里得知那天有朗读会，就来会场窗下旁听。正当我模仿船老大语声模仿在兴头上以为成功在即的时候……也就是说，也许动作动过头了吧，结果一直忍住不笑的女生一下子哄然大笑。我又是心惊胆战，又是不好意思，以致脑袋短路，往下怎么也接不上茬了，结果到此为止不欢而散。”

自称作为第一次还算成功的朗读会便是这样子，那么失败会是什么样子呢？想象之间不由得笑了起来，喉咙不觉咕噜一声响。主人更加温柔地抚摸我的脑袋。嘲笑别人而受到疼爱自是求之不得，但也多少心有疑惧。

“那可真是飞来横祸！”正月里主人就早早念起悼词。

“打算从第二次开始进一步发奋图强盛大登场。今天前来也完全为此目的，想请先生入会鼎力相助。”

“我无论如何也无法让腹痛发作哟！”消极型的主人当即拒绝。

“不不，不腹痛发作也可以的，这里有赞助人士的名簿……”说着，东风子从紫色包袱中不胜珍惜地取出小菊版[①]账簿，“想请您往这上面签名并按个手印。”他把账簿在主人膝前打开。

一看，当今知名的文学博士、文学士一伙人的名字井然有序地排开阵列。

“噢，当赞助人倒也无妨，不过可有什么义务？”牡蛎先生显得不大放心。

“义务并不特别相求，只要写下尊姓大名以示赞成之意，足矣足矣！”

“既然那样就充个数！”知道不课以义务，主人当即一身轻松。看那神情，仿佛是说只要没有责任，谋反连名状也可签名。况且，将自己的名字写进知名学者的阵列——仅此一点就足以让迄未遇上此等事的主人感到无上荣光。因而慨然应允也就不难理解。

① 小菊版：八裁日本白纸，八裁白纸大小的账簿。

“稍离开一下……”主人进书斋取印章。我辈啪嗒掉在榻榻米上。

东风子抓起盘子上的糕点塞了满满一口。主人从书斋拿印出来之时，正是糕点在东风子胃里安营扎寨之际。对于糕点盘上蛋糕赫然告缺一事，主人似乎毫无觉察。假如觉察，首先怀疑的想必是我。

东风子回去后，主人进书斋往桌面上一看，不知何时迷亭先生有信寄来。

> 谨贺新年之喜，恭祝万事大吉……

迄未有之的正经开头，主人心想。迷亭先生的信几乎没有正正经经的。前不久还写这样的信：“别后没有堪可眷恋的妇人，亦无情书从某处寄达，姑且得以安度时光，但请释怀为盼。”相比之下，这封贺年信例外写得中规中矩。

> 本想登门拜访，奈何弟与贤兄消极主义相反，而力图以积极方针迎接亘古未有之新年，故而日日东奔西忙，尚希明察见谅……

毕竟是迷亭其人，正月也必定忙得不可开交，主人暗暗予以认可。

> 昨日窃得一刻闲暇，欲请东风子以Tochimenbo，不巧材料告罄未尽此意，憾何如之……

主人默然微笑：又在老调重弹。

明天某男爵歌留多[1]会，后天审美学协会之新年宴会，大后天鸟部教授欢迎会，大大后天……

啰嗦！主人跳过不读。

如上谣曲会、俳句会、短歌会、新体诗会等，因其接踵而至，时下应接不暇，故不得已以此贺状代以趋拜之礼，敬希谅宥……

无需前来！主人对着来信应答。

下次光临，当待以晚餐，以慰久别之情。寒厨固无珍馐，然至少当备有 Tochimenbo……

又来炫耀 Tochimenbo 了，主人一时心头火起：不逊之徒！

但 Tochimenbo 近来食材脱销，根据情况，或以他物姑且充之，例如孔雀舌之类，届时务请一尝为快……

双管齐下？主人不想再读下去。

如兄所知，一只孔雀，舌肉分量尚不足小指一半，为满足吾兄健啖之胃……

胡扯！主人冷冷说道。

① 歌留多：写有和歌的一种类似扑克牌的日本纸牌。

窃以为务必捕捉三十只孔雀方可。然而动物园、浅草花屋敷[1]等处,孔雀仅偶尔得见,而普通鸡铺则了无踪影,正为之焦虑不安……

岂非一个人自寻烦恼?主人丝毫没有感谢的表示。

似此孔雀舌宴,往昔罗马全盛时期一度极为流行,极尽奢华风流之能事,弟平生暗动食指,敬希谅察……

谅察什么?傻瓜蛋!主人冷若冰霜。

及至十六七世纪以降,此宴已风靡欧洲全境,无孔雀不成宴也。记得莱斯特伯爵[2]招待伊丽莎白女王时亦用孔雀。著名画家伦勃朗[3]所画孔雀图亦见孔雀开屏横卧于餐桌之上……

主人抱怨:既然能写孔雀宴史,那么未必多么忙嘛!

总而言之,倘若近日接连赴宴,小生患胃弱症如兄之日必不远矣……

胃弱症如兄?多管闲事!何必以我作为胃弱症的标准!主人嘟囔一句。

---

① 浅草花屋敷:浅草公园西北边的娱乐场,有动物园、水族馆等。

② 莱斯特伯爵:Robert Dudley, Earl of Leicester(1532?—1588),16世纪英国政治家、军人,伊丽莎白女王的宠臣。

③ 伦勃朗:Remberandt Harmenszoon Van Rijn(1606—1669),荷兰画家、版画家。

据历史学家之说，罗马人每日设宴两三次之多。而每日就食两三次方丈食馔，纵然胃健之人，亦必致消化功能不调，因而自然如兄……[8]

[8] 方丈食馔 指摆满一丈(约3米)见方的桌子的美食。语出《孟子》：“食前方丈，侍妾数百人。”

又是如兄，不像话！

然则彼等悉心研究奢侈与卫生兼顾之策，认为有必要在贪食超量美味之时保持胃之常态，于此想出一秘法……

秘法？主人陡然来了兴致。

彼等食后必入浴。入浴以一种方法将浴前咽下的食物悉数吐出，清扫胃内，奏胃内廓清之功。而后又就餐桌，饱食山珍海味。食罢再次入浴吐之。如此这般，尽可大快朵颐而于五脏六腑丝毫无损，所言一举两得，是之谓乎……

果真一举两得。主人面露羡慕之色。

时至二十世纪今日，交通之频繁、宴会之增加自不待言，且正值军国多事、征俄之第二年，吾辈战胜国国民，务须效仿罗马人，研究入浴呕吐之术，自信此其时也。如若不然，终于成就的大国之民亦将于不久之将来悉如大兄沦为胃弱症患者。吾心为之隐隐作痛……

又如大兄？惹人生气的家伙！

当此之际，吾人通晓西洋情况者，倘能发现已绝秘法，使之应用于明治社会，既可建立防患于未然之功德，又可纵情娱乐而报恩也……

主人歪头：总好像莫名其妙！

近来为此涉猎吉本、蒙森①、史密斯②等诸家著述，而尚未觅得任何端绪，遗憾之至。然如兄所知，以小生脾性，一旦起意，不达目的绝不罢休。相信为时不久一定发现呕吐之方。一俟发现，即当奉告，敬请期待。因此，上面所述 Tochimenbo 与孔雀舌宴也将于发现秘方后伺候。如此，不惟小生方便，于为胃弱症苦恼之大兄亦大有裨益也。草草奉上。

怎么回事，到底又被他愚弄了？毕竟写法实在认真，以致当真读到了最后。新年伊始，迷亭就开这种玩笑，真是闲得可以啊！主人笑道。

此后四五日基本平静度过。白瓷盆的水仙花缓缓凋零，青釉瓶里的梅花虽在瓶中也渐渐开了——光看这东西度日未免无聊，就去找了三毛子一两次，但都没遇上。起初以为不在家，第二次去得知病倒了——躲在洗手盆洋兰荫里听得纸拉窗内那位师傅和女佣的交谈，从而得知原来如此。

“三毛吃饭了？”

“没有，今早到现在还什么都没吃。已经让她睡到暖床上暖和暖和了。”好像不是在说猫，所受待遇与人无异。

一方面相比于自己的处境不无羡慕。另一方面，想到自己所

① 蒙森：Theodor Mommsen（1817—1903），德国历史学家，以《罗马史》闻名。

② 史密斯：William Smith（1813—1893），英国古典学者。

爱之猫受到厚爱，又为之高兴。

“不好办啊！再不吃饭，身体越来越弱。”

“那当然。若一天不吃不喝，就连我第二天也无论如何都干不了活儿。”

听女佣这应答，仿佛猫比她本人还属于高等动物。实际上在这户人家猫也许比女佣还要宝贵。

“领去大夫那里看了？”

“看了。那位大夫可是相当奇妙！我抱着三毛去门诊部，居然摸我的脉问感冒了？我说不不，病人不是我，是这个，就把三毛在膝头放好。结果大夫嘻嘻笑着说猫的病俺不会看，不理不管也会很快好的。这岂不太过分了？气得我说那么就不麻烦您看了。别看是猫，宝贝得不得了。说完就把三毛搂在怀里赶紧回来了。”

“可怜啊！”

可怜啊！在我家里这话绝无可能听到。到底只有天璋院的什么的什么才说得出来，优雅得体，佩服至极。

“好像有嘶嘶嘶的声响……”

“嗯，肯定感冒喉咙痛。感冒起来，任凭哪位都难免咳嗽的……”

不愧是天璋院的什么的什么的女佣，所用语言格外谦恭。

“况且，近来有肺结核什么的出现了。”

“的确是的。近来又是肺结核又是鼠疫，新病越来越多，这种时候千万不能掉以轻心。”

“旧幕时期[①]没有的东西都不是地道东西，你也要当心才行。”

“那怕是那样的！”

女佣大为感动。

“怎么就感冒了呢？好像并没有到处乱跑啊……”

① 旧幕时期：1868 年明治维新以前的德川幕府（江户幕府）时期。

“不，太太，近来交了个坏朋友。”

女佣像道出国家机密时那样神气活现。

“坏朋友？”

“嗯。就是那条大道教师家里的脏兮兮的公猫。”

“你说的教师，就是天天早上发出阴阳怪气声音的人？”

“是的。每次洗脸都发出掐鹅脖般的声音。”

掐鹅脖般的声音，恰到好处的形容。我的主人有个毛病，每天在浴室漱口的时候，都要用牙签捅喉咙肆无忌惮地怪叫。心情不好的时候变本加厉。心情好的时候有了兴致也变本加厉。就是说，心情好也罢不好也罢都要气势汹汹怪叫不止。按太太的说法，搬来这里之前无此怪癖。而在某个时候忽然叫起，至今一日未曾止息。一个伤脑筋的毛病。至于何以如此坚韧不拔，猫辈如我全然无从想象。这倒也罢了，而居然酷评“脏兮兮的猫”。我继续竖耳细听。

“发出那般语声会不会成为某种咒语？维新前，无论小厮还是下人，都是懂得相应规矩的。武士公馆街巷，那么洗脸的人一个也没有过的。”

“那还用说么！”女佣佩服得五体投地，乱用“么”字。

“那种主人身边的猫，定是野猫，下次来打它几下！”

“当然打它！三毛患病，完全是那个家伙的缘故。此仇非报不可！”

飞来冤罪！心想这可轻易靠近不得，三毛子终究不遇而归。

归来一看，主人正以沉吟之态伏案执笔。如若告以在二弦琴师傅处听得的评价，难免发怒。耳不闻心不烦，他兀自哼哼叽叽以神圣诗人自居。

正当这时，自称时下冗忙无法趋访而特意寄来贺年卡的迷亭君翩然而至：“莫不是在写什么新体诗？写出有趣的来，给我看看！”

“呃，觉得这篇文章写得足够好，就想翻译出来。”主人难以启齿似的应道。

“文章？谁的文章？”

“不知是谁的。”

“无名氏的？无名氏之作也有的相当不错，万万小看不得。究竟在哪里来着？”

“第二读本。”[9] 主人十分镇定地回答。

[9] 日本当时中学用的英语教科书多由五卷本构成，第二读本即第二册。

“第二读本？第二读本怎么了？”

“就是说我正在翻译的名文在第二读本里面。”

“好家伙！你是存心刻不容缓地报孔雀舌之仇吧？”

“和你那种大话连篇不一样的。”主人手拈仁丹胡，泰然自若。

“以前有人问山阳①近来有没有名篇，山阳当即出示马夫写的讨债信，说近来的名篇首先是这篇吧！你的审美眼光意外到位亦未可知。好，你读一下，我来评论。”迷亭先生说得俨然自己是审美眼光的正宗大师。

主人以禅宗和尚朗读大灯国师②遗训那样的声调读了起来。

“巨人、引力。”

“什么？什么是巨人什么是引力？”

“‘巨人引力’是标题。”

“好奇妙的标题啊，我可是不解其意。”

“估计是名叫引力的巨人。”

“不无牵强附会的估计。也罢，毕竟是标题，姑且放行。往下快读正文。你的声调好，很有意韵。”

“多嘴多舌可不成哟！”主人预先叮嘱一句，重新开始朗读。

凯特从窗口向外面观望。小儿投球玩耍。他们把

① 山阳：赖山阳（1780—1832），江户后期儒学家、历史学家，亦以文笔家闻名。

② 大灯国师：日本镰仓时期的禅僧妙超（1282—1337）。临济宗的开山祖师。传《大灯国师语录》三卷。

球高高抛向天空。球不断升高，稍后落下。他们又将球高高抛起，两次三次。每次抛起球都落下。凯特问：为什么落下？为什么不一再升高？“因为巨人住在地下。”母亲回答，“他是巨人引力。他很强大。他将万物引向自己这边。他将房屋引在地上。不引就会飞走，小儿也会飞走。看见树叶下落了吧？那是巨人引力在呼唤。书有时会掉下吧？那是因为巨人令其过来。球升向天空。巨人引力发出呼唤。一呼唤就落下。”

“这就完了？”

“嗯。岂不很好？”

“啊，由衷折服。在意想不到的地方得到了 Tochimenbo 的回敬。”

“不是回敬，什么都不是，只是因为写得好而翻译过来。你不这么认为？”主人注视金边眼镜的深处。

“始料未及啊！你居然有这两下子，这回，只有这回算是被愚弄了，叹服叹服！”迷亭先生自以为是地自言自语。

主人则全然不解：“根本没想什么让你叹服。无非觉得文章好玩而译出来罢了。”

“噢，的确好玩。你不来这一手就不算真本事。厉害厉害，诚惶诚恐！”

“用不着惶恐。最近我也不再画水彩画，而想代之以写文章了。”

“远近无异黑白不分的水彩画根本无法相提并论。不胜感服！”

“给你这么一夸，我也来了兴致。”主人始终与之格格不入。

正当这时，寒月君道一声“日前多有打扰”而走了进来。

“哎呀失礼！刚刚聆听一篇非同凡响的名文，使得 Tochimenbo

的亡魂望风而逃。”迷亭先生来了一番没头没脑的暗示。

“呃,是那样吗?”回应同样没头没脑。

惟独主人没有显得那么兴高采烈:“上次你介绍的越智东风那个人来了。”

“啊,来过了?越智东风那个人极为坦诚,只是略有与众不同之处。担心给你添麻烦,但他一定要我介绍……”

“倒也没添什么麻烦……”

“来府上有没有就他的名字辩解什么?”

“没有,好像没提起。”

“是吗?他有个毛病,不管去哪里都要向第一次见面的人解释自己的名字。”

“如何解释?”惟恐天下不乱的迷亭君插嘴道。

“他对东风两个字的读音非常介意。”

“那么?”迷亭先生从泥金花纹皮革香烟盒中抽出一支香烟。

“他必定强调他的名不念 Ochitofu,而念 Ochikochi。”

“够奇妙的。”迷亭把云井①吞入腹腔底部。

“那完全来自文学热。如果读作 Kochi,就成了远近这个成语。[10]而且姓名押韵,本人为此自鸣得意。因此他抱怨说,如果把东风发音读作 Tofu,自己的一番苦心就没人理会了。”

[10]“远近”亦可读作 Ochikochi(おちこち)。故名字同“远近”谐音,一语双关,有文学性。

“是有些与众不同。”迷亭先生愈发来了兴致,将云井从腹底吐回鼻孔。这当中烟雾一时迷路,呛在喉咙出口。先生手握烟管,呛得吭吭咳嗽。

“日前来时说在朗读会上当船老大被女学生哄笑来着。”主人边笑边说。

“唔,你看你看!”迷亭先生用烟管敲着膝头。

我觉出危险,稍稍躲开。

① 云井:香烟商标名。

"那个朗读会嘛，是前些天我请他吃 Tochimenbo 时提出来的。好像说第二次打算招待知名文士搞一场大会，务请先生也光临捧场。我接着问：下次也打算搞近松的世态剧吗？他说不不，下次要选新得多的，搞《金色夜叉》[①]。我又问：你充任什么角色？他说：我是阿宫。东风版阿宫想必有趣，我定当出席喝彩！"

"理应有趣。"寒月君笑法诡异。

"不过，那个人绝对诚实，没有轻薄之处，是个好人，和迷亭之流大异其趣。"主人一举报了安德烈·德尔·萨托和 Tochimenbo 之仇。

迷亭则显得毫不介意，笑道："反正我这样的，只能算是'行德之俎[②]'啊！"

"大体怕是不错。"主人说。其实主人并不理解"行德之俎"一词。好在当了多年教师，始终招摇撞骗，所以把教坛经验也用在了社交场合。

"'行德之俎'说的是什么？"寒月坦率地问。

主人看着壁龛那边说道："那水仙是我年底外出洗澡回来路上买来插进瓶里的，开的时间很长嘛！"如此勉强把"行德之俎"支开。

"说起年底，去年年底我有一次奇异的经历。"迷亭如大神乐[③]一般用指尖转动烟管。

"什么经历？讲来听听！"主人觉察"行德之俎"已被抛去九霄云外，舒了口气。所听迷亭先生的奇异经历如下：

"记得大约是二十七日，接得那位东风先生的事先通知，谓有意登门拜访请教文艺方面的高见，务请留在府上。于是从早上就一心等待，而先生却迟迟不来。吃罢午饭正在火炉前看伯利·培

①《金色夜叉》：小说名。日本作家尾崎红叶（1868—1903）的名作。

② 行德之俎：行德为"傻瓜见"（バカ見）产地。故暗指傻而品行不端之人。

③ 大神乐：一种转动盘子的曲艺节目。

恩[1]的幽默故事，静冈的母亲来信了。一看，到底是老年人，总把我当作小孩子，什么天气正冷晚间不要外出啦，什么冷水浴倒也可以，只是要烧好炉子把房间弄得暖暖和和，若不然会伤风感冒啦，啰啰嗦嗦提醒多多。到底是母亲，难得这番心意，别人万不可能——就连什么都不放在心上的我那时也大为感动。即使出于这点，也不能再这么吊儿郎当下去了，那太虚度光阴了。一定要写一部大书来光宗耀祖，要趁母亲健在时让天下人知道明治文坛有迷亭先生。接着往下看，信上写道：你真是个幸运儿。和俄国开战后年轻人千难万苦为国效力，可你却在年关正忙之时像过正月一样优哉游哉——其实我并不像母亲以为的那样东游西逛——接下去，信中列举小学时代的朋友、这回出战或死或伤之人的名字。一一看那些名字，总觉得人世百无聊赖，人也没多大意思。最后写道：我也年老体衰，贺春年糕，恐怕仅限于今年了……写的事很有些不安，看得我心慌意乱，就更盼望东风先生快快到来，但先生横竖不来。不久到了晚饭时间。吃罢，想给母亲回信，写了十二三行。母亲的信足有六尺多长，而我死活都没那两下子，每次都写十行左右即告了事，无一例外。这么着，整整一天没动了，胃的情况有所不妙，颇不舒服。心想东风来了让他等着好了，就出门寄信，也好散散步。我没像往常那样往富士见町那边走去，而不知不觉来到土手三番町。偏巧那天晚上天气有些阴沉，干冷的风从护城河对面吹来，异常寒冷。火车从神乐坂那边开来，哞一声从河堤下驶过。感觉十分寂寞。年末、战死、老衰、人世无常、光阴似箭等种种混账字眼在脑海里横冲直撞挥之不去。时常听说有人上吊，我忽然想起会不会是这种时候忽然受了诱惑而想一死了之的呢？约略抬头往河堤上张望，不觉之间来到那棵松树下面。正是树下，不偏不倚。"

① 伯利·培恩：Barry Eric Odell Pain（1864—1928），英国小说家。

“那棵松树？哪棵？”主人插入一句。

“吊脖子松。”迷亭缩一下脖子。

“吊脖子松不是在鸿台吗？”寒月推波助澜。

“鸿台的是吊钟松，土手三番町的是吊脖子松。为什么会是这个名字呢？因为古来传说任何人到了这棵松树下都想上吊。河堤上有不止几十棵松树，但上吊肯定吊在这棵树上，每年必吊两三回。无论如何也不想死在别的松树上。一看，树枝恰到好处地往路面横向伸来。啊，多好的枝形！径自走过不理未免可惜。特想把一个人吊在那个位置。有没有人来呢？四下打量，不巧没人来。无可奈何。自己吊上去如何？不成不成，自己吊上必一命呜呼。危险，算了。不过有故事说古希腊人在宴会席上曾模仿上吊助兴。一人登上木墩把脖子伸进绳套，另一人在那一瞬间把木墩踢倒。把脖子伸进绳套的当事人在木墩被撤离的同时松开绳子掉下。果真属实，也不会太害怕，我也想试一次。于是把手搭上去，树枝弯得正相合适，弯得堪可审美。我想象自己吊上去一下下摇颤的情形，心里乐不可支。本想一吊为快，但想到东风君正在苦等，便觉得于心不忍。于是我另生一念：先见东风君如约谈话，谈完再来。而后返回家中。”

“这就万事大吉了？”主人问。

“妙趣横生！”寒月嘻皮笑脸。

“回家一看，东风君仍然没来。但来了一枚明信片，写道今日奈何俗务缠身，无法成行，来日方长，后会有期。于是我放下心来。想到这样即可无牵无挂地吊上脖子，不禁暗自欢喜。我马上穿上木屐，急匆匆返回原来地方一看……”说着，迷亭看着主人与寒月，显出若无其事的样子。

“一看，看见什么了？”

“渐入佳境。”寒月摆弄外褂腰带。

“一看，已经有人捷足先登，吊上去了。仅一步之差，遂成憾事。

回头想来，当时真好像给死神纠缠住了。若让詹姆斯[①]说，想必是潜意识下的幽冥界和我所在的现实界由于一种因果法而发生了相互感应。委实匪夷所思之事不也是有的吗？”迷亭不动声色。

主人虽然心想又被将了一军，但一言未发，只顾把空也糕[②]鼓鼓囊囊塞了满满一嘴。

寒月小心翼翼拨弄火盆里的灰，低头嘻嘻奸笑。少顷开口了，语调极为平静：

“聆听之间，虽然觉得不可思议，未必实有其事，但我亲身经历的相似之事就发生在前不久，所以全然不觉得可疑。”

“嗬，你也想上吊来着？”

“不，我的不是上吊。这也正好同是去年年底的事，而且是在和先生同一日期同一时刻发生的，所以尤其觉得莫名其妙。”

“有趣有趣！”迷亭嘴里也鼓鼓塞满空也糕。

“那天在向岛一个朋友家里开忘年会兼合奏会，我也带了小提琴去。十五六位小姐和贵妇人聚集一堂，场面甚是了得。万事俱备，可谓少见的快事。晚餐结束，合奏完了，开始神聊，时候也相当晚了，遂想就此告辞。这时某博士的夫人来我身旁，低声问道：你知道某某小姐的病情吗？其实两三天前见到时一如平日，看不出任何不适，以致问得我心里一惊，就详细打听了情况。对方说就在我见到的当天晚上突然发烧，这个那个不断满口说胡话。那倒也罢了，问题是胡话中时不时出现我的名字。”

主人自不用说，就连迷亭先生也不口出“真不简单”那类陈词滥调，只管肃然恭听。

“请来大夫看了，诊断说病名虽不甚清楚，但毕竟烧得厉害，致使脑部受损，倘安眠药不能如期奏效，情况就危险了。我听了，当即有了不祥之感，就好像做梦魇住时那样，脑袋沉甸甸晕乎乎的。

① 詹姆斯：William James（1842—1910），美国哲学家、心理学家。漱石深受其影响。

② 空也糕：一种夹馅糯米糕点。

周围空气仿佛突然变成固体从四面八方朝我挤压过来。回家路上满脑袋都是这件事，苦不堪言。那般美丽动人、那般活泼健康的某某小姐……”

“对不起，请等等！倾听当中，听你好像说了两遍某某小姐。如不碍事，敢问芳名。你看呢？”迷亭回视主人。主人唔一声不置可否。

“不不，唯独这点有可能给本人添麻烦，免了吧！”

“你是存心让一切都暧暧然昧昧然啊！”

“别说风凉话，这可是再严肃不过的事……总之想到那位女子忽然患病，飞花落叶之感就拥塞于胸，全身的活力就像一齐罢工，顿时万念俱灰，勉强以踉踉跄跄的脚步走上吾妻桥。凭栏俯视，是涨潮还是退潮无从分辨，但见黑水似乎成群结队移动不止。一辆人力车从花川户那边飞奔而来，奔过桥去。目送其灯笼火光，火光渐渐变小，消失在札幌啤酒[①]处。我再次看水。看着看着，遥远的河流上游传来唤我名字的语声。奇怪，这一时分不可能有人呼唤。是谁呢？透过水面细看，但黑乎乎一无所见。必是神经过敏。我想快快回家。而刚走了一两步，又有微弱的语声从远方唤我的名字。我再次止住脚步，竖耳倾听。第三次呼唤时，虽然手抓栏杆，可膝部还是瑟瑟发抖。语声似乎是从远方或河底发出来的，毫无疑问是那位小姐的声音。我情不自禁地应道‘我在——’。声音在静静的水面回荡开来，自己都为自己的声音吃了一惊，猛然环顾四周。无人无狗无月，什么也没有。那时我卷入此‘夜’之中，恨不得马上赶去声音发出的地方。那位小姐的语声既像苦诉，又像求救，直击我的耳膜。这回我应道‘马上就去’，从栏杆探出上半身凝视黑色的水面。呼唤我的语声似乎是从波浪下面勉强泄露出来的。我一边思忖原来在这水下一边跨上栏杆。我下定决心，

① 札幌啤酒：当时吾妻桥附近建有啤酒厂和庭院风格啤酒馆。

若再唤我一次，我就跳下河去。盯视水流之间，可怜的语声又如游丝一般浮了上来。就这儿！我憋足力气一跃而起，旋即像小石子或别的什么义无反顾地跌落下去。”

“到底跳下去了？”主人眨巴一下眼睛问。

“没以为会发展到这个地步。”迷亭拧一下自己的鼻头。

“跳下水后晕了过去，好一会儿处在梦中。后来睁眼醒来，冷虽然冷，但哪里也没有湿的地方，呛水那样的感觉也没有。分明跳下来了啊！不可思议。等我意识到不对头而四下打量时，结果大吃一惊：本以为跳入水中，其实错跳到桥的正中！当时真是后悔莫及。只因弄错前后方向，就没去成那语声发出的地方。”寒月一边半笑不笑地笑着，一边照例嫌弃似的摆弄外褂带子。

“哈哈哈哈有趣有趣！奇的是居然和我的经历那般相似，同样可以成为詹姆斯教授的材料。以人的感应为题来一篇叙事散文，笃定震惊文坛。……对了，那位小姐的病怎么样了？”迷亭先生穷追猛打。

“两三天前过年时去的，正在院门里面和女佣拍羽毛毽。看上去病完全好了。”

主人一开始就面露沉思之色，这时终于开口道：“我也有。”他不甘拜下风。

“有？有什么？”主人这样的角色当然不在迷亭眼里。

“我的也是去年年底的事。”

“都是去年年底，不谋而合，妙！”寒月笑道。缺的门牙边上粘着空也糕。

“莫非也是同日同时？”迷亭插话。

“不，日期好像不同，大约是二十日前后。妻子说听一场摄津大椽[①]来代替年终礼物吧！我说领去倒不是不可以，可今天讲的是

① 摄津大椽：1836—1917，明治时期有名的艺人。原名二见龟次郎。

什么呢？妻子参考报纸，说是‘鳗谷[1]’。我说不喜欢‘鳗谷’，今天就算了吧。到了第二天，妻子又拿来报纸说今天是‘堀川’，这个可以吧？‘堀川’要伴以三弦，光是热闹，没干货，算了！这么一说，妻子显出不满的脸色退下去了。第三天妻子说今天是‘三十三间堂’，非听‘三十三间堂’不可。你喜欢不喜欢不知道，让我听好了，一起去可以的吧？妻子步步紧逼。我说：‘既然你那么想去，那么去也无妨。不过听说是最后告别表演的拿手节目，肯定人满为患。这么风风火火跑去，有可能挤不进去。去那种场所，本来是要和茶屋[2]联系来预约合适的座位——不履行这个正当手续而脱离常规是不好的。遗憾，今天别去了。’听得妻子横眉怒目，带着哭腔说道：‘我一个女人家，不知道那么麻麻烦烦的手续。可大原家的老太太也好铃木家的君代也好，也都没履行正当手续，照样好端端地听了。你就算再是教师，也不必费这种麻烦才去看节目吧！你太过分了！’我只好让步，说即使不行也去好了。吃完晚饭坐电车去。这一来，她马上来了干劲儿，说要去就一定要在四点前赶到，那么磨磨蹭蹭可不成。我问为什么要赶在四点之前呢？她说不早去占座位就入不了场——铃木家的君代这么告诉的。我叮问一句：‘那么说过了四点就不行了？’她回答：‘那还用说！’结果，你说怪不怪，从那一刻开始突然打起了摆子。”

“是太太？”寒月问。

“哪里，妻子活蹦乱跳。是我！感觉就像出了洞的气球忽一下子瘪了。眼前恍恍惚惚，动不得了。”

“是急病吧？”迷亭补加注释。

“啊，这可糟了。妻子一年才一次的请求，无论如何都要满足她才是。平时又是责骂，又是不理不睬，又是让她操劳家务，又是让她照料小孩，对她的洒扫炊事之劳没给任何回报。今天幸好有

① 鳗谷：“净琉璃”节目的一种。后面的“堀川”“三十三间堂”亦然。

② 茶屋：此处特指剧场所属的茶屋。

时间，囊中有四五张阿堵物，想领去就能领去，她也想去。我也决心领她前往，却这么打起摆子，头昏眼花。漫说乘车，连下去穿鞋都谈不上。啊抱歉抱歉。我越这么想，越是打摆子，越是眼前发黑。赶快看医生吃药，这才有可能赶在四点前康复。随即跟妻子商量去请甘木医学士，不巧昨晚值班，还没从大学回来。回话说下午两点回来，回来就去府上。糟糕！立马喝点杏仁水什么的，四点前肯定好转。奈何倒霉时万事不顺，偶尔看一下妻子的笑脸高兴高兴这个打算，看情形要彻底告吹。妻子面露怨恨之色，问道死活都去不成了吗？我说去肯定去，快去洗脸换衣服等着——嘴上虽这么说，而心中则感慨万千。打摆子愈发严重，眼前更加昏天黑地，四点前好转履约早已无从谈起。妻子气量小，不知会闹出什么事来。落到这般窝囊的地步！如何是好？我开始思忖，为防万一，教以有为转变、生者必灭之理，使她在发生意外情况时有心理准备而不至于气急败坏也可能是丈夫对妻子的义务。我即刻把妻子叫来书房，说：'你虽是女流，但 many a slip'twixt the cup and the lip[①]那句西洋谚语也是懂得的吧？''哪个晓得那种横写的文字？明明知道人家不会英语却故意用英语嘲弄人家！算了！反正我不会什么英语。既然那么喜欢英语，为什么不找耶稣学校[②]的毕业生？再没有比你更冷酷的人了！'妻子气势汹汹。我好不容易想出的计划也因此夭折。不是向你们辩解，我使用英语绝非出于恶意，而完全出于对妻子的至爱至情。而被妻子那样解释起来，我也脸面尽失。况且早就又是打摆子又是头晕，脑袋有些混乱。却又急于让她理解有为转变、生者必灭之理，以致忘了妻子不会英语，稀里糊涂用起了英语。想来是我不好，一败涂地。结果打摆子有增无减，眼前愈发金星乱窜。妻子遵命进浴室脱去上衣化妆，从衣箱里拿出衣服换上，以随时都能出发的架势整装待命。我心急如火，盼望

① many a slip'twixt the cup and the lip：直译为“杯与唇之间也有许多挫折”，意近“往前一步即陷阱”。

② 耶稣学校：实施基于基督教教育的学校。以致力于英语教育的女校居多。

甘木君快快到来。看表,三点。到四点只剩一个小时。'差不多该出发了吧?'妻子打开书房门探进脸来。夸奖自己的妻子像是好笑,但我从未觉得妻子有这么漂亮。脱去上衣用香皂打磨的皮肤闪着幽光,同黑色绉绸外套相映生辉。脸庞因了香皂因了想听摄津大椽的迫切心情而从有形无形两方面光彩照人。我动了心思,无论如何都要满足她的期待领她出门。正当我定下决心喷云吐雾之时,甘木大夫终于来了。正中下怀。我说了病情。甘木大夫瞧我的舌,抓我的手,敲我的胸,摸我的背,翻眼皮蹭头盖骨,沉思良久。'总觉得情况不妙。'听我这么一说,大夫慢条斯理地应道:'不,没有什么要死要活的情由。''外出一下也不碍事的吧?'妻子问。'唔——'大夫再度沉思,'只要感觉不难受……''难受着呢!'我说。'那么,反正开一点一次服用的汤药吧!''怎么样?总好像够危险的啊!''不,绝对没到你担忧的程度。神经过敏可不合适啊!'大夫说罢回去。三点三十分过了。女佣去取药。妻子严令她跑着去跑着回。差十五分四点。到四点还有十五分。不料,从三点四十五分开始,突然呕感上来——原本平安无事——妻子把汤药倒在碗里放在我面前,拿起碗正要喝,胃里有东西咕一声呐喊而出。不得已放下碗。妻子催逼:'快喝好不好啊?'再不快喝出门,情理难容。我一咬牙,正要一饮而尽,而药碗刚一沾嘴唇,又咕一声打上门来,不屈不挠。如此要喝端碗又放下,又要喝端碗又放下之间,餐室的挂钟当当当当打响四点。噢,四点了,再磨蹭不得了!又端起碗来。结果真是不可思议啊诸位,所谓不可思议就是指这事吧:随着四点打响,呕感彻底平息,汤药毫不费事地喝进肚去。到了四点十分,始得理解甘木大夫何以是名医。脊背飕飕发冷也好,眼前阵阵旋转也好,都像梦一样无影无踪,以为想站都站不起来的病忽然痊愈。高兴啊高兴!"

"后来一起去歌舞伎座了?"迷亭以一副欲知究竟的表情问。

"想去,但四点已过,进不去了——妻子表达意见。别无他法,只好作罢。甘木大夫若早到十五分钟，一来我有了脸面，二来妻也满足了。仅仅十五分钟之差，遗憾之至。回头想来，现在都觉得千钧一发。”

讲述完毕的主人终于显出尽了自己义务的样子。也许觉得这样就在两人面前有了面子。

寒月一如往常露出齿豁笑道：“是够遗憾的啊！”

迷亭佯作不解，自言自语地说：“有你这样温存体贴的丈夫的妻君何等幸福啊！”纸拉窗内侧传来妻君“吭”一声咳嗽。

我老老实实轮番听了三人的讲述，既不觉得可笑又不感到可悲。人这东西，为了消磨时间而强行摇唇鼓舌，为不可笑之事而笑，为不好玩之事而欢，此外一无所能。我的主人平时寡言少语，总好像有琢磨不透之处，对其琢磨不透之处多少有畏惧之感。而听了刚才这番话之后，陡然动了轻蔑之念。他为什么不肯静听那两人说话呢？争强好胜地搬弄这愚不可及的话语能有什么所得？莫非爱比克泰德在书中叫你这么做了？总之，主人也好寒月也好迷亭也好无不是盛世逸民，他们虽然像丝瓜那随风飘摇俨然与世无争，但实际上同样既有俗念又有贪心。竞争之念、好胜之心在其日常谈笑中躲躲闪闪欲盖弥彰。进一步说来，同他们平日斥为俗物之人乃一丘之貉——在猫看来委实可怜得无以复加。其多少可取之处，不外乎其言语动作不像一般卖弄一知半解之人那样因落俗套而惹人生厌。[11]

[11] 此段议论画龙点睛，揭示人与人之间的冷漠无情。

这么一想，忽觉三人的讲话变得百无聊赖。于是往二弦琴师傅院门绕去，想看看三毛子情况如何。虽然门松①和注连绳②已经除去，二月已经过去十天，但明媚的春日阳光从万里无云的深空普照天下，光被四海，不足十坪的庭院也较其沐浴新年曙光之时呈现更加鲜活的生机。檐廊里有一个蒲团而空无人影，纸拉窗也

① 门松：日本过年时门旁装饰的一对小松树。

② 注连绳：挂于门楣的稻草绳，据说有避邪效用。

关得严严实实——想必师傅到澡堂去了。师傅不在倒也无妨，不放心的是三毛子是不是多少好一些了。由于四下静悄悄没有人的动静，我顾不得脚上有泥，径自上到檐廊往蒲团正中歪身躺倒，甚是舒心惬意。昏昏沉沉迷迷糊糊之间，突然忘了三毛子打起盹来。这当中忽然听得拉窗内响起人语。

“辛苦了。做好了？”师傅还是在家。

“回来晚了。去了佛事用品店，说刚刚做好。”

“喏，让我看看！啊，好漂亮！这样，三毛也可以升上天界了。金漆不会脱落吧？”

“嗯，一再问过，说用的是上等料，比人的灵位还要耐用。……还说，猫誉信女的誉字还是行书好看，所以改动了笔画。”

“好好，赶快放在佛龛里上香吧！”

三毛子怎么了？情况总好像不寻常。我从蒲团上站起身来。叮铃，南无猫誉信女、南无阿弥陀佛南无阿弥陀佛——师傅的声音传了过来。

“你也来为三毛子祈祈冥福吧！”

叮铃，南无猫誉信女南无阿弥陀佛南无阿弥陀佛，这回响起女佣的声音。我心跳陡然加快，站在蒲团上，眼睛像木猫一样一动不动。

“真是可惜啊！一开始只是有一点点感冒……”

“如果甘木大夫给开药，说不定就好了。”

“说到底，是甘木大夫不好，拿三毛太不当一回事了！”

“不要说别人坏话。这也是命中注定。”

看来三毛子也请甘木大夫看过病了。

“归根结底，就怪正大街教师家那只野猫老是引诱，依我看。”

“嗯，那个畜牲是三毛的仇人！”

很想争辩几句，但这里还是忍耐为上，咽口吐沫听下去。交谈时断时续。

“人世间很难称心如愿啊！三毛这般模样俊俏的夭折了，丑八怪野猫活蹦乱跳为非作歹……”

“正是正是。三毛那么可爱的猫即使敲锣打鼓也找不出第二位。”

不说第二只而说第二位。依照女佣的想法，似乎猫和人是同种同族。如此说来，女佣的长相和我等猫属长相的确难分彼此。

“如果可能，替三毛……”

“如果教师家的野猫替三毛死了，正可谓天遂人愿啊！”

那么天遂人愿可不好办。至于死是怎么个东西，因没有经历过，自是不好说中意还是不中意。不过前几天因为太冷了而钻进消火桶[①]时，女佣不知道我在里面而从上面盖上盖子。那时的痛苦，一想都心惊胆战。据阿白说，那种痛苦再稍稍持续一会儿就会死掉。若替三毛子死掉，倒也无怨无悔。而若不受那种痛苦就不能死，那么我可不想死，不管替谁。

“不过即使是猫，如果请和尚念了经，取了法名，也别无遗憾了。”

“当然当然，也没白来世上走一遭。不过美中不足的是那和尚念经好像念得太应付了事了，是吧？”

“是好像短了些，我就问是不是够快的了。月桂寺和尚说稍微念了一段最管用的。放心，毕竟是猫，这就足可以去净土了。”

“哎哟……可是若是那只野猫……”

我没有名字这点已交代好多次了，而这女佣却一口一个野猫野猫。缺德家伙！

“罪孽深重，不管念多么好的经也超度不了的。”

我不知道那以后被反复叫了多少遍野猫。这没完没了的交谈听到中途不再听了，当我滑下蒲团跳下檐廊之时，同时竖起

① 消火桶：过去日本家庭多用木炭，往往把尚未燃尽的木炭放入桶中加盖使火消灭。故称。

八万八千八百八十根毛打了个寒战，此后再没往二弦琴师傅的房前屋后靠近。而今想必师傅本人在接受月桂寺那应付了事的念经吧！

近来也没勇气外出。总觉得人世让我厌倦，成了不亚于主人的懒猫。有人把主人在书斋里闭门不出说成失恋，现在想来这个说法也不无道理。

老鼠还不曾捕过，以致阿三甚至一度倡导驱逐论，好在主人知道我并非平庸之辈，仍让我在这个家里无所事事东倒西歪。就此而言，深谢主人的恩宠，同时毫不犹豫地对其识珠慧眼致以敬佩之意。阿三因不了解我而加以虐待，对此我也不甚气恼。假如不久左甚五郎①前来把我的肖像刻在门柱上、日本的斯坦朗②把我的肖像画在画布上，彼等睁眼瞎才会为自己的昏庸而羞愧吧！

① 左甚五郎：1594—1651，江户初期木雕名人。

② 斯坦朗：Th é ophile Alexandre Steinlen（1859—1923），法国画家，以绘画巴黎风俗闻名，亦有猫素描存世。

第三章

三毛子死了，老黑不理我，寂寞感不是没有，所幸人里面有了知己，并不觉得多么无聊。前些天有人写信给主人要我的照片。最近还有人特意把冈山特产吉备糯米团以我为收货对象寄来。随着渐渐从人那里得到同情，我已慢慢忘了自己是猫，较之猫，感觉上更往人那方面靠拢了。招集同类同两腿先生一决雌雄的壮志，现今早已灰飞烟灭。不仅如此，已经进化得甚至时不时认为自己也是人中一员，前途无可限量。并不敢轻视同族，而仅仅是朝着性情相近之处求取一身之安——势之使然而已。如若就此说三道四，说我变心、轻浮、背叛，那可有些冤枉。搬弄这等字眼骂人之人，以不懂通融活该受穷者居多。脱离猫的习性之后，就不能再对三毛子和老黑等耿耿于怀，还是想以与人同等的气量评骘他们思想和言行。想必这也在情理之中。遗憾的是，在主人眼里，有如此见识的我仍不过比一般猫强一点点罢了，一声寒暄也没有，吉备糯米团也被他理直气壮吃个精光。相片也仍未拍照寄去。说抱怨倒也是抱怨，但主人毕竟是主人，我终究是我，双方见解自然有所不同，这怕也是奈何不得的。我一门心思以人自居，所以对自己不再交往的猫的行状，无论如何也不想诉诸笔端。这里只讲一下迷亭、寒月等先生的评价，尚希读者见谅。

今天是天气晴好的星期日。主人慢慢腾腾从书斋出来，在我辈身旁摆开笔砚和原稿纸，伏身趴下，口中念念有词。大概是作为动笔写稿的序幕而阴阳怪气吧！留心一看，少顷大笔一挥“香一炷”。嗬，写诗？作俳句？作为主人，香一炷未免过于洒脱。正想着，主人很快置“香一炷”于不顾，而另起一行飞快写道“我一直想写天然居士”。如此写罢，笔再也不动。主人拿着笔歪头思量，但看样子无甚奇思妙想,兀自舔起笔毛,嘴唇黑得不能再黑。旋即在其下端画了个小圆圈。往圆圈里点两个点以为眼睛,又往正中画了形状扁平的鼻子,拉了一横算是嘴巴。如此看来,既不是文章又不是俳句。看情形主人自己也烦了,把这张脸草草涂抹了事。主人再次改行。依他的想法,似乎只要改了行,诗也罢赞也罢语也罢录也罢,总会写出什么。纯属想入非非。未几,以言文一致体来了个一气呵成:“天然居士是个研究空间、读《论语》、吃烤红薯、淌鼻涕的人。”总好像写得啰啰嗦嗦。而后,主人纵情朗读。“哈哈哈有趣有趣!”一反常态地大笑。而后说道:“淌鼻涕未免过分,删掉!”于是往此句上面划了一条线。本来一条足矣,却又加划两条、三条,平行线甚是整齐可观。纵使划出行外也不介意,但划不止,结果划了八条。看样子划完八条也出不来下句,随即扔开笔,拈须而视。那架势,就好像拈须能拈出文章似的,铆足力气拈个不停,忽而往上,忽而向下。

正拈着,夫人从起居室走了出来,一屁股坐在主人鼻前:“跟你说……”

“什么事?”主人发出仿佛水中敲铜锣般的语声。

夫人好像对这语声不满意,又说一句:“跟你说。”

“什么呀?”这回把拇指和食指塞进鼻孔猛然拔下鼻毛。

“这个月有点不够……”

“不可能不够。医生那边药费了结了,书店不是上个月付了吗?这个月必须有剩才对。”主人无动于衷地看着鼻毛,俨然纵览天下奇观。

“可你不吃米饭而偏要面包,还要抹果酱。”

“果酱到底抹了几罐?”

“这个月进了八罐。”

“八罐?记忆中没多么多。”

“不光你,孩子也抹了。”

"再抹也就五六元钱嘛！"主人一副满不在乎的神气，把鼻毛一根根仔仔细细植在原稿纸上。因为毛上沾着肉，所以竟如立针一般直立不倒。主人露出为意外发现不胜感慨的神态噗一下子吹去。黏得结结实实，全然无动于衷。"顽固得很嘛！"主人拼死拼活地吹。

"不单单果酱，还有非买不可的东西。"妻子两腮涨出愤愤不平的气色。

"有也未可知。"主人又将中指深戳进去狠狠拔鼻毛。红的、黑的，五颜六色，其中有一根雪白雪白。主人显得大为震惊，把险些看出窟窿的指间鼻毛伸到夫人脸前。

"瞧你，讨厌！"妻子双眉紧锁，挡回主人的手。

"喏，鼻毛白发！"主人显得百感交集。愤愤不平的夫人也到底笑着走进起居室，对经济问题似已死心塌地。主人又开始对付天然居士。

用鼻毛赶走夫人的主人，忽而又如释重负地拔鼻毛，忽而搜肠刮肚地急于写稿，然而笔硬是不动。

"吃烤红薯也画蛇添足，割爱！"这句也终于抹杀。"香一炷也过于突兀，算了！"主人毫不吝惜地笔诛了事。结果仅剩此一句："天然居士是个研究空间、读《论语》的人。"主人觉得这一来好像过于简单，却又说："噢太麻烦了，文章免了，只写铭[①]好了！"随即把毛笔挥成了十字，气势汹汹地在原稿纸上画拙劣的文人画——兰。搜肠刮肚写出来的，结果一字未剩。而后把纸翻了过来，接连排出几句不知所云的语句："生于空间，钻研空间，死于空间，且空且间，呜呼，天然居士！"

这当口，迷亭一如往常走了进来。迷亭这个人，大概以为别人的家与自己的家别无二致，招呼也不打地大步登堂入室。不仅

① 铭：此处意为墓志铭。

如此,有时还从厨房门翩然而入。至于不安、客气、顾忌、苦劳,出生时便给他抛去九霄云外。

“又是巨人引力吧?”迷亭尚未落座就对主人劈头一句。

“呃,毕竟不能总写巨人引力嘛,正在撰写天然居士墓志铭。”主人自吹自擂。

“所谓天然居士,到底是偶然童子那样的法名吧?”迷亭依旧信口雌黄。

“偶然童子也是有的?”

“哪里,无中生有。不过想必是那么回事吧!”

“你说的偶然童子我好像不晓得,但天然居士可是你知道的人!”

“说到底,是谁煞有介事取名叫什么天然居士呢?”

“就是那个曾吕崎。毕业后进研究生院以空间论这个题目做研究,但由于过于用功而死于腹膜炎。曾吕崎毕竟是我的好友啊!”

“好友也无妨,我绝不至于说他不好。问题是把曾吕崎变成天然居士的究竟是谁呢?”

“是我,我取的。因为和尚取的法名实在俗不可耐。”主人自以为天然居士其名十分典雅。

迷亭笑道:“好了,把墓志铭那东西给我看看!”说罢拿起原稿。

“什么呀……生于空间,研究空间,死于空间,且空且间,呜呼,天然居士。”迷亭高声朗读,“唔,这个好,和天然居士正相适合。”

主人也美滋滋地道:“是够好吧!”

“把这墓志铭刻在泽庵石[①]上,像扔较力石墩子那样往寺院后院一扔,多么雅致!天然居士也会升上天界。”“我也是那么想的。”

① 泽庵石:泽庵(沢庵),咸菜,咸萝卜。泽庵石为腌咸萝卜用的压顶石。

主人一本正经地应道。

“抱歉，我要出去一下，很快回来。你先逗猫玩好了。”主人不等迷亭回答就飒然出门。

意外受命负责接待迷亭先生，自然不能显得冷若冰霜，我“喵喵”撒娇爬上他的膝头。不料迷亭一把抓住我的后脖梗高高举起：“哎哟哟，肥了很多嘛，啧啧！”“后腿这么郎当着怕是抓不成老鼠的……怎么样太太，这猫可抓老鼠？”看来只我作陪并不够，他还向邻室的夫人搭话。

“哪里谈得上抓老鼠啊，吃年糕跳舞还差不多！”夫人偏偏在这种时候让我出乖露丑。我尽管在空中起舞，但难免有些尴尬。而迷亭仍不把我放下。

“果然一副长袖善舞的面相。太太，这只猫的面貌可大意不得哟，很像过去草双纸中的猫又[①]。”迷亭一个劲儿向夫人信口开河。夫人颇不情愿地放下手中的针线活儿，来到客厅。

“够无聊的吧？应该快回来了。”夫人新倒了茶放在迷亭面前。

“去哪里了呢？”

“那个人从不交代去哪里，说不清楚。大概去大夫那里了吧！”

“甘木大夫？给那样的病人缠住，一场灾难啊，对甘木大夫。”

“呃。”看样子夫人觉得无法回应，仅此一声。迷亭浑然不觉。

“近来如何？胃多少好转？”

“好转坏转一点儿也看不明白。哪怕再找甘木大夫，就那么一味吃果酱，我想也是好不了的。”夫人暗暗把刚才的抱怨透露给迷亭。

“那么吃果酱？简直像个小孩子嘛！”

“不光是果酱，最近又说是什么胃病药，没命似的吃起了萝卜泥……”

① 草双纸中的猫又：草双纸，江户时期插图读物；猫又，双尾怪猫，猫怪。

“没想到啊！”迷亭感叹。

“说是萝卜泥里面有糖化酵母——好像是看报看到的。”

“怪不得。怕是想用来弥补果酱带来的损害吧！亏他想得出啊哈哈哈哈……”听得夫人的控诉，迷亭显得乐不可支。

“近来还让婴儿舔来着……”

“果酱？”

“不，萝卜泥……你看你看！说什么小家伙，爸爸给你好东西，快过来！以为他总算疼爱一回小孩儿，却尽干这样的傻事。两三天前把中间的女儿抱上衣柜来着……”

“又有什么名堂了？”不管听说什么，迷亭都只管视为名堂。

“哪里，什么名堂都算不上，只是让小孩儿从上面跳下来。才三四岁的女孩儿，不可能做那种疯了头做的事儿。”

“果然算不得什么名堂。不过那人心肠不坏，好人。”

“如果心肠还坏，早就忍无可忍了！”夫人不可一世。

“噢，不必那么牢骚满腹的哟！能这么无忧无虑一天天过日子，已经足够好了！苦沙弥君不浪荡，不修边幅，好一个老老实实顾家的人！”迷亭以洋洋得意的语调来了一番与其身份不合的说教。

“你可是大错特错……”

“偷偷摸摸干什么了？这个世道，万万疏忽不得！”迷亭报以飘飘忽忽没头没脑的话语。

“倒是没有别的嗜好，可总是乱买看都不看的书。若是适当掂量着买倒也罢了，可他一去丸善①就随意买回好多本，到了月末又一副若无其事的德性。去年年底，欠了一个月又一个月的书款，焦头烂额。”[1]

[1] 主人的一大优点：爱买书。

“我还以为什么事！书嘛，要买尽管由他买好了，无所谓。来

① 丸善：位于东京日本桥的株式会社丸善。以出版业为主，兼营进口图书、进口杂货。

讨钱时就说马上还马上还，打发回去就是。”

“可总不能拖个没完吧！”夫人怃然说道。

“那么就讲清道理让他削减购书费好了。”

“那么说他怎么肯听呢？前几天还说我不像学者的妻子，丝毫不懂书的价值。过去罗马有这样一个故事，为了将来参考好好听着！”

“嗬，有意思。怎样一个故事？”迷亭来劲儿了。与其说对夫人表示同情，莫如说为好奇心驱使。

“说古时候罗马好像有个叫樽金的皇帝……”

“樽金？名字奇妙！”

“洋人的名字很难，我记不来。据说是第七代。”

“原来如此。第七代樽金，非同寻常啊！唔，第七代樽金又怎么了？”

“哎呀，就连你也冷嘲热讽，我可真是无地自容啊！若是知道，告诉人家不就行了？用心不良！”夫人抢白迷亭。

“哪里会冷嘲热讽，我可不是那种用心不良的人。只是觉得第七代樽金相当离奇……呃，且慢，是罗马第七代皇帝吧？倒是不敢叫准，估计是骄傲者塔克文①吧！是谁都无所谓，那位皇帝怎么回事？”

“一个女人把九本书拿到皇帝那里，问他能不能买下。”

“是这样！”

“皇帝问多少钱能卖，结果报价很贵。因为太贵了，皇帝说能不能便宜些。不料女人忽然把九本中的三本投进火里烧了。”

“太可惜了！”

“听说烧的书中写有别的书上见不到的预言什么的。”

“哦——”

---

① 骄傲者塔克文：Tarquin the Proud（英语）。罗马第七代即最后一代皇帝 Lucius Tarquinius Superbus（卢基乌斯·塔奎尼乌斯·苏培布斯，在位公元前 534—前 509）。

“皇帝以为九本剩六本了会减价，就问六本多少钱。但价钱分文不减，和原来一样。皇帝说岂有此理。岂料那个女人又拿出三本投进火中。皇帝显得仍不死心，问剩下的三本多少钱肯卖。对方说还是九本书的价。九本变六本，六本变三本，价钱也照样不少，一分也不降。如果再让她降，剩下的三本也可能投入火中。于是皇帝终于出高价买下烧剩的三本……丈夫说怎么样？这个故事让你明白书籍的难得可贵了吧？尽管他问得咄咄逼人，可我还是不明白可贵在哪里。”

夫人确立一家之言，促使迷亭回答。那般自负的迷亭露出些许窘态，从衣袖中掏出手帕，逗我玩了一会儿。“可是太太。”迷亭陡然想起什么似的大声叫道，“那么买书不管三七二十一地塞进脑袋，别人会说多少像个学者什么的。近来看文学杂志，里面出来了关于苦沙弥君的评论。”

“真的？”夫人转过身来。到底是夫妇，对关于丈夫的评价很介意。

“写什么来着？”

“也没什么，只有两三行，说苦沙弥君的文章如行云流水。”

夫人约略绽开笑容：“仅此而已？”

“往下嘛，写道现而倏然消失，逝而永远忘归。”

夫人露出费解的神色：“是表扬话吗？”语调忐忑不安。

“应该是表扬话。”迷亭显得若无其事，把手帕晃在我的眼前。

“书是他的生意用具，买也是奈何不得的，问题是走火入魔了，是吧？”

迷亭心想夫人又从另一方面套话来了，遂说：“是有点儿走火入魔，不过做学问的人反正都那个样儿！”答话很妙，不即不离，既像附和，又像辩解。

“前几天因为从学校回来马上又要到别的地方去，嫌换衣服麻烦，喏，外套也不脱就坐在书桌前吃饭。把饭菜放在被炉架上——

我抱饭桶坐着看他，真是好笑……”

[2]古代将斩杀的敌人首级放在将领面前验证。以此形容西装革履坐在夫人面前的苦沙弥形象。

“很有点儿像现代版首级验证啊！[2]不过这种地方正是苦沙弥君之所以为苦沙弥君的证明——总之超凡脱俗。”迷亭褒奖有加。

“是超凡脱俗，还是混同凡俗，我一个女人家看不明白，不过总好像蛮不讲理。”

“但总比俗物好嘛！”苦沙弥一味袒护。

夫人面带不满：“大家总是一口一个俗物俗物，可到底什么样的是俗物呢？”夫人转而一本正经地追问关于俗物的定义。

“这俗物嘛，说起这俗物，却是不那么容易解释……”

“既然那么模棱两可，那么即使是俗物不是也没什么不好？”夫人以女人特有的逻辑不依不饶。

“并非模棱两可，心里明明白白，只不过不容易解释罢了。”

“莫非自己不喜欢的就是凡物了？”夫人不自觉地一语中的。这样一来，迷亭也落到了必须设法对付俗物的地步。

“太太，关于这俗物，指的是这样一类人：首先年龄不是二八芳龄就是不出二九，不言不语地沉湎于冥思苦索之中。若是天气晴朗之日，必携一壶酒游乐于隅田川畔。”

“那类人果真有吗？”夫人不解，随口敷衍一句。

“总好像乱七八糟莫名其妙。”夫人终于偃旗息鼓。

“这么说好了，好比在马琴①的身子安上梅约·潘登尼斯②的脑袋，再用欧洲的空气包拢一两年。”

“那么俗物就出来了不成？”迷亭笑而不答。

“不费那么多麻烦也做得出来。往中学生身上加上白木屋③掌柜，再除以二，俗物即告完成。”

---

① 马琴：泷泽马琴（1767—1848），江户后期小说家，漱石对其思想和文体取批评态度。

② 梅约·潘登尼斯：Major Pendennis，潘登尼斯少校，英国小说家萨克雷的自传小说《潘登尼斯》中的主人公。

③ 白木屋：一家百货商店的名称。江户时期为丝绸店，明治维新后开始经营百货。

“是那样的吗？”夫人歪头沉思，一副费解的表情。

“你还没走？”不觉之间，主人返回，往迷亭身旁落座。

“还没走这话可不大好听，你不是说很快回来叫我等一会儿的吗？”

“凡事都这个样子！”夫人回看迷亭。

“你不在的时候把你的逸闻统统听了一遍。”

“女人就是多嘴多舌，烦人。人也像猫这样保持沉默就好了！”主人抚摸我的脑袋。

“听说你让婴儿吃萝卜泥了，是吧？”

“呃。”主人笑道，“别看是婴儿，如今的婴儿也机灵得很。自那以来，问宝宝哪里辣？她肯定伸出舌头。有意思！”

“残酷，简直就像教狗学什么似的。对了，寒月君也该来了吧？”

“寒月要来的？”主人表示怀疑。

“来。寄去了明信片，让他下午一点来苦沙弥家。”

“你这个人，也不问人家方便不方便就自行其是！叫寒月来做什么？”

“哪儿的话！今天不是我的主意，是寒月先生自己的要求。先生好像要在理学协会上发表演说，要演习一下，让我听听。我说那正好，也让苦沙弥听听好了，于是把他叫到你家来。别见怪，你是闲人，再合适不过。他那人不讨人嫌，听听好了！”迷亭自以为是。

“物理学演说我可不懂。”听主人的语气，似乎对迷亭的独断专行不无愠怒。

“至于问题，并非关于磁化喷嘴那类枯燥无味的东西，而是吊颈力学那种超凡脱俗的高论，值得一听。”

“你吊颈没吊成，固然值得一听，而我……”

“在歌舞伎座打摆子来着，总不至于得出因此不能听的结论吧！”迷亭依旧巧舌如簧。

夫人呵呵笑着一边回视主人一边退去另一房间。主人默默抚摸我的脑袋。惟独此时摸法无比温存。

此后大约过了七分钟，寒月君如约而至。今天因为晚间要一逞舌技，所以例外身着燕尾服，刚刚洗过的白衬衫高耸衣领，使得其男性风采提升两成。

“来晚一步！”寒月君悠然寒暄。

“我俩一直翘首以待。快请开始！是吧？”迷亭目视主人。

迫不得已，主人也不置可否地“唔”了一声。寒月君不慌不忙，说：“先讨杯水吧！”

“正式上场不成？下一步就要我们的鼓掌了吧？”迷亭兀自起哄。

寒月君从燕尾服里面掏出草稿，慢条斯理地来了句开场白：“因是练习，敬请不吝赐教！”随即开始预演。

“将罪犯处以绞刑，主要实行于盎格鲁·撒克逊民族之间。由此上溯古代思之，吊颈乃是最为流行的自杀方法。在犹太人中，据说习惯是向罪犯投以石块杀之。研究《旧约全书》，所谓‘Hanging’之语，意思是将罪人尸体吊起作为野兽或食肉鸟的饵料。根据希罗多德[①]之说，犹太人出埃及前就好像对夜间曝尸深为忌讳。据说埃及人是把罪人斩首后只将其胴体钉在十字架上使之成为夜间暴露之物。波斯人……”

“寒月君似乎渐渐远离了吊颈，不要紧的？”迷亭插嘴道。

“即将进入正题，敬请少安勿躁。……若说波斯人如何，他们好像同样处以磔刑。至于是活着钉上去还是死后钉上去，这方面尚不清楚……”“那种事不清楚也无所谓！”主人百无聊赖打了个哈欠。

“要说的还有许许多多，但因为二位可能厌倦……”

① 希罗多德：Herodotus（公元前 484？—前 425），希腊历史学家，以研究希波战争知名，有“历史之父”之称。

“较之可能，还是想必听起来舒服，是吧？苦沙弥君。”迷亭吹毛求疵。

主人则有气无力地应道：“彼此彼此。”

“那么，下面进入正题，容我慢慢道来。”

“慢慢道来是说书人的陈词滥调，演说家用词理应温文尔雅。”迷亭先生再次插了一嘴。

“恕我辩解，假如慢慢道来是陈词滥调，那么说什么好呢？”寒月君以略带怒气的语调问道。

“搞不清迷亭是在倾听还是打岔起哄。寒月君不必理会，速战速决就是。”主人想尽快熬过难关。

“一股怒气啊，且伴我自作辩解，依依的柳枝——请问如何？”迷亭依然信口开河。

寒月忍俊不禁：“真正作为处刑使用绞刑的，据我个人查阅结果，出自《奥德赛》[①]第二十二卷。即忒勒玛科斯绞死珀涅罗珀的十二个侍女那一节。用希腊语朗读正文也是可以的，但多少有炫耀之嫌，所以免了。看第四百六十五行至四百七十三行即可知晓。”

“希腊语云云最好免了，听起来就好像真懂希腊语似的。是吧？苦沙弥君。”

“对此我也赞成。还是免去那种欲盖弥彰的说法为好，这才显得谦恭优雅。”主人少见地断然站在迷亭一边。两人对希腊语一窍不通。

“那么这两三句今晚略而不提，容我慢慢道来。如今想象起来，执行绞杀有两个方法。其一似乎是忒勒玛科斯在尤迈俄斯和费洛蒂奥斯[②]的帮助之下，把绳子一端拴在柱子上，将绳子打结弄出许

①《奥德赛》：Odyssey，即古希腊长篇叙事诗《奥德修纪》。描写特洛伊战争的英雄奥德修斯战后回乡。下文的忒勒玛科斯是他和珀涅罗珀所生之子。珀涅罗珀在丈夫不在期间拒绝众多求婚者而保持了贞节。

② 尤迈俄斯和费洛蒂奥斯：奥德修斯的忠实牧人。

多圈套，把侍女的头一个个塞入套中，而后猛然用力拉动绳子的另一端使之吊起。”

“侍女就像西洋洗衣铺所晾衬衫那样悬挂起来的吧？”

“一点不错。其二，将绳子的一端像前面那样拴在柱子上，另一端也一开始就高高悬挂于天花板，然后把另外几条绳子拴在高悬的绳子上并系出圈套，将侍女的脖颈塞入套中，最后撤走侍女踏脚台——便是这样一种方案。”

“打个比方，就像店铺绳帘端头悬挂的圆球小灯笼——这样认为没错吧？”

“圆球小灯笼没有见过不便评说。而若实有其物，我想应该类似。那么，往下我要在力学上论证，第一种方法是不可能成立的。请看！”

“有趣！”

“唔，有意思。”主人也一致认为。

“首先，假定侍女们被等距吊起。将距地面最近的两个侍女之头所系绳子假定为horizontal[①]。这样，将 α1、α2…… α6 作为绳子同地平线形成的角度，将T1、T2……T6作为绳子各部位承受的力，假定 T7=X 是绳子最低部位承受的力。W 当然是侍女的体重——请这样理解。如何，二位明白了吧？”

迷亭和主人对视说道：“大体明白了。”但大体这一程度是两人任意设定的，对别人可能无法适用。

“好了，根据二位所知关于多角形的平均性理论，如下十二个方程式即告成立。T1cos α 1=T2cos α 2……（1）T2cos α 2=T3cos α 3……（2）……”

“方程式这些足够了吧？”主人出言不逊。

“但这公式是演说的核心……”寒月君看上去甚是难以割舍。

① horizontal：水平、水平的。

“那么仅仅逐一聆听核心好了！”迷亭君显得不无惶恐。

“公式如果省略不用，千辛万苦做出的力学研究就彻底白费了……”

“哪里，别有那么多顾虑，只管略去就是。”主人满不在乎。

“既然如此，尽管勉强，也还是遵命略去。”

“好，这样好！”迷亭不合时宜地啪唧啪唧鼓掌。

“往下转到英国论述一下。《贝奥武甫》[1]中出现过绞首架即galga一词，所以不妨认为绞刑从那一时期即已实行。根据布莱克斯通[2]之说，被处以绞刑的罪犯万一因绳子之故而一息尚存，须再次接受同样刑罚。而奇妙的是，《农夫皮尔斯》[3]里有这样一句：纵使凶汉也不应被绞两次。至于哪个对尚不知晓，但不巧一次未能死成之事每有实例为证。一七八六年曾绞过一个叫费兹·哲拉洛德的凶汉，不料第一次居然阴差阳错地从台上跳下，绳子断了。返工时又因绳子过长而使其双脚着地，同样未能死成。第三次由于看客帮助才终于把他送上西天。”

“啧啧！”到了这种地方，迷亭陡然来了精神。

“真是个死不了的家伙啊！”主人也兴奋起来。

“有趣的事不止这个，据说吊颈时身高长了一寸。这确是医生测量过的，不会有错。”

“这倒是条新计！怎么样？把苦沙弥吊起来试试，如果抻长一寸，很可能就和普通人一般高喽！”迷亭转头目视主人。

主人意外一本正经问：“寒月君，身高抻长一寸死而复生这事会有的吗？”

“那肯定小命玩完。因为吊起来脊椎会拉长。说痛快些，与其

①《贝奥武甫》：Beowulf，以古英语撰写的代表性史诗。亦是书中主人公英雄的名字。

② 布莱克斯通：William Blackstone（1723—1780），英国法学家。

③《农夫皮尔斯》：《农夫皮尔斯之梦》（The Vision of piers (the) Plowman），英国诗人兰格伦（William Langland，1332？—1400？）所著讽刺诗、宗教寓言诗。

说脊椎拉长了,莫如说坏掉了。”

“那还是算了吧!”主人死心塌地。

演说的下文仍绵延不绝,寒月君甚至打算论及吊颈的生理作用,奈何迷亭总是胡乱插科打诨,主人又时不时放肆地大打哈欠,只好中途作罢打道回府。至于当天晚上寒月君以怎样的态度如何摇动雄辩之舌,因为那是远处发生之事,我辈无由知晓。

两三天平安过去。某日午后二时许,迷亭先生一如往常俨然偶然童子翩翩从天而降。落座即问:“我说,越智东风的高轮事件可听得了?”迷亭拿出不亚于告知旅顺陷落号外的气势。

“不知道,近来没见到。”主人依旧郁郁寡欢。

“今天是想报告东风子失策物语,于百忙之中特意赶来。”

“又说得那么煞有介事,总之你这人是够出格离谱的!”

“哈哈哈哈,较之出格离谱,莫如说是离经叛道吧!这点可得请你区分一下,毕竟事关名誉。”

“半斤八两!”主人置之度外,纯然一副天然居士再世之态。

“上个星期日,听说东风子去高轮泉岳寺来着。这么冷,却是何苦!何况如今参拜泉岳寺的,岂不纯属不知东京在哪儿的乡下佬!”

“那是东风子的自由,你无权阻止。”

“无权诚然无权。权无所谓,但那座寺内有‘义士遗物保存会’的展览,是吧?你可知道?”

“不知。”

“不知道?可泉岳寺总该去过吧?”

“没有。”

“没有?实在意外。难怪你那么袒护东风。江户儿[①]不知道泉岳寺,尚有何颜见人!”

① 江户儿:江戸っ子。东京原称江户,即东京人。

“不知道也当得了老师嘛！”主人愈发成了天然居士。

“那倒也罢了。东风走进展场正看的时候，来了一对德国夫妇。听说起始用日语问东风什么来着。可东风本来不就是个想用德语想得不行的家伙吗？就随口说了两三句——说得意外漂亮——事后想来，这是灾难之源。”

“后来怎么了？”主人终于就范。

“德国人看见大鹰源吾①的描金漆印盒，说想买，问卖不卖。当时东风的回答有意思吧？说日本人都是清廉君子，此事根本不可能。这个意思表达得相当可圈可点。于是德国人以为得到了再好不过的译员，就一再问个不停。”

“问什么？”

“问的什么，若是听懂了自是谢天谢地。问题是对方快嘴快舌乱问一通，结果全然不得要领。偶尔以为懂了，却又接着问消防钩和大榔头之类。[3]西洋的消防钩和大榔头，他没学过如何翻译，狼狈透了。”

[3] 赤穗义士曾用消防钩和大榔头破门而入为主君报仇。

“理所当然。”主人想到自身教师处境，表示同情。

“这当口，闲人一个个好奇地越围越多，最后把东风和德国人围在中间观看起来。东风面红耳赤，结结巴巴。同起初的气势相反，落得个丢盔弃甲。”

“结局如何？”

“看样子东风最后实在吃不消了，用日语说了句沙扬那拉②，赶紧逃了回来。我问他沙扬那拉有点儿怪，你老家把沙哟那拉说成沙扬那拉？他说哪里，也说沙哟那拉，但因对方是洋人，就为了配合而说成沙扬那拉。即使在困苦时刻，东风子也没忘了配合，让人敬佩！”

① 大鹰源吾：泉岳寺有因忠臣藏而知名的赤穗浪人（所谓赤穗义士）之墓。大鹰源吾应为大高源吾（1672—1703），为义士之一。

② 沙扬那拉：さようなら（下文为沙哟那拉）。再见，再会。

"沙扬那拉无所谓,洋人怎么样了?"

"听说洋人目瞪口呆茫然注视。哈哈哈哈,有趣吧?"

"好像也并不多么有趣。特意前来报告的你倒有趣得多!"主人把香烟灰磕在烟灰缸里。

就在这时,木格拉门的门铃声大得几乎让人一跃而起,传来尖锐的女子语音:"府上有人吗?"迷亭与主人不由得相视默然。[4]

[4]未见其人,先闻其声,来者不善。

主人家中似乎鲜有女客来访。一看,尖锐语音的持有者在榻榻米上拖着双层绉纱盛装走了进来。年龄大约四十刚过,前面的头发如防洪河堤一般从后退的发际巍然耸起,致使面庞长度的至少二分之一朝上探出。眼睛以开凿出来的坡路那样的倾斜度呈直线吊起,左右对峙。所谓直线,是形容眼睛比鲸鱼眼还要细。惟独鼻子大得出奇,仿佛将别人的鼻子偷来安在脸盘正中,又如把招魂社的石灯笼搬来自家三坪小院。显得惟我独尊,却又好像心神不定。鼻子是所谓鹰钩鼻,一度无限拔起,而后自知过分而中途变得谦恭起来。及至鼻端,已然失去最初的气势而颓然下垂,窥视下面的双唇。因了如此独具一格的鼻子,以致此女说话时较之唇动,莫如说鼻动——只能这么认为。我辈为了向其伟大的鼻子致以敬意,打算从今往后称此女为"鼻子鼻子"。[5]

[5]对女客的肖像描写别具特点,字里行间透出厌恶之情。

鼻子结束初次见面的寒暄之后,环视客厅说:"府上好有气派啊!"

主人腹中说道"胡扯!"兀自喷云吐雾。

迷亭一边眼观天花板,一边悄然催促主人:"我说,那里是漏雨漏的还是木纹?图形妙不可言。"

"当然是漏雨漏的。"主人回答。

"好气派啊!"迷亭若无其事。

鼻子暗自恼怒:不懂社交之人!三人默默鼎坐有顷。

"这次登门拜访,是因为有事请教。"鼻子重新开口。

"啊哈!"主人冷若冰霜。

鼻子觉得形势不妙："其实我就住在府上附近——对面胡同拐角那座公馆。"

"那座带仓房的大洋房？难怪那里挂出写有金田字样的名牌。"看来主人终于认识到了金田洋房和金田仓房，但对金田夫人的尊敬度则一如刚才。

"按理，应由丈夫出面请教，但公司那边实在太忙……"客人的眼神似乎说这回见效了吧？

而主人全然无动于衷。作为初次见面的女人，鼻子刚才的话语过于目空一切，使得主人早已不满。

"公司不止一家，另有两三家之多。而且在哪一家都身兼要职——想必您略有所知……"神情仿佛说还不诚惶诚恐？

说起来，若是博士或大学教授，这位主人倒是诚惶诚恐。然而诡异的是，对实业家的尊敬度十分之低，坚信中学老师也比实业家厉害。纵然不信，因为生性古板，也早已认定不大可能蒙受实业家、大富豪的恩惠。哪怕对方再有钱有势，自己也断不可能求助——对人际利害关系甚是麻木不仁。因此之故，除了学者社会，在其他方面可谓愚不可及。对实业界更是一无所知，不知谁在哪里干什么。纵然知道也丝毫不起敬畏之念。

鼻子根本不知晓天下一隅居然有这等人同样沐浴日光行止坐卧。迄今接触的世人绝不算少，而只要自报金田之妻，无人不马上改变接待姿态。无论参加何处聚会，哪怕面对身份再高之人，金田夫人也畅通无阻。何况这般烟熏火燎的老书生！原本料想只要一说自己住在对面胡同拐角的公馆，没等问职业就该震惊才是。

"金田其人你可知道？"主人漫不经心地问。

"知道知道，金田君是我伯父的朋友。前不久还参加游园会来着。"迷亭认认真真回答。

"哦，你的伯父是谁？"

"牧山男爵。"迷亭愈发认真起来。还没等主人表示什么，鼻子当即转身朝迷亭那边看去。迷亭身着大岛捻线绸和服，套了一件进口印花布外褂，一副气定神闲的样子。

“哎呀，您是牧山大人的——该怎么称呼呢？居然一点儿也不知道，失礼之至！丈夫每每提起承蒙牧山大人关照。”话语陡然恭敬起来，甚至施以一礼。

迷亭笑道：“哪里哪里，哈哈哈哈。”

主人瞠目结舌默默看着两人。

“听丈夫说小女的婚事也承蒙牧山大人牵挂……”

“哦，是吗？”这对迷亭也似乎事出突然，发出的语声不无惊慌。

“说实话，东南西北到处都有人要和我们攀亲，但因为我们也是有身份的，所以不能轻易相许……”

“那是那是。”迷亭总算放下心来。

“对了，我是因此登门请教的。”鼻子看一眼主人，陡然换回不太客气的语体。

“听说有个叫水岛寒月的人时不时来你这里。那个人是怎样一个人呢？”

“打听寒月干什么？”主人不胜厌恶地说。

迷亭到底机灵：“想必同是由于千金婚事的关系，想多少了解一下寒月君的操行吧？”

“若能就此赐教，自是再好不过……”

“那么，就是说想把千金给寒月君了？”

“我没说什么给不给的。”鼻子立马顶撞主人，“此外也不断有人求亲，不勉强他娶也无所谓。”

主人也心头火起：“既然这样，不打听也可以的吧？”

鼻子也多少摆出吵架阵势：“没什么好隐瞒的吧？”

迷亭坐在两人中间，像拿军配团扇[①]一样拿着银管烟斗，心中

① 军配团扇：相扑比赛用的裁判员指挥扇。

呐喊快呀快呀快见分晓！

“那么，你的意思是寒月提出非娶不可的喽？”主人迎面开了一枪。

“倒也不是他说要娶……”

“是你心里认定他想娶的吧？”主人似已明白对这个妇人只能硬磕。

“事情还没进展到那个阶段……寒月君也未必就不喜欢吧？”鼻子在紧要关头稳住阵脚。

“寒月莫不是热恋着府上千金？”主人重振旗鼓，仿佛说果真那样但请交代！

“噢，估计是那样的吧！”主人的枪法毫不奏效。

一直以裁判者自居而饶有兴味地袖手旁观的迷亭也似乎为鼻子此言激起了好奇心，放下烟斗奋然出阵：“寒月君给府上千金寄情书什么的了？太开心了！新年又增加一段逸闻，正是大好谈资。”独自喜不自胜。

“不是寄了情书，比情书厉害着呢！二位不是都知道了吗？”鼻子冷嘲热讽。

“你可知道？”主人以被狐狸迷住的神情问迷亭。

迷亭也语调略带傻气：“我不知道。知道的是你。”居然在无谓之处谦虚起来。

“不，二位全都知道！”惟有鼻子大为得意。

“哦——”两人同时不胜感佩。

“如果忘了，我来讲一下好了。去年年底在向岛的阿部先生府上开演奏会，寒月君不是也去了吗？当晚回来路上在吾妻桥应该发生了什么——详情恕不奉告，有可能给当事人添麻烦——有那样的证据，我看已经绰绰有余。怎么样？”鼻子把戴有钻石戒指的手指在膝头排开，矜持地正襟危坐。伟大的鼻子更加大放异彩。在她眼里，无论迷亭还是主人虽有若无。

主人自不消说，就连迷亭也好像被这场突袭惊得魂飞魄散，久久呆坐不动，一如疟疾患者。及至惊愕之箍开始松动，渐渐恢复本来面目之时，滑稽感亦随之呐喊而来。两人不约而同“哈哈哈哈”笑得前仰后合。只有鼻子略感诧异，狠狠瞪视两人，仿佛在说这种时候大笑委实失礼之至。

“原来那是千金啊！妙妙，果然妙，一如所言。喏，苦沙弥君，寒月毫无疑问恋着那位千金……想瞒也瞒不住，索性坦白交待好了！”

主人用鼻子哼了一声，并不言语。

鼻子再次得意起来：“二位想瞒也瞒不下去了，秘密已经彻底暴露！”

“那就别无他法了。大凡关于寒月君的事实，为了供你参考统统说出就是。喂，苦沙弥君，你是主人，却老是那么嘻皮笑脸怎么成！说起来，秘密这东西实在可怕啊！哪怕再藏着瞒着，也还是要从哪里露馅啊！不过说不可思议也不可思议，金田太太，您是怎么探知这个秘密的呢？全然始料未及！”迷亭独自喋喋不休。

“我这边也不会有疏漏的嘛！”鼻子洋洋得意。

“也太滴水不漏了！到底问谁了呢？”

“就是从这后院人力车夫老婆嘴里听说的。”

“有一只黑猫的车夫家？”主人双目圆瞪。

“嗯。事关寒月君，没少让她出力。寒月君每次来这里时到底说了什么，求车夫老婆一一打探来着。”

“不像话！”主人高声说道。

“没什么的，无论你说什么，我都不理会。只理会寒月君一个人！”

“寒月也好谁也好，就都罢了，问题是车夫老婆让人看不顺眼！”主人独自发起火来。

“可是，来你家院外站着岂非人家的自由？如果你说话怕别人听见，或者压低嗓门，或者搬去更大的房子，那不就行了！”鼻子毫无脸红的表现，“不光车夫，从新道二弦琴师傅那里也这个那个听了好多。”

“关于寒月的？”

鼻子出语惊人：“不仅仅是寒月君的。”

我以为主人要打退堂鼓，不料主人说道：“那个师傅硬是假装斯文自命不凡，混账东西！”

“恕我直言，是个女的，骂混账东西，驴唇不对马嘴。”

鼻子的遣词造句愈发露出本来面目。到了这个地步，简直就像找上门打架似的。在这方面，迷亭毕竟是迷亭，兀自兴致勃勃地听着两人唇枪舌剑，样子就像铁拐李仙人欣赏斗鸡场面，完全无动于衷。

主人觉察打嘴仗终究不是鼻子的对手，只好忍气吞声，保持沉默。良久，大概想起了什么，转而向迷亭求援：“你口口声声说寒月君恋着府上千金，而我听得的可是多少有所不同。是吧？迷亭君。”

“唔，那时听得的，是千金得病在先，好像说了什么胡话。”

“哪里，没那回事儿！”金田夫人用词简洁明快，一泻而下。

“不过寒月说他的确是从某某博士夫人口中听来的。”

“那是我使的手法，目的是让某某博士的太太试探寒月先生的心意。”

“某某博士的太太心知肚明不成？”

“嗯，心知肚明。但白求人家是不可能的，种种样样送了很多东西。”

“您是下了决心，不把寒月君问个水落石出就不打道回府喽？”看来迷亭君也多少有些不悦，话说得有些让人听不顺耳了，于他这是不多见的，“也罢，说也没什么损失，说好了！对吧？苦沙弥君。太太，我也好苦沙弥也好，关于寒月君，大凡属实而又说也无妨的事,我们全都一吐为快,请您按部就班一个个问吧!"

鼻子终于心怀释然,开始提问。面对迷亭,一时粗鄙的语词也变得文质彬彬,一如原来。

"听说寒月君也是理学士,到底以什么为专业呢?"

"在研究生院研究地球磁气。"主人认真回答。

不幸的是,鼻子不解其意:"哦?"面露诧异之色,问道,"学了那个,就能成为博士吗?"

"你是说当不上博士就不给女儿?"主人显得不快。

"是的。普普通通的学士,任凭多少都有。"鼻子泰然自若。

主人目视迷亭,显得更加不快。

"能否成为博士,我俩也无法保证。请问别的吧!"迷亭也好像不大愉快。

"最近也在学习地球的——什么吧?"

"两三天前就吊颈力学的研究成果在理学协会上演说来着。"主人浑然不觉地回答。

"哎哟不好,研究吊颈什么的,好一个怪人!搞吊颈那类名堂,估计根本成不了博士。"

"如果本人吊颈,那是不容易;但吊颈力学嘛,未必成不了。"

"是那样的吗?"鼻子转而观察主人的脸色。可悲的是主人不解力学含义,很难平心静气。不过,金田夫人想必觉得问这等琐事未免有失面子,所以仅以对方的脸色判断好坏。主人的脸色不够光朗。

"此外是不是还在学浅明易懂的东西?"

"这个嘛,日前写过一篇论文,论橡籽的坚实度兼论天体的运行。"

"橡籽那玩意儿也在大学学习吗?"

"这个,我也是外行,不大明白。不过毕竟是寒月君搞的,似乎自有其研究价值。"迷亭淡淡挖苦道。

鼻子大概觉得学问上的提问非己所长，遂不再问，转换话题：“问别的吧。听说正月里吃香菇吃掉两颗门牙，是这样的吗？”

“是的，牙豁那里还粘着空也糕呢！”迷亭心想这个提问正中下怀，兴致陡增。

“脑袋瓜岂不太不开窍了，为什么不用牙签呢？”

“下回见面提醒就是。”主人哧哧笑道。

“吃香菇都能把牙吃掉，牙怕是天生差劲儿，是不是呢？”

“很难说不差劲儿……是吧？迷亭。”

“差劲儿不至于，不过蛮好玩儿的。那里一直没补上，妙！空也糕现在怕也粘着呢，一大奇观！”

“是因为没有补牙的零花钱而任其告缺呢，还是出于好事之心而使之告缺呢？”

“他不至于宣称永远让门牙告缺下去，但请放心！”迷亭的情绪渐渐好转。

鼻子再次改换议题：“如果给府上写的信是他本人写的，那么很想瞧上一眼……”

“明信片多得很，请看！”主人从书斋里拿来三四十张。

“不必看那么多，其中两三张足矣……”

“喏喏，我给你挑我喜欢的！”说着，迷亭先生拈出一枚，“这张应该很有意思吧？”

“哦，还画了画？灵巧得很嘛，让我看看！”看罢说道，“哎哟讨厌，狐狸！何苦偏画狐狸不可呢？倒是画得很像，怪人！”鼻子不无感佩。

“念念上面的句子！”主人边笑边说。

鼻子像女佣读报一样念了起来：“旧历除夕，山间狐狸举办游园会，载歌载舞。歌曰来呀，除夕晚上，御山妇美也不会来哟！死砰、活砰、硬砰！”鼻子念罢抱怨，“什么呀，这不是存心愚弄人吗？”

“这张天女可中意？”迷亭又递出一张。一看，天女身穿羽衣弹奏琵琶。

“这天女的鼻子好像有点过小……”

“哪里，普普通通！别看鼻子，念念句子！”

句子是这样的：“过去某个地方有个天文学家。一天夜里照例登上高台，专心看星星。正看之间，空中出现一位美丽的天女，弹奏世上几乎听不到的微妙音乐。天文学家听得如醉如痴，刺骨的寒冷也忘了。早上一看，那个天文学家的尸体挂了一层白霜，雪白雪白。这是真事，那个爱扯谎的老伯说。”

鼻子念完说道：“什么呀，一点儿意思也没有！这也称得上理学士？读一点《文艺俱乐部》什么的倒还差不多！”寒月君惨遭抢白。

迷亭又半开玩笑地递出第三张：“这张呢？”

这张是印刷品，印着帆船。下端照样胡乱写着什么：“昨夜码头，二八女郎，无爹无娘，对着荒滩海鸥、对着早晨醒来的海鸥哭丧：爹娘出海，葬身海浪。”

“这个好，佩服！还是懂情趣的嘛！”

“懂的吧！”

“嗯，这样子配三弦演唱都行！”

“能配三弦，可就一跃龙门喽！这张如何？”迷亭递个没完。

“不，看了刚才那张，别的不用看了。并非那么粗俗这点已经看出来了。”鼻子独自点头称是。

看样子，鼻子关于寒月的提问大体结束。

“实在打扰了。我来拜访的事，还请瞒着寒月先生！”鼻子提出任性要求。

看来她的方针是：事关寒月，一律追问到底；而自己那边的情况，则概不告诉寒月。迷亭和主人都随口“啊”一声了事。

“不久会来送礼致谢的。”鼻子一边刻意强调一边起身。

出门送客的两人刚一返回座位，迷亭就说：“她算什么呀？”

主人也同样问道:“她算什么呀?”

夫人在里面房间大概忍不住了,嗤嗤笑出声来。

迷亭大声喊道:“太太太太,俗物的标本来了! 俗物俗到那个程度,也是十分了得啊! 喂,不用顾虑,想笑就笑个够好了!”

主人以不满的语气恨恨地说道:“不说别的,那副嘴脸就让人来气!”

迷亭当即补充一句:“鼻子在脸盘正中顾盼自雄啊!”

“而且是弯钩的!”

“还有点儿水蛇腰。水蛇腰鼻子,世所罕见。”迷亭开心地笑道。

“一副克夫的长相!”主人意犹未尽。

“那模样,就好像十九世纪卖剩下的,拿到二十世纪丢人现眼。”迷亭说话总是别出心裁。

这当口,夫人到底是女人,从里面房间走了出来提醒道:“再那么说人家坏话,又要给车夫老婆告密的!”

“多少告密对她也有好处的,太太!”

“可是就长相说三道四,品位可是太低了哟! 谁都不可能情愿长那样的鼻子的。何况对方是女人,太过分了!”夫人为鼻子的鼻子辩护,同时间接辩护自家长相。

“有什么过分的? 那副德性,不是妇人,是蠢人。是吧? 迷亭君。”

“蠢人也许是的,不过实在出手不凡啊! 不是给她狠狠抓挠了好几把?”

“她对教师到底是怎么认识的呢?”

“无非后院车夫那个程度。要想得到那种人的尊敬,非当博士不可。说到底,没当上博士就是你的失算。嗯太太,对吧?”迷亭笑着回头看夫人。

“博士? 他根本没戏!”就连夫人也对主人不抱希望了。

“没准马上当给你看看,别小瞧我! 你这样的不可能知道,古代有个叫苏格拉底[①]的人，九十四岁写出了大作。索福克勒斯[②]以其巨著使得举世皆惊之时，几乎到了百岁高龄。西莫尼德斯[③]八十岁创作了绝妙诗篇。我也……”

“傻透顶了！你那样的胃病能让你活那么久吗？”夫人早已计算好了主人的寿命。

“胡说！去问问甘木大夫好了！说起来，就怪你让我穿这么皱皱巴巴的黑布外褂、补丁补丁加补丁的袍子，才给那种女人小看的。明天开始我要穿迷亭穿的那样的衣服，给我找出来！”

“找出来？哪有那么气派的衣服！金田太太对迷亭君那么客气，是在听了伯父姓名之后，不是穿戴的罪过。”夫人巧妙地推卸责任。

听得伯父一词，主人陡然想起似的问迷亭：“你有伯父这件事，今天头一次听说。你好像从未提起嘛！真有不成？”

迷亭迫不及待似的分别看着主人夫妇：“唔，那个伯父、那个伯父顽固得无可理喻……同样是从十九世纪拖泥带水活到今天的人。”

“噢呵呵呵呵，说得妙趣横生！老人家在哪里活着呢？”

“活在静冈。不单单活着，头上还居然留着发髻[④]，可歌可泣啊！让他戴上帽子，他满口大话：‘虽说这把年纪了，但从未觉得冷到戴帽子的程度！’天气冷，让他多睡一会儿，他说：‘人睡四个小时足够了，超过四个小时太奢侈了。’这样，早晨天没亮就起来了。所以么，我也把睡眠时间压缩到四个小时，长年修炼不止。年轻时到底困得不行，无法做到，到了现在才进入随心所欲的佳境，委实乐不可支——他这么自吹自擂。其实到了六十七岁，睡不多是理

① 苏格拉底：公元前 470—前 399，古希腊哲人、演说家。

② 索福克勒斯：公元前 496？—前 406？，古希腊三大悲剧诗人之一。代表作有《俄狄浦斯王》。

③ 西莫尼德斯：公元前 556—前 468，古希腊抒情诗诗人。

④ 发髻：明治维新（1868）之前的日本男子发式。

所当然的事，跟修炼没有半点关系，而他却以为完全是克己之功。这么着，外出时必定拿一把铁扇子。”

“用来做什么？”

这回朝夫人讲述：“用来做什么不清楚，反正非拿不可。没准是想用来代替手杖。不料前不久发生一件怪事。”

“哦——”夫人无关痛痒地应了一声。

“今年春天突然来了封信，叫我火速寄一顶圆顶硬礼帽和一件双排扣礼服大衣。我吃了一惊，去信一问，回复说老人本人用。二十三日静冈开祝捷会，命令在那之前火速寄到。不过好笑的是命令是这样写的：帽子买大小差不多的，礼服也估量好尺寸去大丸[①]定做……”

“近来大丸也做西服了？”

“哪里，怕是把白木屋当成大丸了。”

“估量尺寸岂不难为人？”

“这正是伯父之所以为伯父的地方。”

“你怎么处理的？”

“别无他法，就估量一下做好寄了过去。”

“你也够胡闹的。来得及？”

“啊，如此这般，这般如此，好歹应付了事。看老家报纸，写道牧山翁少见地身穿双排扣礼服大衣手持那把铁扇……”

“看来惟有铁扇从不离手啊！”

“正是。死了想把那铁扇装进棺木。”

“所幸帽子和礼服都正好合适。”

“大错特错！我也以为顺顺当当正暗自庆幸，结果很快有包裹从老家寄来。莫不是谢礼？打开一看，竟是那顶圆顶硬礼帽。附了一封信：劳你特意购得此帽，惜乎偏大，请拿去帽店改小为盼。

① 大丸：当时位于日本桥区（现中央区）的“大丸吴服店”。下文的“白木屋”亦很早开始做西服，且有定评。

改小费用以此汇票充之。”

“果然粗心大意！”看样子，主人由于发现天底下有比自己还粗心之人感到无比满足。稍后问道：“后来怎么样？”

“又能怎么样，还不是由我接下扣在头上！”

主人嘻嘻笑道：“就是那顶帽子？”

夫人觉得不可思议：“那位就是男爵大人？”

“问的是谁？”

“就是你的铁扇伯父。”

“哪里，他是汉学家，年轻时在文庙彻底迷上了朱子学什么的，以致在电灯光下仍毕恭毕敬留着发髻，奈何奈何！”迷亭左一遍右一遍来回摸着下颏。

“可你对刚才那个女人好像说的是牧山男爵。”

“是那么说的，我在起居室听见了。”惟独这点夫人也同意主人意见。

“是吗？啊哈哈哈哈！”迷亭笑得轻松之至。

“那是瞎说！我若是有个男爵伯父，如今也该当上局长了。”完全一副无所谓的样子。

“我就觉得有点儿蹊跷。”看主人的神情，好像既高兴又担心。

“瞧你，居然一本正经地说那么大的谎！你也够得上吹牛大王啦！”夫人心服口服。

“和我比，那个女人更能吹！”

“你也绝不在她之下。”

“可是太太，我的吹牛纯属吹牛。那个女人，却是心怀鬼胎，非同儿戏，品行有问题。若是把来自鬼聪明的招数和与生俱来的滑稽趣味混为一谈，则势必使得喜剧之神也不能不为富有洞见之士的缺失喟然长叹。”

主人低头说：“是那样的吗？”

夫人笑道：“还不是一回事儿！”

直到现在我也未曾踏入对面胡同一步。拐角公馆的金田是怎样的门面,当然没有见过。甚至听说,刚才都是第一次。主人家里,实业家成为话题迄未有之。甚至靠主人吃饭的我也觉得这方面与己无关,完全漠不关心。然而刚才无意间接受鼻子来访,聆听——尽管事不关己——其谈话,想象其千金的娇美,又将其富贵、其权势浮现在眼前,即使猫也很难再悠然自得地在檐廊里东倒西歪。何况我辈对寒月怀有无比同情之心。对方收买了博士夫人、车夫老婆,就连二弦琴天璋院也收买了。甚至缺了两颗门牙都神不知鬼不觉地打探清楚。而寒月君却笑嘻嘻只知道关注外褂衣带,哪怕再是刚刚毕业的理学士,也未免百无一能。

话虽这么说,那妇人毕竟有那般伟大的鼻子安置在脸盘正中,鲁莽之辈断难靠近。对于这样的事情,主人莫如说麻木不仁,而且过于贫寒。迷亭固然花钱自由自在,但终究是偶然童子,估计很少给寒月提供帮助。如此看来,可怜的只能是那个鼓吹吊颈力学的读书人。如果我辈不奋然出阵,打入敌城察看动静,实在太不公平。

我辈虽然是猫,但乃是寄居于读爱比克泰德时把书摔在桌子上那类学者之家的猫,同世上普普通通的痴猫、愚猫略异其趣。敢于冒此风险的侠义之心原本就直贯尾尖。这并不意味我曾受恩于寒月君,但也不是为了个人才热血沸腾轻举妄动。大而言之,乃是喜好公平热爱中庸实现天意的英雄壮举。既然有人不经他人允诺便将吾妻桥事件到处宣扬,既然有人让"狗"潜入他人檐下并将其密报得意洋洋逢人便吹,既然有人不惜动用车夫、马夫、无赖汉、流氓书生、打工婆、接生婆、按摩师、傻瓜蛋来妨碍国家栋梁之材而概不反省,那么猫也有猫的觉悟。

虽然融霜有些吃不消,但所幸天气晴好,我决心为此道豁出命去。脚底沾泥而将梅花印留在檐廊,固然可能给阿三造成麻烦,而于我则不能说是痛楚。我下定决心,不等明天,立刻奋勇出征。

跳进厨房一看，心想且慢。虽然我辈作为猫自以为已进化得登峰造极，脑力发达敢与初三学生一争高下，但可悲的是，惟独咽喉结构终究仍是猫而不能倾吐人语。就算偷偷钻进金田公馆把敌情统统看在眼里，也无法讲给寒月君这个关键人物。主人和迷亭那边也言说不得。既然不能言说，则与无以在阳光下发光的土中金刚石无异，好不容易获得的情报亦将沦为无用之物。傻气，索性作罢？我伫立于厨房门口犹豫不决。

可是，一度想做之事而中途作罢，一如期盼黄昏阵雨之时而乌云移往邻园，难免情有不舍。若是过错在我等身上，自是另当别论。而为了正义、为了人道，纵然白白送死也要勇往直前——此乃深知义务所在之男儿的平生夙愿。至于白辛苦一场、白沾四脚泥，作为猫实属理所当然。由于生而为猫，诚然不能以三寸之舌和寒月、迷亭、苦沙弥三位先生交换思想，而另一方面，惟其是猫，潜行之术才比三位先生发达。成就他人无法成就之事，这本身即是一种快乐。孤军深入探得金田内幕，此乃任何人都无由知晓的开心事。即使无法告知于人，也可令其觉察其事已为人知，此即足矣。如此开心快乐之事接踵而至，岂能不迎上前去。还是要去！

来到对面胡同一看，所闻洋房果然神气活现地盘踞在拐角地面。想必其主人也如这洋房一般顾盼自雄。进门打量建筑物，除了上下两层无谓地兀然矗立之外，别无可观之处——目的大概只是力图高人一等。迷亭所称俗物，是之谓乎？门厅右拐，穿过花木丛，转来厨房门口。厨房到底宽敞，确有苦沙弥先生厨房的十倍之大，井然有序，闪闪生辉，未必亚于日前《日本新闻》详细报道的大隈伯[①]的厨房。我进入这堪称厨房典范的厨房。一看，用石灰夯实的两坪左右的门口空地上站着那个车夫老婆，以烧饭女仆和人力车夫为对象正就什么喋喋不休。这家伙惹不起，藏去水桶后面。

① 大隈伯：大隈重信（1838—1922），曾两次出任首相。府上厨房被视为上流社会的典范。

“那个教师，不知我家老爷名字？”烧饭女佣说。

“怎么可能不知道？这一带要是不知道金田家公馆，肯定眼瞎耳聋！”此乃专用人力车夫的语声。

“怎么说好呢，说起那个教师，除了书什么都不知道，好一个怪人！如果对咱家老爷多少知道一点儿，也许心里害怕。可他不知道，连自家小孩儿几岁都不知道的哟！”车夫老婆说道。

“提起金田先生都不怕？真是个拿他没办法的木头人！管他怎么着，一起吓他一吓！”

“那好！说太太的鼻子太大啦长相不顺眼啦，尽说难听的。自己的嘴脸活像今户窑①烧出的丑狐狸却不说，偏偏以为自己正经是个人物。真是忍无可忍！”

“不光嘴脸，还手提毛巾去澡堂子——岂不太傲慢了？以为谁也不如他自己！”苦沙弥先生在烧饭女佣那里也极没人缘。

“大家一起去那家伙院墙旁边拼命说他坏话可好？”

“那一来他肯定吓得要死。”

“不过刚才太太吩咐了，要是给他看见，咱们可就没意思了。让他只闻声不见人，妨碍他看书，尽可能让他心烦意乱。”

“明白了。”车夫老婆表示她可以承担坏话的三分之一。我暗想这帮家伙原来是要去调戏苦沙弥先生，遂从三人一侧蹑手蹑脚溜了过去，进到里面。

猫的脚虽有若无，无论走在哪里都从未发出笨重声响。如履晴空，如腾云雾，如水中击磬，如洞里鼓瑟，如品尝醍醐妙味，言诠之外，冷暖自知。没有凡庸洋楼，没有典范厨房，没有男仆，没有女佣，没有千金小姐，没有贴身侍女，没有鼻子夫人，没有夫人老公。去想去的地方，听想听的话语。而后伸伸舌头，摇摇尾巴，挺挺胡须，悠悠返回，如此而已。[6]尤其这方面，我辈是日本第一高手。

[6]一连串“如”字句和“没有”句，极具气势。

① 今户窑：东京台东区今户町烧制的陶器，无釉，质朴无华。

甚至自我怀疑没准传承了"草双纸"中那只猫又的血脉。据说蟾蜍额头有夜明珠,我辈尾巴呢,神祇释教恋无常[①]自不必说,玩普天下苍生于股掌之上的独家相传的妙药亦塞于其中。至于在金田家走廊横行无忌而不为人知,简直比金刚力士踩碎魔芋豆腐还要容易。此时此刻,连我自己都为自己的本领感佩莫名。而这也是托宝贝尾巴之福。意识到这点之后,心想尾巴不可慢待。我约略低头,打算向自己尊敬的尾巴大明神顶礼膜拜祈祷猫运长久。但总好像情况不大对头。须尽量往尾巴那边看着三拜才是。我为看尾巴转动身体,尾巴也自然转动。为了追赶而扭动脖颈,尾巴也以同样间隔向前跑去。不愧是将天地玄黄纳入三寸之内的灵物,远非我辈所能驾驭。我追随尾巴七圈半,累得一塌糊涂,只好作罢。略有头晕目眩之感,天旋地转,不知自己身在何处。管它!我不管不顾地到处乱转。木格拉门里响起鼻子语声。我锁定此处,止住脚步,斜转双耳,屏息敛气。

"一个穷教书匠居然趾高气扬!"语声尖利刺耳。

"嗯,不知天高地厚的家伙,得给他点厉害看看,惩罚一下!那所学校里有老家的人呢!"

"有谁?"

"有津木跳助和福地细螺,让他俩捉弄捉弄他!"

金田君的老家是哪里我固然不晓得,但那地方的人全都姓名古怪这点让我心里一惊。金田君继续下文,问:"那家伙是英语教员?"

"啊,听车夫老婆说,专门教 Reader[②] 什么的。"

"反正不是正经教员,瞧那德性!"德性这个用法让我钦佩有加。

"前些日子碰上跳助来着,他说学校有个怪家伙,有学生问粗

① 神祇释教恋无常:神、佛、恋、死和人事等概而言之。

② Reader:当时日本中学使用的英语泛读课教科书。

茶用英语怎么说，他认真回答粗茶是 Savage tea，在教员之间成了笑料。有那样的教员，对别人也是个麻烦——估计是那个家伙！”

“肯定是那个家伙！和那副嘴脸正配得上。还留着胡子，莫名其妙！”

“岂有此理的东西！”留着胡须就岂有此理，那么猫没有一只是不岂有此理的。

“还有那个叫迷亭或泥亭什么的家伙，怎么说好呢，简直是跳梁小丑，是吧？还说伯父是牧山男爵，那副长相怎么可能有身为男爵的伯父呢？”

“也怪你，怎么可以把不伦不类的家伙说的不三不四的话当真呢？”

“怪我？他岂不是太瞧不起人了？”鼻子十分懊恼。[7]

[7] 通过“我”偷听到的一段对话，侧面写金田夫人的妄自尊大、傲慢无礼。

不可思议的是，寒月君的事则只字不提。不知是我钻来之前已经品评完毕，还是已认定他不及格而置之度外。这方面让人放心不下，却又无计可施。伫立良久，走廊对面的客厅响起门铃声。嗬，那边也有戏。事不宜迟，赶紧朝那边赶去。

赶到一看，一个女的正大声说着什么。声音和鼻子的十分相似——以此推断，想必是这家的小姐，也就是使得寒月君竟至跳河自杀未遂的那个活宝。惜乎隔着拉门，无法目睹其花容月貌，因而不敢断定脸庞正中是否也祭出硕大的鼻子。不过综合考虑其说话的语调和粗重的鼻息，很难认为完全不是惹人斜视的蒜头鼻。只她一个女的一味喋喋不休，而全然不闻对方语声——莫非是传闻中的电话那个玩意儿不成？

“你是大和①吧？明天、明天去。给我预留一个鹑三②！好吗？听清楚了？什么？不清楚？讨厌讨厌！订鹑三！什么？订不上？不可能订不上。订了？嘿嘿嘿嘿开玩笑？什么玩笑嘛！净拿人

① 大和：剧场名称。

② 鹑三：剧场观众席之称。靠近舞台的第三排，上等座位。

家开心。你到底是谁呀？长吉？长吉什么的弄不清楚,叫老板娘来听电话！什么？你什么都能办？胡说！你知道我是谁？金田！呵呵呵呵呵知道知道？好一个傻瓜蛋啊你这人！我说我是金田！什么？每次承蒙关照多谢多谢？多谢什么？我不想听你道谢。哎哟你又在笑。你个无可救药的蠢货！悉听尊命？再捉弄人我可就挂电话喽！明白？你无所谓？不吭声算怎么回事？倒是吭声啊！”

大概长吉那边挂了电话,杳无回音。小姐心头火起,咔嚓咔嚓摇动电话机。脚下的哈巴狗惊得突然叫了起来。这可马虎不得,我飞身跳下,钻进檐廊下面。

就在这时,有脚步声离走廊越来越近,随即响起开拉门的声音。有人来了！我拼命细听。

“小姐,老爷和太太叫您呢！”似乎是侍女的语声。

“我不管！”小姐朝侍女来了一枪。

“说有事找小姐,让您快去。”

“烦人！说不管就是不管！”小姐来了第二枪。

“……听说是水岛寒月先生的事。”侍女乖巧地讨小姐欢心。

“寒月也好水月也罢我都不管！讨厌死了！一副丝瓜不知吊在哪儿的傻相！”可怜的寒月君缺席挨了第三枪。

“哦,你什么时候挽起发来了？”

听得侍女舒口气,简单应道:“今天。”

“一个侍女还装模作样！”第四枪从另一方面袭来。

“这还不算,新衬领也换上了？”

“嗯,上次小姐您给的,太漂亮了。怪舍不得的,一直放在箱子里。可原来的太脏了,就换上了。”

“什么时候给的那东西？”

“这个正月,去白木屋买的。茶绿色,染有相扑比赛日程表。您说对自己太素朴了给我好了——就是那条。”

“哎哟讨厌！在你身上那么合适。恨死我了！”

“不好意思。”

“不是夸奖，是恨你！”

“哦？”

“那么合适的东西，为什么一声不吭接过去了？”

“哦？”

“既然在你身上那么合适，我用不是也不会显得不三不四嘛！”

“您用肯定正合适！”

“明知正合适，为什么默不作声？还若无其事地戴着——你这人不怎么样！”一枪枪接连扫射过来。

我正要听往下如何发展，对面客厅金田大声叫喊：“富子、富子！”

小姐不得已地应了一声，走出电话室。

眼睛嘴巴都挤在脸中央的比我稍大的哈巴狗尾随而去。我再次蹑手蹑脚从厨房走上路面，急忙回主人家。探险十二分成功。

回家一看，因为从漂亮的公馆一下子转来脏兮兮的地方，感觉就像从阳光灿烂的山坡钻进黑乎乎的山洞。探险当中，因为注意力放在别的事上，房间装饰、隔扇、木格拉门什么样都没闪入眼帘。而此刻深感我这寓所相形见绌，同时对那座公馆的俗气产生留恋之情。看来，同教员相比，还是实业家厉害。对此我也觉得有些不正常，遂向那条尾巴请教，尾巴宣示正常正常。走进客厅一看，吃了一惊：迷亭先生仍未回去。吸剩的烟头一如蜂窝在火盆中高高隆起，正盘腿滔滔不绝地说什么。不知何时，就连寒月君也来了。主人头枕胳膊专心致志地盯视天花板漏雨的痕迹——依旧是盛世逸民的聚会。

“寒月君，说梦话都说到你的那位妇人的名字，当时像是个秘密，现在说也可以了吧？”迷亭首开战局。

“如果事情只关我一个人，说也不碍事，问题是将给对方带来麻烦。”

“还是不行啊！”

“何况已向某某博士夫人做了保证。”

“保证不讲给别人？”

“是的。”寒月照例摆弄外褂带穗。带穗是紫色的，估计是非卖品。

“这条带子的颜色，怕是‘天保风格’吧？”[8] 主人躺着说了一句，他对金田事件了无兴趣。

[8] 天保年间（1830—1844）的俳句多平庸之作，缺乏新鲜感。以此暗指衣带的古旧。

“是的是的，到底不是日俄战争时期的东西喽！如果不头戴战盔身披立葵纹家徽后开衩外褂，就配不上这样的带穗。织田信长①入赘之际所梳茶刷形发髻用的好像就是这种带穗。”迷亭的句子依然冗长。

“其实这是老爷子讨伐长州②时用的。”寒月君神情肃然。

“差不多该捐给博物馆才好。身为吊颈力学演说家、理学士水岛寒月，身上穿戴居然是早已过时的旗本武士③模样，多少有失体面。”

“谨遵忠告也未尝不可，但也有人说这带穗和我相得益彰……”

“谁？谁说的那种不解风情的话？”主人一边翻身一边大声问道。

“你们不认识的……”

“不认识也无所谓，到底是谁？”

“一位女性。”

“哈哈哈哈，真是够逗儿的！猜猜可好？到底是从隅田川河底

① 织田信长：1534—1582，日本有名的武将。

② 讨伐长州：1864年江户幕府同长州藩之间的征战。

③ 旗本武士：江户时期的高等武士。

呼你名字的女子吧？索性以这副打扮重返瑶池如何？”迷亭横冲过来。

“嘿嘿嘿嘿嘿，已经不再从水底呼唤了，而在西北方位的清净世界……”

“怕也谈不上多么清净，瞧那来者不善的鼻子！”

“哦？”寒月满脸不解。

“对面胡同的鼻子刚才杀上门来，我们两个着实吃惊不小。是吧？苦沙弥君。”

“嗯。”主人歪着喝茶。

“鼻子？谁的鼻子？”

“你的亲爱的永恒女性令堂大人。”

“哦——”

“金田之妻那个女人打听你来了。”主人一本正经地予以解释。

惊愕？高兴？羞赧？窥看寒月君的表情，居然无动于衷。他以一如往常的平静语调说道：“是求我娶她那女儿吧？”说罢，再次摆弄紫色带穗。

“大错特错！令堂大人可是伟大鼻子的所有者……”

迷亭话没说完，主人驴唇不对马嘴地接上一句：“喂喂，我一直在琢磨给那鼻子写一首俳体诗[①]。”

夫人在隔壁房间噗嗤笑出声来。

“你可真够沉得住气的。写好了？”

“大致好了。第一句：此脸俨然祭鼻台。”

“往下？”

“下一句：鼻前神酒供一樽。”

“下一句？”

“只写出这两句。”

① 俳体诗：夏目漱石和俳人高滨虚子尝试的新体诗。

“诗趣盎然！”寒月君嘻嘻笑道。

迷亭出口成诗：“两个黑洞何其深。”

寒月君道：“深得鼻毛不得见。”三人分别信口胡诌。

这当口，院墙外路上传来四五人唧唧喳喳的声音：“今户窑丑狐狸今户窑丑狐狸……”

主人和迷亭吃了一惊，从院墙空隙往外看去。结果“啊哈哈哈哈”脚步声随着笑声纷然远去。

“今户窑丑狐狸是什么意思？”迷亭狐疑地问主人。

“莫名其妙。”主人回答。

“委实非同凡响！”寒月君加以评论。

迷亭似乎想起什么，霍然起身，开始模仿演讲：“吾辈出于美学见地，多年来就鼻子进行了研究，今天想披露一斑，有劳二位倾听。”

因过于事出突然，主人默默注视迷亭。

寒月小声道：“在下洗耳恭听。”

“虽经多方调研，但鼻子的起源仍无法确定。首先令人费解的是，如若将其假定为实用性工具，那么有俩鼻孔即绰绰有余，无需从面部正中如此横空出世。然而为什么如您所见拔地而起呢？”说着，迷亭抓住自己的鼻子为证。

“算不上拔地而起嘛！”主人直言不讳。

“反正没有畏而缩之。如果将鼻子和仅仅两孔并列这一状态混为一谈，有可能导致误解的产生，这点容我事先予以提醒。依我愚见，鼻子的发达乃是我等男女擤鼻涕这一细微行为日积月累而自然呈现的显著现象。”

“一个披肝沥胆的愚见！”主人插入短评。

“众所周知，擤鼻涕时势必抓鼻子。而抓鼻子，特别是仅仅给这一局部以刺激，根据进化论的核心原则，这一局部为了适应刺激而发达得同其他部分不成比例。皮也自然变硬，肉也逐渐变实，终于凝而为骨。”

“肉变骨不可能那般轻易地一蹴而就。”不愧是理学士，寒月君提出抗议。

迷亭以不屑一顾的神气继续下文：“您的怀疑自是理所当然，但证据强于理论，骨好端端存在于此，全然奈何不得。骨已然形成。骨形成了就有鼻涕出来，出来了就不得不擤。在此作用之下，骨的左右便受到削减，变得细细高高隆之起之。作用委实可怕。一如水滴石穿，一如宾头颅①的头颅大放光明，一如奇香化奇臭之喻，鼻梁便是如此变得坚挺笔直。”

“可你的那个却是鼓鼓囊囊的哟！”

“演说者本人的局部因有回护之嫌，故免予谈论。[9]关于那位金田令堂拥有的鼻子，我想作为发达之至伟大之极的天下珍品向二位介绍一番。”听得寒月君不禁嘻嘻有声。

[9]“回护”有强行自我辩护之意。

“但是，凡物达到极限，必是一种奇观，总有些让人害怕而难以接近。鼻梁无疑可圈可点，但多少过于险峻。古人之中，苏格拉底、哥尔德斯密斯②或者萨克雷③的鼻子，其结构都乏善可陈。而惟其乏善可陈，自有讨人喜爱之处。所谓鼻不以高为贵，而以奇为贵，恐怕即由此而来。[10]俗话也说鼻子不如丸子——从审美价值来说，我以为我迷亭这个程度的有可能恰到好处。”

[10]“鼻不以高为贵，而以奇为贵”语出日本用至明治初期的儿童教科书《实语教》。相关一句为“山不以高为贵，而以树为贵”。

寒月和主人都呵呵笑出声来。迷亭本人也似乎喜不自胜。

“闲言少叙，刚才所表……”

“这刚才所表，有点像说书人，有失文雅，就请别表了吧！”寒月君报日前一箭之仇。

“既然那样，就要重新粉墨登场喽！呃——，往下我就鼻子与

① 宾头颅：宾头颅尊者，十六罗汉的第一尊。传说将摸过此像的手置于患部即可病愈，故其像发光者居多。

② 哥尔德斯密斯：Oliver Goldsmith（1730—1774），英国文学家，尤以小说创作知名。

③ 萨克雷：William Makepeace Thackeray（1811—1863），英国小说家。包括苏格拉底，文中这三人据说都其貌不扬。

面孔的均衡说两句。如果不联系其他而仅就鼻子而论，那么那位令堂大人拥有的鼻子可谓无论拿去哪里都无须羞愧的鼻子——即使在鞍马山开展览会恐怕都会荣获一等奖。[11] 然而可悲的是，那只鼻子丝毫未与眼睛、嘴巴等其他部位商量便异军突起。尤利乌斯·恺撒①的鼻子无疑非同一般。可是，如果把恺撒的鼻子一下子用剪刀剪断而安在本宅猫的脸上，那么情形如何呢？假如在猫脑门儿那般小的地面有英雄鼻梁拔地而起，那就好比奈良大佛安在围棋盘上，我想比例未免失衡之至，审美价值一落千丈。毋庸置疑，令堂大人那一如恺撒的鼻子，巍巍然隆起，飒爽英姿。但是，其周围的面孔条件又如何呢？当然不至于如本宅猫这般劣等，而另一方面，如癫痫病患者那样眉根紧锁八字、眯缝眼高高吊起却是事实。诸位，我们岂不要喟叹此脸徒有此鼻吗？”

[11] 传说中，鞍马山栖息着一种长鼻子怪物“鞍马山狗”。

迷亭话头略一停顿的瞬间，里面有语声传来：“还在絮叨鼻子，真是死不开窍的木头脑袋啊！”

“车夫的老婆。”主人告诉迷亭。

迷亭卷土重来：“意外发觉房后新增异姓旁听者，作为演说者感到无上荣光。尤其以婉转娇音为此枯燥讲席添加一点艳韵，实乃望外之幸。本想尽可能讲得通俗易懂以期不负佳人淑女的惠顾，奈何往下要约略切入力学问题，诸位妇人势必为之费解，尚希忍耐为盼。”

寒月君听得力学之语，不禁再次莞尔。

“我力图证明的是，此鼻与此脸全然风马牛不相及，有违蔡辛②的黄金分割律。我想援引力学公式就此严格推导示予诸位。首先，将鼻高定为 H。α 代表鼻与脸这一平面交叉所产生的角度。W 当然是鼻的重量。务请记住。如何，大体明白了吧？”

“明白个鬼！”主人说。

① 尤利乌斯·恺撒：公元前 100—前 44，罗马杰出的政治家。

② 蔡辛：Adolf Zeising（1810—1876），德国美学家，著有《美学研究》。

“寒月君呢？”

“我也不甚明了。”

“那不好办啊！苦沙弥倒也罢了，而你是理学士，本以为你不成问题。这一公式乃是演说的重中之重，如果略而不提，迄今所付努力即告徒劳。也罢，只好省略公式只讲结论。”

“有结论的？”主人似乎心生诧异。

“自不待言，没有结论的演说同没有甜点的西餐无异。好了，二位好好听着，下面就是结论。——那么将上述公式参照菲尔绍[①]、威斯曼[②]等诸家学说思考起来，先天性形体的遗传当然要予以认可。同时，与此形体相伴而生的心态，尽管存在后天性并非遗传这一有力学说，但在某程度上必须视之为必然结果。故而，那般与身份不相符的鼻子的主人所生子女，不难推断其鼻子当有某种异常症状。寒月君因还年轻，在金田小姐鼻子结构上未能发现其异常亦未可知。由于遗传的潜伏期很长，所以伴随气候的剧变，有可能突飞猛进，一瞬之间膨胀得同令堂大人不相上下。因此之故，依据在下迷亭的学理论证，为安全起见，此门婚事还是趁早放弃为妙。对此，此家主人自不消说，纵使躺在那里的猫又殿下想必亦无异议。”

主人终于欠身：“那是理所当然！那样的女儿有谁会娶呢？寒月君，你可不能娶！”主人意见十分坚定。

为了聊表赞成之意，我辈也喵喵两声。寒月君倒没显得多么惊慌失措：“既然二位有此意向，作为我，放弃也未尝不可。问题是万一对方为此耿耿于怀而生起病来，则罪责不轻……”

“哈哈哈哈，此乃艳罪也！”

主人则认真起来，独自喃喃有声：“哪有那种荒唐事！那家伙的女儿，笃定不是好东西。第一次上门就想让我哑口无言，傲慢无

① 菲尔绍：Rudolf Virchow（1821—1902），德国病理学家、人类学家。

② 威斯曼：August Weismann（1834—1914），德国进化学家、遗传学家。

礼的家伙！”

随即，院墙外又响起“啊哈哈哈哈”的笑声。一个说：“好一个不可一世的榆木疙瘩脑袋！”一个说：“是想住大房子吧！”又一个说：“可怜啊，再怎么嚣张也是家中王！”

主人走去檐廊以不示弱的音量吼道：“烦人！干吗特意跑到院墙根来！”

“啊啊啊啊啊，Savage tea，Savage tea！”异口同声地大起其哄。

主人火冒三丈，突然拎起手杖蹿去路面。迷亭拍手喝彩：“有意思，好，好好！”寒月摆弄外褂带穗嘻嘻而笑。我辈跟在主人后头从院墙豁口跑来路上一看，主人站在路面正中，百无聊赖地持杖伫立。路面空无一人。看主人的样子，就像被狐狸迷住了似的。

第四章

照例潜入金田公馆。

为什么说照例，早已无须解释了——乃是表示“屡次”自乘那一频率的说法。事情做过一次，就想做第二次。试过两次，就想试第三次——这样的好奇心并不限于人。虽说是猫，但这种心理特权也是与生俱来的，务请如此认定才好。重复三次以上始得冠以习惯之语，这一行为进化为生活需要也和人如出一辙。为什么如此频繁地潜入金田公馆呢？假如诸公怀有这样的疑问，那么有一事我想反问：为什么人从嘴里吸烟而从鼻孔吐出呢？既然毫不羞愧地将既不能果腹又无助于经血调和的玩意儿反复吐吞不知其所止，那么也大可不必对我辈出入金田家而厉声责骂。金田公馆即我辈的香烟。[1]

[1] 巧借“反问”讽刺吸烟人。

说潜入，说法有语病。感觉似乎是小偷或奸夫，听起来别扭。我辈去金田家，诚然未受其邀，但目的绝非为窃取一片鲣鱼，也不是为了和鼻眼痉挛一般挤在面孔中间的哈巴狗君秘密会谈。侦探？荒唐无稽！要说这世上什么是低贱的行当，我认为侦探和高利贷最低贱不过。不错，我是为寒月君启动猫所不应有的侠肝义胆而一度暗中刺探过金田家的动静，但那仅仅一次，其后再没做过有愧于猫之良心的卑劣勾当。既然如此，那么为什么使用潜入这一可疑字眼呢？这个嘛，这是颇有意味的事。本来依我辈的想法，天空的出现是为了覆盖万物，大地的形成是为了承载万物——无论多么喜欢大发议论之人，怕也不能否认这一事实。那么，若问他们人类为创造这天空大地付出了多少劳动，岂非寸功未立？将不是自己创造的东西据为己有是毫无道理的。即使可以据为己有，也没有理由禁止他者出入。将这茫茫大地自以为得计地围以院墙竖以棍棒划为某人所有地块，好比在苍天拉绳，声称这部分是我的天、那部分是你的天。假如可以将土地切成条条块块按一坪多少钱进行买卖的话，那么也可以把我等呼吸的空气分割成无数立方尺或买或卖。既然空气不能买卖、天空拉绳是不当行为，则地面的私有岂不也是不合理的？正因如此，据如是观信如是法的我辈才任何一处都可进入。当然，不想去的地方自是不去，而想去的方位则无分东南西北，大模大样优哉游哉但去无妨。无需顾虑金田家如何。不过猫的可悲之处在于，若诉诸武力，无论如何都比不过人。既然存在于甚至产生强势即权力这等格言的人世间，那么无论我辈多么有理，猫的议论也无法通行。若要勉强通行，就有可能像车夫家的老黑那样突然被扁担来个当头一棒。虽然理在我这边，但权力属于对方——在这种情况下，或弃理而一味委曲求全，或钻权力的空档贯彻自己之理。若问选择何者，我辈当然选择后者。因为扁担不能不躲开，所以不能不潜入。因为我进入人宅亦无不可，所以不能不进。惟其如此，我潜入金田公馆。

随着潜入次数的增多，当侦探的心思固然没有，但金田君一家不想看、不想记的情况映入我的眼帘、留在我的脑海也是势之所趋，由不得自己——比如鼻子夫人每次洗脸都执著于擦拭鼻子，富子小姐狼吞虎咽食用阿倍川饼，以及金田君本人——金田君与其夫人不相配，鼻子扁平。不单单鼻子，整个脸盘也够扁平。小时候吵架被孩子王抓住脖颈猛一把按在土墙上时的脸，四十年后这个报应可能亦未消除——便是扁平到如此程度的脸。诚然属于四平八稳而不兴风作浪的脸盘，但未免缺少变化。纵然大发雷霆脸也波浪不兴。如此这般，吃着金枪鱼生鱼片自己啪嗒啪嗒拍打自己的秃脑瓜的金田君、由于不仅脸庞扁平且个头不高而戴无比高的帽子穿无比高的木屐的金田君，以及车夫为之好笑而讲给工读生，工读生感叹车夫观察敏锐的金田君————一道来数不胜数。[2]

[2] 通过外貌描写进行讽刺，幽默而辛辣。

日前经厨房门口穿过院子，从假山后边巡视对面，确认拉门紧闭四下悄然，当即慢悠悠上到檐廊。如果人声嘈杂或有可能被人从客厅隐约瞧见，就沿着水池往东绕去，不知不觉从厕所旁边走到檐廊下面。记忆中不曾为非作歹，无事必须隐瞒，无事应该害怕。但若碰上人这种蛮不讲理的动物，便只能自认倒霉。假如世人统统沦为熊坂长范①，那么纵是正人君子，恐怕也要采取我辈这般态度。金田君因是堂堂正正的实业家，固然不至于像熊坂长范那样挥舞五尺三寸刀，但据传有不把人当人的毛病。既然不把人当人，那么不把猫当猫亦未可知。以此观之，作为猫，哪怕再德高望重，也万万不可在他的宅院马虎大意。然而，这不可马虎之处对于我辈未免好玩，故我辈如此出入金田家门，想必也是仅仅出于冒险之心。至于详情，待我日后考虑成熟并且能够全部解剖猫脑之时再吹嘘不迟。

今天情况怎么样呢？我把下颏按在那座假山草坪上扫视前方，但见铺有十五张榻榻米的客厅面对暮春阳光大敞四开，金田夫妇和一个来客谈兴正浓。不巧鼻子夫人的鼻子正对着这边，隔着水池迎面瞪视我的额头。被鼻子瞪视，有生以来今天是第一次。所幸金田君侧过脸与客人相对，那扁平部分有半边藏而不见。但另一方面，其鼻子的所在亦不明了。只见其黑白各半的上唇胡须乱蓬蓬恣意丛生，其上端应有两孔这点不难做出结论。倘春风从其平滑的脸盘拂过，料想也会畅通无阻——我辈顺便想入非非。三人中，来客容貌最为普通。而惟其普通，也就没有堪可特别强调之处。说普通自是无可厚非，但若普通得到了登平凡之堂入庸俗之室的地步，反倒让人不胜怜悯。带着理应拥有如此枯燥无味面孔之命运生于明治圣明时代的是何人呢？倘不照例站在檐廊底

① 熊坂长范:《义经传说》中的强盗，使用“五尺三寸长刀”。

下倾听其谈话，当然无由知晓。

“……这样，妻子特意去那个男的那里问了情况……”金田君依然出言不逊。虽然不逊，但毫无严厉之处。其语言一如其脸盘平铺直叙。

“果然，那个男的曾教过水岛君。果然是个好主意，果不其然。”来客一口一个果然。

“可是全然不得要领。”

“嗯，苦沙弥是个不得要领的人。和我一起寄宿的时候说话就模棱两可。想必够难为您的了！”来客转向鼻子夫人那边。

“难为也好不难为也好，跟你说，到这把年纪了，我去别人家还从没那么不受待见。”鼻子照例大出鼻气。

“说什么不礼貌的话了吧？一向脾气固执，毕竟十年如一日当Reader课教员，情形可想而知。”来客得体地随声附和。

“啊，根本不像话的，妻子问什么都爱理不理的……”

“那是有些岂有此理……说到底，一旦做一点学问，就往往生出傲慢之心。若再生活贫穷，就硬要逞强。人世间无法无天的家伙也是有的。对自己的无能浑然不觉，看见有钱人就气不打一处来，活像他们的财产被人卷走了似的。啊哈哈哈！”来客神采飞扬。

“嗯，简直无可理喻，既然那么一意孤行不懂人情世故，就想给他点厉害教训一下。稍稍搞了一次。”

“果然。怕是吃不消了吧？完全是为了他本人好嘛！”来客在没了解搞法之前就对金田君表示赞同。

“不过铃木君，那人脑袋多不开窍啊！到学校也不跟福地君津木君说话，根本不说。本以为他被吓老实了，岂料前几天居然拿手杖追打我家那个无辜的工读生——三十岁的大男人，竟至做出这么荒唐的事来！简直气急败坏，神经都多少有问题！”

“哦，怎么会做那么荒唐的事呢……”看样子，非同一般的来客也有些感到费解。

“也没什么，听说只是经过他面前时说了句什么，结果他马上拿起手杖光脚飞奔而出。就算是一星半点说了什么，也到底是个小孩子，而他可是个满脸胡须的大男人且是教师，是吧？”

“是啊，为人师表啊！”来客说罢，金田君也来了句：“为人师表啊！”看来这三人不期而同的论点是：既是教师，就非得泥塑木雕一般逆来顺受不可。

“还有，那个叫迷亭的，实在轻佻得很，信口开河，尽说没用的假话。那么古怪的人，我还是头一次碰到。”

“啊迷亭？看来他照样吹牛皮啊！仍是在苦沙弥那里遇上的？落在他手里可就甭想活了。以前也一起自己做饭吃来着，因为他太目中无人了，总和他吵架。”

“谁都要恼火的嘛，那个德性！光是说谎吹牛倒也罢了，比如因为情面上过不去啦，出于逢场作戏啦——那种时候谁都要说牙外话。问题是本来不说谎也应付得来他也胡说八道，简直拿他没办法。那么面不改色心不跳地胡说八道，图的是什么呢？”

“言之有理。他胡说八道完全是为自寻开心，伤透脑筋。”

“跟你说，特意去打听的水岛的事也落得个鸡飞蛋打。我满肚子气，窝囊透了。但毕竟情理就是情理，去别人家打听事儿而听完了就不理不睬也不太过分，事后让车夫送去一打啤酒。不料你猜怎么着？对方说没道理接受这玩意儿，快拎回去！车夫说是谢礼务请笑纳。你听他说得多气人：‘我天天都吃果酱，从没喝过啤酒那种发苦的东西。’说罢闪身走了进去——话都说不周全，你看你看，岂不太不懂礼节了？”

“是够过分的！”这回来客也似乎真的觉得过分了。

“于是今天专门请你来。”停顿片刻，传来金田君的语声，“对那样的蠢货，只要背地里捉弄一下就可以的，可是仍有件事有点头痛……”金田君像吃金枪鱼生鱼片时那样啪嗒啪嗒拍着秃脑瓜子。不过我辈因躲在檐廊下，无法看见他是拍了还是没拍，但那秃脑瓜子的动静近来已经越听越熟了。一如比丘尼能分辨木鱼的声音,即使从檐廊底下也能即刻鉴别声音的出处——只要声音足够清晰——听那动静准是秃脑瓜子。“所以想麻烦你一下……”

“大凡我能做到的,请只管吩咐。这次能来东京工作,也不外乎是您诸多关照的结果。”来客一口答应金田君的委托。以语气判断,来客到底是得过金田君关照的人。噢,事情的发展渐入佳境。原本因为天气风和日丽,就有意无意跑了过来,全然没有想到会获得这么好的情报,好比春分时节去寺院拜佛偶然在方丈处吃得牡丹饼。金田君要把什么事委托给来客呢?我从檐廊下竖耳倾听。

“苦沙弥那个变态者,不知何故,听说他暗暗唆使水岛别娶金田家的女儿——喂,鼻子,是这样的吧?”

“岂止暗暗唆使,而是明说:‘哪里会有娶那种家伙的女儿的傻瓜呢?寒月君你万万娶不得!’”

“岂在此理!那家伙真说这种粗话来着?”

“什么真说假说!车夫老婆亲口告诉我的,千真万确。”

“铃木君,如何?你都听见了,够棘手的吧?”

“头痛啊!别的事倒也罢了,这种事是不应该由别人胡乱插嘴的。苦沙弥哪怕再不晓事,这个道理也该懂得才是。到底因为什么呢?”

“所以嘛,你学生时代就和他住在一处,现今另当别论,过去相当要好来着。这样,你能不能见见他本人,好好晓以利害?也许他在生什么气,但生气是他本人不好。只要他不乱说乱动,他个人的方便我自会充分考虑,惹他不快的事也会停止。可是,如果对方死不悔改,我也要报以颜色——也就是说,再一意孤行下去,只有他吃亏的份儿!”

“嗯,如您所说,进行愚蠢的抵抗,对他本人有害无益,没有任何好处可言。我好好开导一下就是!”

“另外，向我女儿求婚的人纷至沓来，不是说非嫁给水岛不可。只是，慢慢打探之间，无论学问还是人品都好像不差。所以，如果他努力在短期内成为博士，或可娶得也未可知——你不妨这么不动声色地暗示一下。”

“这么讲给他，对他本人也是个激励，必然刻苦用功。好的好的。”

“还有，关于那件别扭事——我想也不像水岛所为——水岛似乎称那个变态的苦沙弥一口一个先生，凡是苦沙弥说的，大体言听计从，这不大好。这当然不限于水岛，无论苦沙弥说什么来搅局，我这方面也无所谓……”

“水岛君怪可怜的。”鼻子夫人插了一句。

“水岛那个人倒是没有见过，总之若是能和府上喜结良缘，保证幸福一辈子。他本人想必没有异议。”

“嗯，水岛君诚然想娶，但苦沙弥啦迷亭啦，那种别扭分子总是说三道四。”

“那是不好的。不像是受过相应教育之人所作所为。我去苦沙弥那里好好谈谈。”

“啊，添麻烦了，务请帮忙！另外，其实关于水岛的情况苦沙弥最为了解，妻子去的时候闹成了刚才说的结局，没能正经打听出来，所以想请你详细问一下他的品行才学等。”

“遵命就是。今天是星期六，这就过去。也该回来了。不知他如今住在哪里。”

“这前面往右走到头，再左转走一百来米，那座围有快要倒塌的黑土院墙的人家就是。”鼻子告诉来客。

“那么说，离这很近嘛！不算什么事，回去路上顺便去一趟。简单得很，一看名牌就差不多了。”

“名牌有时有，有时没有。大概是用饭粒把名片粘在门上的，一下雨就浇掉了。这么着，晴天又粘一张。所以名牌靠不住的。

与其那么麻麻烦烦的，起码挂个木牌什么的有多好！这人真让人捉摸不透。”

“完全想不到啊！不过一问摇摇欲坠的黑土院墙那家是谁，就会明白的吧？”

“嗯。脏成那个样子的人家，街上只那一家，一问便知。对了对了，若是还不清楚，那么有个好主意——找一找房顶上长草的房子，保险没错儿！”鼻子夫人说。

“别有特色的人家啊！哈哈哈哈……”

不赶在铃木君之前回去可不大合适。偷听到这里，也差不多够了。我顺着檐廊底端往西绕到厕所，从假山背后走上街道，步履匆匆赶回房脊长草的人家，装作若无其事的样子转到客厅檐廊。

主人在檐廊里铺一条白色毛毯，趴在上面晒太阳，沐浴春天明媚的阳光。太阳的光线是意外公平的，即便房顶长有蓬蓬荒草的陋室，也照得如金田君的客厅一般光朗暖和。可怜的是惟独毛毯没有春天气息。工厂是作为白色毛毯织出来的，洋货店也是作为白毯出售的，而且主人也是作为白色毛毯买回家的。但那终究是十二三年前的事了，白毯时代早已远去，眼下正在遭遇深灰色这一变色时期。至于经过这一时期后毛毯的寿命能否延续到此外深黑色变色期，这还是个疑问。即使现在也已摩擦得体无完肤，经纬线已然历历在目。称其为毛毯早已有冒充之嫌，省略毛字而仅以毯称之倒还恰当。然而依主人想法，既然用了一年、用了两年、用了五年十年，那么就应用一辈子才是道理。想得太乐观了。那么，趴在这来之有自的毛毯上——刚才说了——做什么呢？原来双手支着翘起的下巴，右手指夹着一支香烟，如此而已。不过，他那满是头皮屑的脑壳里说不定有宇宙绝对真理如火龙车一般旋转不休。但从外部观之，那情形做梦也无从想见。

香烟火头渐渐逼近烟蒂，烧成大约一寸长的烟灰柱，“啪哒”一声掉在毛毯上。而主人对此毫不理会，兀自饿虎扑食一般盯视烟头腾起的烟雾行踪。烟气在春风中时浮时沉,描绘出好几重流动的圆圈,往夫人洗后披散的深紫色秀发根部越飘越近。噢,本该交代一下夫人,却忘了。

夫人将臀部对着主人。什么?夫人失礼?谈不上多么失礼。礼和非礼因各自的解释大可任意变更。主人满不在乎地对着夫人臀部支颐而卧,夫人则满不在乎地把庄严的臀部稳稳盘踞在主人脸前,无所谓失礼不失礼。两人结婚不到一年即已从礼仪礼数等窘境中解脱出来成为超然性夫妇。而将臀部如此朝向主人的夫人出于何种意图自是不得而知。她趁今天大好天气之机,把一尺有余的墨绿秀发用海藻和生鸡蛋咔嗤咔嗤搓洗妥当,又将乖顺的发丝炫耀似的从肩部甩往后背,此刻正默默无语地专心缝制小孩的坎肩。其实她是为了弄干洗完的头发而把进口绉绸坐垫和针线盒拿来檐廊,毕恭毕敬将臀部朝着主人坐下的。或者是主人有意把脸庞拿到有臀部的地方亦未可知。

于是,刚才说起的烟雾在丰盈披散的乌发间穿流不息,形成不合时令的地气,蒸蒸腾腾——主人专心致志凝眸视之。可是,烟雾原本就不是止于一处的东西,其性质使之不断向上飞升。因此,主人的眼睛为了全面观赏这烟雾与秀发难分难解的奇观,无论如何都要移动视线。主人先从夫人腰部开始观察,顺着脊背徐徐上移,又从肩部移至脖颈,进而渐渐抵到头顶之时,不由得啊一声惊叫:相约偕老同穴的夫人头顶正中有一块极圆极圆的秃斑。而且,那秃斑正反射着温暖的阳光,洋洋得意,闪闪生辉,仿佛此其时也。在意外之处发现这一大奇观时的主人双眼,目眩之中流露出足够的惊愕,顾不得强光使瞳孔扩散,一心一意凝视不动。

看见这秃斑时首先浮上他的脑海的,是祖传佛龛上世世代代摆设的油灯碟盏。他的家族笃信真宗,真宗一向不顾自家身份而在佛龛上舍得花钱。主人记得年幼时,自家仓房中有一座黑幽幽饰以厚厚金箔的佛龛,佛龛里面始终悬挂一个铜制油灯碟,油灯碟即使白天也隐隐约约亮着灯光。四下昏暗中只有这盏油灯闪烁着较为明晰的光亮，以致儿时无数遍目睹油灯时的印象被夫人的秃斑唤醒，一下子蹿了出来。油灯碟不出一分钟就消失了。接着他记起观音堂的鸽子。虽然观音堂的鸽子和夫人的秃斑似乎毫不相关，但在主人的脑海中两者之间存在密不可分的联想。同是还小的时候，每次去浅草一定买豆投给鸽子。一碟豆两枚文久[①]，盛在红色陶碟里，碟无论颜色还是大小都和这块秃斑极为相像。

“真像啊！”主人大为感叹似的说。“什么？”夫人头也不回。

“什么？你头顶有一块不小的秃斑。知道？”

“知道。”夫人依然手也不停地应道，并没有害怕被发现的样子。超然物外的模范妻君。

“嫁来时就有的？还是婚后新出现的？”主人问。假如嫁来前就秃了，就意味自己上当受骗了——嘴上不说，心里嘀咕。

“什么时候出现的，记不得了。秃也好不秃也好。怎么都无所谓嘛！”夫人大彻大悟。

“怎么都无所谓？不是自己的脑袋吗？”主人略带怒气。

“因为是自己的脑袋才怎么都无所谓嘛！”说罢，好像到底有些放心不下，把右手放在脑袋上来回摸那秃斑。“哎哟，大了不少！没以为会这个样。”听她这么说，好像终于自觉同年龄相比，秃斑实在过大了。

“女人一梳发髻，这里的头发要吊起来，谁都要秃的。”夫人不无辩解地说。

“以这样的速度大秃特秃，到了四十岁，不秃成药罐子才怪！那肯定是病，没准传染。趁早找甘木大夫看看！”

“你还说人家呢，你鼻孔不也长白毛了吗？若是秃斑传染，白毛也会传染的。”夫人有些愤愤不平。

① 文久：文久钱（文久永宝）。以四文流通，明治维新后以一厘五毛流通至明治中期。

“鼻子里白毛看不见的，没有害处。可是头顶，尤其年轻女人的头顶秃成那样多难看！残疾！”

“残疾？干吗娶我？自己主动娶人家，却说什么残疾……”

“因为不知道啊！直到今天才知道。那么气势汹汹，为什么嫁来时不出示脑袋？”

“胡说！天底下哪里会考脑袋考及格了才让出嫁？岂有此理！”

“秃斑倒也忍了，问题是你个头比别人矮，看着真是不顺眼。”

“个头不是一眼就看明白了？个头矮可是你明知故娶的吧？不是？”

“那是知道，知道当然知道，不过之所以娶你，是因为心想还会长一长。”

“都二十岁了，个头还会长？你也太会拿人开心了！”夫人扔开坎肩，把身体拧向主人这边。看那架势，倘应对不好，不可能善罢甘休。

“到二十岁就不准长个儿，哪有这个道理？你嫁来后给你吃了那么多好东西，就指望你会多少长一点儿呢！”正当主人以一本正经的神情讲述歪理的时候，门铃响声大作，有人高喊开门——铃木君果真以屋顶荒草为目标找到苦沙弥先生的卧龙窟来了。

夫人暂且搁置争吵，慌忙抱起针线盒和坎肩逃去起居室。主人把鼠灰色毛毯团成一团投入书斋。稍顷，注视女佣拿来的名片，显出不无惊讶的神色，吩咐请到这边来，然后手捏名片走进厕所。何以迫不及待地进厕所呢？全然不得要领。何以把铃木藤十郎君的名片拿去厕所呢？更是难以解释。总之倒霉的是名片——好一个受命同去厕所的名片君！

女佣把印花布坐垫放在壁龛前，说声“请”，然后退出。剩下的铃木君把客厅大致环视一遍。壁龛挂着写有“花开万国春”的木菴[1]的赝品挂轴,京都烧制的安青瓷瓶插着大叶早樱。如此依序一一查看之后,无意中往女佣劝坐的坐垫一看,上面不知何时大模大样趴了一只猫。无须说,即是如此这般的我辈。铃木君胸间此刻陡然生起不形于色的风波。这个坐垫毫无疑问是为铃木君铺的。为自己铺的坐垫没等自己落座便有一只奇妙的动物擅自趴了上去。这是打破铃木君内心平衡的第一个条件。假如这坐垫在自己应邀坐上之前任由春风吹拂,那么铃木君很可能故意表示谦虚而在硬邦邦的榻榻米上忍耐下去。可是迟早归自己所有的坐垫上一声招呼也不打便捷足先登的是哪一个呢?若是人,不妨相让,猫则成何体统!对方是猫这点更加让他觉得不快。这是打破铃木君内心平衡的第二个条件。最后,猫的态度实在让他气恼。倘若多少有所愧疚表示倒也罢了,而它居然顾盼自雄地盘踞在原本无权踞之的坐垫上,眨巴着不讨人喜爱的圆眼睛盯视铃木君的面孔,仿佛在说:你是何人?这是打破平衡的第三个条件。

既然这般心理失衡,那么抓起吾辈脖颈拉下坐垫岂不就行了?然而铃木君只管默默注视。威风八面的人绝不可能因为害怕而不敢动猫,但他偏偏不肯快快处分我辈而发泄自己的不满——这是为什么呢?我辈推测完全是因为铃木君想要维持自己作为人的体面的缘故,即出于自重之心。如若诉诸臂力,纵然三尺童蒙也能随心所欲地处置我辈。但从看重体面这点来考虑,即使是身为金田君股肱之臣的铃木藤十郎其人,也对端坐于二尺见方领地的猫大明神无可奈何。哪怕是在这人所不见的场所,和猫争座也聊关人的尊严。以猫为对象争论是非曲直,无论如何也有失大度。滑稽!而为了避免名誉受损,势必多少忍受不便。而越是忍受不便,对猫的憎恶之念越是有增无已。因而铃木君时而看我一眼,面露苦涩之色。我辈仰视铃木君的不平表情当然乐不可支,于是强

① 木菴:1611—1684,明末东渡的黄檗宗僧人,善书,与隐元、即非合称“黄檗三笔”。

忍滑稽之感，摆出若无其事的神气。

正当我辈和铃木君之间如此上演哑剧之时，主人整理好衣着从厕所走出，“噢”一声坐下身来。而手中的名片早已杳无踪影。以此观之，铃木藤十郎的名片料早已被处以无期徒刑于粪坑之中。名片固然惨遭飞来横祸，而我呢？说时迟那时快，主人一把抓起我辈摔去檐廊：“混账！”

“啊，请坐，坐坐！少见啊！什么时候来东京的？”主人劝旧交坐在坐垫上。铃木君随手把坐垫翻过来坐下。

“不知不觉忙忘了，忘了禀报。其实前不久回到东京总部了……”

“那好！好久没见了。你回乡下以来，这是第一次吧？”

“嗯，差不多十年了。其实后来也不时有事来东京。事情多，结果总是忘打招呼。别见怪啊！公司和你的职业不同，忙得不亦乐乎。”

“十年过去可大不一样啊！”主人上上下下打量铃木君。铃木君头发分得整整齐齐，身穿英国制作的苏格兰呢西装，打一条时髦的领带，胸前甚至有怀表金链闪烁其辉。无论如何都很难想象是苦沙弥君的旧交。

“唔，就连这玩意儿也非挂不可喽！”铃木君不断刻意出示金链。

“那是真的？”主人问法颇不得体。

“十八K金呢！”铃木君笑着回答，“你也上年纪了。好像有小孩儿了，一个？”

“不止。”

“两个？”

“不止。”

“还不止。三个？”

“嗯，三个。往下不知还有几个。”

"说话还是那么好玩儿！最大的几岁了？好几岁了吧？"

"唔，几岁不大清楚，六七岁了吧！"

"哈哈哈，教师轻松好玩儿啊！我也当教师有多好！"

"当当看，三天就够！"

"真的？总好像很高雅、轻松、悠闲，又能学自己想学的，不是很好吗？实业家倒也不坏，可我这样的不行。真要当实业家，必须往上再往上才行。要是往下当，不是到处点头哈腰说无聊的恭维话，就是参加烦人的吃喝应酬，愚不可及！"

"我上学时就最最讨厌实业家。只要能赚钱无所不为。用老话说，就是素町人①。"主人面对实业家大放厥词。

"何至于……不能一概而论吧！多少庸俗的地方也是有的。总之若是没有和钱一起殉情的决心是干不来的。不过钱这个家伙实难对付。刚刚去了一个实业家那里，听他说要想赚钱必须使用三角术——不要义理、不要人情、不要脸——如此构成三角。是不是很有趣？啊哈哈哈……"

"谁那么傻？"[3]

"不傻，那是一个极聪明的人，在实业界小有名气。你或许不知道，就在前面胡同……"

[3]"傻"问不傻，凸显"主人"对"三角术"之憎恨。

"金田？原来是那家伙！"

"大动肝火嘛！别发火，那不过是开玩笑，用来比喻不那么干就不来钱。你那么认真地解释起来可不好办。"

"三角术是玩笑倒也罢了，问题是他老婆的鼻子！你去也看见了吧？那鼻子！"

"夫人？夫人可是个痛快人。"

"鼻子，我说是大鼻子！前两天我就那鼻子作了首俳体诗。"

"哦？俳体诗是什么？"

① 素町人：すちょうにん。对商人的蔑称。

“不知道俳体诗？你也够不谙时势的了。”

“啊，忙成我这个样子，文学什么的根本顾不上。况且以前就风雅不来。”

“查理曼[①]的鼻形可知道？”

“啊哈哈哈哈，你可真有闲心！不知道。”

“威灵顿[②]被部下取了个外号，叫他鼻子鼻子。知道？”

“专门关心鼻子却是为何？不也蛮好吗？圆也好尖也罢……”

“不然不然。帕斯卡尔[③]可知道？”

“一口一个可知道，活像来考试似的。帕斯卡尔又怎么了？”

“帕斯卡尔这么说来着。”

“怎么说来着？”

“假如克利奥帕特拉[④]的鼻子约略短些，势必给世界表面带来重大变化……”

“原来如此。”

“所以，你那么动不动就瞧不起鼻子是不行的。”

“好了好了，往下有正经事。鼻子姑且不论，今天来，是因为有点儿事找你。听说你原来教过的水岛，呃——水岛……名字记不起来了。他是不是常来你这里？”

“寒月？”

“是的是的寒月寒月。关于寒月的事想打听一下，就跑来了。”

“莫非婚事？”

“噢，事情多少类似。今天去金田家……”

“最近鼻子自己来过。”

“是吗？夫人也那么说来着。本想细细请教，不巧迷亭来了，

① 查理曼：Charlemagne（742—814），法兰克国王。

② 威灵顿：Arthur Wellesley，1st Duke of Wellington（1769—1852），第一代威灵顿公爵，英国军人、政治家。曾以滑铁卢战役击败拿破仑。后为英国首相。

③ 帕斯卡尔：Blaise Pascal（1623—1662），法国哲学家、科学家，以帕斯卡尔法则闻名。下文引语出自《思想录》。

④ 克利奥帕特拉：公元前 69—前 30，古埃及托勒密王朝末代女王。

给他胡搅一通，结果一无所获。”

“只怪她带那样的鼻子来。”

“啊，不是说你。是因为那个迷亭君在，才没办法问那么深入的事，感到很遗憾。所以求我再来一次问个清楚。我也从未参与过这种事。不过若是双方都不是不满意，那么居中撮合也绝不是坏事。所以就来了。”

“辛苦了！”主人冷冷应道。但听得双方之语，不知何故，多少动了一下心。感觉就像闷热的夏夜有一缕清风钻进袖口。说起来，这位主人虽然是以出言不逊、顽固不化为宗旨问世的，但另一方面，和冷酷无情的文明产物自是大异其趣。从他动辄大动肝火愤世嫉俗也可体察个中信息。日前和鼻子争吵，是因为看鼻子不顺眼，而鼻子的女儿并无任何罪过。因为不喜欢实业家，所以也必不中意作为实业家一分子的金田其人，但必须说这和其女儿两不相干。对其女儿无恩无怨，寒月则是比自己亲弟弟还亲的可爱门生。倘若如铃木君所说双方要好，那么即便间接也不应予以妨碍，那实非君子所为。别看他这样，苦沙弥先生仍是以君子自居的。假如当事人双方互有好感……但问题正出在这里。如要改变自己对这一事件的态度，就必须先确认真相。

“我问你，是他家女儿想嫁给寒月吗？金田和鼻子怎么都无所谓，关键是女儿本身意向如何！”

“这个嘛，这——怎么说呢——呃，应该是想嫁来的吧？”铃木的应对不无暧昧。本来他以为只要打听完寒月君复命即告了事，并没有确认小姐的意向。以致八面玲珑的铃木君也显得有些狼狈。

“应该是……吧，模棱两可。”主人无论什么事都非迎头痛击不可。

“啊，这个、怪我说法不好。小姐的确是有意的。是的，毫无疑问。夫人那么对我说的。尽管她时不时说寒月君的坏话……”

“他家女儿？”

“啊——”

“莫名其妙的家伙！居然说坏话！那岂不等于说对寒月没有意思吗？”

“这地方嘛，人世间是很奇妙的——对自己喜欢的人刻意说坏话的时候也是有的。”

“哪里会有那么愚昧的家伙？”对主人讲这种深入人情机微的事，他也毫无感觉。

“奈何那种愚昧的家伙这世上也是有不少的。眼下金田夫人也是这么解释的：女儿说寒月长了个摇摆不定的丝瓜脑袋——既然常说寒月君的坏话，那么心里边肯定想得不行。”

这种匪夷所思的解释听得主人深感意外。他眼睛瞪得圆圆的，也不答话，像算命先生那样一动不动盯着铃木君。铃木君大概心想：瞧这样子，说不定会把事情搞砸。于是把话头转到主人也可能理解的那方面去。

“你想一下不就明白了？有那么多的财产，有那么俏的模样，随便哪里不都能嫁去相应的人家？寒月君也许了不起，但从身份说来——哎呀，说身份或许失礼——从财产这点来看，无论谁看都不般配的嘛！她父母担忧得特意让我出面，这还不是因为女儿本人对寒月君有意？对吧？”铃木君找出十分巧妙的道理加以说明。这回主人也好像明白过来，心里终于释然。但铃木君觉得还是要快些推进，争分夺秒完成使命才是万全之策，以免在此磨磨蹭蹭之间又给对方大吼一声。

“所以么，情况就像刚才讲的，对方说什么金钱啦财产啦概不需要，而只要男方附带的资格。说资格，就是头衔吧！也并没有一口咬定当上博士才嫁过去——不要误解！上次夫人来时迷亭在场，迷亭尽说怪话——不，不是你不好，夫人也夸奖你这人直言不讳开诚布公——完全是迷亭君不好。所以么，男方如果当上博士什么的，对方在社会上也有面子，脸上有光。怎么样？水岛君会不会很快提交博士论文，进入接受博士学位阶段？其实，如果只是金田，博士也好学士也好都不需要，但毕竟有世俗这个东西，不能那么轻举妄动啊！”

听得这么说，主人觉得对方希求博士也似乎不无道理。既然觉得不无道理，就想答应铃木君的要求。对主人的生杀予夺全凭铃木君一己之意。主人果然是单纯正直之人。

“那好，下次寒月来时，我来劝他快写博士论文好了。不过他本人是否打算迎娶金田的女儿，往下必须问个究竟才行。”

“问个究竟不好，你那么直来直去是很难成事的。还是要在一般交谈之间不动声色地试探才对，这是捷径。”

“试探？”

“呃，说试探可能不恰当。算了，不用试探。那东西交谈当中自会明白。”

“你或许明白，可我不问个明白就明白不了。”

“不明白也没关系。但像迷亭君那样无谓地插科打诨兴风作浪就不好了。即使不劝，这种事也至少应该听任当事人自行其是。下次寒月来了，千万不要横加阻拦。啊，不是指你，是说迷亭君。凡事到了他嘴上，可就万事皆休。”正当铃木君旁敲侧击说迷亭坏话时，正可谓说曹操，曹操到，迷亭先生乘着春风一如往常从厨房门翩然而至。

“噢——，稀客稀客！我这样的熟客，苦沙弥每每不理不睬。看来苦沙弥这里，只能十年来一次。这糕点比平时的高级嘛！”迷亭把藤村[①]羊羹满满塞了一嘴。铃木君坐立不安。主人嘻皮笑脸。迷亭蠕动双腮。我辈从檐廊见得这瞬间场景，心想所谓哑剧完全可以说是大功告成。倘禅家的无言问答乃指以心传心，则此哑剧

① 藤村：位于东京本乡的老字号高档“和果子店”，尤以羊羹闻名。

明显是以心传心的一幕——相当短暂，而又相当尖锐。

“以为你这辈子永做外乡人，岂料不觉之间飞回来了。还是想长寿啊，说不定会碰上什么意外幸事。”迷亭对铃木君也像对主人那样说话肆无忌惮。就算再是一起做饭吃的伙伴，十年没见也总会有些隔阂的。然而迷亭君全然无此表现。至于是出息了还是变傻了，判断颇有难度。

“我也不就是那样的可怜虫，那样的傻瓜蛋嘛！”铃木君不咸不淡地应了一句。不过总好像有些如坐针毡，神经质似的摆弄那条金链。

“喂，可坐过电气列车？”主人忽然对铃木君发此奇问。

“今天来好像就是为了供二位嘲弄。哪怕再是乡下人……别看我这样，街铁[①]股票也是有六十股的哟！”

“那可小瞧不得啊！我曾有八百八十点半股，可惜差不多给虫子吃光了，如今只剩半股。你要是再早点儿来东京，就把虫子没吃的十来股送给你。可惜喽！”

“还是那么嘴上无德！不过开玩笑是开玩笑，有那样的股票可是不吃亏的哟，年年攀高。”

“不错！即使半股，持股一千年，也能建三个仓房。你我这方面都是万无一失的当世才子，但在这上面，苦沙弥可就可怜了！说起股票，以为是大萝卜的兄弟什么的。”说着，又拿起一个羊羹往主人那边看去。主人也被迷亭的食欲传染了，往糕点盘自动伸出手去。人世间大凡态度积极之人，总是拥有被效仿的权利。

“股票怎么都无所谓，我至少该让曾吕崎坐一次电气列车才是。”主人怫然注视被咬掉一口的羊羹齿痕。

“曾吕崎若是坐电气列车，每次都要坐去品川的吧？相比之下，莫如作为天然居士被雕刻在泽庵石上省事。”

① 街铁：东京市街铁道株式会社之略。1903年（明治三十六年）开始区间运营。

"听说曾吕崎死了,遗憾啊! 脑袋好使,可惜了!"铃木君说。迷亭立即接道:

"脑袋是好使,可做饭最差劲儿! 曾吕崎当班的时候,我总是外出用荞面条对付一顿。"

"的确,曾吕崎烧饭总是烧焦,有硬芯,我也吃不消。这还不算,做的菜肯定是让生吃豆腐,冷冰冰的,难以下咽。"铃木君也把十年前的怨气从记忆底层召唤出来。

"苦沙弥那时就和曾吕崎要好,每晚都一起出去吃年糕小豆汤,结果落得个慢性胃弱病。说实话,苦沙弥吃年糕小豆汤吃得格外多,死在曾吕崎前头就好了!"

"天底下哪有那样的逻辑? 别说我的年糕小豆汤,你口称做运动,每晚拿一把竹剑跑去后面的卵塔婆[①],正打石塔的时候被和尚看见了,挨了一顿收拾。不是吗?"主人也不甘示弱,揭露迷亭的往日丑事。

"啊哈哈哈,是的是的,和尚说我敲打墓碑头部妨碍安眠,赶快住手! 可我用的是竹剑。而这铃木将军下手才狠,和石塔摔跤,大小搬倒了三四座。"

"和尚当时发的脾气真叫厉害,非叫我恢复原样不可。我说雇工去,让他等等。他说:雇工不行,为了表示忏悔,必须你本人扶起,不然有违佛意。"

"那时你可没了风采。一件平纹布衫,一条越中兜裆布,在雨后的水洼里吭哧吭哧……"

"你若无其事地来个写生,不像话! 我这人很少生气,单单那时心想你太不够意思了! 我可还记得当时你怎么说的。你记不记得?"

"十年前怎么说的谁还记得? 不过石塔雕刻的字至今仍留在

① 卵塔婆:坟茔,墓地。

记忆里：归泉院殿黄鹤大居士安永五年辰正月。石塔造形相当古雅，搬家时真想偷走来着。确实符合美学原理，一座哥特式风格的石塔。”迷亭又开始显摆他那不着边际的美学。

“那倒也罢了，问题是你的说法。这么说的：我打算专攻美学，要将天地间所有奇闻逸事最大限度地写生保存，以供将来参考。至于恻隐之心怜悯之情云云，不应出自忠实学问者如我者之口——是这么满不在乎地说的吧？我也认为你这人太不近人情了，用满是泥巴的手把你的写生簿一把撕了。”

“我的有望画才因之受挫而一蹶不振，完全始自那时！被你折了机锋。我要恨你。”

“别欺负人！该我恨你才是。”

“迷亭从那时开始就大话满天飞啊！”主人吃罢羊羹，再次挤进两人的谈话，“约定的事从不履行，受到追问绝不道歉，总是强词夺理。那座寺院紫薇花开的时候，说要赶在花落之前写一本美学原论。我说不可能，根本写不出来。结果迷亭应道：‘休看我这个样子，我乃是不可貌相的意志坚强之人。既然那么怀疑，就打赌好了！’我信以为真，好像敲定在神田那家西餐馆请客。虽然明知他肯定写不出书才打的赌，但内心多少战战兢兢。因为没钱请吃什么西餐。不料，这位大师全然没有动笔的迹象。七天过去了，二十天过去了也一页都没写。眼看紫薇花落得一朵也不剩了，当事人还是无动于衷。心想西餐这回可吃到嘴了，就逼他履约，但迷亭装疯卖傻不理不睬。”

“又强词夺理了吧？”铃木君帮腔。

“呃，绝对是个厚脸皮！一口咬定说自己别无他能，惟独意志不让他人。”

“一页也没写的？”这回迷亭本人发问。

“那还用说？当时你这么耍赖来着：‘在意志这点上，敢和任何人一争高下。遗憾的是记性则望尘莫及。撰写美学原论的意志固然坚定无比,但意志自向你发布第二天即已忘光,故而未能赶在紫薇花落前完成此著,此乃记忆之过,而非意志之罪。既然不是意志之过,便没有理由请吃西餐。'”

“迷亭君固有的特色果然发挥得淋漓尽致,有趣有趣!”不知何故,铃木君兴致勃勃,和迷亭不在时的语气大不相同。这或是聪明人的特色亦未可知。

“什么有趣？有趣什么？”主人至今余怒未消。

“那的确对你不起。因为对你不起,不是才敲锣打鼓到处找孔雀舌什么的以将功补过吗？别那么生气,等等就是。不过说起写书,今天可是带来了一大奇闻!”

“你来一次带一次奇闻,鬼才相信!”

“话说今天的奇闻实乃奇中之奇,货真价实,绝无水分。知道吗？寒月已经开写博士论文!本以为寒月毕竟满脑袋奇思妙想,不至于为博士论文无谓地殚思竭虑,岂料到底春心浮动。是不是很好笑？快,务必通知鼻子才好。近来正做橡子博士梦也说不定。”

听得寒月名字,铃木君以下颚向主人示意:休提寒月休提寒月。主人却丝毫不明其意。刚才见铃木君接受其开导时已为金田家女儿怀有不忍之心,而现在听迷亭一口一个鼻子,就又想起上次吵嘴的事来。回想之下,既觉得滑稽,又不无气恼。但寒月开写博士论文则是再好不过的礼物,只有这个如迷亭大师所赞,算是近来一桩奇闻。不啻奇闻,且是让人欢欣鼓舞的喜报。金田家女儿娶也罢不娶也罢,那种事怎么都无所谓,反正能成为寒月博士就足够可歌可泣。自己这样雕坏的木像任其在佛像店角落作为废木料被虫蛀空也别无遗憾,但对于成功雕就的作品,惟愿尽快涂上金箔才好。

“论文真的开写了？”主人把铃木君的暗示撇去一边,热心询问。

“你这人总是怀疑别人。至于论题是橡子还是吊颈力学，倒是还不清楚。反正寒月所写的，必是鼻子为之诚惶诚恐那样的东西无疑。”

听得刚才迷亭一口一个鼻子，每次听了铃木都显得不安。迷亭则因为毫无察觉，所以满不在乎。

“后来又就鼻子做了研究，最近发现 T. 项狄 ① 里面有鼻子论。金田的鼻子若是给斯特恩看看，一定成为上好素材，遗憾！本来充分具有使鼻子名垂千古的资格，却任其腐朽下去，不忍之至。下次再来我要来个写生以为美学上的参考。”迷亭依旧口无遮拦滔滔不绝。

“不过据说她的女儿想嫁给寒月。”主人把刚刚从铃木君口中听来的讲述一遍。铃木君朝主人使眼色表示不妙，奈何主人俨然不导体，根本不过电。

“奇怪啊，那种人的女儿居然也恋爱，怕也不是了不得的恋爱吧？不外乎鼻恋那个程度的。”

“即使鼻恋，也但愿寒月娶了好。”

“娶了好？前几天你不是大肆反对的吗？今天一下子软化了！”

“不是软化，我绝不软化，只是……”

“只是怎么？喂铃木，你也是忝居实业家末座的一个，为参考起见我讲给你听听。那个金田某某嘛，想把那个某某的女儿奉为天下才子水岛寒月的尊贵夫人，这有点像吊钟配灯笼，我认为我们作为朋友不能视而不见。即使身为实业家的你，对此亦无异议吧？”

“照样神气活现啊！佩服！你这样子居然和十年前一成未变，了不起！”铃木君逆来顺受，力图蒙混过关。

---

① T. 项狄：英国小说家斯特恩（Laurence Sterne，1713—1768）的小说《T. 项狄的生平与见解》（*The Life and Opinions of Tristram Shandy, Gentleman*）。

“既然承蒙夸奖了不起，那么就再多少披露我的博学之处。古时的希腊人非常看重体育，为所有比赛悬以重赏，制定百万奖励之策。然而令人费解的是，对学者的知识却无提供某种奖赏的记载，直到现在，委实岂有此理！”

“的确是有点儿蹊跷。”铃木君一味附和。

“及至两三天前，进行美学研究当中忽然发现了个中理由，多年疑团倏然冰释。犹如漆桶掉底，得悟痛快，抵达欢天喜地之至境。”

迷亭所言毕竟太玄乎了，就连善于应对的铃木君也面露窘色。主人低头用象牙筷子咚咚敲击糕点盘边缘，仿佛说又来了！迷亭兀自得意洋洋大发议论。

“那么，明确记载关于这一矛盾现象的解释，而将我等疑惑解救于千载之下的人，你认为是谁？乃是自出现学问以来便被称为学者的古希腊哲人、逍遥派始祖亚里士多德，非他莫属。据他解释——请别敲糕点盘子，务须洗耳恭听——彼等希腊人比赛所得赏赐比他们表演的技艺本身还要贵重。因而既是表彰，又可成为奖励手段。至于知识本身如何呢？假如作为对知识的报酬给予某种物品，就不能不给予比知识更有价值的东西。可是世上有超过知识的珍宝吗？当然不可能有。若给的不对，结果只能损害知识的威严。对于知识，他们想把财宝箱堆得和奥林匹克一般高，把克洛伊索斯[①]的财富倾倒一空来提供相应的报酬，然而无论怎么考虑都不可能与之相配。洞察这一点以后，决定什么也不给，利利索索。黄白青钱[②]无法与知识匹敌——这回彻底理解了吧？好了，在认可这一原理的基础上面对当下问题吧！金田某某算什么呀，不就是在钞票上安上鼻子眼睛吗？以奇警之语形容，他不过是一个活钞票罢了。既是活钞票的女儿，那么，不外乎是活支票，

① 克洛伊索斯：吕底亚王朝最后一任国王（公元前560—前546在位），以富有著称。

② 黄白青钱：黄白青，金银铜，泛指货币。

是吧？反过来看寒月君如何呢？无比光荣地以第一名次毕业于最高学府而毫无倦怠之念，披挂长州征伐时期袍服穗带，日夜研究橡子之稳固性。而且完全没有就此满足的表现，正准备近期发表压倒开尔文勋爵①的重大论文，不是吗？路经吾妻桥偶尔纵身一跃的不堪表演固然有过，但这也是热血青年常有的冲动行为，完全不足以影响他作为知识批发店的声誉。若以我迷亭特有的比喻评价寒月君，他乃是活图书馆以知识打造的二十八公分炮弹。这发炮弹一旦时机成熟在学界爆炸——如果爆炸，爆炸势所难免吧……”说到这里，自称迷亭特有的形容词未能冲口而出，似乎多少怯于虎头蛇尾之感，但马上转危为安，“活支票纵然有成千上万张之多，也必然灰飞烟灭。因此，对于寒月，那么不般配的女性是不行的。我不同意。那好比百兽之中最聪明的大象和最贪婪的猪娃结婚。是吧？苦沙弥君。”说罢鸣金收兵。主人再次默默敲击糕点盘。铃木君也似乎不无泄气，无奈地应道：“那也不至于吧！”刚才说迷亭的坏话说了不少，在这里再说三道四，主人那种出言无忌的人说不定又对什么来个一针见血。在此尽可能适当地躲避迷亭锋芒息事宁人才是上策。铃木君是聪明人，深知不必要的抵抗在当今时代须能躲就躲，无谓的争论是封建时代的遗物。人生目的不是摇唇鼓舌，而是付诸行动。只要事情按自己的想法稳步推进，人生目的即告实现。如果事情在无需辛苦无需担忧无需争论的情况下获得进展，人生目的达成可谓顺利之至，快乐之极。铃木君毕业后以此极乐主义获得成功，以此极乐主义垂挂怀表金链，以此极乐主义接受金田夫妇之托，同样以此极乐主义妥妥当当说服苦沙弥君，使得受托事情成功十之八九。而就在这当口，无法以常规约束、疑有常人以外之心理作用的迷亭如流浪汉一头闯进门来，致使铃木君陡然感到手足无措。发明极乐主义的是明治

① 开尔文勋爵：Lord Kelvin（1824—1907），英国物理学家，格拉斯哥大学教授。

绅士，实行极乐主义的是铃木藤十郎君。此刻受困于极乐主义的也是铃木藤十郎君。

“你因为一无所知，所以轻描淡写地说那也不至于吧，破例做出寡言少语的优雅姿态。如果你见了日前那个鼻子的持有者上门时的样子，哪怕再是袒护实业家的尊者也肯定忍无可忍。是吧？苦沙弥君。你不是大战一场吗？”

“尽管那样，对我的评价也好像比你好。”

“啊哈哈哈哈，好一个刚愎自用的家伙！若非如此，就不可能在被学生和同事以‘savage tea’嘲笑的情况下依然若无其事地到校上课了。我也自信意志绝不在人之下，但也不至于那般厚脸皮。佩服之至！”

“学生和同事多少风言风语有什么好怕的？圣伯夫[①]虽是独步古今的评论家，但在巴黎大学讲课时所受评价非常不好，为了应付学生攻击，外出时曾怀揣匕首作为护身工具。布轮退尔[②]在巴黎大学攻击左拉[③]的小说的时候……”

“可你并不是大学教师，什么也不是嘛！不外乎 Reader 课老师，引用那样的大家，等于小杂鱼以鲸鱼自喻。说那种话可就更被嘲笑哟！”

“闭嘴！圣伯夫也好我也好，都是同一层次的学者！”

“高见高见！不过怀揣匕首上路可是危险的，别效仿才好。大学教师怀揣匕首，Reader 课教师一把小刀足矣！但刃器毕竟危险，最好去集上店铺买一支气枪背在身上。也够可爱，是吧？铃木君。”听得铃木君舒了口气：话题终于离开金田事件。

“还是那么天真无邪，开心！时隔十年和你们相见，心情就好像从狭窄的胡同来到广阔的原野。我们同伙人之间交谈，一点也

① 圣伯夫：Charles Augustin Sainte-Beuve（1804—1869），法国诗人、小说家、批评家，有近代批评之父之称。

② 布轮退尔：Ferdinand Bruneti è re（1849—1906），法国文艺批评家，以《法国文学史批评研究》知名。

③ 左拉：Émile Zola（1840—1902），法国自然主义作家。以小说《酒馆》等闻名。

马虎不得，不管说什么都得多个心眼儿，战战兢兢，憋憋屈屈，凄凄惨惨。言者无罪的确好啊！和过去学生时代的朋友交谈尤其没有顾虑，真好！啊，今天和迷亭君不期而遇，痛快！我还有点儿事，这就告辞。”铃木君刚要起身，迷亭说：“我也走吧！往下要去参加日本桥的演艺矫风会，一起走到那里吧！”[4]“好啊，正好一起散散步，好多年没一起散步了。”两人携手归去。

[4] 演艺矫风会 是1888年以戏剧改良为目的设立的文艺团体，翌年改称“日本演艺协会”。

第五章

要想把二十四小时发生的事一一写下、一一读完,至少需要二十四个小时。纵使大肆鼓吹写生文的我辈,也不得不坦白那终非猫力所能及的名堂。因而,尽管我辈的主人从早到晚鼓捣值得精确描述的奇言奇行,但十分遗憾的是,我辈不具有逐一告知读者的能力和耐心。虽然遗憾,但不得已。休养对于猫也是需要的。铃木君和迷亭君归去后,寒风倏然止息,寂静得犹如雪花翩翩的夜晚。主人照例闷在书斋不动。小孩儿在铺有六张榻榻米的房间排开枕头躺下。九尺宽隔扇另一侧朝南的房间里,夫人躺着给虚岁三岁的绵子喂奶。樱花时节的微阴天气,太阳匆匆落下,就连路上往来的木屐声也声声传进起居室。相邻街区宿舍吹奏的明笛[①]声时断时续,不时给入眠当中的耳鼓以钝钝的刺激。外面谅已夜色朦胧。晚饭是鱼肉山芋糕汤汁,我把鲍鱼壳里的喝光吃完,无论如何也得休息才是。

据我隐约耳闻,人世间有一种称为猫恋的俳谐趣味现象,街区里的猫族在早春夜晚不时四处游荡而难以安眠。但我尚未遭遇如此心理变化。说起来恋情本是宇宙间的活力。上至天神朱庇特[②],下至土中喘息的蚯蚓、蝼蛄,无不为此道而忙得心力交瘁。此乃万物习性。我等猫类朦朦胧胧想入非非也属情有可原。回顾之下,我也曾为三毛子辗转反侧夜不能寐。就连三角主义倡导者金田君的千金——嗜食阿信川饼的富子——也为寒月君心醉神迷。因此,对于普天之下的雌猫雄猫在这千金春宵心情浮躁到处流蹿,我绝不认为是自寻烦恼而嗤之以鼻。而我纵有百般诱惑也

① 明笛:近世自我国传入日本的笛子,用于“明乐”,故名。

② 朱庇特:罗马神话的主神,与希腊神话中的宙斯并列。

无此心出现，自是无可奈何。我当下状态只想休息，别无他念。这般昏昏欲睡，恋爱无从谈起。于是蹑手蹑脚绕到小孩儿被窝底端，很快酣然入睡……

蓦然睁眼一见，主人不知何时从书斋来到卧室，又不知何时钻进夫人身旁铺好的被褥之中。作为主人的陋习，睡前必从书斋携来横排小开本书，但躺下后从不曾连看两页。有时甚至拿来往枕边一放就算完事，手都不碰一下。既然一行都不看，大可不必特意拿来。但此处正是主人之所以为主人的地方，哪怕夫人再笑再劝也决不应允。夜夜不看的书一定千辛万苦搬来寝室。有时贪而无厌地一举抱来三四本。前些日子居然每晚都把《韦式大词典》抱了过来。想来这是主人的病，一如过分讲究的人不耳闻龙文堂回荡的松风之音便无法入睡，主人大概不把书置于枕边便睡不着觉。[1] 如此看来，书于主人不是读物，而是催眠器具——活版安眠药。

今晚有何名堂呢？斜眼看去，一本小红册子在几乎堵住主人上唇胡须的地方半开半合。主人左手拇指依然夹在书页之间——由此推断，今晚居然鲜乎其有地看了五六行。与红书并列的，照例是那块镀镍怀表，怀表闪着与春天不相符的冷光。[2]

夫人把吃奶孩子扔出一尺多远，张着嘴，打着鼾，枕也没枕。以人而言，若问什么最难看，我辈以为再没有比张嘴睡觉更不得体的了。我等猫们，一辈子都不曾这般丢人现眼。说到底，嘴是发音工具，鼻是为了吐纳空气。不过，越往北去，人们越是懒惰，尽量不张嘴而节约用嘴的结果，鼻子吱吱有声若有所语。但关闭鼻子而仅仅以嘴作呼吸之用，窃以为比吱吱有声还不体面。不说别的，万一从天花板掉下老鼠屎来何其危险。

小孩儿怎么样呢？一看，其睡相不亚于其父其母。姐姐敏子伸出右手重重压在妹妹耳朵上，仿佛说姐姐的权利就是这样子的。妹妹澄子报复性地抬起一条腿，狠狠支在姐姐肚皮上。都比

[1] 龙文堂为江户末期至明治初期的铸造厂，所铸铁茶壶的铭文为“松风之音”，此处指茶人煮茶的声音。

[2] “主人”的睡前“陋习”，彰显其固执迂腐的性格特点。

刚入睡时的姿势足足来了个九十度旋转。而且,两人都情愿保持这不自然的姿势而毫无怨言,只管乖乖酣睡。

春天的灯火到底别有情趣。天真烂漫而又与风流全然无涉的光景背后闪烁着优雅的光华,仿佛在说务必珍惜良宵。几点了呢?我环视房间。四邻悄然,惟闻挂钟嘀嗒声、夫人的打鼾声和远处女佣的错牙声。这女佣每次有人说起错牙声都不承认,一口咬定生来至今从未有错牙的记忆。既不改正又不道歉,一味强调无此记忆。那倒也是,睡过去了,定然无此记忆。然而事实就是事实,没有记忆也照样存在。这个世上总有做了坏事却又始终认为自己是好人的人。自信自己无罪诚然天真可爱,但别人为难这一事实哪怕再天真可爱也不可能消失。这样的绅士淑女理应归为上述女佣行列。夜好像很深了。

"嗵嗵",有人轻轻敲了两下厨房木板套窗。哦,这个时候不应该有人来访。十之八九是老鼠。若是老鼠,反正我是绝对不抓的,任其折腾好了!"嗵嗵",又响了两声。不大像是老鼠。即便是老鼠,也是慎之又慎的老鼠。主人家里的老鼠,一如主人所去学校的学生,无论白天黑夜都挖空心思胡作非为,将惊扰可怜的主人梦境视为自己的天职,不知顾虑为何物。现在的确不是老鼠。作为日前直闯主人卧室咬噬主人不高鼻头而高奏凯歌班师回朝的老鼠,实在过于怯懦。绝非老鼠。这回咯吱响起将木板套窗由下而上抬起的动静,同时让廊内纸拉门尽量沿滑道缓缓滑移。越来越不是老鼠。是人!深更半夜一声招呼也不打就开门光临,绝对不是迷亭先生和铃木君。会不会是久闻大名的梁上君子呢?若果真是他,自当快快一睹尊容。梁上君子似乎很快抬起大泥脚往厨房里迈了两步。估计迈第三步的时候,大概绊在活动地窖盖板上了,咣啷,夜里听来声音格外响。我辈觉得脊毛好像被鞋刷倒刷了一下。好一会儿脚步声也没了。再看夫人,依然张着嘴吐吞太平空气。主人大约在做红书夹指之梦。后来厨房传来擦火柴的声响。

即使梁上君子，夜里眼睛也未必有我辈这么好使。厨房设施欠佳，想必也不方便。

此刻我辈蹲着想道：梁上君子是从厨房转往起居室那边呢，还是左拐通过门厅而进入书斋呢？脚步声随着拉门声接近檐廊。来人最后进了书斋，往下再无动静。

这时间里，我辈终于想到应尽快叫醒主人夫妇。可是如何叫醒呢？全然不得要领。惟独念头在脑袋里以水车之势旋转不休，招数全然没有。咬住被角摇动如何？试了两三次，根本没有效果。用凉鼻头蹭脸颊怎么样？遂往主人脸上凑去。不料主人睡梦中断然出手，朝我的鼻头狠狠砸来，把我砸出很远。对猫来说鼻子是要害部位，痛得不能再痛。万般无奈，这回喵喵叫了两次，想把他们叫醒。却不知何故，偏偏此时如鲠在喉，声音发不顺利。好不容易发出一点儿沙哑低微的声音之时，不由得吃了一惊：至关重要的主人没有醒的反应，梁上君子的脚步声却突然响起。“咯吱咯吱”沿檐廊逼近。果然来了！这么着，只好放弃努力，久久躲在隔扇和柳条箱之间观察动静。

梁上君子的脚步声来到卧室隔扇前突然中止。我辈屏息敛气，万分紧张地等待下一步如何发展。事后想来，捕鼠时倘有这样的心情，自然手到擒来。那势头，灵魂都险些从左右两眼飞奔而出。托梁上君子之福得以如此开悟——再不会有第二次——委实难能可贵。忽然，隔扇第三格变成被雨淋湿那样的颜色，淡红色东西隔着窗纸渐渐变浓。旋即，窗纸坏了，一晃儿现出红色舌头。舌头很快消失在黑暗中，某种可怕的光闪随之出现在破洞的另一侧。无疑是梁上君子的眼睛。诡异的是，感觉上那眼睛并不看房间里有什么，而只是目不转睛地盯视躲在柳条箱后面的我辈。尽管时间不出一分钟，却觉得寿命都被盯短了。正当我不堪其盯而正要从柳条箱后面蹿出时，卧室隔扇嘶一声开了，迫不及待的梁上君子终于在眼前闪出。

作为叙述顺序，我辈将有幸趁机向诸位介绍梁上君子这位不速贵客。但首先想约略陈述陋见以供诸位参考。古代的神被尊为全智全能之神。尤其基督教的神直至二十世纪的今天仍被罩以全智全能的光环。然而俗人心目中的全智全能，有时也可解释为无智无能。这么说显然是悖论。可是一语道破这悖论的，开天辟地以来可能只有我辈一个。这么一想，就上来了虚荣心，以为自己这只猫绝非等闲之辈。所以无论如何都要在这里表明缘由，将猫也不可小瞧这点嵌入高傲的人类诸君的脑袋。据说宇宙万物是神制作的。既然如此，想必人也是神的作品。

实际上《圣经》中也有明确的相同记载。那么就人而言，积人本身数千年来的观察结果，一方面感到甚是玄妙费解，另一方面愈发倾向于承认神的全智全能也是事实。无他，原因在于：人虽然熙熙攘攘比肩继踵，但面孔相同的人全世界也没有一个。面部器官当然俱为五官，大小也大同小异。换言之，他们是用同样材料制作的，却又没有同样的结果，一个也没有。想到居然能用如此简单的材料做出如此形形色色的面孔，就不能不佩服制作者的本领。若无相当了得的独创性想象力，不可能如此变化多端。一代画工穷尽毕生精力追求变化的面孔，也不过十二三种而已。由此推导，不能不惊叹一手承担人类制作任务的神的手段实在非同一般。这样的手段在人类社会中无论如何也见不到，因此称之为全能手段亦不为过。在这点上，人对于神似乎诚惶诚恐。不错，从人的观点来看，此乃最为让人惶恐的手段。但是，从猫的立场来解释，可以解释为这同一事实反而证明了神的无能。不妨断定，纵使不是完全无能，也绝对不会拥有超过人的能力。虽说神制作了如此数不胜数的人的面孔，但究其原因，是一开始就胸有成竹而表现为如此繁多的变化，还是本想无分甲乙丙丁都弄成同一面孔而未能如愿以偿做一个坏一个做一个坏一个以致陷入杂乱状态的，岂非不清不楚？人类面孔的制作，既可视为神成功的纪念，又可判定为其失败的痕迹。既可说是全能,又不妨评为无能。由于他们人的眼睛在平面上并列两个,所以不能同时看见左右,而只有事情的半面进入视野,可怜之至!换个角度看,虽然这般单纯的事实日以继夜发生于他们的社会,而其本人却昏头昏脑,被神镇住,无法恍然大悟。既然制作上面显示变化是困难的,那么在此基础上表现彻头彻尾的模仿也同样困难。向拉斐尔[①]定做两幅毫厘不爽的圣母像,和强迫他画两幅判然有别的玛丽亚像,对拉斐尔来说想必同样麻烦。不,画两幅同样的可能反而困难。请求弘法大师[②]以一如昨天的笔法再写一幅,那简直可能比让他换一种笔法还要苦不堪言。人们使用的国语完全是以模仿主义传习的结果。他们人从母亲、从乳母、从他人那里学习实用性语言的时候,除了重复所听所闻以外毫无野心,无非尽最大努力模仿对方。如此模仿而成的国语过了十年二十年发音自然有所变化,此乃他们失去完全模仿能力的证明。纯粹的模仿便是如此难上加难。故而,假如神能够把他们人制作得如同一模子刻印出来的丑八怪面具那样难分彼此,那才更能证明神的全能。而像今天这样把千奇百怪的面孔裸露于光天化日之下,使之如此眼花缭乱变化多端,反而成了得以推论其无能的根据。

早已忘了我辈有何必要发此议论。离题万里甚至对于人也是常有的事,所以对猫也请网开一面,视之为理所当然。总之我辈瞥见拉开卧室隔扇而豁然现身于门槛上的梁上君子之时,胸间自然涌出上述感想。为什么涌出?若问为什么,现在必须重新考虑一下。呃——,缘由大致如下。

一看见眼前悠然出现的梁上君子面孔,我辈就心中生疑:就神的日常制作水准来说,那副面孔有可能是其无能的结果——其面孔特征足以打消我的这一疑念。所谓特征,无他,而是这样一个

① 拉斐尔:Raffaello Santi(1483—1520),意大利文艺复兴时期的画家、建筑师。
② 弘法大师:774—835,日本平安初期的高僧空海的谥号,书法成就被誉为“日本三笔”之一。

事实：他的眉目较之我们亲爱的美男子水岛寒月君，简直是一个瓜的两半。当然，在小偷里面我辈没有多少知己。但平时根据其行为的粗鲁加以想像和在胸间暗暗描绘的面孔并非没有：小鼻子左右各安一个一分铜钱大小的眼睛，剃着光头。然而实际见到的和我主观想像的竟有天壤之别。想像断不可肆意妄为。这位梁上君子，身材修长，浅黑色一字眉，风度翩翩。年龄也就二十六七。就连这点也是寒月君的写生版。假定神也具有能够制作如此相似的面孔的本事，那么绝不可以无能视之。不，实不相瞒，我甚至愕然觉得是不是寒月君神经出了毛病，深更半夜飞奔而来——便是相似到如此程度。只是由于鼻头下面没留胡子，我才意识到此乃别人。寒月君相貌端庄肃然，乃是神用心制作的精品，足以吸引被迷亭称为活支票的金田富子小姐。不过以长相观察，在对那位妇人之吸引力方面，这位梁上君子较之寒月君，绝对毫不相让。假如金田家千金为寒月君的眼形嘴形心醉神迷，那么若不对这个毛贼一往情深，则为情理所不容。情理倒也罢了，首先于逻辑不符。小姐那般有才气，无论什么都无师自通，这点儿事肯定不问即知。这么着，纵然以此毛贼代替寒月君出场，小姐也必定献上满身满心之爱，结出琴瑟调和之实。万一寒月君为迷亭等人的说法所动摇而毁掉这千古良缘，在这梁上君子健在期间也万无一失。我辈将未来事件的发展预想到这里，终于为富子小姐放下心来。这个毛贼存在于天地之间，乃是确保富子小姐生活幸福的一大要事。

梁上君子腋下挟着什么。细看，原来是主人睡前扔进书斋的旧毛毯。他身穿格子绸短褂，屁股上端系一条蓝灰色博多带，膝下露出白生生的小腿，抬起一条迈上榻榻米。刚才梦见被红书咬住手指的主人，这时一边大幅度翻身，一边大声喊道："寒月！"梁上君子丢掉毛毯，赶紧抽回伸出的腿。映在隔扇上的两根细长踝骨兀自直立，微微摇晃。主人唔噢呃呀说着什么把那本红书一把扔开，像搔牛皮癣一样咯哧咯哧挠着黑胳膊。随后无声无息，任凭落枕睡了过去。喊“寒月”似乎是全然不自觉的梦话。梁上君子在檐廊伫立有顷，窥看室内动静。看准主人夫妇正在熟睡，重新把一条腿迈上榻榻米。这回没有响起“寒月”声音。少顷，另一条腿也迈了进来。由一盏春灯整个照出的六张榻榻米房间，被梁上君子的身影活活一分为二。从柳条包那里越经我辈脑袋到墙壁这半边一团漆黑。回头一看，梁上君子的头影在正好相当于墙壁高度的三分之二那里隐约晃动。只看影子，即使美男子也恰如八头妖怪，形象奇妙得很。梁上君子俯视夫人睡相，不知为何，居然嘻皮笑脸。笑法也是寒月君的临摹版。这也让我辈心里一惊。

夫人枕边当宝贝似的放着一个长约一尺五寸的钉着钉子的木箱。箱里装着山药，是老家在肥前的唐津居民多多良三平君日前省亲时带来的家乡特产。以山药装饰枕边而眠诚然无此先例，但夫人是个缺少位置适当与否这一观念的女子，甚至把用来煮东西的细砂糖放进小衣柜中。对夫人来说，漫说山药，即便咸菜出现在卧室或许也不以为然。但是，并非神的梁上君子不可能知道夫人是这样的女子。既然如此郑重其事地放在贴身位置，那么必是珍贵物品——这么鉴定亦无足为奇。梁上君子约略打开山药箱盖看了看，重量符合他的预期。分量似乎不轻，他显得相当满足。真要偷山药不成？想到这美男子居然偷山药，忽然觉得好笑起来。然而不可轻易出声，以免招致危险，只好静静忍住。

未已，梁上君子开始把山药箱毕恭毕敬包在旧毯子里。然后四下打量，看有没有什么可以捆绑。幸好有主人睡觉时解掉的绉绸捋成的腰带。他用这腰带把山药箱捆得结结实实，轻而易举地扛在后背——并非女人所欣赏的姿态。随后把小孩儿的两件棉坎肩塞进主人的针织短裤里面。短裤因此圆鼓鼓膨胀起来，俨然吞了青蛙的青花蛇。或者莫如说是即将临盆的青花蛇这个形容更为恰如其分。反正样子不伦不类。如若不信，就试试好了。梁上君子把针织短裤一圈圈缠在脖子上。接下去做什么呢？但见他将主人的捻线绸上衣像打开包袱皮那样展开，把夫人的衣带，主人的外褂、汗衫及其他所有杂物麻利地叠好包起。其动作的熟练、快捷和所用方法也让我辈不无钦佩。再往下，又把夫人的衣带衬垫和宽幅腰带接在一起捆了包袱，单手提起。还有没有可拿的东西？他扫视一圈，发现主人头前有一盒“朝日[①]”，顺便投进衣袖，又从中抽出一支，用手罩着油灯点燃。似很香甜地深吸一口吐出。烟气围着乳白色的灯罩尚未消失之间，梁上君子的脚步声已沿着檐廊渐次远去，听不见了。主人夫妇依然酣睡未醒。人这东西也意外马虎。

我辈也需要短时休息。继续喋喋不休，体力难以为继。狠狠睡足，睁眼醒来时，暮春三月的天空已经光朗朗万里无云，厨房门口那里主人正和警察交谈。

“那就是说，是从这里转去卧室那边的喽！你们只管睡觉一点儿也没察觉？”

“是的。”主人显得有点儿难为情。

“那么，失窃是几点钟呢？”警察问得没有道理。如果知道时间，就不至于失窃了。没意识到这点的主人夫妇一再对这一提问商量个没完。

“大约几点呢？”

“这个么……”夫人开始思考。大概以为思考即可明白。

“你昨晚是几点休息的？”

“我睡得比你晚。”

“是的，我躺下比你早。”

“睁眼醒来是几点来着？”

“七点半吧！”

“那么，盗贼进来大约会是几点呢？”

① 朝日：1904年（明治三十七年）发售的带过滤嘴香烟的商标名。

“像是深夜。”

“深夜自是晓得。我问大约几点。”

“确切的，不好好思考是不清楚的。”夫人打算进一步思考。

警察只是形式上问问，对什么时候进来的根本不看重。说谎也好什么也好，只要随口答一句即可，而主人夫妇却如此不得要领地一问一答个没完没了。看样子警察有些烦了：

“那么说，失窃时刻是不清楚的喽！”

“啊，是那样的吧！”主人以一贯的语调回答。

警察笑也不笑：

“就是说，明治三十八年某月某日闭门睡觉之时，盗贼卸掉某扇木板套窗从某处潜入，偷得几件物品离开。谨具诉状如上——请这么写一份书面材料。不要写申报，写诉状。抬头称呼免去。”

“物品要一件一件写？”

“嗯，外褂几件，价值多少，写成表格。噢，进去查看也没有用，毕竟已经偷完了。”警察轻描淡写地说罢，转身离去。

主人把笔砚拿到客厅正中，把夫人叫来跟前，以活像吵架的语气说：“这就写失窃诉状，把失窃的东西一一说来！快说！”

“哎哟，讨厌！快说快说，那么蛮横，哪个肯说！”夫人缠一条细带，一屁股重重坐下。

“那算什么样子！都成了混不下去的街头娼妓了！为什么不扎好衣带出来？”

“这条不好，请买好的来！街头娼妓也好什么也好，被偷走了又有什么办法！”

“连衣带都偷走了？忒不像话！那好，从衣带写起。什么样的衣带？”

“什么样的衣带？能有好多条吗？黑缎子面绉绸里的衣带。”

“黑缎子面绉绸里衣带一条。价值多少？”

“六元左右吧。”

“不自量力系那么贵的衣带，下次买一元五毛钱的！”

“有那么便宜的衣带吗？所以说你就是不体贴人。老婆穿得再寒碜也无所谓，只要自己好就行，是吧？”

“算了算了。往下是什么？”

“捻丝线织平纹绸外褂。那是河野叔母去世留下的纪念品。同是平纹绸也和如今的不一样，质料不同。”

“那种讲解不听也罢。价值多少？”

“十五元。”

“穿十五元的外褂？跟身份不符。”

“什么符不符的，又不是你给买的！”

“接下去是什么？”

“黑布袜一双。”

“你的？”

“还不是你的！定价两角七分。”

“往下？”

“山药一箱。”

“连山药也拿走了？打算煮着吃，还是做黏汁？”

“吃的打算不知道。去小偷那里问好了！”

“值多少钱？”

“山药价格可不知道。”

“那就算它十二元五角。”

“你也真是胡来！哪怕再是从唐津挖来的，山药也不值十二元五角，哪个受得了？”

“可你不是说不知道嘛！”

“不知道是不知道，但十二元五角也太出格了。”

“不知道又说十二元五角出格算怎么回事？简直逻辑不通。

所以我说你是欧坦丁·巴莱欧洛卡斯[1]嘛!”

“什么呀?”

“欧坦丁·巴莱欧洛卡斯!”

“欧坦丁·巴莱欧洛卡斯是什么呀?”

“是什么都无所谓。再往下……我的衣服怎么一件也没报上来?”

“往下是什么都无所谓。欧坦丁·巴莱欧洛卡斯是什么意思得告诉我!”

“哪里有什么意思!”

“教给我不也可以的么?你是相当瞧不起我的。肯定知道人家不会英语就用英语骂人。”

“胡搅蛮缠!快往下说!不赶快交上去,东西就回不来了哟!”

“反正现在交也来不及了。比较起来,还是请你教给我欧坦丁·巴莱欧洛卡斯重要。”

“烦人的家伙!不是说哪里有什么意思了吗?”

“既然那样,东西就没有什么往下了。”

“蠢货!随你怎么样好了。我再也不写失窃诉状!”

“我也不告诉你丢了什么。诉状你自己写就是。我犯不着请你写。”

“那好,算了!”主人一如往常一下子起身走进书斋。夫人退回起居室坐在针线盒前。十多分钟两人都什么也不做,只管默默盯视隔扇。

这当口,房门霍地开了,山药赠送者多多良平君闯了进来。多多良平君原本是这里的工读生,如今已从法科大学毕业,受雇于一家公司的矿山部。他也是实业家苗子、铃木藤十郎的小字辈。

① 欧坦丁·巴莱欧洛卡斯:江户(东京)俗语称傻瓜(間抜)为欧坦丁(オタンチン),以此谐音于东罗马帝国最后一位皇帝欧坦丁·巴莱欧洛卡斯(Constantinus XI Palaeologus)。俏皮话。

由于以前的关系，三平君时常拜访旧日先生的茅庐，星期日甚至玩上一天才回去——和这家的家人互不见外。

"太太，好天气啊！"他用唐津口音或什么口音说罢，穿着西裤就在夫人面前支一条腿坐了下来。

"哎哟，多多良君来了！"

"先生出去了？"

"没有，在书斋里。"

"太太，像先生那么用功是不好的，难得一个好星期天，跟你说。"

"跟我说也没用。你对先生那么说去。"

"倒也是……"说到这里，三平君环视客厅，半问不问地问夫人，"今天小姐也不见啊！"话音刚落，敏子和澄子就跑了出来。

"多多良君好！今天可带寿司来了？"姐姐敏子记得日前的约定，看见三平君就催问道。多多良君搔着头坦白说：

"记得好清楚。下次一定带来，今天忘了。"

"不高——兴！"姐姐说罢，妹妹马上模仿："不高——兴！"夫人听了，心情约略好转，现出些许笑意。

"寿司是没带来，不过给了山药。可吃过了？"

"山药？什么山药？"姐姐问妹妹，妹妹再次鹦鹉学舌问三平："山药？什么山药？"

"还没吃？快让妈妈煮来吃！唐津的山药和东京的不同，好吃着哩！"三平君赞美家乡特产。夫人终于想起：

"前几天那番心意，实在谢谢了！"

"怎么样，吃了？我怕折断，就做了木箱紧紧塞在里面。够长的吧？"

"可您特意送的山药，昨晚给小偷拿走了。"

"小偷？傻瓜蛋啊！真有那么喜欢山药的家伙？"三平君大为感动。

“妈妈，昨晚小偷进来了？”姐姐问。

“嗯。”夫人淡淡应道。

“小偷进来了，小偷进来了……进来时什么模样？”这回妹妹问道。对这一奇问，夫人不知如何回答才好。

“进来时脸怪吓人的。”夫人回答，然后往多多良君那边看去。

“吓人的脸？多多良君那样的脸？”姐姐反问，完全没有顾忌的样子。

“说的什么呀，不礼貌！”

“哈哈哈哈，我的脸那么吓人不成？麻烦大了！”说着搔了搔头。多多良君的后脑勺有一块直径一寸大小的秃斑。一个月前请医生看过，似乎不大容易恢复。最先发现秃斑的是姐姐敏子。

“喏喏，你的脑袋像我妈的一样发亮！”

“叫你别说你偏说！”

“妈妈，昨晚小偷的脑袋也发亮吗？”这是姐姐的提问。夫人和多多良君忍俊不禁。由于太吵太烦了，什么话也说不成。夫人终于赶走孩子：“好了，你们去院子里玩去吧！妈妈马上给你们好吃的糕点。”

“你的脑袋怎么了？”夫人认真地问。

“长癣了，怎么也好不了。太太你也有的？”

“瞧你，长什么癣！女人，发髻绷紧的地方，多少都有些秃。”

“秃不都是细菌作怪？”

“我的可不是细菌。”

“那是你死不认账。”

“反正不是细菌。对了，秃头用英语怎么说的来着？”

“说 Vault 什么的。”

“不，不是的，有更长的名字吧？”

“问先生，一问就知道。”

“先生死活不教，所以问你。”

“我只知道 Vault。更长？怎么个长法？”

“欧坦丁·巴莱欧洛卡斯。欧坦丁是秃，巴莱欧洛卡斯是头，是吧？”

“是也不一定。这就去先生书斋给你查查韦氏词典。不过，先生也够奇怪的了。大好天气，却闭门不出。太太，那样子胃病是好不了的。你劝劝他去上野看看樱花！”

“你领他出去好了！先生那个人，大凡女人说的，坚决不听。”

“近来还在舔吃果酱？”

“嗯，永远没完。”

“上次先生抱怨来着：‘妻子说我的果酱吃法太狠了，我也并不存心那么吃。是不是有什么误会？’小姐们和太太肯定一起吃的……”

“你这个讨厌的多多良，何苦这么说话？”

“因为看脸你也像是吃果酱来着。”

“那种事看脸就看得出来？”

“倒是看不出来……那么你一点儿也没吃？”

“一点点还是吃了的。吃不是也可以的么？自家的东西。”

“哈哈哈哈，我猜就是那么回事。不过说正经事。小偷上门真是飞来横祸啊！只拿山药走的？”

“光是山药就无所谓了。日常穿戴也一扫而光。”

“一下子陷入困境了？又要借钱了吧？这只猫若是狗就好了……可惜了！太太，一定要养一条大些的狗！猫不行，只知道吃。老鼠也抓一只两只的？”

“一只也不抓。这猫实在赖皮得很，目中无人。”

“噢，那可不成，快快扔掉！或者我拿走煮来吃掉如何？”

“哎哟，你吃猫？”

“吃了，相当够味儿。”

“好一条莽汉！”

早就有传闻说差劲儿的工读生里面有吃猫那样的野蛮人，可是迄今做梦也没想到我辈平生多蒙关照的多多良君也是其同类！况且此君早已不是工读生。虽说毕业时间不长，但毕竟是堂堂法学士、六井物产公司干部，使得我辈的惊恐也非同一般。有格言说见人先想他是贼，这句格言已由寒月二世的行径所证实；而见人先想他吃猫则因了多多良君，我辈才体会到此乃真理。活在世上便知世事。知世事诚然欣喜，但危险与日俱增，愈发大意不得。变狡猾也好变卑劣也好，以及身穿表里两层护身衣也罢，都是知世事的结果。知世事是年纪变大的罪过。老人没有正经货，想必便是因了此理。想到我辈说不定很快就会在多多良君的锅里和洋葱同时一命归西，便在房间一隅大气不敢出。这时间里，刚刚和夫人吵过嘴而一度撤回书斋的主人听得多多良君的语声，踱着方步来到起居室。

“听说先生遭遇盗贼，真是愚蠢得可以。”多多良君劈头一句。

“溜进来的家伙才愚蠢！”主人任何时候都以贤人自居。

“溜进来的当然愚蠢，可被偷的也不贤明。”

“什么也没被偷过的多多良君再贤明不过吧！”夫人这回站在丈夫一边。

“不过最愚蠢的是这只猫啊！到底打的什么主意呢？不捕鼠，毛贼来了也佯作不知。先生，把猫给我可好？这么养着也什么用都没有。”

“给也可以。干什么用呢？”

“煮吃。”

主人闻此恶言，脸上倏然掠过一丝胃弱性笑意，未加理睬。多多良君也没再说非吃不可，对于我辈实为望外之福。少顷主人转换话题：

“猫怎么都无所谓。问题是衣服被偷走，冷得不好受。”看样子情绪十分低落。的确不暖和。昨天还穿两件棉衣，今天只一件夹袄加半袖衫，加上从早上一直枯坐不动，不充足的血液尽皆作用于胃，手脚根本循环不到。

“先生您当教师，那到底不成。遇上一次毛贼，立马捉襟见肘。是不是马上改弦更张，当实业家什么的？”

“先生讨厌实业家，那么说也白说。”夫人从旁边回答多多良君。夫人当然期望丈夫当实业家。

“先生，您从学校毕业多少年了？”

“今年怕是第九年了吧！”夫人回视丈夫。丈夫不说是也不说不是。

“过了九年工资也不长，再用功也没人夸奖。郎君独寂寞！”主人把中学时代学的诗句朗诵给夫人听。夫人听不太懂，故不应声。

“教师当然讨厌，实业家更讨厌。”主人似乎在心里思考自己喜欢什么。

“先生什么都讨厌……”

“不讨厌的只有太太吧？”多多良君说了句与其身份不符的玩笑。

“最讨厌不过。”主人的回答甚是简洁明快。夫人侧过脸略作镇静，再次看着丈夫说：

“活着都讨厌吧？”意在一举挫败主人。

“不怎么喜欢。”回答意外痛快。这一来，夫人再也无计可施。

“先生，再不好好散散步什么的，要把身体弄坏的。还有，实业家也当当。赚钱那玩意儿，根本不算个事儿。”

“你一点儿也没赚到！”

“毕竟去年才刚进公司嘛！即使这样，也比先生有存款。”

“存多少了？”夫人关心地问。

“已经五十元了。”

“一个月到底多少工资呢？”这也是夫人在问。

“三十元。每月从中拿出五元放在公司里存着，有要紧事时好顶上去。太太用零花钱买一点外濠线[①]股票可好？三四个月就能翻一番。只要有一点点钱，很快就能翻两三番。”

“要是有那样的钱，碰上小偷也不至于叫苦连天了。”

“所以我说最好当实业家。如果先生您也搞法学进公司或银行什么的，如今一个月能有三四百元收入，真是可惜了啊！您可知道铃木藤十郎那个工学士？”

“嗯，昨天来了。”

“是吗！前些天在一次宴会上遇见时说起先生，他说原来你在苦沙弥君那里做过工读生啊！我也和苦沙弥君在小石川的寺院里一起自己做饭来着。下次去时请代我问好。我也很快会去找他的。”

“听说最近到东京来了。”

“是的。以前在九州的煤矿上来着，最近调到东京来了。实在圆通得很，即使对我这样的也像对老朋友一样说话。您可知道他拿多少钱？”

“不知道。”

“月薪二百五十元，还有年中年底分红，平均不下四五百元。像他那样的人都能赚那么多，而先生您却一个劲儿教 Reader，十年一狐裘，傻气啊！”[3]

[3] 齐国宰相晏平仲一件狐裘穿了三十年之久。见于《礼记·檀弓》。此处运用典故。

“实际上也够傻气的啊！”即便主人这样超然物外的人，金钱观念也和普通人无异。不，或许因为贫穷，也就比别人更想得到钱。多多良君已经充分鼓吹了当实业家的好处，往下就此再没什么可说的了。

“太太，先生这里有个叫水岛寒月的人来了？”

“嗯，常来。”

① 外濠线：东京电气铁道株式会社经营的沿皇居护城濠绕行一周的路线。当时刚开通。

“是怎样一个人物?”

“听说很有学问。”

“美男子?”

“呵呵呵呵,和你多多良君差不多吧!”

“是吗?和我差不多?”多多良君认真起来。

“你怎么知道寒月这个名字的?”主人问。

“前些日子有个人托我打听来着——这个人真有受托打听的价值?”没等打听多多良君就摆出优于寒月的架势。

“比你厉害得多。”

“是吗,比我厉害啊!”不笑,不恼。此乃多多良君的特色,“很快就会当上博士?”

“听说眼下正写论文。”

“到底是傻瓜蛋啊!写哪门子博士论文,我还以为多少是个脑袋开窍的人呢!”

“见识还是那么不一般哟!”夫人笑道。

“听说当上了博士,谁家的女儿就嫁不嫁给他什么的。竟然有这样的傻瓜蛋,为了娶人家的女儿当博士!与其嫁给那样的人,嫁给我要强得多——那个人说。”

“哪个人?”

“托我打听水岛的人。”

“是铃木?”

“不是。他么,还不至于那么大口气。对方是个大富豪。”

“原来你只是家门口耍威风啊!来我们家里趾高气扬,可到了铃木君跟前,就大气不敢出。对吧?”夫人说。

“嗯,不那样有危险的。”

“多多良,散散步吧!”主人突然开口。一直穿一件夹袄,实在太冷了,就想多少运动运动取暖——主人出于这一念头提出迄未有过的动议。无可无不可的多多良君不会犹豫。

“走吧！去上野？到芋坂那里吃糯米团子吧！先生您吃过那里的糯米团子没有？太太不去吃一次试试？又软又便宜。还有酒喝。”多多良君照例没头没脑说了一通。这时间里主人已戴好帽子下到门口。

我辈需稍事休息。一来主人和多多良君在上野公园搞了什么名堂、在芋坂吃几盘糯米丸子，那方面的奇闻逸事没必要侦探，二来我也没有跟踪追击的勇气。所以要一概从略趁机休息才是道理。休息是所有生灵向苍天要求的正当权利。大凡具有在这世上生息的义务且蠢蠢而动的，都必须得到休息以履行生息的义务。如若有神说“汝等为劳作而生而非为昏睡而生”，那么我辈将就此回答：“诚如所谕，我辈为劳作而生，故为劳作乞求休息。”就连主人那样俨然往一架机器吹入怨气的倔强汉子，不是也时不时于周日之外抽空自费休息吗？多愁善感而又日夜劳神者如我，纵然是猫，无须说，也需要比主人多休息一些。刚才多多良君看见我辈，把我辈骂成除了休息别无他能的废物，多少为之耿耿于怀。总之，仅仅役于物象的俗人，因为除却五官刺激没有任何活动，所以评价他者时也不涉于形骸之外，实为一大麻烦。他们似乎以为不掖起衣襟不汗流满面就不算劳动。据说达摩那个和尚坐禅把腿都坐烂了也不以为然，即使从壁缝爬进常青藤而把这位大师眼睛嘴巴堵住他也凝然不动。但他既非睡着也不是死了，脑袋里边始终活动，就廓然无圣等奇理妙论而冥思苦索。据闻儒家也讲究静坐。其修行并非闭门不出盘腿静坐，而是脑中活力比常人旺盛一倍。只因外表上呈至为沉静端肃之态，故天下凡眼将这些知识巨匠视为昏睡半死的庸人，或曰无用废物，或谓酒囊饭袋，诽谤之声四起。此等凡眼都是只见形不见心的天生视觉残疾者。而那个多多良三平君之流则是只见形不见心的头号人物，故而看见我辈即视之为与干屎橛无异。这倒也罢了，可恨的是甚至略读古今之书、稍懂事物真相的主人也对浅薄的三平君二话不说就予以赞同，对猫火锅并无劝阻的表示。

不过退一步考虑，他们如此轻视我辈，也并非没有道理——自古以来就有这样的比喻：大声不入俚耳、阳春白雪和者必寡。强迫不能看见形体以外活动之人目睹己之性灵的光辉，一如强迫和尚结发、喝令金枪鱼演说、要求电气列车脱轨、劝说主人辞职、不让三平想钱，纯属无理要求。不过猫也是社会性动物。既是社会性动物，纵使自视甚高，也必须在一定程度上与社会协调。主人、夫人乃至阿三、三平之流不肯给予我辈以相应评价自是无可奈何，惟遗憾而已。但若因其愚昧而在结果上把我辈剥皮卖给三弦店铺、剁成肉块置于多多良君餐桌之上，事情可就非同小可。

我辈受命于天而以脑袋活动，大凡出现在这个尘世上的古往今来之猫，其身体都是极其宝贵的。有谚语说千金之子，坐不垂堂，倘以超迈为宗，徒然追求危险，则不仅仅是一己之灾，而且大大有违天意。[4] 猛虎进入动物园，即与粪豚与邻；鸿雁为鸡店生擒，乃与雏鸡同俎。既与庸人厮混，势必沦为庸猫。既为庸猫，便不得不捉老鼠——我辈定下捉老鼠的决心。

[4]“垂”是堂的边缘，有落瓦之虞，故富人、贵人之子须自我珍重，避而不坐。语出《史记》。

听说前一阵子日本与沙俄打了一场大仗。我辈因是日本之猫，当然偏向日本。甚至心想，如果可能，当组织混成猫旅去挠俄兵。精力如此旺盛的我辈，只要有抓一两只老鼠的意志，即使躺着也爪到擒来。昔日有人问有名的禅师如何开悟，答曰如猫觑鼠可也。意思是说，只要像猫捉老鼠那样做，就不会偏离目标。常言说女人要小聪明吃大亏，却没有猫要小聪明捉不了鼠这样的格言。如此看来，哪怕再要小聪明如我，也不至于捉不住老鼠。何止不至于捉不住，捉得不好都不至于。迄今没捉，无非因为不想捉。

春日一如昨天沉沉西坠，不时被风吹起的樱花瓣从厨房檐廊一侧的拉门缝隙飘了进来。水桶中浮动的飞花倩影，在若明若暗的厨房专用灯光下显得白莹莹的。我辈下定决心，今晚要大显身手，使得举家皆惊。这就需要事先巡视战场，让地形了然于心。战线当然无需过长。以榻榻米数量计,约有四张大小。分出其中一张,一半是洗菜池,一半是泥土地,乃菜店伙计来问事站的地方。炉灶相当气派——和寒酸厨房不相称——红铜壶闪闪发光,后面隔有两尺护墙板那里,是我辈的鲍鱼壳所在地。靠近起居室一侧的六尺空间安有碗柜,里面放着碟碗盆罐,致使狭窄的厨房分割得更加局促,其高度和横向探出的无门壁橱几乎相等。底下仰放一个捣钵,捣钵里面的小桶屁股对着我这边。墙上挂着萝卜擦床、捣槌,旁边悄然放着消火桶。漆黑的椽子交叉的正中垂下一条如意吊钩,钩上挂一个足够大的平底筐。筐时而随风摇晃,神气十足。筐为什么要吊起呢?初来时不得其解,而自从知道是为了让猫爪够不着里面装的食物之后,我深切感到人的居心不良。

往下是作战计划。若说和老鼠在何处作战,自然非其出动之处莫属。无论地形多么有利于我,而若孤单单守在这里,作战也根本无从谈起。因此有必要研究老鼠出口是不是在这里。我站在厨房正中四下环视,感觉颇有些类似东乡大将[①]。女佣刚去洗澡没有返回,小孩儿早已睡了。主人吃完芋坂糯米团子回来后依旧闷在书斋里。夫人呢?夫人做什么不知道。十之八九正在打盹做山药梦。门前时有人力车通过,通过后更加凄寂。我辈决心也好,我辈斗志也好,厨房场景也好,四周静寂也好,无不具有悲壮之感。无论如何都只能认定为猫中东乡大将。进入这般境界,凄绝之中自有一种愉快,这点无一例外。而我辈发现这愉快的底层横亘着一大担忧——与老鼠作战诚然决心已定,来多少只也无所畏惧,问题是出现的方位尚不明了。

综合周密观察判断,鼠贼出行有三条路径。若是地沟鼠必沿瓦管从洗菜池出来绕去炉灶后面,届时我就隐身于消火桶阴影里断其归路。对方也许从往地沟里排放洗澡水的那个石灰孔里出

① 东乡大将:东乡平八郎大将(1848—1934),日俄战争时的联合舰队司令官。

来绕过洗澡间突然跳入厨房。果真那样，我就在锅盖上严阵以待，在其来到眼下时从上面一跃而下一把抓住不放。之后再次东张西望，忽然心中生疑：壁橱门右下角被咬出一个半月形破洞，没准是为了便于它们出没。凑近鼻头嗅了嗅，略有鼠味。倘从这里呼啸而出，我就躲在柱子后面将其放行，刹那间从一侧搭以利爪。

万一从顶棚下来呢？往上一看，被烟彻底熏黑的顶棚在灯火中闪着幽光，仿佛将地狱反过来吊起，以我辈这两下子，既上不去，又下不来。好在不至于从那般高的地方降下，决定对这条路径解除警戒。不过有从三方围攻的危险。假使一伙，闭起一只眼睛也能来个迎头痛击；如果两伙，也有自信设法搞定；但若三伙，则我辈哪怕再被寄以天生捕鼠能手的厚望，也无计可施。话虽这么说，请车铺老黑之流前来助阵又关乎我辈尊严。这可如何是好？如何是好？

想也想不出妙计之时，最能心怀释然的捷径，就是判定那种事没有发生的可能。而且，无法可想之人总是倾向于认为事情不会发生。先看一下人世好了！不是吗？昨天娶的新娘今天未必不会死掉。然而新姑爷仍一味说好听的，什么天长地久什么白头偕老，毫无忧虑的表情。所以不忧虑，并非因为不值得忧虑，而是忧虑也无济于事。我辈的情况也同样，诚然没有足以断言三面攻击必不发生的相应论据，但假定不发生则有利于获得安心。安心为一切生灵所必需。我辈也需要安心，故而笃信三面攻击必不发生。

尽管这样，仍无法安心。是何缘故呢？慢慢想来，终于明白了：对于三种策略之中何者为上这个问题，苦于未能自行得出明确的回答，为此郁郁寡欢。从壁橱出来时我辈有应对之策，从洗澡间现身时我辈有相应计谋，从洗菜池爬上时亦有迎战方案。及至决定选用其中哪一个，则大为困惑。据说东乡大将曾为波罗的海舰队[①]是要通过对马海峡还是要开往津轻海峡抑或远绕宗谷海峡而大为困惑。但我辈从自身处境想像,不难想见东乡大将的为难之处。而我辈的整体状况不仅与东乡阁下相似,并且在特殊地位这点上也对东乡阁下的苦心感同身受。

正当我辈如此呕心沥血运筹帷幄之时,檐廊一侧的破拉门忽然开了,阿三的脸豁然探出。虽说探脸出来,并不是说没有手足——其他部分夜幕下看不清楚,只有脸的颜色格外鲜明,历历在目。同平时相比,阿三脸颊更红,想必昨晚吃了苦头,洗澡回来顺便来关厨房门。书斋响起主人的语声:把我的手杖拿来枕边!至于何以用手杖点缀枕边,我辈不得而知。总不会出于装作易水壮士欲听龙鸣的轻狂吧![5]昨天山药,今天手杖,明天会是什么呢?

[5]“易水壮士”指战国时期的刺客荆轲。“龙鸣”则形容名剑之声。此处又是用典故。

夜色尚浅,老鼠断不可能轻举妄动。大战之前我辈稍事休息。

主人的厨房无窗。客厅里开了楣窗那样的一尺左右的空缺,代替拉窗用于冬夏通风。一阵风挟带毅然飘零的冬樱花瓣飒然而至。愕然睁眼一看,朦胧月色也不知何时泻了进来,炉灶影子斜投在地窖盖板上面。莫非睡过头了?窥看家中动静,阒无声息,惟闻挂钟声响。老鼠该出来了。从哪里出来呢?

壁橱响起橐橐声。似乎用爪子稳住小碟边缘,大吃里面的东西。必从这里出来!我缩起身子等在洞旁。怎么等也没有出来的意思。碟声很快停止,接着似乎趴在大海碗或什么上面,重重的声音时而咔咔作响。而且隔门响在很近的里面,与我辈鼻头的距离不出三寸。时不时有爪声窸窸窣窣临近,却又很快远离,一只也没露脸。橱门另一侧敌人正在胡作非为,而我辈却只能死死等在洞口,实在急不可耐。老鼠在旅顺碗[②]举行盛大舞会。阿三留一道至少我能爬入的门缝有多好!真是个死不开窍的乡下佬。

---

① 波罗的海舰队:沙俄主力舰队。日本海海战中为东乡指挥的联合舰队击败。

② 旅顺碗:旅顺湾之谐音。

继而，我用的鲍鱼壳在炉灶影子那里“咚”一声响。这面也有敌人来了！我轻手轻脚凑近一看，有条尾巴在提水桶空隙一闪就消失在洗菜池下面了。片刻，叮铃，洗澡间响起漱口碗碰在铜盆上的声响。这回是在后方！回头看那一瞬间，一只长约五寸的大家伙一闪碰掉刷牙粉袋，跑去檐廊底下。哪里逃？我辈随后一跃而下，结果踪影皆无。捕鼠比预想的难。或许我辈天生没有捕鼠的本事。

我辈拐去洗澡间。敌人从壁橱开跑。我刚注意壁橱，它就从洗菜池一跃而上。而若坚守厨房，三方面都多少开始骚动。说可恨也好说卑劣也好，反正君子望鼠兴叹。我辈劳心费神东奔西窜了十五六回，结果一无所获。遗憾固然遗憾，但以如此小人为敌，纵然东乡大将也束手无策。起始有勇气、有怒气，甚至有堪称悲壮的崇高美感，但终归觉得又烦又傻，加之又困又累，以致蹲在厨房正中再也不动了。而即使不动也睥睨四方，敌人乃是小人，做不出大事。以为是作战对手的家伙，却是个意外怯懦的坏蛋——战争荣誉感荡然无存，剩下来只有可气可恨。可气可恨的念头一过，我就没了干劲，怅然若失。怅然过后，心想随你们怎么闹腾好了，反正成不了气候——我报以极度轻蔑。轻蔑之余，困意上头。经历以上路径之后，我辈到底困了，的确困了。即使四面受敌也要歇息。

对着房檐横开的拉窗，又有一团樱花瓣涌了进来，一阵强风掠过周身。就在这时，壁橱破洞一个家伙如弹丸一般飞来，躲之不及，嗖一声咬住我辈左耳。紧接着，一个黑影绕到身后，迅速吊在我辈尾巴上。纯属瞬间之事。我辈没有任何目的地机械性往上一蹦，将浑身力气注入毛孔，努力把这怪物甩掉。咬住耳朵的家伙失去重心，悬在我辈侧脸。它那如胶皮管一样软柔的尾巴尖偏巧进了我的嘴巴。机不可失，我以恨不得一口咬碎之势咬着它的尾巴左右摇晃。结果仅一条尾巴留在门牙缝里，其身体撞在糊着旧报纸的墙壁，反弹在地窖盖板上。我趁它刚要爬起之际刻不容缓地扑了上去，它像踢起的皮球一样掠过我辈鼻尖，跳到吊板上，缩起四肢立起，从吊板上俯视我辈。我辈从地板上向上看它。相距五尺。月光犹如在上方拉起宽幅衣带横在我们之间。我往前肢铆足力气，冒险往吊板上纵身跳去。前肢倒是顺利搭在吊板边缘，后肢则悬空挣扎。刚才那个黑东西以死也不放的劲头咬在我辈的尾巴上。我辈很危险，交替挪腾前肢以便往里一些抓紧吊板。每挪腾一次，都因尾巴重量而抓少一些。再滑两三分就要摔下去。情况更加危险。爪子抓挠吊板的声音咯咯响个不停。这可不成！左前肢挪腾之时，爪子不巧抓了个空，只靠右爪悬在吊板上。由于自身重量和死死咬着尾巴的那家伙的重量，我辈身体摇摇欲坠。一直一动不动窥伺时机的吊板上的怪物，心想此其时也！瞄准我辈脑门从吊板上面投石子一般飞身跃下。我辈爪子失去仅有的抓手，三位一体地穿过月光掉落下来。下一块吊板上放的研钵、研钵里的小桶和果酱空罐同样一块儿掉下。掉下时又连带了下面的消火罐。这些东西一半掉进水缸，一半滚落在地板上。所有东西在深夜里发出非同一般的声响，就连垂死挣扎中的我辈都为之胆寒。[6]

[6] 一场猫鼠大战，写得惊心动魄。

“小偷！”主人扯着破锣嗓子从卧室蹿了出来。一看，他一只手提着煤油罩灯，一只手拿着手杖，与其说是睡眼惺忪，莫如说放射着和他身份相符的炯炯目光。

我老老实实蹲在鲍鱼壳旁边。两只怪物躲进壁橱里去了。主人一脸茫然。尽管一个对象也没有，却带着怒气问道：“怎么回事？谁弄这么大的声音？”月亮西斜，皎洁的月光带细得只剩一半了。

第六章

这么热起来，猫也受不了。据闻有个名叫西德尼·史密斯的英国人因为太热了，说恨不得脱皮去肉，只剩骨头凉快凉快。不只剩骨头也可以，起码想把带斑纹的浅灰色毛衣拆洗一遍，或者暂时送去当铺。

在人的眼睛里，猫似乎一年到头都是同一副表情，春夏秋冬都穿同一件衣服，一辈子简简单单无需花钱。其实哪怕再是猫，也有相应的冷热之感。偶尔也不是不想冲个澡什么的，奈何往这毛衣上淋洗澡水，一日之内晾干实非易事，只好忍耐汗臭。活到这个年纪还从未钻过澡堂的布帘。扇扇团扇的心思也不是没有动过，但因为无法握住，只能作罢。想到这里，觉得人真够奢侈的。理应生吃的食物却特意煮、特意烧，或者蘸醋蘸酱，不厌其烦地费此无谓的麻烦，吃得眉开眼笑。

穿衣服也不例外。若让他们像猫这样从年头到年尾始终穿旧一件衣服，对于天生不健全的他们来说，或许勉为其难，但也大可不必把种种样样形形色色的物件贴到皮肤上。又是给羊添麻烦，又是要蚕帮忙，甚至要拜棉田所赐——到了这个地步，即使断言奢侈乃无能的结果也不为过。

对于衣食姑且网开一面倒也罢了，但把这一做法推进到与生存并无直接利害的方面，就全然无从理解了。不说别的，且说头发。头发是自然生长之物，听之任之再简便不过，对本人也有益处。然而他们挖空心思弄出五花八门的样式而自以为得计。自称和尚的，什么时候看都是青头皮。热了就往头上撑一把太阳伞，冷了就用头巾包起来。既然这样，何苦还要展示青头皮呢？不仅如此，还要用一种名为梳子的毫无意义的锯状工具把头发左右分成两等份，并且沾沾自喜。若不等份，便以七比三的比例人为地在头盖骨上划分区块。其中有人让分开的头发通过头旋儿向脑后探出，活像人工芭蕉叶。还有人将头顶推平，左右则笔直削减下去，结果在圆脑袋上套了个方框，只能认为是园艺工修剪过的杉树篱笆。除此之外，还有五分头，三分头，甚至一分头。最后没准剪进脑壳里面，开始流行负一分、负三分等新奇发型也说不定。总之弄得如此心力交瘁，不知是何主意。首先，本有四条腿却只用两条这点就是够浪费。若用四条腿走路，理应走得更稳。而他们却用两条应付了事，剩下的两条就像送礼送来的鳕鱼干百无聊赖地耷拉着，委实滑稽透顶。

这样看来，人比猫闲得多。我辈猜想由于他们太无事可干了，才如此想方设法恶作剧并自得其乐。但可笑的是，这些闲人每到一起就一口一个忙啊忙啊。看那脸色也似乎忙得不可开交。那蝇营狗苟的样子，真让我辈担心弄不好会忙得一命呜呼。他们当中有的人见到我辈，说什么如果能像猫那样，一定轻松快乐。若要轻松快乐悉听尊便好了。又不是有人求你非忙忙活活不可。自己任意制造出一堆应付不来的事来，又口口声声说苦啊苦啊，那岂不和自己燃起熊熊大火却又说热啊热啊是一回事？假如有朝一日猫也想出二十种剪头法，就不会这般轻松自在了。若想轻松自在，就像我辈这样锻炼，即使盛夏也身穿毛衣坚持到底！话虽这么说，多少有些热——毛衣实在热不可耐。

这样一来，作为我辈专利的午觉也睡不成了。没什么可做的？我已经很久懒得观察人类社会了，今天久违地参观一下他们异想天开蝇营狗苟的样子好了！可是不巧，在这点上，主人生性和猫颇为相近，午觉睡得和我不相上下。尤其进入暑假之后，像样的事一件也没做。无论怎么观察也没有任何发现足以鼓起我的干劲。这种时候如果迷亭君来访，其胃弱性皮肤就会有若干反应，暂且和猫相远。正在心想是先生来的时候了，听得有人在洗澡间里哗哗冲水。不但有冲水的动静，还时而加入喊叫声："噢可以了！""好开心啊！""再来一桶！"声音在整个家中回响。来主人家这般大喊大叫和如此不懂规矩的，没有别人，非迷亭莫属。

果然来了！这样，我辈今天半天就可以消磨掉了。思忖之间，先生擦着汗把胳膊伸进衣袖，照例大模大样上到客厅大声招呼道："太太，苦沙弥君呢？"说着把帽子甩到榻榻米上。

夫人在相邻房间伏在针线盒旁边正睡得舒心惬意，忽听有什么嗡嗡震颤耳鼓，心里一惊。刻意睁圆还没睡醒的眼睛来到客厅一看，迷亭身穿萨摩上布[①]大褂，随意安营扎寨，不停地摇着扇子。

"哎哟，您来了！"夫人应道，但终究有点儿狼狈，带着鼻尖汗珠点头哈腰，"一点儿也不知道。"

"哪里，刚来。刚才在洗澡间让阿三淋了水，好歹活过来了。热得很啊！"

"这两三天，即使一动不动也冒汗，太热了！不过您倒没什么变化。"夫人仍然不擦鼻尖汗珠。

"嗯，谢谢！哪里，这点儿热不至于有什么变化的。不过这场热是够特殊的，懒懒的，浑身无力。"

"本来我没有午睡的习惯，这么热起来，不知不觉……"

"睡了？睡了好！白天睡，晚上也能睡，再没有比这更美好的了！"迷亭君照样说得轻轻松松，却又显得意犹未尽，"我么，不想睡，天生的。而像苦沙弥君那样的，我每次来都看见他睡，羡慕啊！当然喽，也是因为这么热，热得胃弱症吃不消。即使身强体壮的人，今天这种天气也懒得把脑袋扛在肩头上。话虽这么说，既然扛上了，又不能拧下来。"迷亭君一反常态，苦于脑袋的处置，"太太在脑袋上面还要放东西，怕是坐都坐不住了。光是发髻的重量都压得想躺倒了事。"

① 萨摩上布：萨摩生产的上等细纹布，用来做夏服。

听迷亭君这么一说，太太以为对方从发髻形状看出了自己刚才睡觉来着。“呵呵呵呵，嘴上无德！”她边说边捅脑袋。

迷亭对此并不理会，说起一件奇妙的事：“太太，昨天么，我在房顶上煎鸡蛋来着！”

“怎么个煎法？”

“房顶上的瓦烫得那么完美，我想不利用太可惜了，就化了黄油打鸡蛋上去。”

“当真？”

“可阳光到底不让人如愿以偿，总是半生不熟的，我就下来看报。看的当中来了客人，结果忘了那回事。今早突然想起，估计差不多了，爬上屋顶一看……”

“怎么样了？”

“别说半熟，简直淌个精光！”

“啧啧！”夫人把眉毛蹙成八字感叹。

“伏天那么凉快，现在却热了起来，不可思议啊！”

“说的是。前些天穿单衣还有点儿凉，从前天开始忽一下子热了。”

“螃蟹横行霸道，而今年的气候却是走回头路。可能正应了这样一句话：倒行逆施又何妨！”

“什么意思，你说的？”

“不，没什么。气候倒行逆施这种情形，活像赫拉克勒斯[①]的牛嘛！”迷亭得意忘形，越说越不着边际。果不其然，夫人不得其解。但是，刚刚领教了倒行逆施之苦，这回只是“哦”一声再不反问。而不反问，迷亭特意提起的话就落得个徒劳。

“太太，赫拉克勒斯的牛可知道？”

“不知道那种牛。”

---

① 赫拉克勒斯：Hercules，希腊神话中的英雄，力大无穷。

“不知道？我来讲一下吧！”

听得迷亭这么说，夫人也不好说不必，就应了声“呃”。

“往昔，赫拉克勒斯牵来了一头牛。”

“那个叫赫拉克勒斯的人是牛倌儿吗？”

“不是牛倌儿，不是伊吕波[1]的掌柜。那时希腊还没有牛肉店，一家也没有。”

“哎哟，原来是说希腊！为什么不早说！”对于希腊这个国名，夫人还是晓得的。

“可我不是在说赫拉克勒斯吗？”

“赫拉克勒斯就是希腊？”

“嗯，希腊的英雄嘛！”

“难怪我不知道。那么，那个男的怎么的了？”

“那个男的像太太一样困得睡了过去，呼呼大睡。”

“哎哟讨厌！”

“睡的当中，伏尔甘[2]的儿子来了。”

“伏尔甘是干什么的？”

“铁匠。铁匠的儿子偷牛来了。可是，因为他是一下又一下拽牛尾巴把牛牵走的，所以赫拉克勒斯醒来后，牛呢牛呢到处找牛也没找到。不可能找到。就算发现牛蹄印也没用，因为不是往前牵牛而是一步步往后拽的。作为铁匠的儿子，可是真不一般啊！”迷亭先生早已忘了天气的事。

“对了，你丈夫呢？还在午睡吧！午睡也是中国人诗里出现的风流韵事。不过像苦沙弥君那样作为每日功课来做，可就不无俗气了，好比每天都死去一点点的哟！太太，麻烦你把他叫醒。”迷亭催促道。

太太好像也有同感：“是啊，那样子是够伤脑筋的。喏，不说别

① 伊吕波：いろは。日本当时有名的牛肉店，有许多分店。

② 伏尔甘：罗马神话中的火与冶炼之神。

的，首先对身体不好，毕竟刚吃过饭。”说罢欠身立起。

“太太，说起吃饭，我可是还没吃呢！”迷亭以满不在乎的神气不问自语。

“哎哟，瞧我，正是吃饭时候，却一点儿也没注意。那好，没什么准备，来个茶泡饭什么的？”

“不不，茶泡饭那玩意儿就算了。”

“算了？可又没有合你口味的东西……”夫人多少有些不快。

迷亭不再迷糊：“茶泡饭也好水泡饭也好都免了。刚才路上订了好吃的，在这里吃上一份就是。”

若非老手，这话无论如何是说不出口的。夫人只“哎哟”两声——既是惊愕的哎哟，又是不快的哎哟，还是省事庆幸的哎哟，三合一。

正当这时，主人嫌太吵了——从未这么吵过——感觉上就像刚要睡着就被捅醒了似的，踉踉跄跄从书斋里出来。

“始终一贯的烦人家伙！好不容易睡得舒舒服服……”他一边打哈欠一边报以脸色。

“噢，醒了？扰人美梦，抱歉之至。不过偶一为之也可以的嘛！请、请坐！”听这说法，分不清谁是客人。主人默默落座，从细木镶嵌的烟盒里抽出一支“朝日”大口大口吸了起来。蓦然看见对面角落扔着的迷亭帽子，说道：“你买了帽子？”

迷亭当即把帽子递到主人和夫人眼前，得意洋洋地说：“如何？”

“啊，漂亮！纹路很细，绵软！”夫人不停地摸着帽子说。

“太太，这帽子可太宝贝了，让它怎么样就怎么样。”说着，攥起拳头往巴拿马[①]外侧砰一下子给了一拳，果然如愿以偿地出现一个拳头大小的凹坑。

① 巴拿马：用巴拿马草编织的南美原产草帽。漱石也曾戴用。

“哦！”夫人惊叫声刚落，迷亭这回又把拳头伸进内侧猛然一捅，锅形帽顶噗一声变得尖了。继而拿起帽子，从两侧压扁帽檐儿，扁了的帽子像擀面杖擀平的荞面饼一样平展。随即又从一端像卷席一样咕噜咕噜卷起。

“如何？一如所见。”说罢把帽子团起揣入怀中。

“不可思议啊！”夫人像看归天斋正一[①]的魔术似的感叹。

看样子迷亭也以魔术师自居，从右边把揣在怀里的帽子故意从左袖口抽出恢复原状：“完好无损！”随即用食指尖捅着帽底滴溜溜转动起来。以为该休息了，却又“啪”一声扔去身后，一屁股重重坐了上去。

“不要紧的？”就连主人也露出担忧的神情。

夫人就更担忧了，提醒说：“那么好一顶帽子，弄坏了可不得了，差不多别折腾了！”

得意的只是帽子持有者：“偏偏不坏，妙吧？”他把变得一塌糊涂的帽子从屁股下抽出来，直接戴在头上。诡异的是形状即刻恢复如初。

“好结实的帽子啊！怎么回事呢？”夫人愈发心悦诚服。

“无所谓怎么回事，本来就是这样的帽子。”迷亭照样戴着帽子回答夫人。

“你买一顶帽子也可以的吧？”过了一会儿，夫人开始劝主人。

“苦沙弥君不是有一顶蛮气派的草帽的吗？”

“跟你说，前几天给小孩儿踩得不成样子！”

“哎呀哎呀，可惜了！”

“所以我想这次是不是买一顶您那样又结实又好看的帽子……”夫人不知道巴拿马帽子的价格，一再怂恿丈夫，“买这样的好，好吗？跟您说！”

---

① 归天斋正一：第三代林家正藏门下的落语家，原名波济粂太郎，擅长表演西方魔术。

迷亭君接着从右袖里边取出一个装在红盒里的剪刀给夫人看:“太太,帽子就不再说了。看这剪刀,这可是相当贵重的东西,有十四种用途。”

若不冒出这剪刀来,主人难免继续遭受巴拿马攻击。所幸由于夫人作为女人天生有好奇心,主人得以免遭厄运——依我辈看来,所以如此,较之迷亭的灵机一动,更是一种侥幸之幸。

“这剪刀怎么会有十四种用法呢?”夫人问。

问得迷亭正中下怀:“这就一一介绍,务请听好,好么?这里有个月牙形豁口是吧?把雪茄放在这里一剪,咔嚓一声嘴儿就掉了。还有,根儿这里不是有个小玩意儿么,能一下下剪断铁丝的。其次,弄平了横放在纸上,可以当三角板用。再次,剪刃里侧有刻度,当格尺用也没问题。这边的表面有锉,用来磨指甲。看清了?把这个尖头插进螺丝钉里,一个劲儿转动,就成螺丝刀。再用力撬一下,一般钉了钉子的箱盖都能轻松撬开。且慢,这边的剪刃很尖,能当锥子用。这个地方是用来削写错的字的。如果拆成两半,就是小刀了。最后,太太,这最后可太有意思了。这里不是有个苍蝇眼珠大小的圆球吧?请你细看看!”

“不看,肯定又要被取笑。”

“那么不信任我可不好办。就当受骗上当,多少看一眼!哦?不愿意?只看一眼就行!”迷亭把剪刀递给夫人。

夫人不无胆怯地拿起剪刀,把自己的眼珠凑到那个苍蝇眼珠那里一再盯视。

“怎么样?”

“好像很黑很黑。”

“很黑很黑就麻烦了。对着隔扇那边,别把剪刀平放。对了对了,这下看见了吧?”

“哦,照片!这么小的照片也能贴进去?”

“这正是有意思的地方!”夫人和迷亭反复一问一答。

一直沉默的主人看样子这回突然想看照片了:“喂,给我也看一眼!”

而夫人则把剪刀紧紧贴在脸上,怎么也不肯放手:“太好看了!裸体美人啊!”

“喂,叫你给我看看!”

“请稍等等!好漂亮的头发,都长到腰了!稍稍后仰,个头就高得惊人。不过的确是美人啊!”

“不是叫你给我看看吗?你看得差不多了,让我看看!”主人迫不及待地催促夫人。

“呃,让您久等了,给您看个够!”

夫人把剪刀递给丈夫时,阿三从厨房里把两小屉荞面条拿进客厅:“客人要的荞面条到了!”

“太太,这是我自己订的美食,恕我失礼,就在府上狼吞虎咽了。”迷亭客气地行礼致歉。

一本正经的逢场作戏,使得夫人穷于应付,只轻轻说了声“请”,兀自袖手旁观。

主人终于从照片上移开视线:“这么热,吃荞面条不好的哟!”

“哪里,不怕,爱吃的东西很少对身体有害。”说着,掀开屉盖。

“难得的是新擀出来的啊!面条软了和人傻了,都让我欣赏不来。”迷亭把佐料放进面条专用酱油,胡乱搅拌一通。

主人不放心地提醒:“喂,放那么多辣根,太辣了哟!”

“荞面条就是用酱油和辣根吃的东西。你不喜欢吃荞面条?”

“我喜欢乌冬。”

“乌冬是马夫吃的。再没有比不懂荞面滋味的人更可怜的了。”迷亭一边说着,一边把杉木筷猛地戳了进去,所夹分量多得不能再多,足有二寸高。

“太太,吃荞面条有各种各样的吃法。刚入门的人才大蘸酱油,嘴里只管嚼个不停。那么吃荞面条是没味儿的。喏,这样,要一下子全挑起来。”说着，迷亭举起筷子，长家伙齐刷刷被挑得一尺多高。迷亭先生以为可以了往下一看，原来还有十二三条尾巴贴在笼屉底藕断丝连。

“这家伙长啊！怎么样？太太，这长度。”迷亭又要太太作陪。

“是够长的啊！”太太也似乎感叹其长。

“把这长家伙的三分之一蘸上酱油，一口吞进肚去。嚼不得的，一嚼荞面味儿就没了。关键是刺溜溜滑进嗓子眼那个过程。”

迷亭毅然决然地把筷子高高举起，荞面总算离开屉底。筷子一点点落入左手拿的碗中，从尾巴尖慢慢浸入。依据阿基米德[①]原理，酱油平面随着荞面条浸入的分量而变高。问题是，碗中本来就有八分满的酱油，所以迷亭筷子上的荞面条还没浸入四分之一，碗里的酱油就满了。迷亭的筷子在距碗五寸高的上方止住不动。不动也不奇怪——再下落一点点，酱油就溢出来了。到了这个地步，迷亭也显得有所踌躇。而后忽然以脱兔之势把筷子递到嘴边，旋即响起刺溜溜之声，喉结上下用力动了一两下，筷尖的荞面条就无影无踪。一看，迷亭君双眼从眼角淌出一两滴类似眼泪的东西顺颊而下。至于是辣根辣的，还是吞咽时勉为其难所致，这点还不清楚。

“了不起啊！居然一气流注！”主人心悦诚服。

夫人也对迷亭这两下子大为赏识：“出类拔萃！”

迷亭默不作声，放下筷子拍了两三下胸口说：“太太，一屉荞面条一般要三口半或四口吃完才是。多费周折，是吃不出香味儿的。”说罢用手帕擦一下嘴，喘了口气。

这当口，寒月君不知打的什么主意，这么热，竟然不辞劳苦地头戴冬帽跑来了，双脚满是灰尘。

“哎呀，美男子驾到！但我刚刚吃饭，就失礼了。”迷亭君在众

① 阿基米德：Archimedes（公元前287—前212），古希腊科学家。

人环坐之中，旁若无人地把笼屉里剩的荞面条一扫而光。这回没有采用刚才那种惊世骇俗的吃法，没再使用手帕来个中途换气那般有失体面，举重若轻地把两屉荞面条清除干净。

“寒月君，博士论文已经脱稿了吧？”主人问道。

迷亭也随后说：“金田小姐等得好苦，快快呈上！”

寒月君照例流露出令人不无惧怵的笑意，把原本言不由衷的话说得似乎发自肺腑：“罪过罪过，本想尽快提交以令其释然，但论题毕竟是论题，研究需要投入大量劳力。”

“那是，论题毕竟是论题，不可能像鼻子说的那样。不过，那鼻子么，可是充分具有仰其鼻息的价值的吧！”迷亭也以寒月式腔调加以应对。较为认真的是主人。

“你论文的论题叫什么来着？”

“《紫外线对于青蛙眼球电动作用的影响》。”

“那是够奇特的。不愧是寒月先生。青蛙眼球？一鸣惊人！如何，苦沙弥君，单单论题也要在论文脱稿之前向金田家报告。”

主人不理会迷亭所言，问寒月君：“喂，那东西是很吃力的研究吧？”

“嗯，问题十分复杂。首先，青蛙眼球的光学球面体的构造不是那么简单的东西，必须做种种实验。我想先做一个圆形玻璃球，从这里入手。”

“玻璃球有什么，去玻璃店岂不手到擒来？”

“何以见得，何以见得！”寒月先生约略后仰，“本来，圆啦直线啦是几何学上的东西，符合那一定义的理想的圆和直线在现实世界中是没有的。”

“没有就作废好了！”迷亭插嘴。

“所以要做一个实验上能使用的球。前不久开始做了。”

“做出来了？”主人问得轻松之至。

“谈何容易！”寒月君似乎察觉有些自相矛盾，转而说道，“难度很大。要慢慢打磨。发现这边的半径有些过长，就要磨掉一些。结果，这回那边又变长了，就用力打磨。刚刚磨掉，整个形状又歪了。好不容易把歪弄正了，直径又出了毛病。最初有苹果大小，慢慢变小，成了草莓。这还不行，不屈不挠继续加油，磨成黄豆粒大小。即使黄豆粒大小，也还是没有得到完全的圆。我也磨得够耐心的了，从正月开始，磨坏大小六个玻璃球。”寒月侃侃而谈，是真是假则无从判断。

“在哪里那么磨的？”

“仍是学校实验室。早上开始磨，午饭时间休息一会儿，然后磨到天黑。非常不容易。”

“那么说，你近来一口一个忙、忙，每天，包括星期天都去学校，就是为了磨这个球？”

“眼下从早到晚只是磨球。”

“要当磨珠博士，先要珠子磨人，是这么回事吧？不过，若听得你这么专心，就算是鼻子，也会多少觉得难能可贵吧！其实前几天我有事去了图书馆，要回来刚一出门，偶然碰上了老梅君。那小子毕业后还来图书馆，甚是不可思议。我就说好用功啊！他现出怪异的神情，说哪里是来看书，刚才路过这门前时想解手方便一下，就说是顺便借书来了。说罢大笑。老梅君和你，作为正相反的好例子，务必写进《新撰蒙术》[1]。”迷亭君照例长篇大论，为寒月加注。

主人稍微认真起来，问道：“你这么每天每日磨珠磨个没完倒也罢了，可说到底打算什么时候磨出来呢？”

“这——，这样子，怕是要花上十年。”看来寒月君比主人还有耐性。

“十年……早点磨完为好。”

①《新撰蒙术》：《蒙术》为唐代著作，记载古人的奇闻逸事。“新撰蒙术”取其现代版之意，并无此书。

“十年还算快的了。弄不好要花二十年。”

“那可不得了，那一来，博士岂不是太不容易当了。”

“嗯，我是固然想只争朝夕地让对方安心，可是横竖都得把珠子磨好，否则关键性实验无从谈起……”[1]

[1] 寒月君为了做博士去研究青蛙眼珠，进而去磨玻璃球，荒唐而可笑，徒然浪费青春。

寒月君略一停顿，以得意的表情说：“不怕，用不着那样担心。金田家对我磨珠的事也一清二楚。实不相瞒，两三天前去的时候已向对方说清楚了。”

这时，一直半懂不懂地倾听三人交谈的夫人不解地问道：“可金田先生那里不是一家老小全都去大矶了吗？”

寒月君也对此有些狼狈，但还是装疯卖傻：“奇怪啊，怎么回事呢？”

这种时候最难得的是迷亭君。交谈中顿时、不好意思时、睡意上来时、不知所措时，任何时候都一定横枪出马：“两三天前见了上个月就去了大矶的人，富于神秘性，好！所谓灵魂交感嘛！相思情切之时每每出现这种情况。听起来似乎是梦，而作为梦又比现实还要真切。太太你没爱过也没被爱过就嫁到苦沙弥君这里，终生不知恋爱为何物，自然觉得匪夷所思……”

“哎哟，那么说有什么证据？分明瞧不起人！”夫人中途突然反唇相讥。

“你不是好像没尝过恋爱滋味吗？”主人也迎面为夫人拔刀相助。

“我嘛，我的桃色新闻哪怕再多，也都过了不止七十五天，或许不会留在你们的记忆里。说实话，别看我这样，我可是因为失恋的结果，才到这个年纪还是独身的。”迷亭公允地环视座中人。

“嘀嘀嘀嘀，有趣有趣！”夫人应道。

主人把脸转向院子：“胡诌八扯！”

只有寒月君依然笑脸相迎：“请继续下文，让我这个后辈长长见识。”

“我的也相当富于神秘性。要是讲给已故小泉八云[①]先生,必定大受欣赏。可惜先生已然长眠,说起来也没什么劲头儿。但既然说开头了,那么务请听到最后为盼。”迷亭叮嘱完了,开始进入正题,“蓦然回首,已是距今……呃,好多年前的事了。细说麻烦,姑且定为十五六年好了。”

“开哪家子玩笑!”主人用鼻子哼了一声。

“记性相当差劲儿啊!”夫人奚落一句。

唯独寒月君守约,一言不发,显出盼听下文的样子。

“那是一年冬天的事。我经越后国蒲原郡笥谷爬上蛸壶岭,正要赶往会津领。”

“地方莫名其妙!”主人又来干扰。

夫人制止:“静静听着,有意思。”

“岂料日落天黑,迷了路,饿了肚,万般无奈,只好敲响岭坡正中一家独门独院的房门。如此这般、这般如此说了一遍,请求留宿。小事小事,请进!一看那位拿一支蜡烛照我的脸的姑娘,我顿时惊得浑身发颤——从那时起我切切实实意识到了恋爱这个古怪东西的魔力。”

“啧啧,那样深山老林也有美人不成?”

“深山也好大海也好,太太,真想把那姑娘让你看一眼啊!梳着文金高岛田发髻。”

“哦?”夫人目瞪口呆。

“进去一看,八张榻榻米大的房间正中生着一个地炉,炉旁坐着姑娘和姑娘的老爹老妈,加我四个人。对方问我:肚子怕是饿了吧?我请求快给我弄吃的,什么都行。老爷子说是难得的客人,做顿蛇饭吃吃吧!好了,往下马上进入失恋环节,务请听个究竟!”

① 小泉八云:明治作家 Lafcadio Hearn(1850—1904)的“归化”姓名,漱石到任前在东京帝大(东大前身)讲授英国文学。

“先生，听是一定好好听的，可是，就算是越后国，冬天也不至于有蛇吧？”

“唔，那倒是大体地道的提问。不过，及至诗性故事，就不能那么扣死理了。镜花[①]的小说里面不也有螃蟹出现了吗？”

迷亭这么一说，寒月君说了句“那倒也是”，恢复恭听态度。

“当时的我简直是胡吃海塞大队长。蝗虫、蛞蝓、癞蛤蟆，早已吃腻了。而蛇饭倒是新鲜。我回答老爷子，那就快请招待一顿吧！老爷子就把锅放在地炉上，往里面倒米，咕嘟咕嘟煮了起来。奇异的是，一看锅盖，上面有大小十来个孔。热气从孔中一缕缕冒出，办法真是巧妙，乡下人居然有这两下子。正在感叹，老爷子忽然起身去了哪里。不大工夫回来了，回来时腋下挟一把大笊篱，若无其事地放在地炉旁边。往里一瞧，有了，长拖拖的家伙因为冷而互相盘成一团。”

“算了，别再讲这个了，恶心！”夫人把眉头蹙成八字。

“无论如何不能算了，这可是失恋的根本原因。不久，老爷子左手拿起锅盖，右手漫不经心地抓起那成团的家伙，一下子扔到锅里，马上盖上盖子。即使是我，那时也惊得屏息敛气。”

“快别讲了，吓死人了！”夫人惊魂未定。

“稍忍片刻，马上就讲失恋。这么着，不到一分钟，锅盖孔里就忽一下子探出一个镰刀形脖子，吓我一跳。怎么出来了？正想着，相邻的孔又嗖地探出一张蛇脸。又出来了？结果那边也出来这边也出来，最后锅盖上全都是蛇脑袋。”

“怎么会探出那么多？”

“锅里面热，热得受不了就要往外爬嘛！不多工夫，老爷子说了句：‘可以了拽出来吧！’老婆子回一声‘啊’，姑娘应道‘是’，分别一把攥住蛇头猛拉。肉剩在锅里，骨头利利索索两相分离，一拉

① 镜花：泉镜花（1873—1939），小说家。其小说《银短册》中有雪与螃蟹的故事。

蛇头,长拖拖的东西一起拔了出来,妙不可言。”

“抽蛇骨喽?”寒月君笑着问。

“抽得干净利落!岂非心灵手巧?然后掀开锅盖,用勺子把饭和肉一阵胡搅,道一声吃吧!”

“吃了?”主人淡淡地问。

夫人一脸苦相,抱怨道:“赶快算了!真是恶心,什么都吃不进去。”

“太太没吃蛇饭才那么说。吃一次试试,那味道终生难忘!”

“啊,讨厌,哪个要吃!”

“在那里饱饱美餐一顿,冷也忘了,姑娘的相貌也尽情看了,心满意足。这时,对方说请休息吧!毕竟旅途劳顿,于是依其吩咐,咕噜一声倒头躺下。说起来不好意思,睡得人事不省天昏地暗。”

“往下怎么样了?”这回夫人催促道。

“往下睡到第二天一早。睁眼醒来之后就失恋了!”

“怎么回事?”

“怎么也不怎么。早上起来,一边吸烟一边从后窗看去,对面引水管旁边,一个秃脑瓜儿正在洗脸。”

“老爷子或老婆子?”

“那个么,我也难以识别,于是看了好一会。当那秃脑瓜儿往这边看时,我心里咯噔一下:原来是我初恋的昨晚那个姑娘!”

“你不是说姑娘梳着岛田发髻吗?”

“昨晚是岛田,而且是完美的岛田。可第二天早上是秃脑瓜儿!”

“捉弄人啊!”主人照例朝天花板转过视线。

“我也百思不得其解,多少有些惶恐。仍从别处观察。秃脑瓜儿终于洗完脸,把旁边大石头上放的高岛田发髻顺手戴在头上,若无其事地走进屋子。我恍然大悟。虽然恍然大悟,但从那时开始,我就成了抱怨失恋这一虚幻命运之身。”

“一文不值的失恋居然也是有的！喂，寒月君，你看他，失恋也这么欢天喜地！”主人对寒月君评论迷亭的失恋。

寒月君说：“但是，假如那姑娘不是秃脑瓜儿而领回东京或者哪里，先生可能更加欢天喜地。一见钟情的姑娘竟是秃脑瓜儿，可谓千古憾事啊！不过，年纪轻轻头发为什么掉光了呢？”

“关于这点，我也再三再四考虑来着，我想一定是吃蛇饭吃过头了。蛇饭那东西是上火的。”

“可你哪里也不秃，谢天谢地！”

“我诚然没秃，可是如你所见，从那时开始变近视了。”迷亭摘下金边眼镜，用手帕小心擦拭。

少顷，主人心血来潮似的叮问：“总体上哪里有什么神秘性呢？”

“神秘性在于：那个发髻是在哪里买的还是捡的？怎么想也没想明白。”迷亭又把眼镜按原样卡在鼻梁上。

“简直就像听单口相声似的。”夫人评道。

迷亭的闲话告一段落，以为就此偃旗息鼓。岂料先生似乎生来耐不住沉默——只要不把他嘴塞住——又道出下面一段话来：

“我的失恋固然是痛苦体验，但若那时不知是秃脑瓜儿而娶了她，可就玩完了，一辈子都要看着别扭。所以不深思熟虑是有危险的。结婚这东西，一旦到了最后关头，往往会在意料不到的地方发现隐秘性伤疤。寒月君可不要一往情深或想入非非抑或独自伤感，务必沉下心来磨珠子才是。”说得似乎别有异议。

寒月君故意做出左右为难的样子：“嗯，我倒是想尽最大可能磨珠子，奈何对方不允许，实在焦头烂额。”

“是啊！就你来说，对方倒是闹个不停。可这里边，有的是很滑稽的。说到那个来图书馆小便的老梅君之流，可谓相当离奇。”

“做了什么不成？”主人开始上钩。

“其实是这么回事。先生以前来静冈的东西馆住过，仅仅住了一晚。而当晚就向那里的女服务员求婚。虽说我也够不拘小节的，但还没进化到那个阶段。不过，当时那家旅馆有个名叫阿夏的美人儿，来老梅君房间客厅的正是那个阿夏，倒也情有可原。”

“岂不情有可原，和你的那个什么岭岂不如出一辙？”

“多少类似。说实话，我和老梅大同小异。总之，他向阿夏求婚，还没等对方答复就想吃西瓜了。”

“什么呀？”

不但主人，夫人和寒月也都不约而同地约略歪起脖子沉思。

迷亭不予理会，兀自向前推进：“他招呼阿夏，问静冈有没有西瓜。阿夏说就算是静冈，西瓜那东西也还是有的。随即用盆装了小山般的西瓜端来。老梅在那里吃了，堆积如山的西瓜一扫而光。等待阿夏答复时间里，还没等对方答复，肚子疼了起来，哼哼呀呀不断呻吟。但呻吟无济于事，就又招呼阿夏，这回问静冈有没有医生。阿夏又说就算静冈，医生也还是有的，把一个名叫天地玄黄、就好像从《千字文》偷得的名字的医生领来了。到第二天早上，腹痛有幸解除。出发前十五分钟招呼阿夏，问昨天求婚一事是否应允。阿夏笑道：‘静冈有西瓜，也有医生，但没有一夜定终身的新娘。’说罢离开，再不来见。那以来老梅君也和我同样失恋了，说除了小便，再不来图书馆了——细想之下，女人真是罪孽。”

迷亭说完，主人一反常态地顺水推舟：“言之有理。日前看缪塞[①]的剧本，出场人物引用罗马诗人这样说道：比羽毛还轻的是尘埃，比尘埃还轻的是风，比风还轻的是女人，比女人还轻的是零。一针见血吧？女人什么的，无可救药。”

在奇妙的地方加重语气。听得夫人不答应了：“女人轻无可救药，男人重也没好事吧？”

“重？指什么？”

---

①缪塞：Alfred de Musset（1810—1857），法国诗人、小说家、剧作家。

“重就是重嘛！比如你。”

“我怎么就重了？”

“还不重？”一场奇妙的论战。

迷亭饶有兴味地听着，少顷开口道：“那么面红耳赤互相非难攻击，就是所谓夫妻的本来面目吧？看来，过去的夫妻肯定是百无聊赖的货色！”

不知是嘲讽还是欣赏，说得模棱两可。到此适可而止也就罢了，而他又老调重弹地敷衍出下面一番话来：

“听说往日敢和丈夫顶嘴的，一个也没有。这样，就和娶了哑巴女人没什么两样。对此我是一丝一毫也不庆幸的。还是像太太这样说你还不重什么的为好。既然同样讨老婆，那么不偶尔吵一两次架，岂不够单调无聊的？说起我的母亲，到了老爷子面前只知道诺诺连声。在一起二十年之久，除了参拜寺院再未出过家门，你说窝囊不窝囊？不过因此之故，倒是把一代代先祖的法名统统背了下来。男女交往也是这样。我小时候根本没能像寒月君那样和意中人一起演奏，或来个灵魂交感以朦胧体不期而遇。”[2]

[2]“朦胧体”是日本当时的批评用语，用于含义暧昧的文学作品、轮廓模糊的绘画等方面的批评。

“同情之至！”寒月君低下头去。

“确实值得同情。而且，那时的女人未必比现今的女人品行端正。太太动不动就说近来女学生堕落啦什么的。其实过去比这还厉害。”

“是那样的吗？”夫人一脸认真。

“千真万确！不是胡说八道，证据确凿，奈何不得的！苦沙弥君，你也可能记得，我们五六岁的时候，把女孩儿像装冬瓜似的装进筐里，用扁担挑着到处卖来着，是吧？”

“那种事我不记得。”

“你老家怎么样我不知道，静冈的确是那样的。”

“何至于！”

夫人小声说罢，寒月君煞有介事地问：“当真？”

“真的！我家老爷子就给过价。那时我也就五六岁吧，和我家老爷子一起从油町去通町散步，对面有人高声喊道：‘要不要女孩儿？要不要女孩儿？’我们正好来到二丁目拐角，在伊势源那家绸布店碰上那个男的。这伊势源么，门面有十间，库房有五六处，是静冈第一大丝绸店。下次去你看一眼，现在也好端端留在那里，很气派的房子。店掌柜叫甚兵卫，什么时候都一副哭丧相坐在账桌前，就像三天前死了老娘似的。甚兵卫旁边坐着一个名叫阿初的二十四五岁的年轻伙计。这阿初又已皈依云照律师[①]，脸色发青，就好像三七二十一天只喝荞面条汤度日。阿初的旁边是学徒工阿长，活像昨天失火烧个精光似的愁眉苦脸，靠算盘坐着。和阿长并坐的……”

“你是讲绸布店呢还是讲卖孩子？”

“呃呃，讲卖孩子来着？其实关于这伊势源也颇有奇谭。不过忍痛割爱，今天只讲卖孩子。”

“卖孩子也顺便打住为好。”

“为什么？材料在二十世纪的今天与明治初期的女孩品性比较方面极有参考价值，怎么能随便打住呢？这么着，我和老爷子来到伊势源跟前。卖孩子的人看见老爷子，就说：‘老爷，这女孩儿是卖剩下的，少算点儿，您买下吧！’说着放下扁担擦汗。往筐里一看，前面的筐装一个，后面的装一个，都两三岁。老爷子对他说：‘如果便宜，买也可以。不过就这两个？’对方说：‘今天不巧都卖光了，只剩这两个了。哪个都行，随便挑。’说着，双手捧起女孩儿，像捧冬瓜什么似的递到老爷子鼻尖那里。老爷子砰砰拍了两下女孩儿脑袋：‘哈哈，听声音可以！’随后开始谈判。狠狠砍价砍到最后，老爷子说：‘买是可以买的，但品质可靠吗？’对方说：‘呃，前面的始终看在眼里，不会有差错。但后面担的那个，我毕竟没

① 云照律师：1827—1909，真言宗高僧。曾建目白僧园（后为云照寺）。

长后眼，弄不好出娄子也说不定。所以这个如何就不能保证，但价钱可以压低。’这样的问答我至今仍记得，那时虽然年龄小也还是心想女人这东西果然马虎不得。但在明治三十八年的今天，已经没人这么胡来到处卖女孩儿了，也听不到因为没长后眼而担在后面的就有危险这样的事了。于是我想，同是托了西洋文明的福，女人的品行也有很大的进步。你看呢？寒月君！”

寒月君回答前首先顾盼自雄地咳嗽一声，而后故意以临阵有余的低沉语声讲了以下观察：“近来的女生放学回家路上，或者合奏会、慈善会、游园会上，总是到处自我推销：买我好吗？哟不愿意？已经没必要雇用卖菜也卖不成的人做那种下流的中间商，问人家要不要女孩儿了。人一旦产生了独立自主之心，自然变成这个样子。怎么说呢，老人再也用不着瞎操心了。坦率地说，这是文明的趋势，这一现象实在让人欢欣鼓舞，我要暗自表示庆贺之意。作为买方，再也没人拍脑袋问商品是否可靠——干这种野蛮勾当的一个也没有。因此这方面大可放心。况且，世道如此复杂，再费那样的麻烦可就没个完了。如若那样，即使五十六十也找不到丈夫讨不到老婆。”

寒月君不愧是二十世纪的青年，就当世潮流高谈阔论一番，“噗——”一声把敷岛香烟的烟雾朝迷亭先生脸上吹去。

迷亭丝毫不为所动，说道：“如你所言，方今女生、小姐们，其自尊自信之念已化为骨肉皮肤，凡事都不服男子，委实敬佩之至。说起我附近女子学校的学生，简直怵目惊心，身穿窄袖衣服挂在单杠上！我从二楼窗口每次目睹她们做操都遥想古希腊妇人。”

“又是希腊！”主人冷笑似的来了一句。

“就美感而言，大体源自希腊，无法回避。美学家与希腊难解难分。尤其欣赏皮肤发黑的女生一心一意做体操的情景，我总是想起 Agnodice[1] 逸闻。”迷亭以无所不知的神气滔滔不绝。

① Agnodice：阿古诺黛丝。据传为 Caius Julius Hyginus 所著《寓言集》中的情节。

“又弄出个麻麻烦烦的名字！”寒月君依旧嘻皮笑脸。

“Agnodice是女的，我非常佩服。依当时雅典的法律，禁止女人从事接生婆行当。不自由！就连Agnodice想必也觉得不自由。”

“什么呀！那个……是什么来着？”

“女的，女人名字。这个女人想来想去，认为女人不能当接生婆说不过去，太不自由。她无论如何都想当接生婆。用什么办法能当上呢？她袖手沉思了三天三夜。也巧，第三天拂晓听得邻居家婴儿哇哇哭声，有了！她恍然大悟。当即剪掉长发，穿上男人衣服。去听Hierophilus[①]讲课。从头到尾听罢，感觉差不多了，开业当接生婆。没想到，太太，开业大吉！那边哇一声这边哇一声，到处都有婴儿降生。而且全都找Agnodice接生，大大赚了一把。可是，人间万事塞翁马，七起八落，祸不单行。这一秘密最后被发现了，她以触犯政府法律之名，即将受到严厉处罚。”

“简直是在听评书！”

“引人入胜吧？岂料雅典的妇女们发起联名请愿，当时执政官也无法置之不理，当事人终于被无罪释放。甚至发布命令，从此准许女人自由从事接生婆行当。结局皆大欢喜。”

“知道的事可真够多的，有两下子！”

“嗯，一般事都知道的。不知道的只是自己的愚蠢罢了。不过这一点也略知一二。”

“呵呵呵呵，说话总那么风趣……”夫人笑逐颜开。木格拉门的门铃发出和刚安上时同样的声响。

“又来客人了！”夫人退回起居室。同夫人失之交臂进入客厅的，你以为是谁？是你知道的越智东风君。

东风君的到来，即使没有使得出入主人家的怪人悉皆网罗一尽，其人头数之多，也至少足慰我辈的无聊。倘再说不够，未免贪

① Hierophilus：Agnodice（阿古黛诺丝）的老师，医生。

[3] 虎皮乃贵人所铺之物，喻侍奉于贵人左右。

而无厌。假如不幸被另外一家饲养可就完蛋了，没准一辈子都未觉察人世间竟存在这些先生们——哪怕其中一人——就终了此生。幸好成为苦沙弥门下的猫儿，得以朝夕侍奉于虎皮之前。[3]先生自不待言，甚至寒月乃至东风等人也极少见于广大的东京。能够在躺躺歪歪之间拜见这些一骑绝尘的豪杰之士的一举一动，对于我辈可谓千载一遇的光荣。承其所赐，酷暑炎天被裘袋围裹的痛苦也得以淡忘而兴味盎然地消费半日时光。不胜感谢。既已聚集如此之众，自当不会草草了事。即将上演什么呢？我从隔扇隐蔽处静听谨观。

"好久没有问候了，好久了。"看见低头致敬的东风君的脑袋，一如上次闪闪生辉。仅观其头，未免像是演小戏的小角色。但其不辞劳苦煞有介事地身着硬邦邦的白色小仓布裤裙这点，又只能认为他是榊原健吉①的入室弟子。因而东风君的身体与普通人的相似之处仅限于由肩至腰这一区间。

"啊，大热天还出门！请，一直往这边来。"迷亭先生反客为主。

"有些日子没见先生了。"

"是的，自春天朗读会以来。说起朗读会，近来到底盛极一时啊！后来你当阿宫小姐了吧？太棒了，我一个劲儿鼓掌。你没注意到？"

"嗯，我因此勇气倍增，好歹应付下来了。"

"下次什么时候举办？"主人插嘴道。

"七八两个月休息，九月间打算搞得热闹些。有什么好主意，还请赐教！"

"呃。"主人随口应了一声。

"东风君，我的创作不来一个？"这回寒月君出场了。

"你的创作想必有趣。到底是什么呢？"

① 榊原健吉：1830—1894，江户末期剑客，曾开道场传授剑道（剑术）。

"剧本。"寒月君尽可能强势出击。不出所料，三人呆若木鸡，不约而同地注视寒月。

"剧本好厉害！喜剧？悲剧？"东风君推进一步。

寒月先生依然气定神闲："哪里，不是喜剧也不是悲剧。近来什么旧剧啦新剧啦甚嚣尘上，我想自出机杼，来个俳剧！"

"俳剧是什么玩意儿？"

"全称俳句趣味剧，简化为俳剧二字。"

主人也好迷亭也好全都听得如坠云雾，默不作声。

"那么，主题？"开问的仍是东风君。

"因为起源于俳句趣味，所以我想拖得太长、用心太狠是不合适的，就弄成了独幕剧。"

"有道理。"

"先说道具。这也越简单越好。往舞台正中栽一棵大柳树，再让一条树枝从树干上明显往右伸出，让乌鸦落在树枝上。"

"但愿乌鸦一动不动。"主人为之担心，自言自语地说了一句。

"容易得很。用细绳把乌鸦腿牢牢绑在树枝上，下面放一个洗澡盆，一个美人侧卧着手拿毛巾。"

"这有点儿D é cadent[①]。问题首先是谁来演那个女子？"迷亭问。

"这也已经有了，雇用美术学校的模特。"

"那个么，警视厅可能说三道四。"主人又在担心。

"不怕，只要不卖票就无所谓，是吧？要是对这种事说东道西，学校里的裸体画写生什么的就完全无从谈起了。"

"不过那是为了练习，和只是观赏有所不同哟！"

"诸位那么说，说明日本还不行。绘画也罢演剧也罢，同是艺术！"寒月君气势如虹。

---

① D é cadent：法语，颓废。文艺批评用语。

“啊，别再议论了。往下怎么进行？”看上去东风君可能真有上演的打算，想问一下情节。

“这时候，俳人高滨虚子[①]从花道[②]出场：拿着手杖，戴着白灯芯草帽，穿着薄纱外褂，萨摩碎白点条纹布长袍掖起底襟，脚蹬矮腰皮靴。这样一副穿戴有些像陆军御用商人，但毕竟是俳人，必须尽可能显得从容不迫，一边走一边搜肠刮肚琢磨俳句。这样，当虚子走过花道正式登上舞台时，蓦然抬起苦思俳句之眼往前一看，有一棵大柳树，柳树荫下一个白花花的女人正在洗澡。愕然仰视，柳枝上一只乌鸦正在俯视女人沐浴。于是虚子先生诗兴大发，沉思了五十秒，朗声吟道：‘黑漆漆的乌鸦哟，白花花的浴美人，黑白两依依。’以此为信号，打一声梆子落幕。怎么样？这个立意。不合你的心意？同当阿宫小姐相比，当虚子要好得多！”看东风君的表情，似乎觉得缺了点儿什么。

“好像太简单了。事件还是带点儿人情味才好。”东风君一本正经地回答。

一直还算老实的迷亭终究不是永远沉默的人：“就这么一点点，俳剧太不成样子！据上田敏[③]君之说，俳味啦戏谑啦，那玩意儿是消极的亡国之音。不愧是敏君，说的就是敏锐。那么无聊的东西演一下试试，只能给上田君嘲笑一顿。不说别的，是剧呢还是笑话或者什么呢，实在太消极了，分辨不清，不对？恕我失礼，寒月君还是在实验室磨珠子为好。俳剧创作一百个也好二百个也罢，反正都是亡国之音，不成不成！”

寒月君多少有些不服：“难道就那么消极？我自以为积极得不得了。”

他开始为这怎么都无所谓的问题进行辩解：“就虚子来说，虚

① 高滨虚子：1874—1959。俳人、小说家。曾促使夏目漱石创作《我是猫》。

② 花道：由舞台一侧经观众席上下场的通道。

③ 上田敏：1874—1916，诗人，英国文学专家，漱石的东大英文系同学。

子先生的‘黑白两依依’，在让乌鸦对女人一往情深这点上，我认为是非常积极的。”

“标新立异啊！在下愿闻究竟。”

“作为理学士思考起来，乌鸦给女人迷上云云，这怕是不合理的吧？”

“当然！”

“把这不合理的事说得轻松随意，听起来一点儿也不觉得勉强。”

“果真？”主人以怀疑的语气加入。寒月则不屑一顾。

“为什么说听起来不觉得勉强呢？若从心理学上来解释，这就迎刃而解了。说实话，迷上也好不迷上也好，都是俳人身上存在的感情，跟乌鸦毫无关联。这样，觉得那只乌鸦迷上女人，并不是说乌鸦如何如何，说到底是自己迷上了。肯定是虚子本人看见美女沐浴而心里一震，一下子心荡神迷。正因为以自己痴迷的眼睛看乌鸦在树枝上一动不动地定定俯视，所以错以为那家伙也和自己一样神不守舍。错觉诚然是错觉，但那是富于文学性而又积极的地方。将自己才有的感觉擅自扩展到乌鸦头上并且装出若无其事的样子——这种表现难道不是相当了得的积极主义？怎么样？先生！”

迷亭应道：“确是高论。虚子听了笃定吃惊不小。说法诚然积极，而实际上演之日，看的人非消极不可。你说呢？东风君。”

“嗯，我觉得好像过于消极了。”东风君神情肃然地回答。

看样子主人多少有意拓展谈话局面，转而问道：“怎么样？东风君，近来可有佳作？”“哪里，没有值得劳您过目的东西。不过近日倒是打算出一本诗集——幸好诗稿带来了，还请不吝赐教。”说着，东风君从怀里掏出一个紫色包袱，从中取出五六十页稿纸，放在主人面前。主人故作庄重地说了声：“拜读。”但见第一页这样写了两行：

倩影何婀娜，不与世人同

——献给富子小姐

主人现出不无神秘的神色，久久看着此页一言不发。

迷亭从旁边插嘴："什么呀？新体诗？"说着凑近细看，赞不绝口，"哟，献给？东风君，毅然决然献给富子小姐，了不起！"

主人依然不解，问道："东风君，这个富子，莫非实有其人？"

"嗯，上次和迷亭先生一起请来参加朗读会的一位女子，就住在这附近。说实话，刚才顺便去来着，想让她看看诗集。不巧上个月就到大矶避暑去了，不在家。"东风君一本正经地述说。

"苦沙弥君，这可是二十世纪！别那么一脸苦相，尽快朗读杰作才是。不过东风君，这奉献方式有些欠妥——'婀娜'这个雅语，你认为到底是什么意思呢？"

"我想是娇柔或纤弱之意。"

"确实，那么理解也未尝不可。但其原意可是岌岌可危！所以，我是不会这么写的。"

"怎么写才能更有诗意呢？"

"换我，就这么写：倩影何婀娜，不与世人同——献于富子小姐鼻下。虽说仅仅两字之差，但有'鼻下'同没有相比，感觉截然不同。"

"果然。"东风君本来费解，却做出尽力理解的样子。

主人默默翻过一页，开始念开篇第一章：

倦慵的薰香摇曳着，

你的魂灵，或相思的烟云

啊——我、啊——我，在这艰难的尘世，

有幸得到了火热的吻

"这我可就有点儿难以理解了。"主人叹息着递给迷亭。

"这未免过于做作。"迷亭递给寒月。

寒月说道"果然",还给东风君。

东风君说道:"各位先生感到不解也情有可原,毕竟今日诗坛与十年前的诗坛相比,进展不可同日而语。如今的诗,歪着躺着读或在停车场读是根本读不懂的。[4]甚至写诗的本人在别人问到时都往往回答不出。因为完全靠灵感写的,所以诗人此外没有任何责任。注释和训义①是学究的事,和我们了不相干。前些天我的一个名叫送籍②的朋友写了一篇题为《一夜》的短篇。但谁看了都朦朦胧胧不知所云,于是见他本人时一再追问其用意在哪里。不料本人也说他也不知道,不理不睬。我想这种地方可能就是诗人的特色。"

[4] 对当今诗坛和诗人予以嘲讽。

主人说:"诗人也可能是,不过相当奇妙啊!"

迷亭为送籍君一锤定音:"傻瓜蛋!"

东风君意犹未尽,继续解释:"送籍这个人,即使在我们同伙里边也与人寡和。至于我的诗,也请诸位多少怀着这种心情赐阅。特别恳请注意我的苦心:辛辣的人世与甘美的接吻的对比。"

"煞费苦心的痕迹历历在目。"

"甘美与辛辣的反差,可谓十七味辣椒末调料文体,令人兴味盎然。绝对是东风君特有的笔法,在下佩服之至。"迷亭一再寻老实人开心,自以为乐。

不知想起了什么,主人倏然起身走去书斋。少顷,拿来一张半纸③:"东风君的大作已经拜读了,这回请看看我的短文,敬请多多指教!"语气不失真诚。

---

① 训义:汉字在日语中的读法与含义。

② 送籍:送籍的日语发音与漱石相同(そうせき)。漱石也写了题为《一夜》的小说,发表于《中央公论》一九〇三年九月号。

③ 半纸:一种普通日本纸。整张纸的一半,长 24~26cm,宽 32~35cm。

"天然居士的墓志铭可是聆听两三遍了哟！"

"好了好了，少废话！东风君。这绝对不是得意之作，不过聊以助兴罢了，务请一听为盼！"

"一定洗耳恭听。"

"寒月君也顺便听听！"

"即使不顺便也要听的。不长的吧？"

"仅仅六十余字。"苦沙弥先生随即开始朗读其亲笔名文。

"大和魂！一个日本人叫罢，像得了肺痨那样咳嗽一声。"

"起笔卓然不凡。"寒月君夸奖一句。

"大和魂！报纸宣称：大和魂！小偷说道。大和魂一跃渡海，在英国演说大和魂，在德国演出大和魂。"

"果然是超越天然居士之作！"这回迷亭先生挺胸凸肚。

"东乡大将有大和魂，鱼铺阿银有大和魂。骗子、投机商、杀人犯也有大和魂。"

"先生，加上寒月：寒月也有大和魂！"

"若问大和魂是什么，答曰大和魂就是大和魂，随即走了过去。走了三四丈远，吭，又传来一声咳嗽。"

"此句乃神来之笔，才华横溢啊！下一句呢？"

"三角形是大和魂？正方形是大和魂？如字面所示，大和魂即是魂。因为是魂，所以经常摇摆不定。"

"先生，大作妙趣横生！只是，大和魂是不是稍多了点儿？"寒月君提醒。

"赞成！"这当然非迷亭莫属。

"谁都挂在嘴上，但谁也没有见过，谁也没有听过，谁也没有遇过。大和魂莫非天狗不成？"

主人以一结杳然之意朗读完毕。但因作为名文也实在太短，加之主旨琢磨不透，三人以为仍有下文，遂耐心等待。但左等右等，主人也全然没有动静。

于是寒月最后问道:“这就完了?”

主人轻“嗯”一声。未免不了了之。

匪夷所思的是,对这篇名文,迷亭并没有像往常那样评头论足,俄尔正色问道:“你也把短篇结集,作为一卷献给谁如何?”

主人漫不经心地反问:“献给你可好?”

“俺不稀罕。”答毕,拿起刚才向夫人炫耀的剪刀咔嗤咔嗤剪指甲。

寒月君问东风君:“你对那个金田家的千金可了解?”

“今年春天请她听朗读会以来,交往一直没断。每次走到那位小姐跟前,我都有一种莫可言喻的感动,眼下无论写诗还是咏歌①,都能兴致勃勃脱口而出。这本集子里边之所以诗多,完全是因为从那位异性朋友身上得到了灵感。因此我必须对那位小姐由衷表示感谢之意,决定借机把这本集子献给她。据说自古以来写出好诗的,没有一个是没有女性挚友的。”

“果真那样?”寒月君肉笑皮不笑地应道。看来,哪怕再是雄辩家的聚会,也不可能为时太久——谈话的火势渐渐敛息。况且我辈也没有义务从早到晚听他们这种单调无聊的杂谈。于是就此告辞,走到院子寻找蟑螂。西斜的阳光从梧桐绿枝间斑驳泻下,知了在树干上拼命叫个不停。晚间没准有一场风雨。

① 歌:这里指和歌。和歌,亦称短歌,日本固有诗歌形式,由五七五七七五句三十一字(音)构成。

第七章

最近我辈开始做运动。猫也做什么运动？装模作样！我要对如此冷笑而去的家伙多少解释一句：即使这么说的人，近年来不是也有的不懂运动为何物而自以为吃喝睡觉仿佛天职吗？宣称什么无事是贵人，袖手端坐，不肯把开始腐烂的屁股从坐垫下移开，却又得意洋洋说是老爷的荣耀——这点理应记得。什么做运动啦，什么喝牛奶啦，什么洗冷水澡啦，什么跳进海里啦，什么夏天要闷在山里暂以烟霞为食啦，等等，所以如此喋喋不休，不外乎近来从西洋传来神国的一种病，不妨视之为与鼠疫、肺结核、神经衰弱同类。

但我辈去年刚刚降生，今年才一岁，因而不存在当时人们罹此病症场景的记忆。不仅如此，那时我肯定不曾为这浮躁的世风而左右摇摆。不过，猫的一年可以说相当于人的十年。尽管我等猫的寿命比人短两三倍，但一只猫能在较短岁月间充分成熟——以此推论，将人之岁月同猫之年轮以同样比例计算实属大错特错。第一，这点从不足一岁数月的我辈就有如此见识即可看出。主人的第三个女儿据说已虚龄三岁，但就智力发达而言，哎呀呀，简直一塌糊涂。哭、尿床、吃奶，此外一无所知。较之忧时愤世的我辈，幼稚得无以复加。所以，纵然我辈将运动、海水浴、易地疗养史一并纳入方寸之中也丝毫不足为奇。如果有谁为这点儿小事大惊小怪，那无疑是比猫少两条腿的人这种蠢货。

人古来就是蠢货。惟其如此，到了现在才渐渐吹嘘运动的功能，或大谈特谈海水浴的好处，俨然一大发明。而我辈尚未出生就对这码事了然于心。不说别的，海水何以有益，这点一去海边岂不即可明白？那般广阔无边，鱼有几条自是不得而知，但从未有哪条鱼患病就医，全都东游西蹿活蹦乱跳。一旦有病，身体便不听使唤。一旦死了，必然浮出水面。故而鱼死了，称漂上来；鸟死了，叫掉下去；人之寂灭，曰呜呼哀哉。问一下出海横渡印度洋的人好了：喂，你可见过鱼死的场景？不管谁都定然答No。理所当然。因为无论如何往返，也没人见到哪一条鱼已然停止呼吸——说呼吸不妥，因为是鱼，应该说停止吸水——停止吸水而漂上海面。纵使在那般浩瀚、那般渺茫的大海日夜不停地燃煤蒸汽四处寻找，古往今来也没有哪一条鱼漂上来——以此推论，马上就能断定鱼十分健壮。若问鱼为什么这般健壮，这也是惟独人而有所不知之事。无他，盖因鱼吞吐海水终日洗海水浴之故。对于鱼，海水浴的功能便是如此显著。既然对于鱼功能显著，那么对于人也应显著才是。一七五〇年里查德·拉塞尔[①]往布莱顿[②]海面纵身一跃，四百四十种病当即痊愈——为此大大刊登了广告。若笑其广告太晚，随你笑好了。

虽说是猫，只要合适机会到来，也打算一齐杀奔镰仓海滨。但现在不行，凡事皆需时机。一如明治维新前的日本人未能体会海水浴功能即一命呜呼，当今的猫尚未幸遇赤身裸体跳进大海的良机。急于求成必然坏事。在今天被扔去了筑地的猫平安回来之前，我不可能孤注一掷跳入海中。必须等到我等猫辈的身体功能依据进化规律对惊涛骇浪产生足够的抵抗力之时。换言之，在以猫漂上来了作为一般用语代替猫死了之前，事关海水浴，不可轻举妄动。

海水浴推后实行，而运动则事不宜迟。在二十世纪的今天，不运动简直同贫民无异，听起来颇不体面。作为鉴定结果，不运动，不是我辈不运动，不是不能运动，而是没有运动时间，没有余

① 理查德·拉塞尔：Doctor Richard Russel（1714—1771），英国医生。

② 布莱顿：Brighton，英国南方城市，临英吉利海峡，以海水浴场闻名。

暇。一如过去做运动之人被嘲笑为"折助"[1],如今不运动之人则被视为下等。世人的评价,根据时间场合如我辈眼珠一样变化不定。我辈的眼珠不过时大时小而已,而人的品评则彻底颠倒过来。颠倒也不碍事,事物总有两面、总有两端。敲打两端而使黑白变化出现于同一事物之上,乃人的灵通之点。将"方寸"倒置即为"寸方",此中自有可爱之处。从胯下看天桥立[2],别有一番情调。莎士比亚亦然。若是万古不变的莎士比亚,则了无情趣。倘没有人偶尔从胯下看《哈姆雷特》而说"喂喂这玩意儿不怎么样",那么文艺界也不会进步。所以,即使说运动坏话的那帮人突然想运动了,甚至女性也拿着球拍在街上走来走去,那也没有什么不可思议。只要不把猫做运动嘲笑为装模作样即可。

好了,也许有人对我辈做什么运动怀有疑念,下面就大致解释一下。如阁下所知,不幸的是我辈不能持以器械。因此,球啦棒啦都应付不来。其次,没钱买不了。出于这两个原因,我辈选择的运动只限于一种:一文不花,无需器械。这么说来,或许有人认为大可慢慢悠悠踱四方步或叼起金枪鱼切片飞跑。问题是,单单力学地驱动四肢,依据地球引力原理在大地上横行,实在过于单调乏味。哪怕再冠以运动之名,亦如主人经常实行的读字运动那样有辱运动神经。

当然,纵然单纯运动,因了某种刺激也未必就不能流行。抢鲣鱼干赛跑、找马哈鱼游戏等固然不坏,但那是立足于追求心爱之物基础上的运动,若除去这一刺激,便成了索然无味的勾当。假如排除悬赏性刺激,那么就想做需要某种技巧的运动。我辈绞尽脑汁。从厨房檐跃上屋脊而在屋脊梅花形瓦上表现四肢站立之术,或顺着晾衣竿奔跑?而这决然不会成功。竹竿滑溜溜无法用爪。或者从后面偷袭小孩儿?这倒是趣味运动之一,但弄不好会倒

① 折助:武士家仆人的俗称。

② 天桥立:日本三景之一,位于京都宫津市宫津湾。

霉,一个月顶多尝试三回。将纸袋套在头上?徒然落得痛苦而已,作为方法无聊透顶。何况需有人配合方能成功,所以不成。再往下,用爪子撕挠书的封面?这要是给主人发现了,必有严惩危险,况且这只能锻炼爪尖,全身筋肉派不上用场。以上都是我辈的所谓旧式运动。

新式运动中有甚是有趣的东西,首先是捕螳螂。捕螳螂的运动量没有捕老鼠那么大,且无危险。作为仲夏到秋初之间的游戏再好不过。关于方法,先去院子找出一只螳螂。倘时令合适,找出两只也不在话下。果真找到一只。我迎风猛然跑到它旁边。螳螂哎呀一声拉开架势挥舞镰刀状螳臂。在螳螂里边也是有胆量的家伙,在领教对手本事之前打算较量一番,有趣有趣。我用右前脚轻碰它挥起的镰刀臂。那高抬的脑袋当即软乎乎歪在一边。此时螳螂的表情颇添兴味,十足目瞪口呆。我趁机绕到螳螂君的身后,这回从背后轻搔它的翅膀。翅膀平时叠得一丝不苟,但因为搔法非同寻常,忽一下子乱了,从中闪出吉野纸[①]般浅淡的内衣。你这家伙夏天也肯定不辞劳苦地穿这双层衣裳扮美。此刻你的长脖子势必向后扭去。有时正面相对,在大多场合都惟独脖子愣愣直立,看上去静等我这边给一巴掌。若对方总是保持这样一副姿态,运动就无从谈起。所以,倘它坚持时间过长,便又给它一巴掌。若是知趣的螳螂,这一巴掌肯定打得落荒而逃。而若是毫无教养的野蛮家伙,难免横冲直闯而来。这样,就要瞄准它冲来的方向,狠狠地抡它一下,一般会抡出两三尺远。可是,假如敌人老老实实往后跑,我就于心不忍,像飞鸟一样围着院里的树转两三圈。螳螂君又跑出五六寸远。因已晓得我的厉害,没了抗争的勇气,忽左忽右不知往哪儿逃好。但因我辈也忽左忽右穷追不舍,以致它最后挣扎着掀动翅膀跃跃欲试。本以为螳螂的翅膀为了同

① 吉野纸:日本纸(和纸)的一种,产于大和国(今奈良)吉野地区,极薄。

其脖子两相配合而变得细细长长。但一问之下，得知纯属装饰性的，如同人的英语、法语、德语，全无用武之地。故而，利用这无用的长物跃跃欲试，对于我辈实在毫无作用。名义上诚然跃跃欲试，实则只能在地面上拖翅缓缓而行。这一来，我虽然略有恻隐之心，但为了运动起见不能罢休。恕我无礼，我忽然向前疾驰。螳螂君因其惰性而无法迅速转身，只好往前移动。朝它的鼻子上打了一下。此刻，它必然张开翅膀瘫倒在地。于是我用前脚使劲按住它，稍事休息。而后再次放开，放开又按住，以七擒七纵之孔明战略进攻不止。这一顺序大约反复三十分钟，见它一动也动不得了，就用嘴叼起甩了甩，而后松口放下。这回它躺在地上再也不动。于是我用手捅它，它趁势跃起，我当即再次按住。这也玩腻了，作为最后的手段，大口小口一吃而光。顺便向没吃过螳螂的人说一句，螳螂不是多么好吃的东西。而且营养也好像意外之少。[1]

[1] 猫捕螳螂，描写生动有趣。

捕完螳螂，开始做捕蝉运动。统称是蝉，但各所不同。一如人也分油滑蛋、冥顽汉、寒酸儿，蝉也有油蝉、冥蝉、寒蝉之分。油蝉油腻腻的受不了，冥蝉冥顽得吃不消。抓起来好玩的只有寒蝉。寒蝉不到夏天是不出来的。在秋风从和服腋下开口处不请自来地轻拂皮肤引起伤风感冒的时候，寒蝉开始翘起尾巴欢叫。那家伙真是能叫。在我辈眼里，似乎除了叫和被猫抓别无天职。秋初抓这家伙，称之为捕蝉运动。

得向诸君交代一句，毕竟名之为蝉，所以不在地上滚动。掉在地上的，必惹蚂蚁上身。我捕捉的不是在蚂蚁领地上东倒西歪的家伙，而是在高枝上叫得有板有眼的家伙。我想顺便向博学之人请教一下：是叫得有板有眼，还是叫得有眼有板？其不同解释对于蝉的研究是有不小关系的，我以为。人优于猫的地方即存在于此，因而人赖以自夸之点也在这里。如果不能马上回答，那么充分考虑去好了。不过在捕捉运动上面怎么都无所谓。只要循声爬树，趁对方叫得忘乎所以之机一把抓住就是。看上去这运动再简单不过，实则异常辛苦。我辈拥有四条腿，故而在大地行走方面敢和任何动物一争高下。至少从两条和四条这一数学知识上判断，自以为较之人并不相形见绌。然而就爬树而言，有的家伙则巧于我辈。爬树即其本职的猴子另当别论，作为猴之玄孙的人也有万万小瞧不得的家伙。本来那是有违万有引力的艰难事业，纵使失败也不必引以为耻，但对于捕蝉运动来说则带来诸多不便。幸亏有爪这一利器，如此这般，这般如此，总算设法爬了上去，并非旁观那般轻松。何况蝉是会飞的东西，和螳螂君不同，一旦飞走即万事皆休。拼命为之的爬树也和没爬毫无差别——遭此挫折绝非不可能。最后还有被蝉撒上小便的危险。那小便动不动就瞄准眼睛撒来。逃跑实属无奈之举，唯独小便还请不要垂淋为好。起飞瞬间施以尿水到底是怎样的心理性状态作用于生理器官的结果呢？有可能还是急中生智。或是出敌之不意而为逃跑制造的小小方便亦未可知。这一来，与乌贼吐墨、刺鱼露刺、主人搬弄拉丁语即为同一纲目。这也是蝉学上忽视不得的问题。如若充分研究，仅此一项就有足够的博士论文价值。

闲话休题，言归正传。蝉最为汇集——倘汇集好笑，改说集合；倘集合迂腐，仍说汇集——蝉最为汇集的地方是青桐树，汉名号称梧桐。它们生息的地方，树叶多得几乎看不见树枝。这对捕蝉运动妨碍极大。以致我怀疑‘只闻其声，不见其影’，这句俗语没准是专门为我辈创作的。万般无奈，循声而去。梧桐在距树下七八尺高的地方如愿以偿地分成双杈。在此稍事休整以从树叶反面侦探蝉之所在。来此途中已有反应敏捷的蝉们哗然飞走。有一只飞走就不得了——在模仿这点上，蝉之傻气不亚于人——随之接连飞走。终于到得双杈之处时分，已经满树悄然，片声不闻。既已抵达此处，赶紧四下打量，侧耳倾听，但无论如何都没有蝉的动静。再来一次也够麻烦，遂小憩以待，在树杈上列阵静等第二次机会。岂料不觉之间困意上头，倏尔游于黑甜乡里。[2]蓦然醒来，

[2]“黑甜乡里”指午睡世界。语出《诗人玉屑》：“北人以屋寐为黑甜。”

已从双杈黑甜乡里扑通掉在庭院石板之上。

但一般说来，每爬一次都会捕获一只。而兴味索然的是，必须在树上叼在嘴里。所以下来吐出时大多已经死去，无论怎么抓弄骚挠都没有切切实实的手感。捕蝉的妙趣在于悄悄临近而看准蝉君极力伸缩尾巴之时猛地用前爪按住。此时寒蝉大放悲鸣，上下左右拼命扇动薄薄透明的双翅。速度之快、姿态之美，言语道断，实为蝉世界一大奇观。每次按住寒蝉君，我都请其表演这美术技艺。及至厌了，遂将其吞入口中。有的蝉一直表演到入口之际。

捕蝉后的下一个运动是滑松。这个毋庸赘述，点到为止。说到滑松，诸君或许以为是在松树上滑行。不然，同是爬树的一种。只是，捕蝉是为捕捉而爬，滑松是以爬为目的而爬。此乃二者之差。原本自常盘作为最明寺待客烧柴以来至今，松树皮疙疙瘩瘩分外粗糙。[3] 因而再没有比松树更容易下脚的了。换句话说，没有比松树更好搭爪子的树。顺着好搭爪子的树干一气呵成飞奔而上，上到顶后再飞奔而下。飞奔而下有两种方法：一是倒过身子脑袋朝下而往下爬，一是保持向上姿势不变只将尾巴朝下而往下爬。问人可知哪一种难？以人的浅薄见解观之，反正是下降，应该是脑袋朝下跑下去轻松。错了！你等只记得义经攻陷鹎越之事，以为就连义经①都脑袋朝下坠下，何况猫呢？以为肯定大头朝下无疑。可猫是小瞧不得的。你认为猫爪是朝哪个方向长着的？统统朝后弯曲。所以能像消防钩那样搭在物体上拉拽，而没有反向推压的力气。假定此刻我辈顺着松树干飞奔而上。这么着，因我辈原本是在地上生活的，所以从自然倾向来说，不容许我辈在松树巅久留不去。久留必然跌下。而若松手跌下，未免太快。这就需要以某种手段稍稍缓解这一自然倾向。此即降下。跌下和降下似乎截然有别，其实没你想的严重。若使跌下慢一些即为降下，若使

[3] 典故出自谣曲《钵木》。佐野源左卫门以松等秘藏钵木为柴，招待最明寺入道北条时赖。

① 义经：源义经（1159—1189），日本平安末期武将。鹎越，位于神户远郊，义经在此偷袭平氏阵营时坠崖身亡。

降下快一些即为跌下，二者无非一字之差。我辈不愿意从松树顶上跌下，这就必须使跌下放缓，即必须以某种东西阻拦跌下速度。我辈的爪子如刚才所说尽皆向后，假如头朝上竖起爪子，则其爪力统统可以逆跌势用之。跌下因之变为降下。道理委实浅显易懂。而你也不妨尝试头朝下以义经方式穿越松枝，即使有爪子也无济于事。刺溜溜直线下滑，哪里都无法支撑自己的体重。结果，精心策划的降下势必变成跌下。如此这般，鹎越远非易事。猫中有这两下子的估计非我莫属。因而我辈将此项运动称为滑松。

最后就巡篱说一句。主人的院子竹篱围成长方形。与檐廊平行的那边长五六丈，左右两边各有两丈四尺左右。刚才所言巡篱这一运动，即在竹篱顶端绕行一周而不跌下。这个每每事与愿违，倘若顺利完成，堪称一大慰藉。尤其是这竹篱点点处处竖有根部烧焦的圆木桩子，正好用来小憩。今天因为状态好，从早上到中午做了三次。做一次提高一次。提高一次就助兴一次。结果反复了四次。第四次巡至一半，忽有三只乌鸦从邻院屋顶飞来，列队落在相距五六尺的对面。三个冒失鬼，存心找麻烦！全都来历不明，居然落在人家篱笆上，岂有此理！这么想着，就对它们说道："我要过去，喂，让开让开！"

最前边的乌鸦看着这边嘻嘻奸笑。第二只打量主人的院子，第三只用竹篱的竹叶擦拭嘴巴。肯定吃了什么。为了等其回答，我辈给他们三分钟时间，兀自立于篱笆顶端。据说乌鸦有个诨名叫"勘左卫门"，果不其然，无论我等怎么等都既不寒暄又不飞走。无奈之下，慢悠悠走上前去。这一来，打头的勘左卫门略略扇一下翅膀。本以为慑于我辈的威严而要逃跑，不料只是由右而左变下姿势而已。这个混账！若在地上，自然不会听之任之，奈何在这自身难保的篱顶途中，没有闲工夫对付勘左卫门它们。话虽这么说，却又不情愿站在这里静等它们仨自动离去。甭说别的，这么等下去脚力难以为继。对方是有翅之身，能在这样的地方岿然不动。故而只要有意,当可永久逗留。而我辈已是第四巡,早已筋疲力尽。何况做的是不亚于走钢丝的杂技兼体育运动,即使无任何障碍也不能保证不会跌落。然而这三个黑衣家伙全都挡住去路,实在不好对付。若情况危急,只能中止运动而跳下篱笆。为了省事,索性这样做如何?一来敌方人多势众,二来在这一带很少见到,形象陌生。嘴巴尖得出奇,颇有些像天狗之子,反正不是好东西。走为上计。过于深入,倘万一跌下,耻辱更大。正这么思忖,扭头向左的乌鸦说了声"傻瓜",下一只也学它照说"傻瓜"。最后那个家伙居然嗲声嗲气连叫两次"傻瓜傻瓜"。我辈哪怕再温柔敦厚也不能就此鸣金收兵。首先一点,倘在自家院内受乌鸦辈如此羞辱,我辈英名休矣。若说我仍无名何休之有,那么就事关体面。决不能一走了之。谚语有"乌合之众"之语,而仅此三只没准意外不堪一击。于是下定决心:能进几步算几步!随即镇定自若地向前移步。乌鸦们佯作不知,似乎在互相谈论什么。愈发怒火中烧。篱笆假如有五六寸宽,我辈笃定还以颜色。遗憾的是,无论多么气恼,也只能慢慢挪动。好歹来到距其先锋仅五六寸远了,心想胜利在即,岂料勘左卫门不约而同地陡然扑棱一声飞起一二尺高。带起的风突然吹到我辈脸上,心里一惊,一脚踩空,扑通跌了下去。糟糕!从篱笆根朝上一看,三只统统落回原处,一齐伸着长嘴俯视我辈嘴脸。狂妄之徒!狠狠瞪其一眼,但毫无效用。于是弓起脊背稍稍吼了几声,可惜更是徒劳。一如俗人不懂灵妙的象征诗,我辈向它们出示的愠怒符号也全然不见反应。想来,这也情有可原。我辈迄今一直把它们作为猫来对待。谬矣!它们如若是猫,做到这个程度,必然陷入窘境。不巧对方是乌鸦。既是乌鸦勘公,自然无可奈何,一如实业家急于制服主人苦沙弥先生,一如向西行[1]献上银制的我辈,一如勘公向西乡隆盛[2]君的铜像撒以粪

① 西行:西行法师(1118—1190),日本诗僧,尤工和歌(短歌)。

② 西乡隆盛:1828—1877,日本传奇武士。其铜像位于东京上野公园。

便。敏于见机行事的我辈看出此招不灵，毅然决然撤回檐廊了事。

已是晚饭时间。运动固然不坏，但应适可而止。全身上下总好像有些松垮，颇有瘫软之感。况且时值初秋，运动当中晒得火热的皮毛又似乎充分吸收夕阳余光，热得着火一般难受。从毛孔渗出的热汗，若淌下来多好，结果却像膏油一样黏糊糊粘在毛根。脊背阵阵发痒。出汗发痒和跳蚤叮痒截然有别。倘是嘴巴可及之处，自是能够咬咬。至于堪可涉足领域，搔挠亦胜任愉快。而若位于纵贯脊背的正中，则非自己力所能及。这种时候，或是找人凑上去大蹭特蹭，或用松树皮采取摩擦术一磨为快。倘二者皆不能选，则不快至极，难以安眠。

人是愚蠢的。摸猫声——摸猫声指的是人对我辈发出的声音。[4] 而从猫的角度来说，不是摸猫声，而是猫被摸时的叫声——也罢，反正人是蠢货，以被摸之声往其膝旁一贴，一般情况下，人都误解为我辈爱他或爱她，不仅任凭我辈为所欲为，而且时不时抚摸脑袋。然而近来我辈毛中有一种号称跳蚤的寄生虫繁殖出来，偶尔贴近，必定拎起脖颈甩去对面——看来只因这眼睛勉强看见或看不见的微不足道的小虫，人便对我辈烦不胜烦。所谓“翻手为云覆手为雨”，即此事之谓。充其量也就是一两千只跳蚤罢了，而人们居然如此自私自利！通行于人类世界的爱之法则的第一条据说是这样的：在于己有利之时须爱他人。

[4] 以“摸猫声”比喻谄媚声。

由于人的态度俄然豹变，即使痒得要死也无法借助人力。这样，只能退而求其次，采取松皮摩擦法，除此别无良策。那么，就去摩擦一下吧！于是再次走下檐廊。却又当即心有所觉：此乃得不偿失的愚计。无他，盖因松有松脂。松脂这东西，其执著心非同小可，一旦沾上毛尖，纵令雷霆万钧，即便波罗的海舰队全军覆没，也绝不离开。不仅如此，沾上五根，就瞬间蔓延到十根。刚发觉十根罹难，转眼就有三十根受牵连。我辈乃是以淡泊为乐的茶人猫。对如此死缠活磨、心狠手辣、臭不要脸、顽固不化的家伙深恶痛绝。纵然天下第一美貌都不足以动心，何况松脂云云！居然想以同车夫家老黑两眼中乘借北风流出来的眼屎无异的身份糟蹋这浅灰色毛衣，痴心妄想！稍微考虑一下好了！话虽这么说，对方根本不可能考虑。只要把这脊背往树皮那里一蹭，就必定急不可耐地黏糊糊粘上身来。和这种蛮不讲理的白痴两相对阵，不仅有损我辈尊严，而且关乎我辈毛色。即使奇痒无比，怕也只能忍耐下去。可是，若两种方法都无法实行，到底忧心忡忡。倘不马上采取措施，如此痒不可耐、拖而不决之间，说不定会弄出病来。真就无计可施了？折起后腿思来想去。

忽然想起一件事来：我家主人不时拿起毛巾和香皂翩然跑去哪里，三四十分钟归来时，但见其黯淡无光脸色带有些许活气，显得神清气爽。既然对主人这般脏兮兮的人都能给予如此影响，那么对我辈也必然多少奏效。我辈原本仪表堂堂，当色鬼的必要固然没有，但万一得病而一岁几个月就夭折了，实在愧对天下苍生。打听之下，原来有个人为消磨时间琢磨出的名叫澡堂的那个东西。反正是人鼓捣出来的，笃定不会是正经玩意儿，但值此多事之秋不妨一试。试了若无功效再放弃不迟。但是，人为自己建造的浴池会有让异类的猫进入的雅量吗？这是个疑问。既然主人泰然自若地进入其中，那么未必一定拒绝我辈。但万一吃了闭门羹，传出去可不好听。最好先去查看一下。看了觉得情况允许，就叼起毛巾一跃而入。如此拿定主意之后，大模大样往澡堂走去。

沿胡同往左一拐，前面有个又高又粗的竹子样的东西屹立不动，顶端喷出青烟。此即澡堂。我辈从后门悄然溜了进去。从后门溜入，或许有谁要说胆怯啦优柔寡断啦什么的，但那是非从前门访问不可之人多半出于嫉妒喋喋不休的牢骚话。古往今来聪明人必从后门攻其不备。据闻《绅士养成法》第二卷第一章第五页就有这样一句。下一页甚至写道绅士遗书谓后门乃自身得德之门也。我辈身为二十世纪的猫，这点儿教养还是有的。切不可等闲视之。

好了，溜进去一看，左侧有截成八寸长劈开的松木堆积如山，旁边堆着冈一般的煤炭。也许有人要问："何以谓松柴为山、称煤炭为冈呢？"其实别无深义，不外乎将山与冈区别使用罢了。人吃米、吃鸡、吃鱼、吃兽，千奇百怪的东西吃了个遍，最后竟堕落至吃煤的地步，可怜无比。再看尽头，一扇宽约六尺的门大敞四开，往里窥看，空空荡荡，安安静静。对面不断响起人的说话声。我辈断定所谓澡堂必是发出此声的一带。于是穿过松柴与煤炭之间形成的谷地向左拐去。前行不远，右侧有玻璃窗，窗外有小圆桶摞成三角形即如金字塔一般重重叠叠。圆形物体却被堆成三角形，想必大出意外——我辈暗自体谅小桶诸君之意。小桶南侧留有四五尺高的隔板，俨然正在迎接我辈。板的高度距地面约有一米，正适合一跃而上。好！说着翩然纵身，所谓澡堂尽皆悬我鼻端、眼下、脸前。若说天底下什么有趣，再没有吃未吃过的东西、看未看过的东西更开心的了。诸君也像我家主人那样每星期来这澡堂三四次，每次欢度三四十分钟好了。不过假如诸君如我辈尚未见过洗澡为何物，那么尽快见识为好。父母临终赶不上倒也罢了，惟独洗澡务请参观。虽说世界之大，但未必有此奇观。

何为奇观？何为奇观，奇就奇在我辈难以启齿。玻璃窗里面密密麻麻、吵吵嚷嚷的人与人尽皆裸体。台湾的生番[①]，二十世纪的亚当！打开衣裳史看看，因为说来话长，所以交给伊费克斯德列克[②]，就不翻阅了。简而言之，人是要好端端穿衣服的。十八世纪大英帝国巴斯[③]温泉，波·纳什[④]制定了严厉规则，以致当时浴场内男女由肩至脚全都用衣服裹得严严实实。距今六十年前，同是

① 生蕃：台湾不服从中央权威的高山族，相对于"熟蕃"而言。当时台湾处于日本统治之下。

② 伊费克斯德列克：Teufelsdockh，卡莱尔《衣裳哲学》中的虚构人物。

③ 巴斯：Bath，位于英格兰南部，以温泉闻名。

④ 波·纳什：Richard Nash（1674—1762）。巴斯温泉典仪长。

英国某座城市，曾经设立一所图案学校。因是图案学校，故可购入裸体画、裸体像临摹、模型，并且到处陈列。可是到了准备开学典礼阶段，学校当局及职员们大伤脑筋。一旦举行开学典礼，就要招待市里的淑女。然而按当时贵妇人们的想法，人是穿衣服的动物，而不是穿皮毛的猿子的追随者。生而为人却不穿衣服，一如大象没有鼻子、学校没有学生、士兵没有勇气，完全失去了本体。而既然失去了本体，那么作为人便不被认可，而成了兽类。纵令临摹用的模型，而若与兽类人为伍，亦有损她们的品位。因此之故，淑女们说妾等谢绝出席。

对此，职员们认为她们不可理喻，毕竟女人无论东国西国都是一种装饰品。既不能捣米，又不能当志愿兵，而仅仅是开学典礼不可或缺的化妆道具。有鉴于此，也罢，索性去布料店买回三十五匹八分七的黑布，把那些兽类人统统穿上衣服。又想失礼万万不可，故而慎之又慎，连面部也围了起来。如此这般，总算顺利搞完了典礼——对人来说，衣服便是如此重要。

虽然近来也有先生一口一个裸体画屡屡主张裸体，但那是错的。在生来至今一日未曾裸体的我辈眼里，无论如何都大谬不然。裸体所以流行开来，是受希腊、罗马遗风在文艺复兴时期催生的淫靡之风诱惑所致。希腊人、罗马人平日对裸体习以为常，所以根本没想到这同风纪教化有什么利害关系。但北欧是寒冷地方，甚至日本也不可赤身裸体上路出游。及至德国英国，赤裸裸不冻死才怪。死了没有意思，所以要穿衣服。而若人人穿衣，人就成了着装动物。一度成了着装动物，冷不防遇见裸体动物，势必不认可是人而以为是兽。因此，欧洲人，尤其北方的欧洲人把裸体画、裸体像作为兽来对待亦无不可。不妨视为比不上猫的兽。美？美也没关系，看作美兽即可。

这么一说，也许你问："可看见西洋妇人的礼服了？"毕竟是猫，不曾目睹西洋妇人的礼服。根据传闻，她们都袒胸、露肩、裸臂，称之为礼服。咄咄怪事！直到十四世纪，她们也还是身穿普通人所穿衣服的，装束并不这般滑稽。至于是何以沦为如此下等马戏团之流的，说来麻烦，暂且不说。知者自知，不知者佯作不知可也。历史另当别论，作为她们，尽管她们出此洋相夜里得意忘形，但其内心似乎仍多少留有人味儿，一旦天亮日出，便缩肩、藏胸、包臂，所有部位统统隐而不见，就连让人瞧见一只脚趾都视为奇耻大辱。以此思之便不难明白，她们的所谓礼服纯属莫名其妙，乃是傻瓜和蠢货一起商量的结果。如若心中不服，大白天也露肩露胸露臂好了！裸体信徒也不例外——既然那般欣赏裸体，那么就让自己的女儿一丝不挂，顺便自己赤身裸体去上野公园散步好了。做不到？不是做不到，而是因为西洋人不做，所以自己也不做罢了。实际上不也是身穿这种极不合理的礼服趾高气扬地前往帝国饭店[①]吗？若问其故，其故无他，不外乎西洋人穿也跟着穿罢了。因为西洋人强于自己，所以即使勉强即使傻气，也非模仿不可。长者受其缚，强者为其折，重者被其压——如此低三下四岂非愚不可及？若说愚也是迫不得已，原谅倒也无妨，而切莫以为日本人多么了不起。在学问上亦是如此，但与服装无关，故略而不谈。

如此这般，衣服于人就成了贵重之物，成了重要条件，以致不免怀疑人是衣服还是衣服是人。我辈想说，人的历史不是肉的历史，不是骨的历史，不是血的历史，而是衣服的历史。因此，看见不穿衣服的人，就不觉得对方像人，简直像撞见了妖怪。如果所有妖怪都不约而同情愿做妖怪，那么所谓妖怪自然不复存在，而这当然可以。但那样一来，人本身势必变得困惑不堪。

古时候大自然将人平等制造出来抛向世间。所以，无论什么人在出生时都必定赤条条的。假如人的本性安于平等，那么理应就这么赤条条由小到大。可是赤条条的某人说道："如果你我他全

① 帝国饭店：1900年竣工的正规西式酒店，至今犹存。

都一样，努力就没了意义，看不见千辛万苦的结果。”我想成为无论谁看都是我那样的我。这样，就想往身上穿一件任何人看了都吓得魂飞魄散的东西。可有什么妙计？为此想了十年终于发明出裤衩。当即穿上，威风凛凛在附近走来走去：如何，吓得半死吧？此即今日人力车夫的祖先。发明简单的裤衩都耗费了十年之久，多少为之诧异。但这是从今天回溯古代将自己置身于蒙昧世界做出的结论，以当时来说，再没有比这更重大的发明了。笛卡尔①说："我思故我在。"——据说他为想出甚至三岁小孩都明白的这个真理花了十几年。凡事都是想起之初劳心费神，所以十年发明一条裤衩，对于车夫也必须说委实聪明绝顶。

嗬，裤衩有了之后，世间神气活现的只有车夫。车夫穿着裤衩满世界横行霸道难免令人忌恨，于是不肯服输的怪人花费六年心思发明了长褂这个无用的长物。这一来，裤衩势力顿时衰落，进入长褂鼎盛时期。菜店、药铺、衣料商无一不是这个大发明家的孝子贤孙。继裤衩期、长褂期之后到来的是裤裙期。此乃一个发脾气的怪人琢磨出来的——什么呀，不就是破长褂嘛！古之武士今之官员等俱为这一怪人种族。如此这般，怪人们争先恐后炫新竞异，以致最后出现了模仿燕尾的畸形服装。不过退而思其由来，作为事实绝非强拉硬扯、胡作非为、偶然巧合、漫不经心的结果，而是大家争强好胜勇往直前之努力的种种新奇物化——穿在身上到处大摇大摆：我可不是你哟！

如此看来，可以从这种心理中推导出一大发现：无他，一如自然忌讳真空，人们讨厌平等。而在因为讨厌平等而不得不如骨肉一般穿裹衣服的当今之日，如若舍弃作为这一本质的部分衣服，回归地老天荒的公平时代，无异于狂人行径。就算有谁宁愿忍受狂人之称也休想倒退回去。在开明人眼里，想要倒退之人纯属怪

① 笛卡尔：René Descartes（1596—1650），法国哲学家、数学家，有近代合理主义哲学始祖之誉。

物。纵然把全世界多少亿人统统拉去怪物地域而放心说道：大家全是怪物无需羞愧。那也还是不成。世界成为怪物世界的第二天，怪物竞争就要重新开始。如果不能通过穿衣服竞争，势必以怪物形式竞争。全部赤身裸体，最后也还是要弄出差别来。即使从这点看，衣服也根本脱不得的。

然而，我辈眼下一览无余的这伙人，这不可脱掉的裤衩也好长褂也好裤裙也好，尽皆置于搁板，肆无忌惮地在众目睽睽之下展示本来丑态，悠悠然谈笑风生。我辈刚才所说的一大奇观，此即是也。我辈能在这里谨向文明的各位君子介绍他们的情况，实为幸事。

感觉上总好像乱糟糟一团，不知从何说起是好。怪物行径本无规律，要想提供井然有序的证明实非易事。先从浴池说起吧！说浴池未免不明所以，但想必只能是浴池那个东西。宽约三尺，长九尺之多，将其一分为二，一个里边灌满白色浴汤。听说这叫什么药汤，颜色浑浊，似乎溶入石膏。不光浑浊，还油腻腻、沉甸甸的，看上去像腐烂了似的。细问之下，腐烂也不难理解：一星期只换一次水！旁边的据说是普普通通的洗澡水，但这也很难信誓旦旦地以透明、清澈称之。论其颜色，充分表现了将消防水缸搅拌之后的价值。

往下是怪物记述。记述起来大为不易。消防水缸那边直挺挺站着两个小伙子，站在那里面对面哗啦哗啦往肚皮上撩水。舒心惬意！在黑这一点上，两人肤色黑得浑融无间。看上去这怪物甚是健壮。不久，一个人用毛巾来回抚摸前胸，同时问道："阿金，这地方好像痛得难受，怎么回事呢？"

阿金热心忠告："那是胃，胃那玩意儿是会要命的，不小心有危险的哟！"

"不过是左边啊！"说着手指左肺那边。

"那里是胃。左胃右肺。"

“是吗？我以为胃在这里来着。”接着拍了拍腰给阿金看。

阿金说：“那是小肠疝气。”

这当口，一个二十五六留着小胡子的男子“扑通”一声跳下水来。于是，身上沾的香皂和体垢一起浮上水面，就像透过有铁锈的水看去时那样闪闪发光。他旁边一个秃脑袋老头儿向一个寸头青年一个劲儿强调什么，两人都只是露出脑袋。

“哎哟，到了这把年纪就不中用啦！人也一样，一旦过了火候，就比不上年轻人了。不过洗澡水到现在也不热，可就让人心情不快了啊！”

“老爷子你还硬实着哩！有这精气神，足够用了。”

“哪里有精气神，只是没病罢了。人只有不干坏事，笃定活到一百二十岁。”

“哦，那么能活？”

“当然能！一百二十岁，我敢保证。明治维新前有个叫曲渊的旗本武士[①]，他那里一个男仆活了一百三十岁！”

“那家伙可真能活啊！”

“噢，因为活得实在太久了，自己的岁数都忘了。听说一百之前还记得，那以后就彻底忘了。我认识他是在一百三十岁的时候，到那时还没死。后来怎么样就不晓得了。或者还活着也不一定。”边说边从浴池里上来。留着小胡子的青年一边把水母样的香皂沫儿撒向四周，一边独自嘻嘻笑着。

随后跳进水来的和一般怪物不同，背上刺有花纹。花纹仿佛是岩见重太郎[②]挥舞大刀斩杀巨蟒。可惜尚未进入竣工期，巨蟒形影皆无。因而重太郎先生看上去多少有些气势不足。只听他边跳边说：“温吞吞的不像话！”

不料另一个随之下水的说：“这……要是再凉一点儿就好

① 旗本武士：江户时期具有直接谒见幕府将军资格的武士。

② 岩见重太郎：传说中的武士，其武勇故事常见于各种说唱文本。

了！”他皱着眉头，未尝不像是烫得难受。和重太郎先生一对面，寒暄说：“啊老板！”

重太郎“噢”一声，少顷问道：“阿民怎么样了？”

“怎么样了？反正够来劲儿的，喜欢嘛！”

“光来劲儿是不成的……”

“是吗！那老兄也是心术不正的人。怎么说好呢，不受人喜欢。该怎么说呢，总好像没人信任他。手艺人这东西，那样子是不行的。”

“是啊，阿民那类人，不懂得谦虚，头抬得好高，所以才不受信任啊！”

“的确。总以为自己有两下子，吃亏就吃在这上面。”

“白银町上老人也都不见啦！如今，也就剩水桶店的阿光、砖瓦铺的老兄和老板您几个人了。我这样的是这里土生土长的，可阿民那种人，根本不知道是从哪儿冒出来的。”

“正是！不过倒也能混到这个程度！”

“唔，却不知什么缘故，不受人待见，人家也不和他交往。”两人彻头彻尾攻击阿民。

消防水缸姑且说到这里，下面往白色浴汤那边看看。这里人也多得一塌糊涂。与其说人进浴汤，莫如说浴汤进人更为恰当。而且他们全都那么从容不迫，一直有进来的，却没有出去的，一个也没有。进来的人这么多，而又一星期才换一次水，难怪这么脏——我感叹着继续放眼浴池：苦沙弥先生被紧紧挤在左边角落，红头涨脸蹲伏不动。可怜！要是有人给让出空儿来就好了。然而看情形谁也不肯动，主人也看不出有出去的意思，只是老老实实且越来越红。何其辛苦！想必是出于最大限度发挥这两分五厘作用的精神才任凭全身发红也不出来的吧？再不赶紧出来难免热晕过去！效忠主人的我辈在窗框这里深为担忧。

这时候，同主人隔一人相邻的一个人皱着八字眉说：“这可有点太烫了,脊背烫得一剜一剜似的。”暗暗寻求同列怪物的同情。

“哪里,正好不凉不热。药浴见效,非这个热度不可。我老家比这个要热一倍,照样下。”有人自豪地慷慨陈词。

“这个药浴到底对什么有效呢?”一个折起毛巾遮住凹凸不平的脑袋的家伙向大家问道。

“有效的地方多着呢,对什么都有好处。厉害着咧!”这么说的是一个兼具瘦黄瓜之色之形的面孔的持有者。既然这药浴如此有效,他也该多少壮实些才是道理。

“同放药之初相比,第三天或第四天再好不过,今天正是进的时候。”一个一脸无所不知神气的人说道。

一看,是个虚胖子,想必脂肪太多了。

“喝也有效的吗?”不知从哪里有人发出娇里娇气的语声。

“晾凉之后喝上一杯再睡,居然不用起来小便。啊,试试看!”这么回答的,听不出是哪张脸发出的声音。

浴池说到这里,再看地板间。扫视之下,多着咧多着咧无法入画的亚当们齐刷刷列成一排,姿态千奇百怪,随意搓洗各个部位。其中最让我吃惊的是两个亚当,一个仰脸躺着打量高高的天窗,一个趴着往水沟里盯视。这对亚当相当悠闲。还有一个和尚面对石墙蹲下,马上有个小和尚从身后不断为之拍肩。估计是师徒关系,徒弟代替搓澡工。也有正式搓澡工,估计得了感冒,这么热还穿一件坎肩,从椭圆形桶中哗一下子往客人肩上浇水。看其右脚,大脚趾那里夹着一块搓污垢的粗绒布。再看这边,一个贪婪地怀抱三个小桶的家伙一边吩咐旁边的人打香皂打香皂,一边说个没完没了。在说什么呢?仔细一听,说的这等事:“洋枪是从外国进来的。过去光知道打打杀杀。外国人胆小如鼠,就鼓捣出了那玩意儿。好像不是中国的,仍像是西洋的。和唐内[①]那时候没有

① 和唐内:近松门左门《国姓爷会战》中的主人公“和藤内”,多写为“和唐内”,其原型为明末抗清英雄郑成功。澡堂浴客所言与此不符。

的。和唐内就是清和源氏[1]嘛！听说源义经从虾夷去满洲的时候，有个很有学问的虾夷人跟了过去。后来源义经的儿子攻打大明，大明吃不消了，就派使者来找三代将军，要求借三千兵马，而三代将军扣住那家伙不许回去——叫什么名字来着？反正是叫什么什么的使者——把那使者扣了两年，最后在长崎给他找了一个妓女，妓女生的孩子就是和唐内。使者后来回国一看，大明已被国贼灭掉了……”全然不知所云。

他身后有个二十五六岁阴沉着脸的家伙，呆愣愣一个劲儿往胯间撩水，看样子为一个肿包而苦恼。他身旁有个十七八岁的少年，一口一个你啦我啦眉飞色舞喋喋不休，估计是这附近的工读生。他旁边有一副奇特的脊背闪出，就像从屁股插进一根紫竹，脊梁关节历历可数。而且左右分别整齐排列着类似十六子棋的棋子的四个圆点。十六子棋有的已经红肿溃烂，正向周围扩展。这么依序写起来，要写的事实在太多，我辈这两下子连其一斑也死活形容不出。自己居然揽了一件麻烦事！正当我左右为难之际，入口处赫然出现一个身穿浅黄色棉质衣服的七十光景的和尚。和尚朝这些裸体怪物恭恭敬敬施以一礼，一气呵成地说道：“呃，多谢各位天天惠顾。今天略有凉意，敬请在这白汤里慢慢出入，尽情受用。掌柜的，一定看好凉热！”

掌柜的应道：“好——咧！”

和唐内对老和尚大为赞赏：“真是和蔼可亲啊！不这样也做不成买卖的哟！”

忽然遇见这与众不同的老爷子，我辈多少有些吃惊，记述姑且告一段落，往下专心观察老爷子。少顷，老爷子见得一个刚刚出水的四五岁男孩儿，招手道：“小少爷，请这儿来！”

小孩儿看见这个仿佛一脚踩上豆馅团子的老爷子，大概心里

---

① 清和源氏：始于清和天皇之孙源经基。

一惊,哇一声大哭起来。老爷子似乎略感意外,叹道:"哦,哭了?哭什么?给爷爷吓着了?噢,真是的真是的!"

无奈之下,忽然灵机一动,转而对小孩儿父亲说道:"噢,源先生!今天有点儿凉啊!昨晚溜进近江屋的毛贼真是蠢透了,把大门上的便门那里开了个四方洞,又什么也没偷成。可能是看见警察或巡夜打更的了!"老爷子不无怜悯地把毛贼大大嘲笑了一通。

而后又对一个人说:"哎呀哎呀够冷的啊!你们年轻,感觉不到多少。"只这老人一人怕冷。

我辈好一会儿都给老爷子吸引住了,把其他怪物忘了个精光,甚至局促地蹲伏不动的主人也从记忆中彻底消失。突然,有人在地板间正中发出很大的声音。一看,不是别人,正是苦沙弥先生。主人的语声大得异乎寻常,而且含糊不清,听起来不舒服——虽说这不是始于今日,但毕竟场合欠妥,我辈着实吃惊不小。仓促之间我辈做出鉴定:这完全是在热水中勉强长时间浸泡而虚火上升造成的。若仅仅是因为有病倒也无可指责,可是他尽管虚火上升但意识又显然十分清醒。这点只要说明他是因为什么出此怪叫的即可了然。他开始和一个微不足道而又不知天高地厚的工读生有失体统地吵架。

"你给我后退!往我的小桶里溅水可不行!"这么怒吼的当然是主人。

凡事都可以换个角度看,所以不必断定这声怒吼是虚火上升的结果。万人之中没准有一人解释为犹如高山彦九郎①怒斥山贼。当事者本人也可能以此意图逢场作戏。问题是既然对方不以山贼自居,那么就出不来预期结果。

工读生回过头来,老老实实应道:"我本来就在这里来着。"

这是很正常的回应,只有表示不愿后退这点不合主人心意。所以无论态度还是言语,都不至于被骂为山贼。哪怕主人再虚火

① 高山彦九郎:1747—1793,江户后期勤皇派,以极端尊王论与奇行闻名于世。

上升，对此也应心知肚明。但是，主人的怒吼并非出于对工读生位置本身不满，而是由于对两人刚才的表现来气——两人不像个少年样子，说话简直目空一切，自作聪明，使得一直听在耳里的主人火冒头顶。这么着，对方乖乖应答完了也还是不肯退到地板间。结果主人又吆喝起来："什么呀混小子，往人家桶里吧唧吧唧溅水怎么行？"

我辈也对两个小青年有些怨恨，此时心中叫了声快哉，却又觉得作为身为学校教员的主人的言行，未免不够稳妥。主人本来就是硬性子，硬得就像烧过的煤渣，就算已经焦头烂额，也还是硬得出奇。据说古时候汉尼拔[1]翻越阿尔卑斯山时，路正中有一巨石，行军无论如何都不方便。于是汉尼拔往这巨石上面浇醋焚烧，使之变软，而后用锯像切鱼糕一样把巨石锯开，部队得以顺利通过。而像主人这样泡进这般有效的药汤之中也无动于衷的人，我想也只剩浇醋火烤之法了。否则，纵使这等工读生有几百人上阵耗费几十年时间，主人的顽固也全然不为所动。

既然浮在这浴池里的、在这水龙头前横躺竖卧的是脱去文明人所必不可少的衣服的怪物团体，那么就不可能以常规常理约束他们，不妨听之任之。纵令胃在肺里坐镇、即使和唐内变成清和源氏、就算阿民再不可信任也未尝不可。可是，一旦离开水龙头上到木板间，就再也不是怪物了——他们要回到普通人生息的世间，要穿上文明所需要的衣服，因而必然采取与人相符的行动。

此刻主人脚踏之处是门槛，是介于水龙头和木板间之间的门槛，处于即将返回欢声笑语、八面玲珑的世界这一关键时刻。假如在这关键时刻也顽固得一如既往，那么顽固必定成了对于本人牢不可破的病症。既是病症，便不易矫正。依我辈愚见，治疗此病的方法只有一个，亦即请校长予以免职。倘若免职，顽固不化的主人

---

① 汉尼拔：Hannibal Barca（公元前247—前182），古代迦太基名将。曾翻越阿尔卑斯入侵意大利，大胜罗马军队。

必然流浪街头。流浪街头的结果肯定死于路旁。换句话说，免职对于主人乃是死之远因。主人固然喜欢生病，以病为乐，但死绝对讨厌。他只想在不至于死的范围内获取生病这种奢侈享受。因此，如若威胁说得此病症必死无疑，怯懦的主人笃定吓得浑身发抖。而一浑身发抖，我猜想病即不翼而飞。而若不飞，也就小命玩完。

无论多么傻气多么有病，但主人毕竟是主人。有诗人说"一饭重君恩"，猫也未必不为主人的景况担忧。[5] 恻隐之情充溢胸间，以致不觉之间为其走神，忽略了观察冲洗场那边。突然，有对着白汤浴池七嘴八舌叫骂的声音传来。莫非这里也有吵架？回头一看，柘榴口①那里怪物们蜂拥而至，寸地皆无。有毛的小腿、无毛的大腿蠢蠢蠕动，眼花缭乱。

[5]"一饭重君恩"语出《史记·范睢传》："一饭之德必偿，睚眦之怨必报。"

正值秋阳西垂，冲洗场至天花板之间沸沸扬扬到处弥漫着水蒸气。那些怪物的拥挤场景从中隐约可见。热啊热啊之声贯穿吾耳，或自左而右，或由右至左，在脑海里乱作一团。其声有黄色的有红色的有黑色的，纵横交错，混合成一种无可名状的音响，在澡堂内甚嚣尘上。只适合以混杂和迷乱加以形容，此外无话可说。我辈为这光景迷得如醉如痴，茫然伫立不动。片刻，哇哇之语达到混乱的极致，就在已然寸步难移之时，突然，如此拼命推来搡去拥挤不堪的人群中霍然立起一条大汉。身高比其他先生明显高出三寸之多。不仅如此，不知是脸上生了胡须，还是脸位于胡须之中——那张红脸膛向后一仰，以烈日下敲破锣般的声音叫道："压火快压火！热太热了！"

惟独这语声和他的脸膛卓然高于那般难解难分的众生之上。那一瞬间，几乎以为整个澡堂只有此君一人。超人！尼采的所谓超人，魔中大王，怪物首领。正这么想着，有人在浴池后面应道："好——咧！"哦？再次往那边投以视线，但见影影绰绰模糊不清

① 柘榴口：江户时期澡堂的冲洗场和浴池之间的出入口。

的场上，那个坎肩搓澡工正将一大块煤狠命甩进炉膛。当煤块钻进炉门哔哔剥剥发出响声时，搓澡工半边脸赫然闪亮，其身后的砖墙在昏暗中如燃烧一般发出光来。

我辈多少有些害怕，赶紧跳下窗口回家。路上边走边想，脱去长褂、除却裤衩、解掉裤裙而力求平等的裸体众生中，又有裸体豪杰出来力压群小——就算赤身裸体，平等也绝不可得。

回家一看，天下太平。主人正光闪闪晃动着刚出浴的脸庞吃晚饭。瞧见我辈从檐廊跳上来，说道："好悠闲的猫啊！刚才去哪里走动了？"

往桌上一看，没什么钱却摆出了两三盘菜。其中一盘有一条烤鱼。鱼名叫什么自是不知，不过定是昨天在御台场一带打捞的无疑。倒是说鱼壮实来着，可是再壮实也经不起又烤又炖，还是体弱多病以求苟延残喘为妙。如此思忖着坐在桌旁，装出一副视而见又视而不见的样子，寻找可乘之机以捞点什么。不懂如此装法的就休想吃到好东西，必须死心塌地。主人戳了一下烤鱼，以仿佛说不好吃的神情放下筷子。坐在其对面的夫人同样默默上下挪动筷子，专心研究主人上下颚离合开闭的情形。

"喂，打一下猫的脑袋！"主人突然请求夫人。

"打一下又怎么？"

"怎么也不怎么，打一下看！"

就这样子？夫人用手掌拍一下我的脑袋，不痛不痒。

"没听它叫嘛！"

"呃。"

"再来一次试试。"

"多少次不也是一回事！"夫人又用手掌啪一声打来。还是没怎么着，兀自一动不动。问题是，这是为了什么呢？深谋远虑的我辈实难理解。若能理解，总有办法可想，但因只说打一下，打的夫人为难，被打的我辈困惑。主人因为两次都不如意，多少有些焦急:“喂,打出叫声来嘛!”

夫人以不耐烦的表情问:“叫又怎么样?”边问边啪一声又来一下。如果明白对方用意,倒也没什么,叫一声即可满足主人。而主人愚蠢到如此地步,心中不觉生厌。若让我叫,何不早说!说了即可免除一而再,再而三的麻烦,我辈也无需挨打两三遍而只消一遍即可了事。只是,打一下这个命令,不应用于以打本身为目的以外的场合。打是对方的事,叫是此方的事。若一开始就预料叫而下令打,以为这一命令中甚至含有本应由我方任意决定的叫,这样的想法可谓失礼之至——不尊重他人的人格,把猫当傻瓜。若是主人像讨厌蛇蝎一般讨厌的金田君倒可能做得出,而作为以裸体自夸的主人则相当卑劣。但实际上主人并没有猥琐到这个程度。所以我以为主人的命令并非出自老奸巨猾,而是类似智慧欠缺之处涌出的孑孓那类的东西。吃了饭肯定鼓肚,割了口肯定出血,杀了人肯定死掉。所以,打一下肯定叫唤——如此判断似乎顺理成章。但是抱歉,未免不合逻辑。按这一条路子推论,掉进河里必然丧命,吃了炸虾必然泻肚,领了工资必然出工,看了书必然出息——倘如此必然下去,若干人就会为之心有不爽。及至以为打一下非叫不可,对我辈就是个麻烦。倘与目白时钟[①]被他一视同仁,生而为猫就白生了。我辈先在肚子里将主人如此挫败,而后“喵——”来一声猫叫,让他如愿以偿。

这么着,主人面对夫人问:“刚才叫了,‘喵——’这个声音,你知道是感叹词还是副词?”

因为实在问得突然,夫人一声不应。说实话,我辈也认为这可能因了主人尚未从澡堂热昏中清醒过来。左邻右舍之间,这位主人本来就是中西合璧的怪人,实际上也有人断言必是神经病无疑。然而主人自信出类拔萃,坚称自己不是神经病,世上的家伙才

① 目白时钟:东京小石川区(现文京区)目白不动堂(新长谷寺)的自鸣报时钟。

是神经病。倘附近有人称其为狗狗，为维持公平起见，主人必呼彼等为猪猪。主人似乎存心要将公平实际维持到底。伤透脑筋！正因如此，向夫人发此奇问，对于主人或许是无足为奇的家常便饭，但从听的人看来，分明是近乎神经病之人才说得出来的话。因此，夫人一头雾水，默不吭声。我辈当然无从应答。

这一来，主人忽然一声大吼："喂！"

夫人愕然应道："嗳！"

"这'嗳'是感叹词还是副词？是哪个？"

"哪个？那种傻里傻气的事岂不怎么都无所谓？"

"无所谓？这可是当下支配国语家脑袋的重大问题！"

"哎呀呀，是指猫的叫声？烦死人了。你也不想想，猫的叫声本来就不是日语嘛！"

"正因为这个，才是一大难题。这叫比较研究。"[6]

[6]"主人"做的比较研究实在无趣。

"噢——"夫人机灵，不介入这般傻气的问题，"那么，是哪个可弄明白了？"

"重大问题，不能急于求成。"主人大口小口吃那条烤鱼。又顺手吞食旁边的芋头猪肉翻搅煮。

"这是猪肉吧？"

"嗯，确是猪肉。"

"哼！"主人以甚是不屑的神气吞了下去，"酒再来一盅！"随即递出酒盅。

"今晚够能喝的了。脸可是相当红了！"

"喝！……你可晓得世界上最长的字？"

"呃，是过去的关白太政大臣①吧？"

"那是名字。长字可知道？"

"字？横写的字？"

① 关白太政大臣：藤原忠通（1097—1164），平安后期歌人，书法家。作为"法性寺入道前关白太政大臣"名列《小仓百人一首》作者之间，被视为古来最长名字。

“唔。”

“不知道。……酒可以了吧？该吃饭了，嗯？”

“不，还喝！最长的字教给你可好？”

“好好，教了可得吃饭哟！”

“Archairomelesidonophrunicherata.”

“瞎编的吧？”

“哪里是瞎编？希腊语。”

“什么意思呢？换成日语。”

“意思不知道，只知道拼写。写长了，能写出六寸三分。”

把别人理应在酒桌上说的话说得一本正经，堪称奇观。不过大喝特喝仅限今晚，平时喝两盅为止，今晚喝了四盅。喝两盅都红得非同一般，翻了一番，脸红得活像烧红的火筷子，看上去相当难受。然而仍不罢休：“再来一盅！”

因为太过分了，夫人沉下脸来：

“差不多可以了吧？白白落得个难受！”

“哪里，难受往下也得练练。大町桂月[①]叫我多喝！”

“桂月是谁？”鼎鼎有名的桂月碰上夫人也一文不值。

“桂月如今是一流批评家。既然他叫喝酒，必有好处。”

“傻话！桂月也好，梅月也好，难受也非喝不可？多管闲事！”

“不光喝酒，还让我交际、风流、出游。”

“那不是更糟？那样的人还是一流批评家，让人目瞪口呆。居然劝有妻子的人风流……”

“风流也不坏嘛！只要有钱，桂月不劝也没准风流风流。”

“没钱是福气啊！往后你要是风流起来，那可不得了！”

“既然说不得了，那就免了。不过你可要拿丈夫多少当回事，晚上多来点好吃的！”

① 大町桂月：1869—1925，诗人、随笔家、评论家。

“这已经练出浑身解数了。”

“或许。那好，风流一事等以后有钱进来时再说，今晚就不再喝了。”说着递出碗去。好像一连吃了三碗茶泡饭。我辈当天夜里捞得三片猪肉和烤鱼头。

第八章

解释巡篱运动时，本打算说几句围绕主人院子的竹篱的事，不过若以为竹篱外马上就是邻居即南邻次郎哥儿，那就误解了。虽说房租便宜，但苦沙弥毕竟是苦沙弥先生，不至于和蠢太郎哥儿啦次郎哥儿啦等名字带哥儿的那类人隔一道薄篱为邻并且亲密交往的。这篱笆外是三四丈宽的空地，尽头处郁郁葱葱并立着五六棵扁柏。从檐廊看去，对面是一片树林，住在这里的先生感觉上俨然住在野地中独门独院的房子里以无名猫为友打发日月的江湖处士。只是，扁柏树并不如吹嘘的那般茂密，所以从其空隙可以清楚看见一座名叫“群鹤馆”的——名字固然气派，实为廉价出租屋——屋顶。不用说，由此想像对方十分不易。不过，既然出租屋是“群鹤馆”，那么先生之居确有卧龙窟的价值。命名无需纳税，随便各自取个煞有介事的名字即可。

这块宽四五丈的空地沿着竹篱伸展，东西长七八丈。而后很快拐弯，把卧龙窟的北面整个围住。这北面乃是多事之源。按理，走出空地又是空地，胆大妄为也好什么也好只管包围主人房子两侧就是。卧龙窟主人自不待言，就连灵猫的我辈也为这片空地颇伤脑筋。一如南侧有扁柏树大耍威风，北侧有七八棵梧桐树列阵以待。直径已有一尺多了。倘把木屐店的人领来，能卖一个好价。但租房客的可悲之处就是，哪怕再有此念也无法实施。我辈也为主人感到惋惜。

日前学校的工友来砍走一条树枝，而下次来时就穿了一双新木屐，说是上次砍的树枝做的——本来没人问却自我吹嘘。狡猾的家伙！对于我辈及主人一家来说，梧桐固然有，却一文不值。据闻有古语说“怀玉有罪”，这里应该说“守着梧桐而一文不名”，即所谓“端着金碗要饭吃”。[1] 愚蠢的不是主人，不是我辈，而是房东传兵卫。梧桐树都在催了：“在吗在吗木屐屋在吗？”而房东却佯装不知，只知道来收房租。我辈对传兵卫无怨无恨，他的坏话说到这里为主。下面言归正传，介绍一下这空地乃多事之源方面的奇闻逸事，但决不可告诉主人，哪说哪了。

[1]“怀玉有罪”语出《春秋左氏传》：“匹夫无罪，怀璧其罪。”

说起来，这块空地最不方便的是没有围墙。风吹来刮去，畅通无阻，乃天下第一空地。说有围墙则像是说谎，说谎不好。据实以告，曾经有过。可是，事情必须回溯以往，否则便弄不清起因。而若弄不清起因，医生也不知如何下药。所以要从搬来之初慢慢道来。空地通风也好，夏天清爽宜人。疏忽大意也无所谓，没钱的地方不可能被盗。因而，所有围墙、篱笆及至梅花桩、鹿砦等，主人家概不需要。但我认为这恐怕是取决于空地对面栖居的人或动物的种类的问题。因此，要处理好这一问题，势必澄清列阵于对面的君子的性质。是人是动物还不清楚就称之为“君子”，似乎过于性急，但，是君子这点大体不会有错。世上有“梁上君子”之说，甚至毛贼都可称为君子。不过，这种场合的君子绝不是找警察麻烦的那类君子。警察麻烦诚然不找，但其数量优势不可小看，许许多多，熙熙攘攘。号称“落云馆”的私立中学，为将八百君子培养成响当当的君子，每月征收学费两元。既然名为“落云馆”，难免认为清一色君子，其实错就错在这里。其不可信用之事，同“群鹤馆不落鹤”“卧龙窟有猫”并无二致。既已知晓苦沙弥君这种疯疯癫癫之人，那么理应懂得落云馆的君子并非全是风流倜傥之士。如若宣称不解，就来主人家住上三天好了。

如前所述，搬来此处当初，那片空地没有围墙，于是落云馆的君子犹如人力车夫家的老黑蹑手蹑脚钻进梧桐树林，聊天，吃自带午饭团，在细竹上面东倒西歪，如此不一而足。这还不算，又把包饭团的尸骸如竹叶、旧报纸以及旧草鞋、破木屐等大凡称为破烂之物统统扔在这里。麻木不仁的主人意外处之泰然，并未表示抗议。至于是不知道还是知道也无意追究，就无由知晓了。不料，彼等各位君子随着在校接受教育，看上去渐渐有了君子风度，逐渐从北侧往南侧“蚕食”而来。倘“蚕食”之语与君子不相吻合，弃之亦可。但此外别无用语。他们犹如逐水草而居的沙漠居民，离开梧桐朝扁柏进军。有扁柏之处即是主人家客厅的正面。若非相当大胆的君子，不可能采取如此行动。一两日后，他们的大胆更加大了，成了大大胆。

再没有比教育结果更可怕的了。他们不仅兵临客厅的正面，而且在正面唱起歌来。唱的什么歌倒是忘了，反正绝不是三十一字[①]之类，而是更为热闹、更容易进入俗耳的歌。吃惊的是，不但主人，就连我辈也为彼等君子的才华叹服有加，不知不觉侧耳倾听。不过读者也想必理解，叹服一事和烦扰一事有时是可以两立的。二者此时不谋而合、合而为一，这点至今想来也不胜遗憾之至。主人想必也很遗憾。但也有两三次不得不从书斋飞奔而出把他们撵走：“这里不是你们进的地方，出去！”但毕竟是有教养的君子，不可能因此乖乖就范。撵走又很快进来，进来就起哄唱歌、高声谈笑。而且，因是君子谈话，别具一格，一口一声“你小子”“去你的”。据说这种话在明治维新前属于“折助”“云助”“三助”[②]的专门知识，而在进入二十世纪之后却成了有教养的君子学的唯一语言。有人解释说这和过去为一般人蔑视的运动如今变得如此受欢迎是同一现象。

主人又从书斋一跃而出，逮住一个最为擅长君子术语的君子质问为什么进到这里来？君子转眼忘了“你小子”“去你的”等上流语言，而以颇为低俗的话语答道：“我以为这是学校的植物园。”主人提醒他以后注意，把他放了。说放了有些好笑，好像是放了乌龟。其实主人是抓住他的袖子谈判来着。主人以为软硬兼施说了

① 三十一字：由五句三十一字（音）构成的和歌（短歌）。

② “折助”“云助”“三助”：意为武士家丁、轿夫（脚夫）、搓澡工。

这么多应该可以了，然而自女娲时期开始就事与愿违，主人又失策了。这回从北边横穿院落由正大门出去——“咣啷”一声开大门，以为有客人来了，随即听得在梧桐树那边响起笑声。形势愈发不稳，教育功效愈发显著。

可怜的主人深感棘手，而后退回书斋，彬彬有礼地向落云馆校长奉上一书，恳求其略加管教。校长也郑重回书主人，请主人稍候，马上修墙。不久来了两三个工匠，半日之间即在主人院落与落云馆交界处修起高约三尺的格子篱笆。于是主人终于转忧为喜，放下心来。主人乃是蠢货，君子的举动不可能因此就有所改变。

说到底，捉弄人是一种乐趣。甚至猫辈如我都时不时以捉弄我家小姐为乐。落云馆的君子捉弄迂腐的苦沙弥先生实属理所当然。为此愤愤不平的，恐怕唯有被捉弄者本人。解剖捉弄人的心理，当有两个因素：其一，被捉弄者必须不是平心静气满不在乎；其二，在势力上人数上捉弄者必须强于对方。近来主人从动物园回来赞不绝口地说起一件事来。细听之下，原来是旁观骆驼和小狗打架。小狗在骆驼四周疾风一般回旋着吼叫，骆驼则全然不以为意，耸起脊背肉瘤稳稳屹立不动。不管狗多么狂喊乱叫也不屑一顾，以致最后狗落得个自讨无趣。主人笑道骆驼真个麻木不仁，而这正可谓捉弄的佳例。无论捉弄者多么乐此不疲，而若对象是骆驼，捉弄也不成立。话虽这么说，像狮子老虎那种过于强大的对手也捉弄不成。刚一捉弄，就被撕成八半。而若刚一捉弄对方就发怒，怒则怒，却对自己无可奈何，足可放心大胆——只有这种时候捉弄才是愉快多多的事。为什么这种事是个乐趣呢？理由各种各样。首先一个，适于打发时间。无聊时有人甚至想清点胡须根数。据说过去入狱的犯人中有一人因为过于无聊，就在墙上反复画三角形度日。人世间再没有比无聊更不堪忍受的了。如果没有能刺激活气的事件，活着是很难受的事。而捉弄就是制造刺激的一种娱乐。但是，倘不多少让对方发怒、焦躁、困窘就不成其为刺激，所以自古以来耽于捉弄这一娱乐之人仅限于两类：一是不懂别人心情的傻侯爷那样的百无聊赖者，二是除了自我安慰无暇考虑问题的大脑发育滞后，而且活力过剩的少年。

另一个原因，是捉弄乃是切实证明自己优势的最为简便易行的方法。杀人、伤人、陷害人固然也能证明自己的优势，但那莫如说是以杀人、伤人、陷害人为目的时所应采取的手段，自己的优势不过是作为实施这种手段后的必然结果而发生的现象罢了。所以，在一方面想显示自己的势力而另一方面又不想给人以如此损害的情况下，捉弄恰到好处。如果不多少给人以伤害，事实上就无以提供自己厉害的证据。而若不能作为事实表现出来，即便脑袋里释然而作为乐趣也意外之少。人总是自恃的，难以自恃的时候也要自恃。因此，若不在别人身上证明自己能够如此有恃无恐证明自己这样才心安理得就不甘心。尤其不明事理的俗物和实则无恃有恐的人，更要利用所有机会来获取这一证明。这和会柔道的人时常想把人扔出去是同一回事。正因为这样，柔道可疑分子才带着一种极为危险的念头在街上流窜——恨不得遇上比自己弱的家伙，哪怕遇上生手也好，总之想把谁扔出去，即使仅仅一次。

此外理由也有很多，但因为说来话长，这里决定从略。想细听就拿一盒松鱼干上门好了，随时都可告诉你。

参考以上说法加以推论，窃以为奥山的猴子[①]和学校的教师最适合作为捉弄对象。将学校的教师与奥山的猴子相比实在诚惶诚恐——不是对猴子惶恐，是对教师惶恐。但毕竟十分相似，只好相比。众所周知，奥山的猴子是用铁链拴着的。哪怕再龇牙咧嘴再呀呀咆哮，也无需担心被其抓挠。教师固然没有铁链拴住，但被工资拴住了。不管怎么捉弄都不怕，不至于辞职而对学生施以拳脚。倘有辞职的勇气，一开始就不会当教师来侍候学生。主人是教师。

① 奥山的猴子：奥山位于浅草公园北面，乃江户时期耍猴等杂技表演之地。

虽不是落云馆的教师，但仍是教师无疑。作为捉弄对象实为最佳人选。他无能至极，捉弄起来不费吹灰之力。落云馆的学生都是少年，捉弄别人可以显示自己高人一等，甚至认为作为教育的成果此乃理应要求的正当权利。况且，他们为这课间休息十分钟闷得发慌，若不捉弄别人，就不知如何使用这生机蓬勃的五体与大脑。一旦具备这些条件，学生们捉弄起来自然而然，主人自然而然受其捉弄。无论让谁说都是顺理成章的事。为此气恼的主人可谓迂腐之至，傻气透顶。往下我就逐一写一下，让诸位看看落云馆的学生是如何捉弄主人，主人的应对又是如何迂腐到极点的。

诸君想必知道格子篱笆是怎样一种东西。通风好，简便。我辈能够从格子中自由往来，所以修篱笆也好不修也好都无区别。但是落云馆的校长不是为猫修建格子篱笆的，而是为了不让自己培养的君子不钻过去而特意请工匠围起来的。不错，就算通风再好，人也不可能钻过去。要想从这用竹子编成的四寸格中钻出，即使清国①的魔术师张世尊②怕也无能为力。所以，对于人肯定是有足够的篱笆功能的。主人见其修成而欢欣鼓舞也在情理之中。然而主人的逻辑有个大漏洞，大得比篱格还大，乃是能漏掉吞舟之鱼的大洞。[2] 主人的欢欣来自“墙是不应翻越的”这一假定——毕竟是在校学生，哪怕墙再粗糙，但只要名之为墙而明确区域的分界线，也不必担心他们会胡乱闯入。主人轻率断定，即使这一假定被暂且推翻而出现了图谋闯入之徒，那也问题不大——这篱笆方格，就算个头再小也休想钻过。诚然，只要他们不是猫，就不至于钻过的四角格篱，想钻也不大可能。但是，翻越、跳越则全然不在话下。反倒成了体育运动，不亦乐乎！

[2]“吞舟之鱼”语出《庄子》。

篱笆修好的第二天，他们就和没修前同样扑通扑通跳来北侧

① 清国：我国的清朝。

② 张世尊：张世存。当年于东京浅草表演魔术，后归化日本。

空地。不过没有深入到客厅正面。如若有人来撵,逃起来需要时间——他们事先计算好了逃跑所需时间,而在没有被捉危险的地方往来游弋。至于他们在做什么,东厢房里的主人当然看不到。他们在北侧空地游弋的状态,只有打开小院门从相反方向拐个弯或者从茅房隔着篱笆才能瞧见,此外别无他法。从窗口望时,固然能够一目了然,无处藏身,但是,即使发现几个敌人也无法捉拿归案。只能从格窗里面大声吆喝。如果从小院门迂回攻入敌地,那么敌人一听得脚步声,没等捉住就扑扑通通撤回对面,一如朝海狗正晒太阳的地方开去的偷猎艇。

主人当然不可能在茅房里监视。话虽这么说,却又没有打开小院门一有动静就飞奔而出的打算。如果那样做,就非得当天辞职专意于此才能追上。说起主人方面的不利之处,一是从书斋里只闻敌声不见敌影,二是从窗口只见其影不能出手。敌人正因为看透这种不利才采取以下战术:探得主人困守书斋时,声嘶力竭地哇哇大叫,其中也有唯恐主人听不见的难听话。而且极力混淆声音出处,初听之下,很难判断是在篱笆内喧哗,还是在另一侧撒欢儿。如若主人出来,或逃之夭夭,或躺在另一侧佯装不知。另外,瞧见主人去茅房时——我辈刚才就一口一个茅房使用这污秽字眼,并不以此为荣,实际上心里也实在过意不去。但在描述这场战争上面别无选择,实属迫不得已——必定在梧桐树附近徘徊,故意让主人瞧见。如果主人在茅房里以惊动四邻之声大吼大叫,敌人亦无惊慌之色,悠然撤回阵地。一旦用此战术,主人甚是狼狈。而若认定敌人进来拎杖出门,顿时四下寂然空无一人。以为无人而从窗口窥看,又必有两三人进来晃动。主人绕去后院也好从茅房监视也好再次跑到后院也好一再说什么也好,反正一切周而复始,主人因之疲于奔命,虚火上升,险些搞不清是教师是本职还是应战是正事。及至火冒到极点,便发生如下事件。

事件大体是由大动肝火引起的。如字面所示,虚火上升,乃虚火太盛之故。事关这点，无论盖伦①还是帕拉塞尔苏斯②抑或腐儒扁鹊，都不持异义。问题是上升到什么地步。为什么上升也是议论的焦点。依据古来欧洲人的传说，吾人体内有四种液体循环。第一个家伙称为“怒液”，一旦逆向上升，就要发脾气；第二名之为“钝液”，它一上蹿，神经就要变得迟钝；其次为“忧液”，使人忧郁；最后是“血液”，使人四肢强健。后来随着人文的发展，钝液、怒液、忧液不觉消失，至今惟血液仍循环已。因此，若有人虚火上升，估计上升的只能是血液。而血液的多少各有定量。因性情多少有所增减，但基本上每人五升五合左右。因而，如若这五升五合逆向上升，所上之处势必活动剧烈，其他部位则感不足而变凉。正如火烧派出所时所有警察都往警察署集中，街头荡然无存。若从医学上诊断，那也堪称“警察虚火上升”。[3]这样，为使之平复下来，就必须将血液像原来那样平均分配给体内各个部位。为此必须把上升的家伙拉下来。做法多种多样。如今已为故人的主人的先君据说曾以湿毛巾敷头并以被炉烤脚。一如《伤寒论》③所云：“头寒足热乃延命息灾之征。”否则，尝试和尚惯用手段亦可。居无定所的沙门云水行脚衲僧④必以树下石上为床。树下石上并非为难行苦行，而纯粹是六祖⑤春米当中想出的下火秘法。坐在石头上试试，屁股变凉是理所当然的吧？屁股变凉，虚火自然下降，此乃自然顺序，毫无怀疑的余地。如此这般，千方百计琢磨出了种种下火方法。然而促使虚火上升的良方仍未想出，诚为憾事。概而思之，虚火上升乃有害无益的现象，但有时候不能草率地一概而论。有的职业，虚火难得可贵，倘不上升则一事无成。其中尤其注重虚火的是诗人。诗人需要虚火，一如轮船不可缺煤，供给哪怕中断一日，诗人

[3]1904年9月5日日本民众因战争结束时缔结的波茨曼条约而火烧多处派出所。

① 盖伦：Galen（129—199），希腊名医，曾任罗马皇帝御医。

② 帕拉塞尔苏斯：Philippus Aureolus Paracelsus（1493—1541），瑞士名医，科学家，文艺复兴时期代表性医师。

③《伤寒论》：我国古代医书，成书于后汉建安年间，晋代增补之。

④ 衲僧：尤指禅僧。

⑤ 六祖：我国第六代禅宗祖师慧能（638—713）。

即刻沦为除了拱手吃饭别无所能的凡夫俗子。不过,虚火上升乃发狂的别名。而若说不发狂家业便无以为立,毕竟名声不好,故其同伙之间不以虚火上升称之,而一致神乎其神地称为 inspiration[①]、inspiration。此乃他们为欺世盗名制造出来的名称,其实正是虚火上升。柏拉图偏袒他们,称之为神圣的狂气。然而,无论多么神圣,而若是狂气,人们也不买账。所以我想,还是取 inspiration 这样一个仿佛新发明的药品名字的称呼对他们有利。可是,一如鱼糕用料是山芋、观音雕像为一寸八分的朽木[②]、鸭肉面用的乌鸦肉、寄宿人家的牛肉火锅是马肉, inspiration 也实则是虚火上升,不外乎临时性发狂。所以没去巢鸦[③]住院,无非因是临时性的罢了。不过,制造这临时性发狂并非易事。终生狂人反而容易,但唯独执笔伏案之间发狂,即使无所不能的神明也似乎相当吃力,轻易制造不出。既然神明不予制造,那么只好自力更生。这么着,古往今来,这虚火上升之术也和虚火消除之术同样使得学者大伤脑筋。有人为获得 inspiration 而每天吞吃十二个涩柿子。起因来自这样一个理论:吃涩柿子就便秘,便秘必虚火上升,又有人拿着酒壶跳进铁筒浴缸,以为在热水中喝酒必然虚火上升。依照此人之说,如果此招不灵,就把葡萄酒煮烧成洗澡水,跳进去定然立竿见影,如此坚信不疑。可怜的是,此人因为没钱而终究无法实行即了此一生。

最后还有人忽生一念:倘模仿古人,当有 inspiration 产生。这应用的是若效仿某人言行举止即可使心境与其相似的学说。假如像醉鬼那样醉话说了没完,不知不觉之间就会产生酒徒般的心情;坐禅时倘能耐着性子静等一炷香燃尽,感觉上就好像自己成了和尚。所以,如若模仿古来天授 insipration 的名家风范,必定虚

① inspiration:英语。灵感、灵气,圣灵。

② 观音雕像为一寸八分的朽木:东京浅草寺的观音像本尊据传为"一寸八分"。

③ 巢鸦:东京府巢鸦病院,位于东京小石川区(现文京区),收容精神病患者。

火上升。据闻雨果[①]曾躺在快艇上思考文章主题。所以，乘船凝视晴空，保准虚火上升。听说斯蒂文森[②]趴着写小说。因此伏身执笔笃定血冲头顶。如此这般，种种样样的人琢磨出了种种样样的名堂，然而谁也没有成功。在当今情况下，人为促使虚火上升基本无从谈起。遗憾，但无可奈何。毫无疑问，迟早有一天会等来任意启动 inspiration 之时——为了人文发展，我辈也由衷期盼那一时机早日到来。

关于虚火上升的阐述，这个程度应该差不多了，往下得真正介入事件本身。但是，举凡大事件发生前必有小事件发生。只叙述大事件而忽略小事件是古来史家经常陷入的弊窦。主人的虚火上升也因小事件的纷至沓来而变本加厉，以至引起大事件。这样，倘不多少梳理顺序讲述，势难理解主人是如何虚火上升的。而若难以理解，主人的虚火上升就变得有名无实，或被世人小瞧其不过尔尔也未可知。好不容易虚火上升一回，倘不为世人欢呼喝彩，难免垂头丧气。下面讲述的事件，无论大小，对于主人都不是光彩事。既然事件本身谈不上光彩，那么至少想以此证明主人的虚火上升乃是真正的虚火上升，而绝不亚于任何人。主人不具有足以向他人特别夸示的性格。倘若虚火上升也不炫耀一下，此外就没有值得费力书写的素材了。

落云馆聚集的敌军近日发明了一种达姆达姆弹[③]，在十分钟课间休息时间或放学后朝北侧空地大肆开火。这达姆达姆弹一般称之为球球，以大研磨棒那种东西随时随地向敌阵发射。哪怕再是达姆达姆弹，毕竟是从落云馆发射，也不可能射中窝在书斋里的主人。敌人也不至于意识不到弹道实在太远了，不过是一种战术罢了。据说在旅顺战役中由海军间接发射而奏奇效，那么虽说是

① 雨果：Victor Hugo（1802—1885），法国作家、小说家、剧作家。

② 斯蒂文森：Rober Louis Stevenson（1850—1894），英国小说家、诗人。

③ 达姆达姆弹：枪弹的一种。射中后在体内爆炸，1989 年和平会议禁示使用。

滚落空地的球球,也未必收不到相应效果。何况每射一发他们就动员所有军力“哇”一声来个恐吓性大叫。作为惊吓结果,贯通主人四肢的血管不得不收之缩之。百般烦闷之下,在那里走投无路的血液理应逆向上升。敌计可谓十分巧妙。

据闻古时希腊有个叫埃斯库罗斯①的作家,此人长有一颗学者、作家共通的脑袋。我辈所说的学者、作家共通的脑袋乃是秃脑瓜儿之意。若说脑瓜儿为什么秃了,必是因为营养不良以致没有足够的活力促使头发生长。学者、作家脑瓜儿用得最多,一般都极度穷困。所以他们的脑瓜儿统统营养不良,统统光秃秃的。[4]那么,埃斯库罗斯也是作家,秃乃自然之势。他有一颗光溜溜纯然金橘般的脑袋。问题是,这位先生有一天晃动着那颗脑袋——脑袋既无外出衣裳又没有家常服装,笃定光秃秃的——摇来晃去在阳光照耀下上街行走,此乃错误之源。秃脑瓜儿被太阳一照,从远处看去,简直光闪闪炫目耀眼。树大招风,秃脑瓜儿也必然招什么。此时埃斯库罗斯头上有一只大雕盘旋。一看,爪尖抓着一只不知在哪里捕得的乌龟。乌龟、王八之类虽是美味佳肴,但自古希腊时期开始即带有硬壳。哪怕再是美味佳肴,而若带壳也奈何不得。对虾固然有带皮烤这道菜,可是带壳炖乌龟甚至今天也没有,那时当然没有。

[4] 猫眼里的作家大都穷困,此乃自嘲。

正当这君临天下的大雕也略感无奈之时,遥远的下界有什么倏尔一闪。大雕欣然想道:若把乌龟摔在那闪光的物件上,龟壳必碎无疑。碎了再落下食肉即可。如此打定主意之后,一声招呼也不打就把那只乌龟从高处朝脑袋上摔将下去。偏巧作家的脑袋比龟壳软,结果秃脑瓜儿变得七零八落,有名的埃斯库罗斯在此死于非命。这个姑且不论,难解的是大雕的主意——是明知那个脑袋是作家的脑袋而摔落乌龟的呢,还是误以为是光滑的石头而

① 埃斯库罗斯:Aeschylus(公元前525—前456),古希腊悲剧诗人。

摔落的呢？由于答案的不同，既可以将落云馆之敌同这大雕加以比较，又不可相提并论。

主人的脑袋不如埃斯库罗斯的脑袋，也不如声名赫赫的学者脑袋那般闪闪发光。可是毕竟控有号称书斋的一室——尽管只有六张榻榻米大小——即使打瞌睡也把脸伏在高深莫测的书本上，所以必须视为学者、作家的同类。这样一来，主人脑袋的没有变秃，便是因为尚不具有变秃的资格。而不久的将来变秃恐怕即是降临其头上的命运。由此观之，必须说落云馆的学生瞄准这颗脑袋集中发射那种达姆达姆弹也是最合时宜之计。倘若敌人将此行动持续两个星期，则主人的脑袋必因惊恐与烦闷趋于营养不良，而有金橘、药罐或铜壶之变。若再吃枪弹两个星期，金橘肯定分崩离析，药罐势必土崩瓦解，铜壶无疑裂纹密布。尚未预想这想而易见的后果、煞费苦心和敌人战斗到底的，单单苦沙弥先生本人。

某日午后，我辈照样去檐廊午睡当中，梦见自己成了老虎。喝令主人拿鸡肉来，主人诺诺连声拿了过来。因迷亭来了，遂对迷亭说想吃大雁，喝令他去雁锅[①]买来。迷亭依旧信口开河，说要是和腌芜菁、椒盐饼一起吃，雁肉更有味道。我张开大嘴"嗷"一声吼吓，迷亭当即脸色铁青，说："山下的雁锅已经关门大吉，这可如何是好！"

"那么就用牛肉凑合吧，快弄一斤牛里脊来！再不快点就拿你开吃！"这么一说，迷亭赶紧掖起衣襟跑了出去。由于身体陡然变大，我辈把整个檐廊都躺满了，静等迷亭回来。正等着，家中忽然响声大作，快到嘴的牛里脊没吃成就醒来回归原形。[5]

[5] 运用夸张手法，写"我"的贪吃。

一看，刚才还意外在我辈面前战战兢兢低声下气的主人突然从茅房蹿了出来，朝我辈的侧腹猛踢一脚。惊愕之间，忽见他蹬上木屐从小院门拐弯朝落云馆那边飞奔而去。我辈因为从老虎

① 雁锅：东京上野公园东南面有名的鸡鸟风味餐馆，《我是猫》发表翌年 1906 年停业。

急剧缩而为猫，总觉得有些难为情，也感到好笑，但目睹主人的气势，加之被踢侧腹之痛，当即把老虎忘个精光。并且心想主人终于出马与敌交战，有好戏看了！于是慕追其后赶去后门。与此同时，听得主人吼道："毛贼！"细看，一个头戴校帽的十八九岁身体魁梧的家伙正往那边翻越格子篱笆。以为来不及了，不料那个校帽以奔跑架势朝根据地那边如韦驮天[①]一般逃去。因这声"毛贼"大获成功，主人又高叫"毛贼"追赶过去。可是为了赶上敌人，主人必须翻越篱笆。而一旦深入，主人本人难免成为毛贼。前面说了，主人是地地道道的虚火上升分子。既然如此乘势追击毛贼，那么即便夫子本身沦为毛贼也要追下去。看样子他全无鸣金收兵之意，一直追到篱笆根下。就在他只要向前一步就踏入毛贼领地那千钧一发之际，敌阵中杀出一个颓然蓄着小胡子的将领，两人隔着篱笆就什么谈判。一听，原来是以下无谓之论：

"那是本校的学生。"

"既是学生，为何入侵他人宅院？"

"啊，因为球一下子飞了过去。"

"为什么不打个招呼再来取？"

"往下一定好好提醒。"

"那好吧！"

本以为会是龙争虎斗的壮观谈判场景，却以如此散文诗式的交涉匆匆了结。壮观的只有主人的气势。而到了关键时刻，却总是这么草草收兵，场景俨然我辈从虎梦中遽然回归猫身。我辈所说的小事件即是此事。小事件记述完了，作为顺序无论如何都必须宣讲大事。

主人打开客厅隔扇，趴着思索什么，恐怕是在研究御敌之策。看情形落云馆正在上课，运动场意外安静。不过，在校舍一室讲的

① 韦驮天：佛教的守护神、增长天王八将之一，在寺院中被尊为护法神。以善跑闻名。

伦理课声声可闻。听教师以琅琅之声慷慨陈词,绝对是昨天敌阵中出马担任谈判要务的将军。

“……公德事关重大。去那边一看,法兰西也好德意志也好,抑或英吉利也好,无论去哪里都没有不注重公德之人。即使贩夫走卒,也无不注重公德。可悲啊!而我日本,在这点上至今仍不能同外国分庭抗礼。每当说起公德,或许诸君当中就有人认为是新近从外国引进的东西,而那么认为是大错特错的。古人也说:‘夫子之道一以贯之,忠恕而已矣。’所谓‘恕’,无须说,即是‘公德’的出处。我也是普通人,有时也想大声歌唱。但是,当我学习时听得隔壁之人引吭高歌,看书无论如何也看不进去。此乃天性使然。因此,甚至当我觉得若能高声朗诵《唐诗选》必定心中大快之时,假如邻居有人像自己这样受不了,我也会心中有愧,避免不觉之间打扰别人——在这种情况下我总是克制自己。因此诸君也要尽量遵守公德,绝不要做可能妨碍别人的事……”

主人侧耳倾听这堂课。听到这里,不禁莞尔。有必要解释一下莞尔之义。玩世不恭的老手读了,想必觉得莞尔的背后含有冷嘲热讽意味。但主人绝不是那种居心不良之人。与其说他居心不良,莫如说他这人智力并没有那么发达。若说为什么莞尔,那完全是因为高兴。既然伦理教师给予如此痛切的训诫,那么以后肯定永远免受达姆达姆弹的齐扫乱射,脑袋也不至于光秃。纵使虚火上升一时康复不了,只要时机一到也会渐次平复。就算不敷湿毛巾、不把双腿伸进被炉烘烤、不以树下石上为床,也应问题不大——因为做了如上判断,所以不禁莞尔。一门心思以为即使二十世纪的今天借钱也必须偿还的主人,认真听这堂课实属理所当然。

不久似乎下课时间到了,讲课声戛然而止。其他教室的课也同时结束。于是,一直被密封在教室里的八百好汉哗然奔出建筑物。就其势头而言,就好像捅掉一尺多高的马蜂窝一般。嗡嗡,哇哇，从窗口、从拉门、从对开门——从大凡开洞的地方毫不犹豫地争先恐后一跃而出。[6]此乃大事件的发端。

[6] 比喻形象生动。

先从马蜂阵势讲起。哪位要问这样的战争哪里还需要什么阵势？此言差矣。只要一提战争，一般人想到的不过是沙河啦奉天啦旅顺①啦，好像此外就没有战争似的。及至稍懂诗意的野蛮人，只会联想到阿喀琉斯②拖着赫克托尔的尸体围绕特洛伊城墙转了三圈，或者燕人张飞在长坂坡横丈八长矛喝退曹操百万大军等神乎其神的战争。联想诚然任其本人想入非非，但认定此外别无战争则不妥当。

或许，惟其在远古蒙昧时期才会进行那么荒唐的战争，而在太平盛世的当今，在大日本国帝都的中心，那般野蛮的行径纯属不可能有的奇迹。无论出现怎样的骚乱，也无须担心会超出火烧派出所那个程度。如此看来，卧龙窟主人苦沙弥先生与落云馆八百健儿之战应该列为东京建市以来的大战之一。左氏记载鄢陵之战时也先从敌军阵势讲起。[7]古来工于叙述之人皆用此笔法，此乃通则。故而我辈讲起蜂阵也不碍事吧！

[7] 公元前575年晋楚战于鄢陵。载于《春秋左氏传》。漱石在《文学论》中高度评价此战。

那么，先看蜂阵状态。格子篱笆外侧为一列纵队，任务似乎是将主人诱入战线之内。“还不投降？”“不降不降！”“不降不行不行！”“还不出来？”“拿他没办法吗？”“怎么会没办法！”“吼叫！”“汪汪”“汪汪”“汪汪汪汪”。

往下便是整列纵队齐声呐喊。往右约略离开纵队的运动场上，炮队正占据形胜之地布阵。一个将官手拿一根粗大的研磨棒面对卧龙窟等待时机。在他对面，相距三尺丈开外又有一人手拿研磨棒站定，其后面又有一人脸朝卧龙窟直立不动。如此呈一条直线面对面站立的即是炮手。有人说这是垒球练习，绝非战斗准备。我辈是文盲，不懂垒球为何物。听人说是从美国进口的游戏，

① 沙河啦奉天啦旅顺啦：沙河、奉天、旅顺，时称“满洲”的我国东北旧地名，均为日俄战争的激战地。

② 阿喀琉斯：荷马史诗《伊利亚特》中的希腊英雄。赫克托尔为特洛伊王的长子。故事背景为特洛伊战争。

在当今中等学校以上学校开展的运动中，这东西最为流行。美国毕竟是专门琢磨新奇名堂的国度，误为炮队也理所当然。把这种扰邻游戏教给日本人，莫非出于好心？也可能美国人以为这确是一种运动游戏。但是，即便是纯粹的游戏，因其具有如此惊扰四邻的功能，也足可变个方式作为炮击之用。以我辈眼睛观察，只能认为他们企图用此运动术来获取炮火功效。说法不同，事情也就千变万化。既然有人借慈善之名行欺诈之实，声称 insipration 而以虚火上升为乐，那么想在垒球游戏名义下实施战争也未必不可能。按某人的说明，这就是社会上常见的垒球。现在我记述的垒球则是仅限于特殊场合的垒球，即攻城炮战之术。

往下介绍达姆达姆的发射方法。一字排开的炮队中的一人把达姆达姆弹握在右手中朝研磨棒持有者抛去。局外人不晓得达姆达姆弹用什么制造的。那是用皮革将又硬又圆石蛋样的东西仔细包好缝合的玩意儿。前面已经交代，这炮弹一旦脱离炮手的手，就带着风声飞去，站在对面的一个人稳稳举起那个研磨棒将其击回。偶尔也会击空而让炮弹飞走，但一般说来都会砰一声响起很大的声音，炮弹随即飞回，势不可挡，足以把神经性胃弱患者主人的脑袋一举击碎。

炮手任务就此完成。但前后左右聚集的起哄者兼援兵如云霞一般纠缠不去。在砰一声研磨棒击中炮弹的刹那间，他们呱唧呱唧鼓掌、欢呼。连喊好啊好啊者有之，说击中者有之，问这还不够者有之，谓怕不怕者有之，道还不投降者有之。

仅仅这样还算好的，问题是击回炮弹三次必有一次滚入卧龙窟院内。倘不滚入，进攻的目的便未达到。达姆达姆弹虽然近来许多地方都在制造，但价格不菲。所以，哪怕再是战争也无法有求必应。通常每个炮手分得一发或两发，不可能每砰一声就消耗一个宝贵的炮弹。于是他们另设一个拾球队拾取落下的炮弹。倘落点合适，拾球就不费力。而若飞进荒草地或人家宅院，就轻易拾不回来。所以平时为了避免辛劳而尽量打去容易拾的地方,但这时相反。目的不在于游戏,而在于战争,因而故意让达姆达姆弹落在主人院内。既然落在院内,就要进院拾取。进院最简便的办法就是翻越格子篱笆。他们篱笆内一闹腾,主人势必大怒而出。不然就得摘盔投降。如此心力交瘁,难免渐趋光秃。

敌军刚刚打出的一弹,准确无误地越过格子篱笆刮落梧桐树叶,击中第二道城墙即竹篱之上。声音相当大。牛顿的第一运动律曰:"若不加以外力,一度开始运动的物体将以均一速度直线运动。"假如物体的运动仅受此律支配,那么主人的脑袋此时就要遭遇与伊斯基拉斯相同的命运。所幸牛顿在确定第一律之时又确定了第二律,主人的脑袋因之在危急之际捡了一条小命。运动的第二律曰:"运动的变化与所加外力成正比,但发生于外力作用的直线方向。"所云何事,多少有些费解。不过从达姆达姆弹没有穿过竹篱、撞破纸拉门而击毁主人脑袋这点来看,必是托了牛顿之福。

片刻,不出所料,敌军似乎钻来院内,一边说:"在这儿?""再往左?"一边用棒子来回敲打矮竹丛叶子。大凡敌军闯入主人院内拾达姆达姆弹时都定然弄出特别大的动静。如果悄悄进来悄悄拾起,关键目的就无以达成。达姆达姆弹也许贵重,但捉弄主人比达姆达姆弹还要重要。像这种时候,他们从远处就十分清楚弹落点,击中竹篱的声音听得出,击中的位置猜得到,所落地面也了然于心。所以,若想乖乖拾起,任凭多少都不在话下。依据莱布尼茨[①]的定义:"空间是能实现同在现象的一种秩序。"甲乙丙丁任何时候都是以同样顺序出现的。柳下必有泥鳅,蝙蝠必有夕月相伴。墙根配一球可能不够谐调。但每天每日把球抛入他人院内之人眼中的空间,的确对这一排列习以为常。看一眼即可一清二楚。如此无事生非,说到底乃是向主人挑战的策略。

① 莱布尼茨:Gottfried Wilhelm Leibniz(1646—1716),德国哲学家、数学家。

这样一来，无论主人多么消极，都不得不应战。刚才还从客厅里听伦理课听得不禁莞尔的主人，奋然披挂上马，猛然冲出阵去，蓦然生擒一敌。作为主人可谓战绩辉煌。诚然战绩辉煌，而一看却是十四五岁的小鬼。作为已生胡须的主人之敌，未免不大相称。但主人大概受够气了，还是把他强拉硬扯带到檐廊跟前。

这里有必要就敌人策略说上两句。敌人看见主人昨天那般气势汹汹，遂猜测今天他也必然亲自出马。届时万一逃脱不掉被他捉住大家伙就麻烦了，派一年级或二年级小孩去拾球再好不过。就算主人逮住小孩啰啰嗦嗦搬弄歪理，也无关乎落云馆的名声，而只能使没个大人样儿而以小孩为对手的主人落下耻辱。此即敌人的想法。作为普通人的想法委实理所当然。但敌人忘了把对方并非普通人这点纳入考量。主人倘有这点儿常识，昨天就根本不会飞奔而去。虚火上升会唆使普通人超出普通人，会向通情达理之人提供相反思维。女人也好小孩也好，或者车夫也罢马夫也罢，在懂得个中分晓时间里，尚不至于以虚火上升夸示于人。如果不能像主人这样生擒一个不值得搭理的一年级中学生当作战争人质，那么就无法和虚火专家成为同伙。可怜的是俘虏。他不过是听从高年级学生的命令而充当拾球勤杂兵，没想到运气不佳，被不懂常识的敌将、虚火天才穷追猛打，没等翻越篱笆就被扣押在檐廊跟前。这样一来，敌军就不可能对己方的耻辱袖手旁观，争先恐后翻过格子篱笆从小院门蜂拥而来，数量不止一打，齐刷刷排在主人面前。大部分不穿上衣也不穿西装夹克。有人撸起白衬衣袖子，紧抱双臂。也有人把一块洗褪色的棉绒布应付了事地搭在脊背。不料转眼一看，又有人很时髦，身穿镶着黑边的白帆布上衣，胸襟正中以同一黑色绣着洋文字样。哪一个看上去都像是一骑当千的猛将，黑乎乎硬邦邦肌肉发达，仿佛在说“我等乃昨夜自丹波国竹林中初来此地者也”。[8] 送入中学令其做学问甚是可惜，让他们当渔夫或做船老大应该才对国家有利。他们不约而同

[8] 以“自丹波国竹林”比喻远离京城的荒山野岭。

地打着赤脚，把细腿裤高高卷起，样子与附近赶来救火之人无异。他们只是在主人面前排成一队，尽皆闭口，一言不发。主人也不开口，双方对瞪良久，杀气隐含其中。

“尔等可是毛贼？”主人质问。气冲牛斗。仿佛以槽牙咬碎的响炮化为火焰从鼻孔一冲而出，鼻翼胀鼓鼓显然怒不可遏，是越后狮子[1]之鼻，想必就是模仿人发怒时的鼻子形状做出来的。否则断不至于那般骇人。

“不，不是毛贼，是落云馆的学生。”

“扯谎！落云馆的学生岂有擅自入侵他人宅院的家伙？”

“可是你看，我们都头戴有校徽的帽子。”

“冒牌货！若是落云馆的学生，为什么扑腾到这里来了？”

“因为球飞进来了。”

“为什么让球飞进来？”

“球自己飞进来的。”

“莫名其妙的家伙！”

“以后注意就是，这次就请原谅吧！”

“来历不明的家伙穿墙入宅，以为是那么好原谅的吗？”

“再怎么说，是落云馆学生这点也是不错的。”

“既是落云馆的学生，那么几年级？”

“三年级。”

“肯定？”

“嗯。”

主人回头看房子里面，口说：“喂喂有人吗？”

埼玉出生的阿三打开隔扇，闪脸应了一声。

“去落云馆把谁领来！”

“把谁领来？”

① 越后狮子：越后国（现新潟县）西浦原郡一带的传统狮子舞，由小孩扮演狮子。

“谁都行，快快领来！”

“是！”女佣应道。但一来庭前光景奇妙，二来捉摸不透出使要领，加上眼下事件的发展出格离谱，以致站也不是坐也不是，一味嬉笑不止。主人仍自以为是在进行一场大战，自以为正在促使虚火直上九霄。然而本应站在自己这边的仆人不仅不以严肃态度对待事态，而且边听吩咐边嘻皮笑脸，于是益发虚火上升。

“谁都无所谓，叫来就是！没听明白？校长也好干事也好教导主任也罢……”

“把那校长……”女佣只听懂校长两字。

“我不是说了么，校长也好干事也好，还不明白？”

“要是谁都不在，工友也可以的吧？”

“胡说！跑腿的能懂什么！”

说到这里，女佣大概也看出别无他法，道一声“是”走了出去。出使要领仍稀里糊涂，正担心会不会真把工友领来，岂料那位伦理先生从正门走了进来。等客人刚一从容落座，主人马上开始谈判。

“适才此辈闯入寒舍院内……”主人用的是俨然《忠臣藏》[①]风格的古雅语词，最后以不无挖苦的语气结尾，“果真是贵校高徒吗？”

伦理先生并无诧异的神情，泰然自若地扫视一遍庭前排列的勇士，而后将眼珠依旧转回主人这边，做出如下回答：

“是的，全都是本校学生。虽然始终训诫他们不要故伎重演……实在伤透脑筋……你们为什么翻越篱笆？”

学生到底是学生，面对伦理先生一言不发，也无言可发。乖乖聚在院角，如遭遇风雪的羊群静止不动。

“球进来怕也是奈何不得的。既然这样与学校为邻，势必不时

①《忠臣藏》：以赤穗义士事件为题材的净琉璃、歌舞伎等剧本的总称，语体古雅。

有球飞来。但是……实在太不斯文了。即便必须翻墙，也要神不知鬼不觉地悄悄拾起。如果这样，还有原谅的情由……”

“说的是。虽然经常提醒，奈何人数众多……往后非严加管理不可。如果球飞进来，必须从正面绕来，打声招呼再取。可以么？毕竟学校大，总是让人焦头烂额，烦不胜烦。因为体育运动在教育上是必需科目，难以禁止。而若不禁止，就不觉之间添了麻烦，请您务以宽大为怀。作为校方，今后一定让学生从正门绕来打过招呼之后再来取球。”

“啊，这么通情达理就没有什么了。球不管扔来多少都不碍事，只要从正门进来打声招呼即可。那么，这些学生就交给您敬请领回。哎呀，特意劳驾前来，不胜惶恐。”主人照例来一番虎头蛇尾式寒暄。

伦理先生率领这些丹波竹林勇士从正门撤回落云馆。我辈所说的大事件就此告一段落。若笑话说这算什么大事件啊，只管笑话好了。那只是对于笑话人的人不是大事件。我辈写的是对于主人的大事件，而不是对笑话人的人的大事件。如有人说坏话，谓有头无尾强弓之末，那么请记住此乃主人的特点，记住主人成为滑稽小品的素材也是因了这一特点。若说以十四五岁小孩为对手纯属傻瓜，那么我辈也是傻瓜，对此并无异议。所以大町桂月才以主人为例，说他尚未免除稚气。[9]

[9]“大事件”的记述，通过“伦理先生”前后言行的对比，反衬了“伦理先生”之讲“功德”的虚伪。

我辈已经讲完小事件，现在大事件也讲完了，往下打算描述继大事件之后发生的余波，以此结束全篇。或许有读者认为大凡我辈所写的都是望风捕影信口开河，但我辈绝非那般轻率之猫。一字一句的背后包括宇宙一大哲理这点自不待言，而且，若将那一字一句层层连接起来，就会发现文章首尾相顾、前后呼应。以为是闲言碎语而忘我阅读之人自当忽然豹变，转而认定此乃深奥的高僧说法之文，绝不可躺着歪着读或伸腿露脚一目五行地读，不可那么傲慢无礼。据说柳宗元每次读韩退之文都用玫瑰水清洗双手。所以对待我辈之文至少也要自掏腰包买来杂志，而不要借得友人读剩下的应付了事。

下面讲述的，我辈称之为“余波”。既是余波，定然无聊，不读也罢——如果你这么想，那可就要后悔不迭，务请从头到尾精读为盼。

大事件发生的次日，我辈想稍事散步，遂出门上街。结果在拐往对面胡同的地方看见金田家的老爷和铃木家的阿藤站着说个没完没了。金田君坐车快要回到家时，在铃木君访金田君因其不在而返回的路上两人忽然碰上。近来金田公馆对我辈已不新鲜，所以很少往那边移步。但这么遇见，到底有些亲切感。铃木也久违了，就让我从旁一睹风采好了！决心定下之后，我辈一步一挪凑到两位伫立位置的近旁，他们的交谈自然进入耳中。这不是我辈的罪过，要怪对方说话才是。金田君甚至打发密探窥看主人的动静——既然他这么有良心，那么我辈聆听其谈话也无需怕他气恼。果真气恼，他就不懂公平之意。反正我辈听了两位的谈话。不是想听而听的。本来不想听，然而谈话偏要闯入我辈耳中。

“刚刚去府上拜访，正巧得见尊容。”阿藤君谦恭地点头哈腰。

“唔，是吗！其实近来我也想见你一面来着。太好了！”

“呃，那可是巧极了。有何见教？”

“啊，没什么，也不是什么大不了的事，本来怎么都无所谓，只是因为除了你别人都做不来。”

“只要是我能做的，无论什么一定尽力而为。那是怎样的事呢？”

“呃——，这个……”金田君沉思。

“如果需要，您方便时我再来一次。您看什么时候合适呢？”

“哪里，也不是那么要紧的事。……那么，既然你这么说，就求你一回吧！”

“您只管吩咐……”

“就是那个怪人，喏，你的旧交。是叫苦沙弥什么的吧？”

“嗯，苦沙弥怎么的了？”

“不，怎么也不怎么。只是，那件事发生以来，心里总有些不痛快。”

“那是自然。苦沙弥太刚愎自用了……本应多少考虑一下自己在社会上的地位才是，可他简直以为老子天下第一。”

“正是正是！不向金钱低头，实业家什么的……这个那个尽说大话。那么，就想让他领教一下实业家的厉害。近来倒是狠狠收拾了他一顿，可他还是不屈不挠。真是个犟脾气！出乎意料。”

“那家伙怕是缺乏利害观念，只知道打肿脸充胖子，过去就有那个毛病。就是说意识不到自己吃亏受损，很难开导。”

“啊哈哈哈，的确很难开导。这样那样用了种种招数，最后让学校的学生来了一家伙。”

“那是妙计！见效了吧？”

“这一来，那家伙也像是吃不消了。为时不久肯定陷落。”

“那就好。再嚣张也寡不敌众嘛！”

“是啊，单枪匹马应付不来，所以似乎大为收敛。怎么说呢，我是想让你前去看看情况。”

“啊，是吗，简单得很，这就去看！情况等我回来时禀报。估计会有意思的。那个老顽固居然垂头丧气，一定仔细看来！”

“那就添麻烦了。”

嗬，这次又是他搞鬼！实业家的势力果然非同一般。让煤渣样的主人虚火上升也好，主人苦闷得头上出现苍蝇打滑的险处也好，脑袋陷入一如伊斯基拉斯的命运也好，无一不是因了实业家的势力。地球围绕地轴旋转是由于什么作用自是不知，但驱动社会的分明是钱。而对钱的功力深有体会并使其威风八面的，除了实业家别无一人。太阳安然东升、安然西坠也完全是拜实业家所赐。我辈迄今被不谙世事的穷措大收养而不了解实业家的恩惠，自己都觉得愚昧无知。话虽这么说，冥顽不灵的主人这回也该多少开窍了吧！若再不开窍而决意冥顽到底，危险可想而知。主人最看重的生命都有危险。不知他见了铃木君如何应对。视其应对情况，其开悟程度自是不难得知。磨蹭不得。事关主人，即使猫也实在放心不下。我辈迅速和铃木君擦身而过，抢先返回家中。

铃木君仍然和风细雨。金田的事今天只字未提，只管兴致勃勃地说着无关痛痒的闲话。

“脸色好像有点儿欠佳，身体没有什么？”

“哪里都什么也没有。”

“不过脸色发青，得注意些才行。毕竟气候不顺。晚上睡得好？”

“嗯。”

“有没有什么担心事儿？只要是我能做的，一定尽力。用不着客气！”

“担心？担心什么？”

“呃，没有就好，我是说如果有的话。担心最不利于健康。世事都付笑谈才是上策。你总好像郁郁寡欢。”

“笑也有损健康。笑得不好都会笑死！”

“别开玩笑了！常言说笑门福来的嘛！”

“古时候希腊有个叫克利西波斯[①]的哲学家。不知道吧？”

“不知道。那又怎么了？”

“那家伙笑过头了，笑死了。”

“哦——，真是不可思议啊！不过是古时候的事了……”

“古时也好今时也好，哪有什么两样？看见驴从大银碗里吃无花果，觉得可笑得不行，笑啊笑啊一个劲儿笑，怎么也停不下来，结果活活笑死了。”

---

① 克利西波斯：Chrysippus（公元前 280？—前 207），古希腊斯多葛派哲学家。

"哈哈哈,不过即使不那么笑个不停也可以的。稍微笑笑,适可而止。这样就心旷神怡了。"

铃木君正在不断探究主人动静,正大门咣啷啷开了。以为是客到,却不是。

"有个球进来了,请允许我取走。"

女佣从厨房里应一声"好"。学生绕去房后。铃木以奇妙的表情问怎么回事。

"后院的学生把球扔进院子里了。"

"后院的学生?后院有学生?"

"落云馆那所学校的。"

"啊,是吗,学校?够吵闹的了。"

"岂止吵闹,根本不正经学习!我要是文部大臣,早下令关闭了!"

"哈哈哈,瞧你气的!可有什么气人事儿?"

"岂止有没有,从早到晚一个劲儿气我!"

"既然那么气,搬家不就行了?"

"才不搬呢!一万个失礼!"

"跟我生气也没用。毕竟小孩子嘛,不理不睬即可。"

"你或许可,我却不可。昨天把老师叫来谈判了。"

"有意思。对方吓坏了吧?"

"唔。"

这时门又开了,有声音传来:"一个球进来了,请允许我取走!"

"来得岂不太多了?又是球,跟你说。"

"嗯,讲定从正门来取。"

"难怪这么来个没完。原来是这样,明白了。"

"明白什么了?"

"不不,我是说明白了来取球的缘由。"

"这是今天来的第十六次。"

"你不嫌烦？想法不让来岂不就行了？"

"不让来？偏来，没办法的。"

"说没办法，也就罢了。可你不那么固执也可以的吧？人有了棱角，在世上翻滚起来就吃力，吃亏。圆滑东西不管往哪儿翻滚都一路顺畅，而四方形的翻滚起来就只能是一场大麻烦。翻滚一次，棱角就磨一次痛一次。总之世上不光自己一个人，别人不会听自己的。怎么说呢，跟有钱的人来硬的，肯定吃亏。神经受损，身体变糟，没人表扬。对方又不当回事，端坐不动打发人就解决了。单枪匹马，不用说，寡不敌众。固执一下也未尝不可，而若固执到底，那期间就会影响自己的学习，烦扰每天的业务，到头来白白落得筋疲力尽吃亏上当。"

"抱歉，刚才球进来了，绕到后门取也可以的吗？"

"不要脸！"主人满脸通红。

铃木君觉得已经大体完成了来访主题，于是说道告辞了有工夫再来坐就回去了。

交替进来的是甘木大夫。虚火上升专业户——自古以来就极少有人如此自称。感到自己多少有些反常的时候，虚火已经升得过了巅峰。主人的虚火上升在昨天大事件发生之际登峰造极。尽管谈判也虎头蛇尾，但总算有了着落。所以昨晚在书斋深思熟虑的结果，意识到情况已不无反常。至于是落云馆反常还是自己反常，倒是有足够怀疑的余地，但反常肯定是反常。就算住所与中学为邻，而若一年到头如此持续大动肝火，也难免觉得有所反常。既然反常，就必须设法处理。若说如何处理，无他，还是只有吃医生的药，通过贿赂什么的抚慰肝火。这么想明白了，就心生一念，找平时总找的甘木大夫接受治疗好了！愚贤等等另当别论，反正意识到自己的虚火上升这点，必须说已经可歌可泣，实为奇特的心得。甘木大夫照例平心静气地问："怎么了？"医生大体必问怎么了。我辈无法信任不问“怎么了”的医生。

“大夫，怎好像不对头啊！”

“呃，怎么会不对头呢？”

“请问医生的药到底有没有效呢？”

甘木大夫也吃了一惊，但毕竟是温厚的长者，没有显得多么激动。

“没有没效的时候。”大夫平和地回答。

“可我的胃病，不管怎么吃药都一回事！”

“绝不至于。”

“真的不至于？多少好一些了？”他向别人问自己的胃。

“那么着急是好不了的，一点一点见效。现在也比原来好了不少。”

“是那样的吗？”

“仍然虚火上升？”

“上升！做梦都在上升。”

“多少做做运动可好？”

“一运动就上升。”

甘木大夫也似乎目瞪口呆。

“喏，我来看一下吧！”甘木大夫开始看病。等不及看完的主人突然大声问道：

“丈夫，前不久看了一本写催眠术的书，写道利用催眠术能治很多病，例如小偷小摸这种毛病。果真不成？”

“呃，那种疗法也是有的。”

“现在还有？”

“嗯。”

“施行催眠术是很难的吧？”

“哪里，没什么难的。我也经常做的。”

“您也做？”

“是的,做一次试试?道理上应该给谁都能做。只要你愿意,也可以给你来一次。”

“这东西有意思。来一次!我早就想接受来着。问题是,睡过去再不醒来可不好办。”

“哪里,没事的。那么就开始吧!”

事情当场商定,主人当真接受催眠术疗法。我辈从未见过这等事,心中窃喜,从客厅一角观赏治疗结果。大夫先从主人眼睛开始。观其做法,是把双眼的上眼睑由上而下进行按摩。尽管主人已经合起眼睛,但甘木大夫仍努力往同一方向打褶。过了一会儿,大夫向主人问道:“这么按摩眼睑,眼睑渐渐变重了吧?”

主人回答:“的确变重了。”

大夫仍重复同一动作,往下按、往下按。“越来越重的,可以的?”大夫说。

主人大概也有此感觉了,兀自沉默,一声不响。同一按摩法又重复了三四分钟。最后甘木大夫说道:“好了,睁不开了哟!”

主人的眼睛这回算是报销了,可怜!

“睁不开了?”

“嗯,睁不开了。”

主人默默闭着眼睛。我辈坚信主人已经沦为瞎子。又过了一会儿,大夫说:“如果能睁,睁一下试试!肯定睁不开了。”

“真的?”话音刚落,主人一如往常睁开双眼,朝大夫嘻嘻笑道,“不灵啊!”

甘木大夫也同样笑道:“嗯,不灵。”

催眠术最后以失败告终。甘木大夫也回去了。

接着来的人——主人家里从未这么来过客人,就很少与人交往的主人家里来说,简直像天方夜谭。然而肯定来了——来的是稀客。我辈之所以要表述一句这位稀客,不单单因为是稀客。上面说了,我辈正在描写大事件的余波,而这位稀客在描写余波方面是不可漏掉的素材。姓甚名谁不知道。只见他长着一张长脸，留着山羊般的胡子，年龄不妨说是四十上下。相对于迷亭身为美学家，我辈打算称他为哲学家。为什么称哲学家呢？并非因为他像迷亭一样自吹自擂，只是因为目睹他和主人交谈时的样子纯然一副哲学家风度。而且两人似乎是往日同窗，相互应对的态度甚是融洽，了无隔阂。

“唔，迷亭？那家伙就像浮在池面的金鱼麸漂漂悠悠的。前些天领朋友从一个素不相识的华族门前经过时，说要顺路进去喝杯茶，硬把朋友拉了进去。真够随便的！”

“后来呢？”

“后来怎么样倒是没问。是的，那是个天生奇人，却又没有思想，什么都没有，百分之百的金鱼麸！铃木？那小子来了？嘿，事理虽然不懂，但欺世有术，能挂金表链子的料！不过没有底蕴，不够沉稳，不行。口说圆滑圆滑，但根本不懂圆滑的含义。若说迷亭是金鱼麸，那小子就是稻草缠的魔芋糕，溜滑溜滑摇摇颤颤，不成样子！”

听得这奇崛的比喻，主人现出大为感佩的样子，久违地哈哈大笑。

“那么你是什么？”

“我？是啊，我嘛……算是野生山药吧！长拖拖扎进土里。”

“你总是坦坦荡荡欢欢喜喜，羡慕啊！”

“哪里，和一般人没什么区别。没有什么值得你羡慕的。庆幸的是，我没心思羡慕别人。就这点还好。”

“经济账最近还宽裕？”

“还那个样！时够时不够。不过饭还有得吃，不要紧，平平常常。”

“我不开心，发火，坐立不安，往哪边看都来气。”

“来气也好，来气就让它来个够，心情就会痛快一阵子。人形形色色，就算劝人家当自己这样的人，也是当不了的。筷子嘛，不跟别人一样拿着就很难吃饭，但自己的面包由自己随便切再好不过。好裁缝做的衣服，拿来一穿正合身；而差劲儿的裁缝做的，就非得忍耐些日子才行。但人世这东西很是乖巧，穿着穿着，衣服就主动适应了我们的骨骼。如果上等的父母把你生得能适应当今社会，那当然幸福！要是生糟了，或者你不适应社会而要委曲求全，或者要忍耐到自己适应社会为止，此外别无选择。”

“可我这样的，好像永远都适应不来。担惊受怕。”

“硬穿极不合身的西服，是要开线的。或争吵，或自杀，或闹乱子。不过你只是口说不开心，别说自杀，吵架都不曾有。还算是好的了。”

“可现在天天吵架啊！即使没有对手，可一旦生气，不也是吵架吗？”

“确实，独角戏。要是乐在其中，尽管吵好了。”

“已经烦了。”

“那就算了。”

“当你的面才说，自己的心不是那么可以随心所欲的。”

“怎么，当真气恼到那个程度？”

主人在这里以落云馆事件为主，从今户窑瓷狐狸到落云馆壮士，在哲学家面前滔滔不绝地讲了所有气恼事。哲学家先生静静听着，而后终于开口，对主人讲出下面一番话来：

“无论他们说什么，你只管佯装不知不就行了？反正无聊透顶。中学生什么的有搭理的价值吗？妨碍你了？问题是谈判也好吵架也好，还不是照样妨碍？在这点上，较之西洋人，我认为还是过去的日本人强得多。一口一个积极、积极称赞西洋人的做法，这在近来十分流行，可那东西有个很大的缺点。不说别的，积极这东西没个止境。即便积极干到底，也不能说已经到了满足之域或完美之境。对面有扁柏树吧？那东西碍眼，把它砍掉。结果再往前又有宿舍楼碍眼。拆掉宿舍，还有下一座房子又看着不顺眼，做到什么地步都没有止境。西洋人的做法都这个样。拿破仑也好亚历山大也好，胜了就心满意足的人一个也没有。看别人来气，争吵，对方不服，告到法院，告赢了，以为这回了结了。其实大错特错。心的了结怎么可能？焦躁不安，到死方休。寡人政治不行，改为代议政体。代议政体不行，又想改成什么。看河不顺心，架桥；看山就生气，挖隧道；交通不便，铺铁路——永远不能满足。话虽这么说，毕竟是人，不可能一味积极地一意孤行。西洋文明也许是积极的、进取的，但那是一生心怀不满的人创造的文明。日本的文明不是通过改变自己以外的状态来追求满足。与西洋截然不同，而是在周围生态根本不可摇撼这一大假定之下发展过来的。亲子关系若不融洽，并不是像欧洲人那样通过改良这种关系来解决。而是认为亲子关系与生俱来，是决然摇撼不得的东西，要在这种关系之下想方设法寻求心的安宁。夫妻君臣的关系如此，武士町人[①]的区别如此，看待大自然方面也是如此——若有山相隔而不能去邻国[②]，那么就琢磨不去邻国也无妨的活法，培养不翻山也心满意足的心境，而不在劈山开路上面动心思。所以你看，无论禅家还是儒家都从根本上把握这一命题。不管自己多么有本事，人世也不可能让自己称心如意。一不能挽回落日，二不能让加茂川[③]倒流。能做主的只有自己的心。心自由即可——只要有这个修行，落云馆的学生哪怕闹翻天，岂不也可平心静气？即使今户窑瓷狐狸也大可听之任之。如果坏小子们胡说八道，只要骂一声混账东西就完事了吧？古时候好像有个和尚要被人砍头的时候，说道‘电光影里斩春风’，说得多么潇洒啊！大约是心的修炼年长日久达到消极的极致之后才能产生如此灵活的效用吧！我这样的人虽不明

① 町人：江户时期的商人、匠人。亦指城市居民，平民。

② 邻国：国，幕府管理下的藩国。明治维新后“废藩置县”。

③ 加茂川：流经京都东部城区的河流。亦作贺茂川。

白那么深奥的事理,但反正觉得认为只有西洋人风格的积极主义可取是不大对头的。实际上哪怕你再奉行积极主义,学生们要来捉弄你,你不也是无可奈何的吗?假如能以你的权力关闭那所学校或对方做了足以向警察投诉那样的坏事倒是另一码事。而若不然,那么即使再积极应付也根本胜不了。如果积极应对,一有金钱问题,二有寡不敌众问题。换言之,势必向有钱人低头求饶,势必向仗着人多势众的小孩子们举手投降。你这样的穷人且独自一人却要积极较量,说到底,这才是不满不平的根源。怎么样,可听懂了?"

主人不说懂了也不说不懂,只管听着。稀客回去后,他走进书斋,书也没看,若有所思。

铃木家的阿藤君告诉主人要从钱从众,甘木大夫劝他以催眠术稳定神经,最后的稀客向它宣讲以消极式修养求取心的安宁。何去何从,悉听主人之便。但有一点是确定的:不能长此以往。

第九章

[1] 麻子是旧时出天花的遗痕。作者本人即是麻子脸，似以鼻头明显。

主人是麻子脸。[1] 据说明治维新前，麻子相当流行，从日英同盟①的今日看来，这样的脸不无落后于时代之感。麻子的衰退同人口的增多成反比，不久的将来可能完全绝迹——这是根据医学上的统计精确推断出来的结论，且是名论。虽说猫辈如我，也没有丝毫置疑的余地。现今地球上有多少人带着麻子脸生息诚然不得而知，不过以我辈交际的区域估算，猫里面是一只也没有的。人里面惟有一人，那一人即我家主人。委实可怜至极。

每次看主人的脸我辈都不禁心想：主人是因了怎样的前世因缘而带了这么一张奇妙的脸坦然呼吸二十世纪空气的呢？往昔或许多少抖过威风，但在所有麻子都受命退守双臂的当今之世，依然盘踞于鼻头脸颊之上而岿然不动，不仅不足以自豪，反而关乎麻子的体面。如果可能，最好马上驱除。麻子本身都肯定忐忑不安。抑或在此同党势力不振之际发誓挽落日于中天故而如此蛮横地占领脸面阵地亦未可知。这样一来，对麻子绝不应以轻蔑之意视之，不妨说是抗拒滚滚俗流的万古不磨的坑点集合体，大大值得吾人尊敬的凸凹阵列。唯一的缺点是有欠整洁。[2]

[2] 此两节以幽默、风趣的笔触写主人麻子脸，有调侃之意。对比下文写到主人对此“忧心忡忡”，揭示主人迂腐可笑的性格特点。

主人小时候，牛込区②山伏町有一位名叫浅田宗伯③的知名汉医，这位老人出诊时必坐轿子慢慢前往。但宗伯老去世，到了其养子这代，轿子忽一下子变成了人力车。因此，如果养子死了而由养子的养子继承家业，葛根汤变成安替比林④都有可能。坐轿巡行于东京城中，甚至在宗伯老那个时候就几乎不受待见了。如此招摇

① 日英同盟：1902 年缔结日英结盟条约，1921 年废止。

② 牛込区：东京旧区名，位于新宿东部。

③ 浅田宗伯：1815—1894，汉医（中医），明治维新后任职于宫内省，御医。

④ 安替比林：Antipyrine，当时使用的镇痛解热剂。葛根汤，“汉方药”（中草药），作为感冒药广为应用。

过市而不以为然的，只有因循守旧的老顽固、塞满火车的猪，以及宗伯老。

在雄风不再这点上，主人的麻子亦如宗伯老的轿子，从旁看来固然引以为憾，但顽固得不亚于那位汉医的主人照旧将这俨然孤城落日的麻子脸暴露于光天化日之下，天天登校讲授 Reader。

如此这般，将这上一世纪纪念物刻满脸庞立于讲台的他，除了讲课，必定向学生垂以重大训诫。较之重复“猴子有手”①，大言不惭讲授更多的是“麻子对容貌的影响”这一大问题，于不言之间将其答案提供给学生。主人这样的人不再作为教师存在之日，那些学生为研究这一问题必然跑去图书馆或博物馆，耗费与吾人根据木乃伊仿造埃及人同等程度的劳力。以此观之，主人的痘痕亦在冥冥之中施以诡异的功德。

不过，主人并非为施此功德而将痘痕植遍脸庞的。别不以为然，其实这也是种上去的。不幸的是，以为种在胳膊上的，却不觉之间传染到了脸上。当时因是小孩，没有像现在这样有好美之心，结果口说痒痒当中满脸乱抓乱挠。正如火山爆发后岩浆在脸上流淌，如此将父母生的脸弄得面目全非。主人每每对夫人说没有痘疮时自己是个面如美玉的男子，甚至吹嘘说在浅草观音堂曾有洋人回头看自己，便是好看到这个程度。或许实有其事，遗憾的是没有任何证人。

哪怕再积德再训诫，不洁的还是不洁。所以自懂事以来，主人就对麻子忧心忡忡，用尽所有手段力图将这丑态一笔勾销。然而与宗伯老的轿子不同，不是烦了就能立马扔掉。至今历历在目。看上去主人对此有所介意，据说每次上街行走都把麻子脸计算一下：今天碰上几个人有麻子，是男还是女，地点是在小川町的劝工场还是在上野公园——统统写进日记。事关麻子知识，他确信自

① “猴子有手”：The Ape has hands。常见于当时英语教科书初级部分。

已绝不亚于任何人。日前一位留洋归国的朋友来时他还问:“喂,西洋人也有麻子吧?”“这个嘛,”朋友歪头想了好一会儿,“很少有啊!”主人再次叮问:“很少有,但多少有的吧?”朋友以兴味索然的表情回答:“有也是乞丐或帮忙推车的才有,受过教育的人好像没有。”主人说:“是吗? 和日本有所不同啊!”

因了哲学家的建议,不想和落云馆争吵的主人后来闷在书斋里苦苦思索什么。也许打算接受他的忠告而在静坐当中消极地修炼灵活精神。但主人原本心胸狭窄,总是如此闷闷不乐无所事事,不可能有正经结果。相比之下,我辈觉得还是把英文书送进当铺跟艺伎学学《喇叭小调》[①]好得多。问题是那般偏执的人绝无可能听取猫的忠告。也罢,悉听尊便好了。这么着,五六天没凑去跟前。

今日是自那以来的第七天。禅家有人以势在必得的决心结跏打坐以求七日之内大彻大悟。于是我想我家主人如何呢? 或生或死总有个着落吧? 这么想着,就一步一挪从檐廊来到书斋门口侦察里面动静。

书斋是朝南的六张榻榻米大的房间,在阳光充足的地方安放了一张足够大的矮脚桌。光这么说怕是不容易明白。矮脚桌长六尺,宽三尺八寸,高与此相应。当然不是现成的,而是主人和附近家具店交涉请其打造的稀有物件,具有桌床两种功能。至于他出自什么动机定做这么大的矮脚桌,又何以要在上面睡觉,若不问其本人断难明白。或许仅仅由于一时心血来潮扛来这个庞然大物,也可能像某种精神病患者身上每每表现出来的将两个毫无关联的观念连接起来那样而将桌与床随便结合在一起。总之突发奇想。缺点是桌子仅奇而已,不实用。我辈曾看见主人在这桌面上睡觉而一翻身滚进了檐廊。自那以来矮脚桌就不再挪用为睡床。

矮脚桌前有一张薄薄的针织坐垫,香烟烧出的三个洞挤在一

①《喇叭小调》:当时夹带喇叭声模拟音的流行歌曲。

起。洞中闪出的棉花有些发黑。这坐垫上背朝后正襟危坐的就是主人。腰间打死结扎了一条脏兮兮的鼠灰色宽幅布带，左右两端往脚心耷拉着。最近我辈摆弄了一下这条带子，脑袋立马挨了一下打——带子不可随便接近。

还在想个没完？有比喻说愚者之虑莫若休息。不过从后面窥看，桌面上有个东西分外光亮，光闪闪的。我辈眼睛不由得连眨两三下，这东西好怪啊！我顾不上亮光刺眼，紧紧盯视那闪光的玩意儿。结果明白了，光是从桌面上动来动去的镜子中发出来的。可是主人何以在书斋里晃动什么镜子呢？说起镜子，必在洗澡间无疑。实际上今早也在洗澡间看见了这面镜子。之所以说这面镜子，是因为主人家此外别无镜子。主人每天早上洗完头分发的时候用的也是这面镜子。或许有人问主人那样的人也分发不成？实际上对别的事他能懒且懒，惟独对脑袋呵护备至。自从我辈来到此户人家，迄今为止，哪怕天气再热，主人也不曾剃过平头。必留两寸左右长度，不仅郑重其事地朝左分开，而且还要让右侧发梢反弹一点点才算了事。这大概也是精神病征候。我辈以为如此装模作样的分法同这矮脚桌格格不入，但因为并不损害他人，所以谁都不说三道四。本人也洋洋得意。

分法时髦且不说，只说为什么把头发留那么长。其实是这么回事：他的麻子不但侵蚀他的脸，而且早就朝头顶大举进攻了。因此，若像一般人那样理成五分头、三分头，就会从短发根闪出几十个麻子。不管怎么摸怎么蹭，凸起物也依然故我。那好比往荒野上放萤火虫，风流或许风流，但不合夫人心意乃是自明之理。就是说，只要让头发长些，即可藏而不露，而没必需自爆家丑。如果可能，恨不得让整张脸都长满头发，将这些麻子一举屏蔽。没必要花钱把不花钱长出的头发剪得短短的并且炫耀连自己的头盖骨都有天花！此即主人留长发的缘由。留长发是其分发的原因，这一原因让他照镜子，故而那镜子在洗澡间。事实上家里只有这一面镜子。

既然理应在洗澡间的镜子,而且是独一无二的镜子来到了书斋,那么,不是镜子得了梦游症,就是主人从洗澡间把它拿了过来。如若拿了过来,那么是为了什么拿过来的呢?或是消极性修炼所需道具亦未可知。过去有个学者去见一个不知姓什么的高僧,高僧正光着膀子磨一块瓦。遂问磨瓦干什么,回答要做一面镜子,为此正在拼命磨。学者讶然说道:"哪怕再是高僧,也不可能把瓦磨成镜子。"高僧朗朗大笑,斥道:"那就算了,读书再多也不懂道,和磨瓦做镜是一回事!"[3]也许主人是因为粗略听了这个故事才把镜子拿了过来,正踌躇满志地晃来晃去。够闹腾的了——我辈悄然窥探。

[3] 故事见于《江西马祖道一禅师语录》《正法眼藏》等。"有个学者"为马祖道一,"有个高僧"为南岳怀让。

浑然不觉的主人以甚是痴迷的眼神盯视这面镜子。镜子这东西原本就看起来发怵。深夜秉烛在偌大房间里独自照镜,据说那是需要勇气的。我辈第一次被家中小孩儿把脸按到镜子上时,顿时魂飞魄散,绕着宅院跑了三圈。哪怕再是大白天,像主人这样拼死拼活往镜里盯视,也必定对自己的脸感到害怕。毕竟只看一两眼都不是多么赏心悦目的脸。少顷,主人自言自语:"长相果然难以恭维。"自我交代自己的丑陋委实可圈可点。就样子而言,分明是疯人所为,不过所言确是真理。进一步说来,为自己的丑陋感到惧怵。人如果没有彻头彻尾意识到吾身乃可怕的恶棍这一事实,就还不能说是老油条。而若不是老油条,就无法彻底解脱。到了这个地步,主人本应顺便说一句:"噢可怕!"却横竖不说。说罢"长相果然难以恭维",大约想起了什么,"噗"一声鼓起腮帮,又往胀鼓鼓的腮帮拍了两三个巴掌。不知是何巫术。这时我辈有一种感觉,好像有什么和这张脸相似。想来想去,原来那是阿三的脸。

顺便介绍两句阿三的脸。那是一张胀鼓鼓的脸。前些日子有人从穴守稻荷神社买了河豚形灯笼作为礼物送了过来——阿三的脸胀得和那河豚形灯笼一模一样。由于胀法太残酷了,致使眼睛全军覆没。不过河豚胀得滚圆滚圆。而阿三呢，与生俱来的骨骼棱角分明，因为随骨形而胀，所以活像饱含水气的六角挂钟。阿三听了想必气恼，就不再说她了。说回主人。如此以多得不能再多的空气把腮帮弄得胀鼓鼓的他，一边用手心拍打两腮——前面说了——一边自言自语："皮肤若绷到这个程度，麻子就不显眼了。"

接着他把脸转向一侧，将半面受光的部位照进镜子："这么看非常显眼，还是正面受光看起来平整。怪东西啊！"看样子大有感慨。随即，猛然伸出右手，尽量把镜子拿远些静静凝视，"这个距离，就算不得什么。太近到底不行。不光是脸，什么都一个道理。"说得像开悟了似的。而后陡然把镜子横过来，并以鼻梁为中心，让眼睛、额头和眉毛一起紧巴巴往这个中心聚拢。于是出现一副一看就不愉快的嘴脸。"哎呀，这个不成！"他本人也好像觉察出来了，赶紧作罢，"为什么这般惨不忍睹呢？"主人显得有些费解，把镜子拉回距眼睛三寸远的位置。他用右手食指抚摸鼻翼，将摸过的手指肚朝桌面上的吸墨纸上猛地一按，手指肚沾的鼻子浮油在纸上圆圆地印了出来。如此玩了种种把戏。接下去，主人转过沾有浮油的手指肚一下子翻过右眼下眼睑，来了一个俗语说的翻白眼动作。至于是在研究麻子，还是和镜子玩互瞪比赛游戏，一时难以判断。毕竟主人性情多变，看的当中能看出好多名堂。名堂还不止这些。倘以善意进引蒟蒻问答式解释，主人也许是作为见性自觉的权宜性手段而以镜子为对象如此鼓捣种种动作。[4]

大凡人的研究都是自我研究。天地也罢山川也罢日月也罢星辰也罢，统统不过是自己的别名。须抛开自己而另行研究的事项，任何人都未能发现。假如人能够跳出自己，那么在跳出那一瞬间自己就不复存在。而且除了自己，任何人都不会为自己做研究。哪怕再想为别人做、再想让别人为自己做都是徒劳。因此，古往今来，豪杰无不是以自己的力量成为豪杰的。假如依赖别人来了

[4]"蒟蒻问答"指从佛教角度牵强附会地加以解释。蒟蒻铺主化为禅僧，而真正的禅僧将其举止误解为深远真理的体现，故云。"见性自觉"是禅语，即悟得自己的本性。

解自己，那么就能通过请人替自己吃牛肉来判断牛肉是硬是软。朝听法、夕闻道，梧前[1]灯下手不释卷，都不外乎促使自证的手段罢了。他人的说法之中，他人的讲道之内，乃至五车故纸堆里，都不会有自己存在。有也是自己的幽灵。不过，在某种场合下，幽灵也许胜似无灵。追影而遇本体之时未必没有。多数影子都大体离不开本体。在这个意义上，主人摆弄镜子，说明他还算通情达理，比生吞活剥爱比克泰德学说摆出学者架势不知强多少倍。

一如镜子乃“自作多情”的酿造机，同时也是“自以为是”的消毒器。倘以浮华虚荣之念与之相对，那么再也没有比镜子更能煽动蠢货的用品了。从古至今，以刚愎自用之心害己戕他事例的三分之二确乎镜子使然。一如法国大革命当时有个好事的御医研制了改良型断头台而大为造孽，最初制作镜子的人也难免睡不安稳。不过，再没有比开始自我厌恶之时、自我萎缩之际照镜子更有益的了。丑俊一目了然。这副嘴脸居然也好意思挺胸凸肚活到今天——肯定有此自觉。有此自觉之时乃是一个人一生当中最值得珍惜的时节。再没有比自己知道自己傻看上去更可贵的了。在这种自觉性傻瓜面前，所有顾盼自雄的家伙都将俯首称臣。即便其本人存心趾高气扬轻蔑嘲笑吾人，但在吾人眼里，那种趾高气扬正是其低头臣服的表现。主人未必是照镜而悟己愚的贤者，但毕竟能够公平地看待自己脸上的痘痕铭位。自认脸丑是自觉心灵卑劣的阶梯。堪可信赖的男子汉！想必这也是哲学家横加训斥的结果。

如此一边思考一边继续观察之间，对此毫无觉察的主人在尽情尽兴翻白眼之后说道：“好像充血充得厉害。到底是慢性结膜炎。”边说边用食指一侧一下接一下揉着充血的眼睑。估计很痒。原本就已红成了那个样子，再这么一揉，难免吃不消。为时不久

① 梧前：梧桐木桌前。

定然如盐渍鲷鱼的眼珠一般腐烂不堪。俄顷,他睁开眼睛照镜子。一看,果然阴沉滞重,犹如北方的冬日天空。不过平时也并不是多么天朗气清的眼睛。若用夸大些的形容词,混沌模糊,以致分不清黑眼白眼。一如他的精神始终朦朦胧胧不得要领,他的眼睛也暧暧然昧昧然永远漂在眼窝深处。这既可说是胎毒所致,又能解释为疱疮余波。听说小时候没少吃柳树毛虫和红蛤蟆①。正因为母亲的心血没有彻底白费,他才得以一如当时呆头呆脑活到今天。我辈暗自猜想,这一状态绝非胎毒、疱疮造成的。他的眼珠所以如此彷徨于晦涩浑浊的可悲境地,追根溯源,完全来自大脑的不透明物质,其作用已达黯淡溟蒙的极点,从而自然表现于形体,使得不明所以的母亲分外担心。烟起而知有火,瞳仁浑浊而证其愚。如此看来,他的眼即他的心的象征,他的心开有如同天保钱②的洞。因此他的眼亦同天保钱无异,必然大而无用。

这回主人拈起胡须来了。原本就是杂乱无章的胡须,全都以自行其是的姿势长在那里。就算人世间再流行个人主义,如此各自为政纷然杂陈,对于持有者也是一场麻烦,值得同情。有鉴于此,主人近来也大加训练,尽最大限度把胡须梳理得井井有条。苦心孤诣的努力终有所成,这几天步调好歹协调起来。[5]他开始洋洋得意,说过去是长胡须,现在是留胡须。随之努力成效的与日俱增,主人深受鼓舞,看出吾人胡须也前途有望,于是主人晨昏朝夕,手一旦得闲就向胡须加以鞭策。他的雄心是要像德皇陛下③那样蓄一把蓬勃向上的胡须。因此,无论毛管横长还是向下,他都全然不以为意,只管一把抓起向上硬扯。想必胡须也够受的了,就连作为持有者的主人也每每作痛。但训练就是训练,情愿也罢不情愿也罢,反正都要倒着捋起。在门外汉眼里,纯属一种无可理喻的寻欢作乐。惟有当事人自以为天经地义。一如教育者一味扭曲学

[5] 以拟人化手法写胡须,笔调幽默。

① 柳树毛虫和红蛤蟆:据说是治疗小儿疳气的特效偏方。

② 天保钱:天保通宝的俗称。原来一枚百文,明治年间为八厘,不足一钱,故用以指愚人、落后于时代之人。

③ 德皇陛下:威廉二世(Friedrich Wilhelm Viktor Albert von Hohenzollern(1859—1941,1888—1918 在位),以蓄有两端翘起的上唇须名闻天下。亦称恺撒胡。

生的天性却炫示为自己的功绩,完全无可指责。

正当主人以满腔热情调教胡须之时,六角形阿三从厨房报告信来了,随即赫然伸出红通通的手把邮件拿来书斋。右手抓须、左手持镜的主人就那样回视门口。六角形一看见那受命翘起八字尾巴的胡须,立刻折回厨房,靠着锅盖哈哈大笑。主人满不在乎。悠然放下镜子,拿起信来。第一封信是铅印的,似乎排列着郑重其事的语句。主人开始读信:

敬启者,谨祝阁下康泰吉祥。回顾当时,日俄之战乘连战皆捷之势而告和平克复。万岁声中,吾国忠勇义烈将士今已高奏凯歌归国过半。国民欣喜何如。曩时,宣战大诏刚一发布,义勇奉公将士即在迢迢万里异境,克服寒暑苦难,一心从战,其效命国家之至诚,当永志不忘。而军队之凯旋,殆于本月告终。故本会拟以二十五日为期,代表本区民众,为区内千余出征将校士卒召开凯旋庆贺大会,兼慰军人遗属。万望热诚迎之,聊表感谢微衷。倘蒙诸位赞助而得举行此番盛典之幸,则本会殊荣,无以过之。敬请踊跃义捐,期盼之至。谨启。

寄信人是某位华族老爷。主人默读一遍,当即卷起纳入信封,只管佯装不知。义捐云云,恐怕不会响应。前不久为东北农业绝收而捐了两三元,此后逢人便宣扬自己被人拿走一笔捐款。既是义捐,无疑是主动递交,并非别人拿走。又不是遭遇小偷,说拿走有欠妥当。尽管如此,主人仍觉得像是失窃了似的。[6]这样的主人,哪怕再说是军队欢迎会,也无论华族老爷如何劝说,也是不至于因了一纸铅印信而出钱的——若是强行索要自是另当别论——从主人角度来说,较之欢迎军队,先要欢迎的是自己。欢迎自己之后,大部分都不妨欢迎欢迎。在自己还朝不虑夕的时间里,欢迎交给华族老爷

[6]“主人”心痛义捐之钱,其自私、促狭的性格展露无遗。

好了。主人拿起第二封信:“哦,这也是铅印版?”

值此秋凉之际,恭祝阖府兴盛。如阁下所知,鄙校自前年以来,虽极一时之盛,然其发展仍为两三野心家所阻。窃以为此皆不肖针作不德所致,自当深深自省。后经卧薪尝胆,历尽千辛万苦,在此终于以一己之力觅得筹措新建吾人理想校舍费用之途径。简而言之,不肖拟出版名为《裁缝秘术纲要》之增刊。此书乃不肖基于针作多年苦心研究之工艺学原则的呕心沥血之作。故而为面向一般家庭普及而在印制成本之外附以些许利润,在此恳请购置。一则有助于斯道发达,二则积蓄微薄利润以充校舍建筑之资。是以虽深感惶恐,但仍希姑且以赞助本校建筑之心购秘术纲要一部,或赠予府上侍女,以表阁下赞同之意,伏请慨允为盼。匆匆敬具。

大日本女子裁缝最高等大学院

校长 缝田针作九拜

主人把这文质彬彬的信冷冷地团成一团投进废纸篓。苦心孤诣的针作的九拜也好卧薪尝胆也罢,全然无济于事,可怜可怜!主人拿起第三封信。第三封放射着别具一格的光彩。信封带有红白横纹,如棒棒糖包装纸一样艳丽醒目。正中间以隶体浓墨重彩写道:“珍野苦沙弥先生虎皮帐下。”其中是否自有阿太①出现诚然不敢担保,但至少表面足够气派。[7]

[7] 第三封信信封艳丽,已引起主人阅读兴趣。这是本章写作重点,前两封信皆为铺垫。

若以我律天地,则可一口吸尽西江水;若以天地律我,则我仅为陌上尘。须道:天地与我有什么交涉……

① 阿太:阿太,糖煮蚕豆。糖球里自有“阿太”出现乃糖球商贩的广告性说法。此外,意为不知里面有什么名堂。

初食海参之人,须敬其胆力;始吃河豚之汉,须重其勇气。食海参者乃亲鸾[1]之再来,吃河豚者为日莲[2]之分身。至若苦沙弥先生,惟知醋腌干葫芦条而已。食醋腌干葫芦条而为天下之士者,余未见之也……

挚友卖汝,父母私汝,爱人弃汝。富贵固难赖,爵禄一朝失。汝头中秘藏学问亦将发霉。汝何恃之有?天地间何赖之有?神?

神,无非人为排遣苦难所捏土偶;人,不外乎凝结无奈粪便之臭皮囊。恃不足恃谓之安。咄咄,醉汉漫弄胡乱言辞,蹒跚向墓而行。油尽灯自灭,业尽何物遗?苦沙弥先生,且吃茶去……

不以人为人,则无所畏惧;不以人为人者,愤此不以我为我之世,则又当如何?一如权贵荣达之士不以人为人而心安理得,人不以我为我时则怫然作色可也。只管任意作色!混账东西……

我之以人为人之时,人之不以我为我之际,不平家则发作性自天而降。此等发作性活动名之为革命。革命非不平家所为,权贵荣达之士亦好产之。朝鲜人参多,先生何故不服?

天道公平再拜　于巢鸭

针作君九拜,此人仅再拜。由于并非募捐,省略七拜而指手画脚。虽然不是募捐,但内容颇难理解。无论投给哪家杂志,拒用价值都绰绰有余。本以为以大脑不透明闻名的主人必定撕得支离破碎,没想到他竟翻来覆去,读了又读。也许认为这种信有其意味,决心探个究竟。天地间不明之物固然数不胜数,但不能赋以意味

① 亲鸾:1173—1263,日本佛教净土真宗创始人。

② 日莲:1222—1282,日本佛教日莲宗创始人。

的则一个也没有。无论多么难的文章，只要想解释就不在话下。说人愚蠢也好说人聪明也好，都可迎刃而解。不仅如此，即使说人是狗、是猫，也并非多么痛苦的命题。说山矮也没关系，说宇宙窄也不碍事。纵然说乌鸦是白的、小町[①]是丑妇、苦沙弥先生不是君子，也并非说不过去。所以，即使这种不知所云的信，只要想方设法加以解释，也可从中获取任何一种意味。尤其像主人这样牵强附会解释人所不懂的英语之人，就更想赋以意味。学生问他天气不好为什么还说Good morning[②]，他考虑七天之久；问他Columbus[③]用日语怎么说，他想答案想了三天三夜——这样的人，无论食醋腌干葫芦条乃成天下之士，还是吃朝鲜人参发动革命，都可以随时随地随心所欲找出任何意义。

看样子主人以Good morning处理方式就这难解语句沉思良久，而后大加赞赏："甚是意味深长。肯定是研究艰深哲理之人，见识振聋发聩！"以此一言亦可充分看出主人何其愚蠢，但反过来想，亦不无道理。主人有毛病，对大凡不明白的东西都觉得可贵。这也未必限于主人。不明白的地方潜伏着不可小瞧的东西，无可预测的地方总能催生高尚的心情。因此，俗人将不明白的事吹得仿佛了如指掌，而学者则将明明白白的事讲得不明不白。大学课堂上也是讲课不知所云的人受好评，而讲课浅显易懂的人都没有人气，这点尽人皆知。

主人佩服这封信也不是因其含义明了，而是因为难以捕捉其主旨所在，因为忽然冒出海参或抖出无奈粪便。所以，主人敬重此文的惟一的理由就在于读起来完全莫名其妙，与道家敬重《道德经》、儒家敬重《易经》、禅家敬重《临济录》没什么两样。但是，完全莫名其妙毕竟心有不甘，于是擅自注释，至少做出已解其妙的

① 小町：小野小町，生卒年不详。平安前期女歌人，作品见于《古今和歌集》。尤以美貌闻名。

② Good morning：英语。早上好，早安。

③ Columbus：英语。哥伦布。

派头。以已解其妙的心态对待莫名其妙的事物，自古以来就乐在其中。主人恭恭敬敬收起隶体名文，置于案头，双手揣怀，耽于冥想苦索。

就在这时，门口有人要求出迎："有人吗有人吗？"语声似是迷亭，但不断要求出迎则不像迷亭。主人在书斋里听得语声，却兀自双手揣怀一动不动。大约认定出迎不是主人的职责，这位主人从未从书斋里打招呼。女佣刚才出门买香皂去了。夫人正上厕所。这么着，出迎者非我辈莫属，可我也懒得动。这时，客人从脱鞋处跳上铺地板的地方，一把拉开隔扇，扑扑腾腾闯了进来。[8] 主人不像主人，客人也不像客人。以为他去了客厅那边，不料开了两三次隔扇，径自朝书房走来。

[8] 对"客人"的一连串动作描写写出其放荡不羁的性格特点。

"喂喂，开什么玩笑！干什么呢？贵客驾到！"

"嗬，是你？"

"什么你不你的，人在那里也该吭个声嘛，活像空房子似的。"

"唔，有事要想。"

"就算想事，说声进来总可以吧？"

"不是不能说。"

"总是稳坐不动。"

"近来一直进行精神修炼。"

"突发奇想！到了修炼精神而不能应声这天，来客可就遭殃了。别那么不慌不忙，我领来一位十分了得的客人，快出来一下！"

"领谁来了？"

"谁就别管了，快出来一下好了！说很想很想见你。"

"谁呀？"

"别管是谁，快出来啊！"

主人依然双手揣怀，一边遽然起身一边说："又存心捉弄人吧？"随即走到檐廊，漫不经心地进入客厅。一看，一位老人面对六尺壁龛肃然端坐不动。主人不由自主地放下双手，一屁股坐在糊有唐纸[1]的隔扇旁边。这样一来,和老人同样脸朝西,双方都无法寒暄。老派人士是很讲究礼节的。

“请,请那里坐!”老人指着壁龛那边催促主人。直到两三年前主人还以为客厅里是哪里都可以坐的。但后来听人讲解壁龛[2],这才知道那是从上座演变而来,乃是上面派来的使者坐的地方,自那以来绝不往壁龛靠近。尤其有一位素不相识的长者在那里凛然不动,漫说上座下座,甚至寒暄话都说不流利了。主人大致低头致礼之后,重复对方说的话:

“请,请那里坐!”

“不,那样就没办法交谈了,请,请那里坐!”

“不不,那么……请那里坐!”主人支支吾吾模仿对方说法。

“谢谢!你这么谦恭,愧不敢当。反倒让我惶恐不安。请别客气,请请!”

“那么谦恭……惶恐不安……请!”主人面红耳赤,口中嗫嚅道。看来精神修炼没多大效果。迷亭君从隔扇影里笑着观看。但觉得该适可而止了,遂从后面推着主人的屁股说:

“好了,往前去!你赖在唐纸这儿,我就没地方坐了。别客气,往前去!”迷亭硬挤过来。主人只好向前挪动。

“苦沙弥君,这就是每每跟你提起的静冈伯父。伯父,这是苦沙弥君。”

“啊,得见尊容,不胜荣幸。听说迷亭每次进京都来府上打扰。我早就想登门拜访,面聆高论,今日有幸从府上附近经过,故前来道谢,幸勿见弃,日后犹请关照!”老人一气呵成说了一通老式寒暄话。主人交际面窄,人又沉默寡言,加之几乎不曾碰上如此古风老者,从一开始就多少有些怯场,现在又被滔滔不绝一番,朝鲜人参也好棒棒糖信封也好,早已忘去九霄云外,一时苦于应对,拙嘴

---

①唐纸:由中国传入日本的一种纸,印有漂亮花纹。

②壁龛:床の間。和室住宅客厅挂画和摆放瓷瓶等装饰品的位置。地板高出,墙壁凹入,下端有错落式搁板。

笨腮。

“我也……我也……本应前去问候……请多关照。”说罢，从榻榻米上约略抬头一看，老人仍匍匐未起，心里一惊，再次把头贴在榻榻米上。

老人估计时候差不多了，一边抬头一边说道：“这一带本来我也有公馆，长期生活在将军膝下[①]。但瓦解[②]之际就去了那边，几乎不再出来。这次出来一看，简直分不清东南西北。如果没有迷亭陪伴，事情根本办不成。虽说是沧桑之变，但江户开府三百年来，众所周知，将军家……”听老人说到这里，迷亭先生有些不耐烦，插嘴道：

“伯父，将军家或许难得，可明治这代也不错的哟！以前红十字会也没有的吧？”

“没那东西，红十字会云云完全没有。亲眼见得亲王殿下，若非明治圣代尤其不可能。托长寿的福，我也能像今天这样出席总会，听得亲王殿下[③]玉音，死也别无遗憾了。”

“啊，那么多年第一次来东京逛逛也是收获嘛！苦沙弥君，伯父么，这次是因为红十字总会开大会，特意从静冈来的。今天一起去了上野公园，刚回来。所以，这不，他穿来了我在白木屋定做的双排扣长礼服。”迷亭提醒道。果然身穿长礼服。可这礼服一点儿也不合身。袖子过长，领子大敞四开，后背有一道沟，两腋向上吊起。就算做得再不好，也不至于存心让它走样变形到这般地步吧！这还不算，白衬衫和白衣领又两相分离，一仰脖就露出喉结。不说别的，黑领结不知是属于衣领还是属于衬衫，完全分辨不清。长礼服倒还可以将就，而那白发髻无疑是一大奇观。转而目视那把有名的铁扇子，但见像模有样地贴在其膝盖旁边。主人这时好

① 将军膝下：幕府将军跟前，借指东京（江户）。

② 瓦解：幕府土崩瓦解，幕府倒台。

③ 亲王殿下：闲院亲王（闲院宫）载仁，时任成立于1887年的日本红十字会总裁。

歹回过神来，得以将精神修炼的成果充分运用到老人服装观察上面来，不免有些吃惊。他本以为老人不至于像迷亭说的那样，而见面一看，有过之而无不及。如果自己的麻子能够成为历史研究资料，那么这位老人的发髻和铁扇子的价值分明在此之上。[9] 主人很想打听一下这把铁扇子的由来，但毕竟不好贸然相问。而让交谈停下来，又觉得失礼，于是极为寻常地问道：

[9] 细致生动的外貌描写。不得体的着装与其进门时说话的端庄严谨形成鲜明对比，造成强烈反差。

“人很多的吧？”

“啊，人山人海。而且都左一眼右一眼看我——如今人们都好像很好奇，过去不是这个样子的……”

“嗯，是的，过去不是这个样子的。”主人说的颇像老人。这倒不是主人不懂装懂，而不妨视为从那意识蒙胧的脑袋里自行冒出的话语。

“还有，大家都往这‘砍盔’上看。”

“那把铁扇很有分量的吧？”

“苦沙弥君，拿一下试试，可重着呢！伯父，让他拿一拿！”

老人不堪重负似的拿起递给主人：“抱歉，请！”主人俨然在京都黑谷①接过莲生坊②大刀的香客接在手中，少顷说道“果然”，还给老人。

“都把这东西叫作铁扇铁扇，其实叫‘砍盔’，和铁扇截然有别。”

“哦，干什么用的呢？”

“砍头盔。趁敌人惊魂未定给他一下子。像是楠木正成③时期开始用的。”

“伯父，就是正成的砍盔吧？”

---

① 黑谷：位于京都市左京区黑古町的金戒光明寺的俗称。

② 莲生坊：熊谷直实（1141—1208），镰仓初期源氏武将，后来在新黑古（金戒光明寺）出家，名莲生。寺里有其大刀等遗物。

③ 楠木正成：1294？—1366，日本南北朝时期名将。

“不，不知是谁的。但时代很久远了。说不定是建武[1]时期制作的。”

“建武时期或许是的。不过寒月君可伤透脑筋了。苦沙弥君，今天回来路上正好有机会从大学校园穿过，就顺便去了理学院，让寒月君给我们看了物理试验室。由于这砍盔是铁的，以致磁性仪器彻底失灵，一场骚动啊！”

“不，那不至于。这是建武时期的铁，铁性好，绝无那种可能。”

“铁性再好也不管用的。寒月真是那么说的，不信不行。”

“你说的寒月，就是那个磨玻璃球的？年纪轻轻，有负年轻。应该做点儿正经事才是。”

“把人家说得怪可怜的。那也是研究！球磨出来了，就能成为了不起的学者。”

“磨球能磨成学者，谁都成学者了，我也能，料器铺掌柜的也能！做那种事的人，在汉土称之为玉工，身份低得不能再低。”老人边说边看主人，暗暗求其赞同。

“言之有理。”主人肃然应道。

“当今之世的所有学问都是形而下之学倒也未尝不可。但到了关键时刻全然派不上用场。过去不同，武士乃是出生入死的职业，须修身养性以便紧急关头不惊慌失措。想必您也知晓，那可不是磨玻璃球或编铁丝那般轻而易举！”

“言之有理。”主人再次肃然响应。

“伯父，您所说的修身养性，就是不磨玻璃球而双手揣怀静坐不动吧？”

“那么理解不对。绝不是那么容易的事。孟子说求放心，邵康节说心要放。佛家有一位中峰和尚，教人说具不退转。[2]理解起来

---

① 建武：宝町初期年号，1334—1336。

② 孟子说求放心，邵康节说心要放。佛家有一位中峰和尚，教人说具不退转：均见于泽庵禅师《不动智禅妙录》。邵康节（1011—1077），北宋儒学家。中峰和尚，元代禅僧。

绝非易事。”

“全然理解不了。到底如何是好？”

“你可读过泽庵禅师[①]的《不动智神妙录》[②]？”

“没有，听都没听说过。”

“心置何处？置心于敌身之动，则心为敌身之动所夺；置心于敌手之刀，则心为敌手之刀所夺；置心于斩敌之心，则心为斩敌之心所夺；置心于己手之刀，则心为己手之刀所夺；置心于不可被斩之念，则心为不可被斩之念所夺；置心于人之防御，心为人之防御所夺。总之心无处可置。”

“居然没忘，背下来了！伯父记忆力真够好的。很长的嘛！苦沙弥君，明白了？”

“言之有理。”主人再次以言之有理搪塞过去。

“喏，是这样的吧？心置何处？置心于敌身之动，则心为敌身之动所夺；置心于敌手之刀……”

“伯父，苦沙弥君对此已深有体会。近来天天都在书房里进行精神修炼，已经能置心于不顾了，以致客人来了也不出来接待。你放心好了。”

“噢，那是奇事一桩……你一起修炼也可以的吧？”

“嘿嘿嘿，没有那个闲工夫啊！伯父您自己一身轻松，就以为别人也东游西逛是吧？”

“实际上你不也东游西逛吗？”

“那可是闲中自有忙哟！”

“呃，你这人吊儿郎当，所以我说不修炼不行。忙中自有闲这句成语倒是有的，但没听过闲中自有忙。是吧，苦沙弥君？”

“嗯，像是没听过。”

“哈哈哈哈，那一来我可就投降了！对了，伯父，怎么样，来一

② 泽庵禅师：泽庵（1573—1645），临济宗禅僧。

③《不动智神妙录》：以问答形式谈禅语录集。下文“心置何处……”亦该书一节。

顿东京鳗鱼好吗？好久没吃了。去竹叶[①]，我请客。从这儿坐电车，很近。”

“鳗鱼固然好，可今天往下和善原有约在先，我这就告辞了。”

“啊，是杉原吧？那老爷子也够硬朗的。”

“不是杉原，是善原。你总是往错里说，伤脑筋。弄错别人姓名是很失礼的，可得注意才行。”

“不是写杉原吗？”

“写杉原，读善原。”

“好妙啊！”

“有什么好妙的？这叫名目读[②]，古来就有。写蚯蚓，日本式读法叫眼不见。蟾蜍，读作仰天儿，同一回事。”

“哦，没想到！”

“蟾蜍打死了就仰脸朝天，所以名目读就叫仰天儿。‘透垣’读‘すい垣’，‘茎立’读‘くく立’[③]，同一道理。写杉原就读杉原，那是乡下佬的读法。不注意点儿要给人笑话的。”

“那么，这就去善原那里吗？麻烦啊！”

“你不愿意，不去也行。我一个人去。”

“一个人能去吗？”

“走路去不好找。帮我雇一个人力车，这就上车。”

主人满口答应，让阿三跑去人力车夫家。老人说了一大堆寒暄话，将大礼帽戴在发髻上面，上车走了。迷亭留下。

“那就是你的伯父？”

“那就是我的伯父。”

“原来是这样。”主人重新坐在坐垫上，双手揣怀，陷入沉思。

① 竹叶：竹叶亭餐馆。当时位于东京京桥区（现中央区）新富町。

② 名目读：名目読。习惯造成的特殊读法。

③“透垣”读“すい垣”，“茎立”读“くく立”：日文原文：‘透垣’（すきがき）をすい垣（すいがき）、‘茎立’（くきたち）をくく立、皆同じ事だ。

“哈哈哈，与众不同吧？有这样一位伯父，我也够幸福的了。不管领去哪里都是这个样子！吃惊不小吧？”迷亭君满以为让主人吃了一惊，显得乐不可支。

“哪里，没怎么吃惊。”

“那还没吃惊？好有胆力的嘛！”

“不过你伯父好像有十分了不起的地方。强调精神修炼，非常值得敬佩。”

“值得敬佩？你到了六十，也可能像我那位伯父那样落后于时代的，要时刻当心才是！落伍那班车真要轮到你坐，可就下不来了哟！”

“你总是担心落后于时代。但有的时候有的场合，落后于时代反倒是了不起的！别的且不论，拿今天的学问来说，光知道向前向前，可前到哪里是头呢？岂不是根本得不到满足？在这方面，东洋式的学问消极而大有韵味——毕竟是心本身的修炼。”主人把日前从哲学家口中听得的说得像自家独创似的。

“大有长进嘛！说的好像跟八木独仙君差不多。”

听得八木独仙君姓名，主人愕然心惊。其实日前来卧龙窟说服主人之后悠然回府的哲学家，不是别人，正是八木独仙君。刚才主人煞有介事表达的这番见解，完全是来自八木独仙君的现炒现卖。他以为迷亭不知道，而现在迷亭却在间不容发之际搬出这位先生的大名，暗暗给主人仓促之间的鹦鹉学舌当头一棒。

“你听过独仙君的说法？”主人惊魂未定，叮问一句。

“什么听过没听过，那小子的说法，十年前在校时的和今天的一成未变。”

“真理不是那么说变就变的，也许不变才值得信赖。”

“唉，正因为有人捧他，他那一套才有机可乘。首先，八木这个姓就独具一格。喏，那缕胡子简直就是山羊。而且是从寄宿时代开始就长成那个样子的。独仙这个名也够炫乎。过去来我那里留宿的时候就谈论那个消极性修养。翻来覆去，无止无休。我说好了该睡觉了，可他毫不理会，来一句我不困，仍然大谈消极论，活活要命。无奈之下，只好说你也许不困，可我太困了，求他快快躺下。至此还算好，不料那天夜里老鼠出来咬了独仙君的鼻头。深更半夜天下大乱！虽然他嘴上说得像大彻大悟了似的，但好像还是贪生怕死，担心得不得了。说什么鼠毒要是浑身乱窜可就完蛋了，逼我快想办法。焦头烂额！别无他法，就去厨房把饭粒沾在纸片上，好歹蒙混过去。”

“怎么蒙混的？”

“我说这是进口膏药，法国名医近来发明的。印度人给毒蛇咬伤时，一用马上见效。只要贴上这个就不怕了。”

“你那时就深得蒙混之妙！”

“……结果，毕竟独仙君是那样的老实人，以为万无一失了，放心大胆地呼呼大睡。第二天早上醒来一看，膏药下面有线头垂下，原来是他那山羊胡须粘上去了。滑稽得很！”

“不过那以来他好像大有进步！”

“你最近见到他了？”

“一星期前来的，聊了好久。”

“怪不得我觉得你在卖弄独仙那套消极论。”

“说实话，当时大为欣赏，我也正要大大发奋修炼一番。”

“发奋当然好，不过要是把他说的话全都当真可就要吃亏了哟！说到底，不论别人说什么你都一一当真是不行的。独仙也只是嘴上说得漂亮，到了紧急关头都是彼此彼此。九年前的大地震你知道的吧？当时从宿舍二楼跳下摔伤的，只有独仙君一个。”

“关于那点他本人好像蛮有说法，是吧？”

“正是，要让他自己说，那是相当难能可贵的。还说禅的机锋峻峭，到了所谓电光石火之机，能够迅速应物以致令人生畏。别人一听地震就狼狈不堪，惟独自己从二楼一跃而下——修炼之功于此见效,可喜可贺。他一边拖着瘸腿一边洋洋自得。死不认输的家伙!说到底,再没有比口口声声说禅道佛那些家伙更可疑的了。"

"真的?"苦沙弥先生多少气馁起来。

"他这次来,说了不少禅宗和尚梦话那样的话了吧?"

"唔,教了一句'电光影里斩春风'什么的。"

"电光!那是十年前就玩的拿手好戏,滑稽!提起无觉禅师[①]的电光,整个宿舍无人不晓。而且,这位老兄一着急就出错,把'电光影里斩春风'说反了,说成'春风影里斩电光',有意思吧?下次让他试试。当他从从容容振振有词的时候,你百般吹毛求疵。那一来他肯定立马颠三倒四语无伦次。"

"碰上你这样淘气鬼,准没活路。"

"哪个是淘气鬼根本说不清。我顶顶讨厌什么禅僧啦开悟啦什么的。住处附近有座名叫南藏院的寺院,里面有一位八十左右隐退的老和尚。前不久一天晚上下雷阵雨的时候,一声雷响把老和尚住处院子的松树劈开了。不料和尚泰然自若。仔细打探,原来他是个聋子,聋了当然泰然自若了。大体就这么回事。独仙也一样,一个人开悟就算了,糟糕的是动不动就劝诱别人。实际也有两个人因了他变得疯疯癫癫的。"

"谁?"

"谁?一个是理野陶然。托独仙之福,彻底迷上了禅学,去了镰仓,结果在那里疯掉了。圆觉寺[②]前面有个铁道口吧?跳上去坐禅,夸口说要让火车停住。但火车那边刹住了,捡了条命。接着又说要炼就火不能烧水不能溺的金刚不坏之身,跳进寺内莲花池扑扑通通乱来一气。"

"死了?"

① 无觉禅师:前面"无学禅师"之仿,暗讽八木独仙。

② 圆觉寺:临济宗寺院,位于镰仓山中。夏目漱石曾在此参禅。

“那时也幸有道场的和尚经过，把他救了上来。后来回到东京，最后得腹膜炎死了。死是因为腹膜炎，但得腹膜炎的原因是在僧堂吃大麦饭和老咸菜吃的。也就是说，等于独仙间接杀了他。”

“走火入魔，也好也坏啊！”主人显出不无惊悚的神色。

“正是！给独仙害了的，同学中还有一个。”

“太危险了！谁？”

“立町老梅君嘛！那家伙也在独仙教唆之下，老是说鳗鱼上天猪成仙那种话，后来果真成了本尊。”

“本尊是什么？”

“终于，鳗鱼上天了，猪成仙了。”

“什么呀，到底？”

“八木是独仙，立町是猪仙。本来再没有他那么贪吃的了——馋嘴病和禅和尚的怪毛病同时发作，自然无可救药。起初我们也没注意，现在想来，全是胡言乱语。跑到我家里来，一会儿说‘你看炸猪排是不是飞到松树林上去了’，一会儿说‘我老家鱼糕坐在木板上游泳来着’，接二连三口吐警句。光是吐这个倒也罢了，还催我去门外的水沟里挖金团子[①]。到了这个程度，我也头晕脑涨。过了两三天，终于成了猪仙被收容到巢鸭去了。本来猪那东西是没有发狂资格的，他是完全因了独仙才落到那种地步的。独仙势力也相当了得的哟！”

“哦，现在也待在巢鸭呢？”

“不光老实待着，还是个自大狂，一味大吹大擂。前不久说立町老梅这个名字太无聊，自称天道公平，以天道化身自居。一塌糊涂！去看他一眼好了！”

“天道公平？”

“天道公平！疯疯癫癫的，却取了一个好名。也时不时写成‘孔平[②]’。还说什么世人陷入迷途，一定要解救出来，就没完没了

① 金团子：白薯泥加栗子面或豆面做的一种甜点。

② 孔平：孔平、公平在日语中发音相同。

给朋友或什么人写信。我也接到四五封,里边的信长得不得了,因邮资不足补交了两三次!”

“那么说,我这里的信也是老梅发来的。”

“你这里也来信了?妙!信封到底是红的吧?”

“嗯,正中红,左右白,别具一格。”

“那个么,据说是托人从中国买来的。天道为白,地道为白,人居中为红——用来表示猪仙的格言……”

“信封有这么多讲究。”

“疯了才这么讲究!虽然疯了,但贪吃这点始终如一,每封信必写吃的什么。寄给你的也写了什么吧?”

“呃,写海参来着。”

“老梅喜欢海参,理所当然。此外?”

“此外写了河豚和朝鲜人参什么的。”

“河豚和朝鲜人参搭配吃的确好吃。估计他的意思是:河豚吃中毒了,就煎朝鲜人参喝。是吧?”

“也不像是。”

“不是也无所谓,反正疯了。就这些?”

“还有。有一句是‘苦沙弥先生,且吃茶去!’”

“啊哈哈哈,‘且吃茶去’够严厉的了。肯定认为这下能把你彻底搞定。大获成功!天道公平君万岁!”

迷亭先生甚觉好笑,大笑起来。主人得知以足够的敬意反复诵读之信的寄信人是不折不扣的狂人,觉得最初的热心与苦心似乎徒劳一场,不由得很是窝火。想到自己那般全神贯注欣赏疯子的文章,又有些难为情。最后又产生一丝疑虑:既然自己对狂人之作如此全神贯注玩味再三,那么莫非自己也在精神上有了异常不成?气恼、惭愧、担忧,三者交攻,使得主人显得魂不守舍,呆坐不动。

正当这时,外面的格子门被一把拉开,随着脱鞋处两声重重的鞋声，有人大声喊道：“有事相求！有事相求！”和屁股沉的主人相反，迷亭到底爱说爱动，没等阿三出迎就说了声“请进”，同时两大步穿过中间隔着的房间蹿到门口。不打招呼就扑通扑通闯入别人家门这点固然是个麻烦，但既然闯了进来就像书童那样负责接待，倒也管用得很。但再怎么表现，迷亭终究是客人。客人出迎而主人苦沙弥先生稳坐客厅不动，这在道理上是说不过去的。一般男人理应随后出阵。而这恰恰是苦沙弥之所以为苦沙弥之处。他若无其事地在坐垫上安营扎寨。但安营扎寨和按兵不动相比，诚然风格相近，实则大为不同。

蹿去房门口的迷亭不停地讲了些什么。少顷，朝里面高喊：“喂，尊贵的主人，劳驾出来一下，有事非你不可！”迫不得已，主人依然双手揣怀慢慢腾腾走了出来。一看，迷亭君正手拿一张名片弓腰寒暄，姿势毫无威严之感。手中名片写的是“警视厅刑事警察吉田虎藏”。和虎藏君并立的是一个二十五六高个头男子，穿一身唐栈布[①]服装，仪表堂堂。奇异的是，此人和主人同样双手揣怀，一声不响直挺挺站着。那张脸总好像见过。细细观察，何止见过，原来就是前不久来访拿走山药的梁上君子。嗬，这回是光天化日下从正大门大驾光临！

“喂，这位是刑警，说上次的小偷抓到了，让你到警察那里去一趟，特意为此来的。”

看样子主人终于明白了刑警上门的缘由。朝小偷那边客气地点了下头。因为小偷比虎藏君长得帅气，所以主人贸然断定他是刑警。小偷也必定吃了一惊，但毕竟不好声明自己就是小偷，只好静静站着，仍然双手揣怀。其实是因为戴着手铐，让他拿出手也拿不出来。一般说来，一看这样子就能看出十之八九。但主人不像是当世之人，有个一味敬重官吏和警察的毛病，认为官老爷的

① 唐栈布：江户时期进口的格纹布，纵格，颜色有红、黄、深蓝。后来日本自产，名称改为“栈留”。

权威甚是非同小可。从理论上讲，他倒也知晓警察是自己等老百姓出钱雇的看家人，而实际临场，却又格外唯唯诺诺。主人的老爹过去曾是远郊一个名主[①]，低声小气点头哈腰的习惯想必作为基因如此传给儿子。委实可怜至极。

警察似乎觉得滑稽，嘻嘻笑道："明天上午九点前请来日本堤分署一趟。失窃物是什么和什么来着？"

"失窃物……"主人欲言又止，不巧他已经忘得差不多了。只记得多多良三平的山药，而他又觉得山药那玩意儿怎么都无所谓。问题是既然说起失窃物……若接不上下句，无论如何都像是与太郎[②]，面子上难堪。倘是别人失窃倒也罢了，而自己失窃却给不出明确回答，岂不成了人不健全的证据！于是咬咬牙补充说："失窃物……山药一箱。"

看上去小偷这时勉强忍住笑，低头把下巴藏进衣领。

迷亭哈哈大笑："你好像实在舍不得那箱山药啊！"

惟独警察意外认真："山药好像没有交回，其他东西基本回来了。啊，来看看就知道了。还有，归还失物时需要认领书，来时请不要忘带印章。务请九点之前来。日本堤分署，浅草警察署管辖内的日本堤分署。那么，再见！"

警察兀自讲完回去了。小偷也跟出门去。由于手拿不出，无法关门，任门开着扬长而去。主人虽怕警察，但又好像不满，鼓起腮帮"砰"一声把门关上。

"啊哈哈哈，你非常尊敬刑警嘛！要是平时也总那么一副谦恭态度就好了，只对警察客气可不好办。"

"毕竟特意来通知的嘛！"

"来通知？对方的职业！正常对待就足够了。"

"不过不是一般职业。"

---

① 名主：日本中世纪拥有并管理庄园耕地（名田）的上层农民，类似中国古代的亭长。

② 与太郎：年轻傻瓜的代称，相声中经常出场。

"当然不是一般职业，是侦探那种让人作呕的职业，比一般职业还要低下。"

"你那么说话，要吃苦头的哟！"

"哈哈哈，那么，说警察的坏话就免了吧！可你尊敬倒也罢了，而小偷也尊敬起来，就不能不让人吃惊。"

"谁尊敬小偷了？"

"你嘛！"

"我怎么能跟小偷打交道？"

"怎么能？你不是向小偷低头行礼了吗？"

"什么时候？"

"刚刚低头行平身礼，还不认账？"

"傻话！他是刑警嘛！"

"刑警会那样一副打扮？"

"刑警才那样一副打扮，不对？"

"固执啊！"

"你才固执！"

"不说别的，刑警到人家里来会双手揣怀直挺挺站着？"

"刑警也未必就不揣怀。"

"那么疾言厉色怪吓人的。你低头行礼的时候，那家伙始终那样站着不动。"

"因是刑警，所以那也是可能的。"

"真够自信的了，怎么说也不听。"

"不听！你光是嘴上一口一个小偷，并没有亲眼看见小偷进来，只是自以为是咬住不放！"

到了这个地步，迷亭也好像死心塌地，认为主人无可救药，一反常态沉默下来。主人为久违地挫败迷亭而大为得意。在迷亭看来，主人的价值因其刚愎自用而每况愈下；而让主人来说，正因为刚愎自用才使得自己比迷亭高明。世上这种鸭对鸡讲的事比比皆是。以为坚持就是胜利并为此沾沾自喜之间，其本人作为人物的价值势必一落千丈。不可思议的是，顽固的本人则至死不悟，以为因此维持了体面。做梦都没想到自那以来为人轻蔑众叛亲离。幸福！据说这种幸福被称为“猪的幸福”。

“总之明天是打算去的喽？”

“当然去。让九点前到，八点出门。”

“学校怎么办？”

“请假。管它！”主人不屑地说，气壮如牛。

“气冲牛斗啊！请假可以的？”

“有什么不可以！我在的学校是月薪，不担心扣钱。没问题。”主人不打自招。说狡猾就狡猾，说单纯就单纯。

“跟你说，去是可以，路可知道？”

“哪里知道！坐车去不就行了！”主人气呼呼地说。

“不亚于静冈伯父的东京通，佩服佩服！”

“随你怎么佩服好了！”

“哈哈哈，日本堤分署，喂喂，那不是一般地方，吉原！”

“什么？”

“吉原！”

“就是有烟花柳巷的吉原？”

“正是。要说吉原，东京只有一个。怎么，要去看看？”迷亭又开始寻主人开心。

听得吉原，主人显得有点儿踌躇：“这个嘛……”随即转念说道，“吉原也罢，柳巷也罢，一度说要去，那就非去不可。”主人在无需用力的地方刻意用力。蠢人总是在这种地方固执己见。

迷亭君简单说道：“怕是有趣的吧，只管看来！”闹出一阵风波的刑事案件暂且告一段落。迷亭仍然天南海北大侃一通，到了日暮时分，说太晚了伯父要发脾气，说罢返回。

迷亭回去后，主人匆匆吃完晚饭，重新撤到书房，再次拱手思考。思考内容如下：

“以迷亭的说法看来，自己心悦诚服并要大大效仿的八木独仙君也并非多么值得效仿的人。如迷亭所言，似乎多少属于疯癫系统。何况他已有了两个确确实实的疯癫追随者，危险得很。轻率接触，很可能被拖进同一系统。自己在文章上惊叹之余认定为具有远见卓识之伟人的天道公平（实名立町老梅）居然纯属狂人，如今在巢鸭医院起居。即使迷亭的讲述是骇人听闻的戏言，他在精神病院滥用盛名以天道主宰自居这点怕也实有其事。如此这般的自己说不定也多少有此嫌疑。同气相求、同类相聚。既然自己对狂人之说钦佩有加——至少对其文章言辞表示同情——那么自己可能和狂人相差无几。纵令不被纳入同一铸模，而若与狂人比邻而居，也未必不会拆除隔墙而不觉之间在同一房间与之促膝谈笑。这可使不得！果不其然，细想之下，这段时间自己大脑的作用连自己都为之惊讶：在奇字下面加了个妙字，变字旁边添了珍字。[10]一勺脑浆的化学反应暂且不论，而在意志动而为行为、发而为言辞这方面有失中庸之点确乎不少，不可思议。舌上无龙泉、腋下无清风倒也罢了，而若齿根有狂臭、筋头有疯味，那可如何是好？愈发岌岌可危！弄不好，或者已经成了严重患者亦未可知。幸好尚未伤人，尚未做出妨碍世人的事来。因此未被赶出社区，仍作为东京市民存在于此。这可不是消极积极那么简单的问题。首先须从脉搏查起。但脉好像没有变化。脑袋莫非发热？这也谈不上是虚火上升。不过还是让人放心不下。

[10]“奇”“妙”“变”“珍”，极言离奇怪诞。

“单单把自己和狂人比较和计算类似之点，无论如何都不可能脱离狂人领域。方法不好。因为是以狂人为标准让自己往那方面靠拢而加以解释的，所以才得出这样的结论。而若以健康人为本位将自己置于其旁边来考虑，或者出现相反结果也未可知。为此必须先从身边的人开始。第一位，今天来的双排扣长礼服伯父怎么样？心置何处……他也有点儿可疑。第二位，寒月君如何？从早到晚自己带盒饭磨玻璃球。这也是同一类。第三位是……迷亭?他存心以插科打诨为天职,绝对是阳性狂人。第四位是……金田夫人。其恶毒的劣根性完全超乎常识,纯然精神病一个。第五位轮到金田君了。没有见过金田君,但首先从他对夫人毕恭毕敬言听计从、琴瑟调和这点来看,不妨视之为非凡之人。非凡乃狂人的别名,所以尽可把他与之归为一类。其次——远远不止于此——落云馆诸君子,从年龄上说,还刚刚萌芽,但在狂躁这点上,可谓响当当的豪杰,足以称雄一世。如此清点之下,似乎大部分都属同类。这让我辈胆壮起来。说不定社会全都是由狂人构成的。狂人聚在一起舌枪唇剑、抓作一团、互相谩骂、你争我夺。而其整体作为一个集团又如细胞一样忽而分裂忽而膨胀、忽而膨胀忽而分裂,如此生生不息——或许这就是所谓社会。其中约略通情达理、明辨是非的家伙反而碍手碍脚,因而建造一个叫疯人院的东西,把他们关进里面不许出来。这么着,关进疯人院的是普通人,院外上蹿下跳的反倒是疯子。或许,疯子孤身一人之时无论如何都是疯子,而若化为集团有了势力,就成了健全人。大疯子滥用财力和威力驱使众多小疯子为非作歹,却被称为正人君子——这样的例子绝不为少。何是何非茫无头绪。”

以上是主人当夜在荧荧孤灯下深思熟虑时的心理活动,我辈如实描述下来。其大脑的不透明程度在这里也显而易见。尽管他蓄有近似恺撒的八字胡,但仍是疯人与常人的差别甚至都分辨不清的糊涂人。不仅如此,尽管他刻意提供这样的问题诉诸自己的思索力,但没有导致任何结论,不了了之。他这个人,无论对什么都不具有彻底思考的脑力。其结论的散漫性,犹如他鼻孔中喷出的朝日牌香烟一样虚无缥缈。这点应作为其所发议论的惟一特色留在记忆里。

我辈是猫。或许有哪位怀疑一只猫何以能将主人的心曲记叙得如此缜密。其实这点事对于猫根本不在话下。我辈懂读心术。

至于何时懂的,多余的事不问为好。反正懂就是。趴在人的大腿上酣睡时间里,我辈把我辈柔软的毛衣轻轻贴于人的肚皮。这么着,就有一道电光发生,使得他腹中的所有名堂都一一映于我辈心眼。日前甚至有这样一件事:主人轻抚我辈脑袋之间,一个荒唐的念头汹涌而来,如果剥了猫皮做成坎肩想必相当暖和——我当即心有所觉,打了一个寒战。可怕!由于有此本事,也才得以将当夜主人脑袋里产生的以上思想向诸君报道,实为我辈一大荣誉。不过主人想到"何是何非茫无头绪"之后便呼呼睡了过去。到了第二天,把什么想到了什么地步早已忘得一干二净。假如以后主人还就狂人思考的话,势必从头思起。那一来,是否真能循此思路,并且出现"何是何非茫无头绪"的结果,则无可保证。不过,无论他重新思考多少遍,也无论循何种途径前进,其结果只有一个:"何是何非茫无头绪。"

第十章

“嗳，七点了！”夫人隔着纸隔扇招呼道。不知主人是醒了还是睡着，总之脸朝那边不应声。不应声是此人的坏习惯。除非不得不开口时才“唔”一声。发出这声“唔”亦非易事。人若懒到嫌应声麻烦的地步，倒也不无有趣。可是惟独此人从未得到女人欢心。就连时下朝夕相伴的夫人，也好像对他不很上心，其他人更是可想而知——这么说应该不会有错。父母兄弟都弃他而去，何况非亲非故的艺妓，更不至于垂怜于他。既然如此，既然夫人的欣赏都得不到的主人不可能得到世间一般淑女的青睐。虽然此时此刻没有必要刻意暴露主人在异性中没有人气，但问题是其本人产生了意外错觉，硬找理由说因是赶上流年[①]的缘故才不受夫人喜欢。而这已成了他纠结的起因。我辈这才出于热心多说一句，或许能对他的自觉有所裨益。

即使夫人提醒警察指定的时间到了，主人也充耳不闻，也脸朝内甚至唔一声也不发出。既然这样，那么错误便在丈夫方面不在妻子。夫人如此判定之后，便以迟到也不怪我那样的态度扛起扫帚和掸子走去书房那边。片刻，响起乒乒乓乓拍打书房的声响——开始照例打扫书房。而打扫的目的究竟是为了运动还是为了游戏，不承担打扫职责的我辈自是无由得知。虽说佯装不知即万事大吉，可是不得不说这位夫人的扫除法颇无意义。何为无意义呢？因为夫人单单为扫除而扫除。把掸子往隔扇上大致拍打一通，再让扫帚在榻榻米上滑行一遍，自以为就算完成了扫除。至于扫除的缘由及结果，则丝毫不负责任。是故，干净的地方每天干

① 流年：日本一般认为男性四十二岁、女性三十三岁为流年、凶年。

干净净，有垃圾的地方、落满灰尘的地方总是垃圾成堆灰尘依旧。既然有“告朔饩羊”的故事，那么即使这样恐怕也总比不做为好。[1]做也对主人无甚益处。而无甚益处之事每天每日都坚持做，此乃夫人伟大之处。夫人与扫除已由于多年习惯形成机械式联想牢不可破地结合在一起。尽管如此，若论扫除实绩，却和夫人出生前、和掸子扫帚发明前同样，无一可陈。想来，二者的关系如同形式逻辑学命题中的语词一样密不可分，而无论内容如何。

[1] 春秋时期，诸侯将天子赐给的历书藏于祖庙，每当朔日来临即供羊以告祖灵。这一仪式虽然逐渐流于形式，但孔子说纵是虚礼也不应废除。故事见于《论语》。

我辈和主人不同。来事就是习惯于早起，所以这时肚子早已空了。以猫之身份，家里人都还没就餐，自己无论如何也没有吃早餐之理。但这里正是猫的卑劣之处。想到鲍鱼壳里可能还有汤汁的香味腾腾升起，就不由得坐立不安。明知虚幻不外乎虚幻却仍寄以希望之时，只有在脑海里描绘这希望来稳住自己不动，此乃最佳对策。但这很难做到，死活都想试验一下心愿与现实是否吻合。试验也注定失望，而在将最后的失望作为事实自行接受之前还是非试验不可。我辈忍无可忍地往厨房爬去。先往灶台后面的鲍鱼壳中窥看一眼，不出所料，仍是昨晚舔光的样子，在天窗泻下的初秋诡异的阳光下闪闪烁烁，阒无声息。

阿三已把刚煮好的饭移进饭桶，此刻正在搅拌架在陶炉上的锅。沸腾得溢出锅边的米汤，干巴巴干成几条贴在锅上。有的看上去宛如贴了吉野纸。饭也罢汤也罢都已准备就绪，让人家来一口也可以的嘛！这种时候客气是没有意义的。纵然不能如愿以偿，原本也没什么可损失的。那么就毅然决然偷吃早饭好了！就算是白吃白喝的身份，饿也同样是饿的。如此打定主意，我辈“喵喵”叫了起来，如怨如诉如泣如撒娇。看样子阿三全然不屑一顾。她生来就有棱有角，不懂人情世故。这点我早已领教。但我要使出浑身解数，叫得声情并茂来唤起她的同情。这回“喵噢喵噢”试叫几声。这种叫声，就连我辈自己都觉得带有悲壮之音，相信足以使天涯游子涌起断肠之情。

阿三无动于衷。这个女人没准耳聋。耳聋固然当不了女佣,但说不定只对猫叫耳聋。据说世上有色盲,即便其本人以为具有十足的视力,而让医生说来也是残疾。这阿三想必是声盲。声盲也是残疾。虽是残疾却甚为蛮横。例如夜半时分我要撒尿,不管怎么求她开门也从不给开。偶尔开了一回,又怎么都不肯放人家进来。夏天也受不了夜露,何况霜降之时!站在屋檐下苦待日出是何等苦不堪言,实在超乎想像。前不久吃闭门羹时甚至惨遭野狗袭击,情况十万火急,最后好歹爬上仓库房顶,整整颤抖了一夜。这都是阿三的冷酷无情造成的后果。面对这样的家伙再叫也不可能有感应。不过这就应了"饥时抱佛脚,穷时偷情书"两句话,几乎所有的事都想尝试一下。

"喵噢——喵噢——"叫到第三次时,为引起她的注意运用了特别复杂的哭腔,声音之美妙,坚信不亚于贝多芬的交响曲。然而对阿三似乎毫无影响。阿三突然屈膝掀起一块地窖盖板,从中抓出一根四寸来长的硬木炭,随即用那长家伙砰砰敲打灶台一角,长家伙碎成三块,四周给炭灰弄得黑漆漆一片,锅里也好像进了一点儿。阿三这人不至于在乎这个。她当即把碎成三块的炭从锅底塞进炉灶,不大可能倾听我辈的交响曲。无奈之下,只好灰溜溜撤回起居室。经过洗澡间时,三个女孩儿正在里边洗脸,喧闹异常。[2]

[2] 通过一系列细节写阿三"耳聋""色盲"等,说明在"我"的眼里,阿三冷酷无情,对小动物缺乏爱心。

虽说是洗脸,但因为上面的两个是幼儿园的学生,第三个还小得跟在姐姐屁股后都走不稳,所以不能像样地洗脸和灵巧地化妆。那个最小的,从桶里捞出一条湿抹布往脸上左一把右一把抹个不停。用抹布洗脸估计不会舒服,但毕竟是每有地震都说好玩儿的孩子,做这种事也不足为奇。或者比八木独仙君还有悟性亦未可知。长女毕竟是长女,遂以姐姐自居,咣啷扔开漱口杯,上去抢抹布:"小东西,那是抹布!"小妹也足够自信,轻易不肯听姐姐的:"我不嘛,吧不!"说着把抹布拽了回来。至于这"吧不"之语是何含义、有何语源，谁也无从知晓，仅供这小妹发脾气时一再使用。

抹布这时被姐姐的手和小妹的手左右拉扯，水滴从含水的正中间嘀嗒落下，毫不客气地落在小妹脚上。若只是脚上倒还可以忍受，但膝部那里也湿得一塌糊涂。别看小，这小东西可还是穿着元禄①的。元禄指的是什么呢？慢慢听来，据说大凡中等大小的花纹，都是元禄。不知到底是谁这么教的。“小妹，元禄湿了，快住手！好不？”姐姐说得倒是俏皮。其实正是这位博识的姐姐前不久还把元禄和双六②说混了。

这元禄让我辈想起一件事来，顺便啰嗦几句。这孩子把话说错的事例实在不胜枚举，时常错得啼笑皆非。或者把火灾说成蘑菇飞来了③，或者说去了御茶味噌女校，或者把惠比寿和厨房并列起来，又有时说“我不是藁店的孩子”。细问之下，原来把“里店④”和“藁店”说混了。主人每次听得这类失误都要笑，而自己去学校教英语时却把比这还要滑稽的谬误一本正经地教给学生。

小东西——其本人不说是小东西，总是说小不点儿——看见元禄湿了，说了句“元鲁稀了”就哭出声来。元禄又湿又凉受不了，阿三从厨房蹿了过来，夺下抹布给她擦衣服。这场骚动中较为冷静的，是次女澄子。澄子背过身打开从板架滚落下来的香粉瓶，一个劲儿往脸上涂抹。首先，用扎进瓶里的手指往鼻头上使劲按出一道白色竖线，鼻子的位置多少变得分明起来。其次，转动沾有香粉的指头在脸颊上摩擦。结果又形成了白色凸起。正当装点到位的时候，阿三进来擦拭小东西的衣服，顺便把澄子的脸蛋也擦了。澄子显出有所不满的神气。

① 元禄：元禄花纹衣服，图案夸张、色彩艳丽。元禄，元禄年间（1688—1704）。

② 双六：一种游戏名称，通过掷色子赌输赢。

③ 火灾说成蘑菇飞来了：火灾，日语为“火事”（ひのこと）；蘑菇，日语为“茸”（きのこ），二者发音相近。

④ 里店：里店，うらだな；藁店（稻草店），わらだな。日语二者发音相近。

我辈从旁边看完这番光景，从起居室来到主人卧室悄然打量，心想差不多也该起来了吧？不料主人的脑袋不知去了哪里，只见一只趾甲足有十文半长的脚丫子从被角探了出来。想必是嫌露出脑袋被叫起来麻烦，所以如此蒙头大睡的吧！龟儿子般的男人。这当口，打扫完书斋的夫人又扛着扫帚掸子赶了过来，像刚才那样在隔扇入口招呼道：[3]

[3] 以下写夫人的动作、言语，塑造出一个泼辣、粗鲁的悍妇形象。

"还不起来啊？"而后就势久久站在那里盯视不露头的卧具。这次也不应声。夫人从入口跨进两三步，用扫帚"嗵"一声捅道："还不起来？你！"再次恭候主人应答。这时主人已经醒了。因为醒了，所以预先把脑袋整个缩进被窝以应对夫人的袭击。只要不露出脑袋，估计就能躲过——他如此好笑地心存侥幸躺着不动夫人则绝不允许。不过第一次叫他的语声是在门口响起的，至少相距六尺左右，所以他心中暗想还不要紧。而现在"嗵"一声捅来的扫帚已近在三尺，这让他吃了一惊。不仅如此，第二次"还不起来？你！"无论在距离上还是在音量上，在被窝听来其势头都比前次强不止一倍。于是他意识到躲不过去了，遂低低"唔"一声作答。

"不是说要九点以前去的吗？再不快些就来不及了哟！"

"用不着你那么说，这就起来。"从睡衣袖口应答也是个奇观。夫人总是因这一手而相信他会起来，结果又睡了过去——这回可大意不得，就催他："快、快起来！"自己都说起来了，却还在催，未免气不过，像主人这般任性之人就更加气不过了。主人当即把一直套在头上的睡衣一把抛开，但见他双目圆瞪：

"吵吵什么？说起来就起来的嘛！"

"不是说起来也不起来的吗？"

"谁什么时候说那种谎来着？"

"无论什么时候。"

"胡说！"

"天知道是谁胡说！"

夫人气呼呼拄着扫帚站在枕边，一副威风凛凛的样子。这时，后院人力车夫的小孩八妞忽然“哇”一声大哭起来。车夫老婆命令八妞：只要主人发火就一定要哭！没准车夫老婆是靠这个赚零花钱，主人火一次八妞哭一次她赚一次。但对八妞可是个不小的麻烦。有这样的老妈真是倒了大霉，必须从早到晚铆足劲儿大哭不止。倘若主人也多少觉察个中情形而略略控制火气，八妞的寿命想必有所延长。不妨断言，哪怕再受金田君之托，做这种蠢事也比天道公平君有过之而无不及。如果仅仅在主人发火时哭倒也罢了，那还有回旋余地。问题是金田君雇用附近地痞无赖喊叫“今户窑丑狐狸”时，八妞也必须哭。何况在主人是否发火尚不确定之时就预想必定发火而提早让八妞哭叫。这样一来，究竟主人是八妞，还是八妞是主人就分辨不清了。指桑骂槐奚落主人并不费事，只要责骂八妞两句，就等于轻而易举打了主人一记耳光。据说过去西洋对犯罪处刑之时若其本人逃亡国外无法捕捉，就制作偶人代以接受火刑。他们一伙人中大概也有通晓西洋故事的军师授以妙计。落云馆也好八妞老妈也好，对于别无良策的主人想必都很棘手。此外棘手事也比比皆是。或许整条街都让他棘手，只是眼下没有关联，容我慢慢介绍不迟。

听得八妞哭声的主人，看上去从一大早就怒火中烧，猛然在被子上挺直身子。这一来，精神修炼也罢八木独仙也罢，似乎全都忘个精光。一边挺直身子一边用双手在脑袋上咔嗤咔嗤挠来挠去，就像要把头皮挠掉似的。积攒一个月之多的头皮屑肆无忌惮地朝脖颈、朝睡衣领飞扑而来，极为壮观。胡须如何呢？一看，这也堪可惊诧，尽皆奋然直立。其持有者怒不可遏而胡须焉能安然无事？想必胡须深知利害，故而一根根气冲冲以锐不可当之势朝各个方向突飞猛进，委实可歌可泣。也是因为昨天照了镜子，昨天还乖乖效仿德皇陛下井然有序，而睡了一夜之后，训练也好什么也好就都顾不上了，当即恢复本来面目我行我素。就好像主人一夜间的精神修炼到了第二天即风卷残云般荡然无存，而与生俱来的野猪式本领随之暴露无遗。具有如此桀骜不驯的胡须而如此任性胡来的家伙居然至今未被免职而照当教师不误——想到这里始知日本之大。恐怕惟因其大，金田君和金田君的走狗才得以作为人横行于世，主人似乎坚信在他们作为人横行于世期间自己也无由被免。到了关键时刻，驰书巢鸭向天道公平君咨询即可。

此刻，主人尽大限度睁开我辈昨天介绍的混沌太古的眼睛，定定注视对面的壁橱。壁橱高六尺，中间横向隔开，上下各安两扇拉门。下层壁橱同被褥下端紧挨紧靠，以致挺起身子的主人稍一睁眼，视线就自然而然对着这里。一看，拉门带有花纹的裱纸到处出了破绽，奇妙的衬纸历历在目。衬纸形形色色，有印刷的，有手写的，有反贴的，有倒糊的。主人看了，很想看看写的什么。刚才还气得恨不能一把抓住车夫老婆把那鼻头狠狠蹭在松树干上的主人，突然动了想看废纸之念，这似乎有些不可思议。但对于这类阳性易怒之人则并不罕见。一如小孩儿哭时给一个豆馅糯米饼就马上破涕为笑。

听说主人过去借住于某处一座寺院期间，隔着一扇纸拉门住有五六个尼姑。尼姑这东西，在坏心眼女人里边本来也是心眼最坏的。她们似乎看透了主人的脾气禀性，一边敲着自己做饭用的锅，一边有板有眼地唱道刚才哭的乌鸦笑了、刚才哭的乌鸦笑了。主人顶顶讨厌尼姑即是从那时开始的。尼姑尽管讨厌，但其所言不虚。主人的喜怒哭笑诚然一倍于人，但哪一样都持续时间不长。往好里说，怕是没有长性，心机多变。若译成俗语简单说来，不过是个撒娇任性的孩子，犟脾气，不吃硬。既是撒娇任性的毛孩子，那么以吵架的气势一跃而起的主人忽然转念细看壁橱拉门的衬纸，也必须说理所当然才是。

首先映入眼帘的是伊藤博文[①]的倒立。往上看，时间为明治十一年九月二十八日。韩国总督之任大概也是始于此时，即尾随政府布告上任的。这家伙当时干什么来着？主人把不易辨认的地方勉强辨认一番，得知是大藏卿[②]，果然了得！就算贴倒了也是大藏卿。稍微往左看，这回大藏卿正躺着睡午觉。理所当然！倒立坚持不了多长时间。下方一块木板上只看出"汝等"二字。还想看下去，可惜藏而不露。下一行只见"快快"二字。这个也很想看，奈何仅此而已，无从下手。假如主人是警视厅的侦探，即使是别人的东西也可能不管不顾地撕扯下来。侦探之类无人受过高等教育，为了举证什么都干得出。那是不好对付的，但愿能客气一些。倘不客气，绝不让其举证即可。听说他们甚至以罗织虚构的罪名陷害良民。原本是良民出钱雇的，却将雇主治罪，这也是不折不扣的疯人。继而转眼往正中一看，大分县在正中间翻斤斗。就连伊藤博文都要大头朝下，大分县双脚朝上实乃天经地义。主人看到这里，攥紧双拳朝天花板高高举起——要打哈欠了。

这个哈欠亦如鲸鱼远啸，极具变调之韵。哈欠姑且打完，主人慢条斯理换衣服，去洗澡间洗脸。迫不及待的夫人顿时卷起被褥，叠起睡衣，一如往常开始扫除。扫除一如往常，主人洗脸方式一如往常，十年如一日。如日前介绍的，依然"嘎——嘎——吭——吭——"持续有顷。而后分头，分完肩搭西洋毛巾来到起居室，在长火盆旁落座，一副超然物外的神气。说起长火盆，诸君难免想像这样的场景：火盆是带有波浪花纹的榉木做的，或全铜制品，一位刚洗过的秀发纷披的少妇支起一条腿坐着，把长管烟袋磕在黑柿木盆架上。但我家苦沙弥先生的长火盆绝非那般时尚的物件。那东西相当古雅，外行人看不出是什么制造的。长火盆擦得最亮的

① 伊藤博文：1841—1909，日本政治家，历任日本首相、枢密院与贵族院议长，"日韩合并"后任韩国总督。后被朝鲜义士安重根刺死。

② 大藏卿：当时的财务相、财政部长。

部位是其身份的证明。但主人这物件，究竟是榉木是樱木还是桐木都模棱两可，加之几乎不曾施以抹布，以致灰头土脸郁郁寡欢。若问这东西从哪里买的，则绝对没有买的记忆。那么别人给的不成？给的人也没有。既然如此，或许追问是偷来的了？个中情形说不清道不明。往日亲属中有一位赋闲老人，老人死时主人曾受托看家。后来单立门户，退回老人的房子。当时把这个当作自家东西使用的火盆有意无意带了过来。品行似乎有些不端。细想之下，虽然似乎品行不端，但这种事人世间所在皆是。银行家每天用别人的钱，用着用着别人的钱看上去就成了自己的钱。官吏是人民的仆人，类似代理人，为了让他办事赋予其一定权限。不料，在每天行使权力处理事务过程中产生了错觉，以为此乃自己拥有的权力，所谓人民没有任何就此置喙的理由。既然世间这种人熙熙攘攘，那么就不能以长火盆事件断定主人有毛贼根性。倘若主人有毛贼根性，那么普天下无人不有。

主人在长火盆旁面对矮脚餐桌列阵以待。他的三面是刚才用抹布洗脸的小东西、要去御茶味噌学校上学的俊子、把手指插入香粉瓶的澄子——三人业已齐刷刷吞食早餐。主人大体公平地往三个女孩儿脸上扫视一遍。俊子的脸具有南蛮铁刀护手般的轮廓，澄子毕竟是妹妹，多少存有姐姐的面影，足以让人联想琉球漆大红盘子。及至这小东西，倒是大放异彩，长成一副长脸。只是，若是竖长，世间诚然不乏其例，但这孩子是横长。无论流行如何瞬息万变，横长脸怕也难以流行。尽管是自家子弟，主人也有时反复琢磨。不管怎样总要成长。岂止成长，其长势之快，就好像禅寺里的竹笋变成幼竹一样迅速。每次想到她们又变大了，主人都胆战心惊，感觉像是后有追兵似的。哪怕主人再粗心，也晓得这三位小姐是女子。既是女子，势必设法嫁出才是。同时察觉自己只是晓得而不具有把她们嫁出的本事。因此，自家子弟也多少让他觉得有些棘手。既然棘手，那么不制造就好了。可这正是人之为人之处。说起人的定义,无他,只消说人乃是没事找事自讨苦吃之物即可,此即足矣。

孩子们到底无辜。她们做梦也没想到老爸为其处理如此无计可施,只管兴冲冲吃饭。不过更难对付的是小东西。小东西今年三岁了。夫人灵机一动,为她准备了适合三岁用的小筷小碗。可是小东西坚决不用,必抢姐姐的碗,必夺姐姐的筷,硬要拿不好拿的家伙。环视世间,越是无能无才的小人,越是飞扬跋扈爬上力不胜任的官位。其心性完全是从这小东西时代萌发的,根深蒂固,绝非教育和熏陶所能改变,趁早死心塌地为好。

小东西把从邻人手中掠夺的偌大的碗、粗大的筷子据为己有,不断胡作非为。由于硬要使用使不惯的工具,行为势必粗暴。小东西先一起握住两根筷子底端,猛一下子戳到碗底。碗里的饭盛到八分,上面涨满大酱汤,平衡本来就岌岌可危,现在因筷子力度受到突然袭击,顿时倾斜三十多度。与此同时,大酱汤无情地往胸口一滴接一滴淌了下来。小东西不会因这点儿挫折鸣金收兵。她是暴君。这回把深深戳入的筷子从碗底往上狠狠掘起,同时把小嘴凑到碗边,将掘出的饭粒满满拨入口中。拨洒的饭粒连同黄色酱汤一齐吆喝着朝鼻头、朝脸蛋、朝下巴飞扑过来。至于没有扑来而掉在榻榻米上的饭粒,自然不被她纳入预算。吃法实在是不管三七二十一。我辈谨向有名的金田君及天下有权有势之人提出忠告:假如诸公对待他人一如这小东西使用碗筷,那么飞入诸公口中的饭粒将少而又少。不是以必然之势飞入,而是彷徨着飞入。在此烦请考虑再三。此种做法与深谙世故的谋略老手格格不入。

姐姐俊子呢,由于自己的碗筷被小东西夺走了,刚才就用小得不相称的玩意儿勉强应付。本来就小得过分,即便自以为盛满了,也三两口就吃个净光。于是频繁地往饭桶那边伸手。已经盛了四碗,这回盛第五碗。俊子打开桶盖,拿起大勺子看了一会儿,似乎犹豫吃还是不吃。看样子最后下了决心,看准像是没有焦煳的部位舀了一下。舀进勺里不费事，但翻过勺子往碗上用力一扣，碗盛不下的饭就成块儿掉在榻榻米上。俊子也没显出惊慌的样子，小心拾起。拾起怎么处理呢？居然全都放回了饭桶。像是有些脏了。

小东西奋勇掘起筷子时，正值俊子盛饭之际。姐姐到底是姐姐，小家伙的脸上乱七八糟让她看不下眼："哎呀，小东西，不得了，脸上全是饭粒！"说着赶紧清理小东西的脸蛋儿。先把寄居在鼻头上的取掉，取掉后以为她扔了，不料随即投入自己口中，不禁吃了一惊。然后打扫脸蛋儿。这里成群结队，数一数，两侧加起来估计是有二十粒。姐姐一粒粒小心取下，取下一粒吃一粒，终于把妹妹的满脸饭粒吃得一粒不剩。这时，一直规规矩矩嚼咸菜的澄子突然从刚盛的大酱汤里捞出几块碎了的地瓜，气势汹汹地抛入口中。想必诸君也知道，再没有比带汤的热地瓜更伤口腔的了。感觉上甚至大人不小心都会烫伤，何况澄子这种缺乏吃地瓜经验的人，当然狼狈不堪。澄子"哇"一声把嘴里的地瓜接连吐在桌面上。其中两三片偏巧滑到小家伙眼前，距离恰到好处。小家伙本来就特喜欢地瓜。眼见特喜欢的地瓜滚来眼前，赶紧放下筷子，一手抓起大口小口吃了下去。[4]

始终目睹这一切的主人，一言不发地专心吃自己的饭、喝自己的汤，此刻正在用牙签。看这情形，事关女儿教育，主人打算采取绝对放任主义。即使三人成了"褐式部"或"灰式部"不约而同地找个情夫私奔了，想必他也照样吃自己的饭、喝自己的汤而熟视无睹。[5]无为而治。转而看那些当今之世有为之人，说谎骗人者有之，先下手坑人者有之，虚张声势恫吓人者有之，挖坑下套陷害人者有之，仿佛此外一无所能。就连初中生等少年辈也见样学样，误以为舍此便以无出人头地，洋洋得意地做着本应羞而不为之事，以未来的绅士自居。这不能说是有为之人，而要说是流氓行为。我辈因是日本猫，爱国之心多少也是有的。每次看见这种有

[4] 以上5段文字集中写主人一家特别是3个孩子吃饭的情景，重点写"小东西"，有详有略，富有生活情趣。

[5] 日本古典名著《源氏物语》的作者名为紫式部，仿之以求戏谑效果。

为之人都想狠揍一顿——这种人多一个国家就会弱一分。有这种学生的学校，乃是学校的耻辱。有这种国民的国家，乃是国家的耻辱。尽管是耻辱，人世间却所在皆是，我辈对此百思莫解。看来生活在日本的人似乎连猫这点气概都没有。窝囊透顶！必须说，相比于这种地痞无赖，主人不知高尚多少倍——懦弱高尚，无能高尚，不要小聪明的高尚。

以如此无为无效的吃法顺利吃罢早餐的主人，少顷穿上衣服，该坐人力车去日本堤分署了。开格子拉门的时候，问车夫可晓得日本堤那个地方？车夫嘿嘿直笑。主人叮嘱就是那个有花街柳巷的吉原附近的日本堤。不无滑稽！

主人少见地坐人力车出门后，夫人吃完照例催促："快上学去，要晚了！"

孩子们则满不在乎，毫无准备上学的意思："哎呀，今天学校放假！"

"放什么假？快点儿！"夫人申斥似的强调。

"可老师昨天说放假来着。"姐姐岿然不动。

说到这个地步，夫人大概也觉得有些奇怪，就从壁橱里拿出日历来回翻看，果然用红字标明节日。主人想必也不知是节日而向学校邮送请假条的。夫人亦不知道，只管投进邮筒。至于迷亭，不知是真不知道，还是佯装不知，这多少是个疑问。为这一发现而感到意外的夫人说道："那好，就都好好玩去吧！"说罢拿出平时用的针线盒做起针线活儿来。

往下三十分钟时间家中风平浪静，没有发生足以成为我辈书写材料那样的事件。而后忽有客人到来。[6]一个十七八岁的女学生，穿一双鞋跟磨歪的皮鞋，拖着紫色裤裙，头发如算盘珠一般胀鼓鼓的，没打招呼就从后门登堂入室。主人的侄女。听说是学校的学生。星期日常来，来了常和叔父争吵，吵完才回去。名叫雪江。名字漂亮的小姐。不过容貌不如名字漂亮，出门走一二百米必能

[6] 此句意在引起读者对下面要记述"事件"的重视。

碰上的那类长相。

“婶母好！”雪江三步并作两步走了进来，一屁股坐在针线盒旁边。

“哎哟，这么早就……”

“今天是大祭日[①]，就想一早赶来，八点半从家里出来了，一路急赶。”

“噢，可有什么事？”

“没有，只因好久没来看望啦，就来待一小会儿。”

“别一小会儿，慢慢玩就是。你叔父很快就回来的。”

“叔父去哪儿了？稀罕事。”

“呃，今天去一个奇妙的地方……去警察那里了，够奇妙的吧？”

“哦，为什么？”

“说是春天进来的小偷逮住了。”

“让他出面对质？够麻烦的啊！”

“不不，东西退回来了。偷走的东西找到了，让他去拿。昨天警察特意上门了！”

“喃，是吗，不然叔父不会这么早出门的。若是平时，现在还没起床呢！”

“再没有比你叔父更能睡的了……一叫醒他就气呼呼的。告诉我今早七点一定叫他，所以才叫醒的吧？可他钻进被窝连个声也不吭。我放心不下，又叫了一次，结果他从睡衣袖里说了句什么。实在让人摸不着头脑。”

“怎么会那么困呢？肯定是神经衰弱，是吧？”

“什么？”

“动不动就乱发脾气，那样子居然也能在学校教下去！”

① 大祭日：日本皇室举行大祭的日子。

“哪里，听说在学校很老实的。”

“那就更差劲儿，简直是‘鬼芋阎魔[①]’！”

“何以见得？”

“何以见得？反正就是‘鬼芋阎魔’。不像‘鬼芋阎魔’像什么？”

“不光发脾气，还倔得很，别人说右他说左，别人说左他说右，总是不按人家说的来，无论什么。”

“存心顶牛，是吧？叔父可是乐在其中的哟！所以，想让他干什么就要说反话，那样才能如愿以偿。最近让他给我买阳伞时，我也故意说不要不要。他说不要怎么行呢，马上给买了一把。”

“呵呵呵，好办法！下次我也这么来。”

“务必！不然白吃亏。”

“前几天保险公司的人来，劝他务必投保，说了好多理由，有这种好处，有那种好处，说了一个多小时。可他死活不听。家里没存款，又有三个孩子，至少投个保，我心里也会踏实不少，但他丝毫不放在心上。”

“是啊，万一有什么，让人不安啊！”雪江一副老成语气，不像是十七八岁姑娘。

“在后面听那场谈判，真是有意思。你叔父一口咬定：‘不错，我不是不承认投保的必要性，因为有必要公司也才存在的嘛！但是既然没死，那么恐怕就没必要投保。’”

“叔父说的？”

“嗯。结果，公司的人说，没死当然不需要保险公司。问题是人的生命这东西看似结实，其实是脆弱的，不知什么时候有危险逼近。你叔父说：‘放心好了，我是决心不死的。’——瞧他说的，简直蛮不讲理。”

① 鬼芋阎魔：东京源觉寺有阎魔堂，供奉鬼芋。文中与此无关，为“家门口称王”之意。

“下决心就不死了？我本以为肯定及格，可最后还是不及格。”

“保险公司职员也那么说：寿命不可能自己说了算的，如果下了决心就能长命百岁，就谁都不至于死了。”

“保险公司说的是正理。”

“是正理吧？但他不懂正理，还是寸步不让：‘不，坚决不死，誓死不死！’”

“妙啊！”

“当然妙！绝妙！最后满不在乎地说：‘和投保相比，往银行存款不知强多少倍。’”

“有存款？”

“哪里会有？自己死后如何，根本就不放在心上。”

“真让人担心啊！怎么会那样呢？即使来这里的人里边，像叔父这样的也一个都没有。”

“哪里会有？独一无二。”

“最好求铃木君他们劝劝。要是那么稳重的人，事情就好办得多。”

“不过，铃木君在我们家评价不好。”

“什么都反着来。那么，那位可以吧？喏，那位四平八稳的……”

“八木君？”

“嗯。”

“对八木君他也很不欣赏。昨天迷亭君来说他坏话来着，可能不如你想的那么有作用。”

“不是蛮好的吗？那么意气风发从容镇定……前些天在学校演说来着。”

“八木君？”

“是啊！”

“八木君是你学校的老师？”

“不，不是老师，是淑德妇人会请他来演讲。”

“有意思？”

“这个么，也没多大意思。不过，那位先生不是一副长脸吗？而且留着天神般的胡子，所以大家都乖乖侧耳倾听。”

“演讲？讲的什么？”夫人刚问，只见三个小孩儿听得雪江的语声，从檐廊那边啪啪哒哒闯进起居室。大概一直在竹篱外面的空地玩耍来着。

“哎呀，雪江姐来啦！”两个姐姐高兴地大声说道。

夫人说：“别那么吵吵嚷嚷的，都老老实实坐下。雪江姐正在讲有意思的故事呢！”说着，把针线活儿推去角落。

“雪江姐讲的什么故事？我最喜欢听故事。”这么说的是俊子。

“还是讲《咔嚓咔嚓山》[①]？”这么问的是澄子。

“小不点儿也要故事！”说着，三女儿从姐姐和姐姐中间探出膝来。但她的意思不是要听故事，而是要讲故事。

“哎呀，又是小东西的故事。”姐姐笑道。

夫人哄她：“你过一会儿讲，等雪江姐讲完。”

小东西死活不听：“我不——，不不！”

“噢——，好了好了，小东西先讲。叫什么故事？”雪江谦让道。

“喂，小不点儿、小不点儿，你说要去哪儿？”

“好玩儿。接下去？”

“我去田里割稻子。”

“嗬，什么都懂。”

“你‘一赖’就麻烦了。”

“喂喂，不是‘赖’，是‘来’，你‘一来’。”俊子插嘴。小东西照例一声“不不”喝退姐姐，却因姐姐中间插嘴忘了下文，接不上茬儿了。

①《咔嚓咔嚓山》：日本中世纪民间故事。婆婆被狐狸害死，兔子帮爷爷报仇。

“小东西，这就讲完了？”雪江问。

“跟你说，往下放屁可不行哟，噗、噗噗。”

“呵呵呵呵，丑事！那名堂，谁教你的？”

“阿三。”

“坏蛋阿三，何苦教这个！”夫人苦笑，“好了，这回该听雪江姐的了，可要乖乖听着哟！”这么一说，这个不好对付的暴君也好像懂事了，暂且沉默下来。

“八木先生的演说是这样的。”雪江终于开口了，“他说过去一个路口的正中有一尊很大的石头地藏菩萨。不巧那里正是热闹场所，车水马龙，非常妨碍交通。于是街上很多人聚在一起，商量怎么把这尊石头地藏菩萨安顿到哪个角落去。”

“真有那样的事？”

“有没有呢？这点八木先生什么都没说。商量来商量去，街上力气最大的汉子说，那算不得什么，我肯定安顿妥当。就一个人走去十字路口，撸起胳膊，汗流满面地搬啊挪啊，可是纹丝不动。”

“好重的菩萨啊！”

“嗯。结果那个汉子筋疲力尽，回家就躺倒了。街上又开始商量。这回街上一个最机灵的家伙说包在我身上了，我来试试！他往多层方木饭盒里装满牡丹饼，拿到菩萨面前，一边炫耀牡丹饼一边说：‘请这里来！’——他猜想菩萨也嘴馋，所以能用牡丹饼引过来。可还是纹丝不动。机灵鬼知道这招不灵，接下去往葫芦里装了酒，一只手拎着葫芦，一只手拿着酒盅来到菩萨跟前：‘喂，不想喝吗？想喝就请到这里来！’逗了三个钟头，可就是纹丝不动。”

“雪江姐，地藏菩萨肚子不饿？”俊子问。

“想吃牡丹饼啊！”澄子说。

“机灵鬼两次都碰了一鼻子灰。再往下他开始造假币。‘喏，想要的吧？想要就请过来。’——他手拿假币一会儿伸出一会儿缩回，可是根本没用。好一个顽固不化的地藏菩萨！”

“是啊，和你叔父有点儿相似啊！”

“嗯，简直就是叔父。最后机灵的人也没了情绪，彻底放弃了。然后么，一个吹牛皮的人出来了，说：‘我肯定处理得了，大家放心！’说得好像轻而易举。”

“牛皮匠做什么了？”

“那才叫有趣！他先穿上警察制服，安上假胡子，走到地藏菩萨前面，吓唬说：‘喂喂，再不动可没好果果吃哟！警察不是好惹的！’若是当今社会，就算你模仿警察语气，也根本没人听的嘛！”

“确实。那么菩萨可动了？”

“哪里会动！那就是叔父嘛！”

“但你叔父可是很怕警察的哟！”

“哎哟，真的？长那个样儿还怕警察？那么，叔父就没什么好怕的了。但是，地藏菩萨还是不动，无动于衷。结果吹牛大王大发雷霆，脱去警察衣服，把假胡子扔进废纸篓，这回身穿大富豪衣服出场了。以今世来说，就是岩崎男爵[①]那个长相。好笑吧？”

“岩崎长相是什么长相？”

“只是脸盘大吧？他什么也不做，什么也不说，只是吸着大雪茄围着地藏菩萨走来走去。”

“那又怎么着？”

“用烟熏地藏菩萨。”

“活像单口相声里的段子。熏成功了？”

“不成。对方是石头嘛！弄虚作假也该适可而止才是，却又扮作殿下重新登场。傻啊！”

“哦，那个时候也有殿下了？”

“大概有吧！八木先生那么说的，说的确打扮成了殿下，冒犯

① 岩崎男爵：岩崎弥之助（1851—1908），实业家，三菱财团创始人。1896年（明治二十九年）被授予爵位。

倒是冒犯,反正那么装模作样来着——岂不是大不敬,一个吹牛大王!”

“殿下?哪位殿下?”

“哪位殿下?哪位都大不敬嘛!”

“是啊!”

“殿下也不顶用,对吧?吹牛大王也没办法了,乖乖认输说自己这两下子实在对付不了地藏菩萨。”

“活该!”

“嗯,本该判刑才是!街上的人仍然耿耿于怀,再次一起商量,可是再没有人自告奋勇,全都没了主意。”

“那就完了?”

“还没完。最后雇来一大帮子车夫和地痞无赖,在地藏菩萨周围大声起哄,说要把地藏菩萨欺负得忍无可忍。昼夜轮班,闹个没完没了。”

“够辛苦的。”

“可还是无济于事。地藏菩萨也真够犟的啊!”

“后来怎么样了?”俊子不屈不挠。

“后来嘛,因为每天每日不管怎么闹腾也没效果,所以大家都烦了。但车夫和地痞无赖倒是多少天都上蹿下跳欢天喜地——有津贴嘛!”

“雪江姐,津贴是什么啊?”俊子问。

“津贴么,就是钱啊!”

“领钱做什么用?”

“领钱……呵呵呵呵,好个讨人嫌的俊子!这么着,婶母,他们每天从早到晚闹个不停。那时街上有个叫‘傻竹’的傻瓜,什么也不懂,谁也不搭理他。他看了这胡闹场景,就问:‘你们干吗那么闹腾啊?花了好几年时间连个地藏菩萨也动不了?可怜虫!’”

“别看傻,聪明着呢!”

"聪明得不得了！大家听傻竹这么说，就说：'凡事靠尝试，反正也是不行，但让他试试好了！'当即请傻竹出马。傻竹满口应承，说道：'别那么闹腾干扰我，安静下来！'就把车夫和地痞无赖们赶走了，飘然来到地藏菩萨跟前。"

"雪江姐，飘然是傻竹的朋友？"俊子总是在关键地方突发奇问，夫人和雪江齐声大笑。

"不，不是朋友哟！"

"那，是什么？"

"飘然么，没办法说。"

"飘然没办法说？"

"不是没办法说，这飘然么……"

"唔。"

"喏，多多良三平君认识吧？"

"认识，给我们山药来着。"

"就是多多良君那样的。"

"多多良君是飘然？"

"嗯，差不多。于是傻竹来到地藏菩萨门前，袖手说道：'地藏菩萨，街上的人都劝你动一动，你就动动吧！'地藏菩萨马上说：'是吗，那为什么不早说！'说着，就无所谓似的动了起来。"

"好奇怪的地藏菩萨啊！"

"往下才是演讲呢！"

"还有？"

"嗯。接着八木先生开始演讲：'今天是女士们开会，我之所以特意讲了这样一个故事，是因为我有个小小的想法。这么说或许失礼，女士做事的时候有个毛病：往往不从正面走近路，反而采取从远处绕弯子这样的手段。不过这也不限于女士。明治时期即使男子也因受了文明的坏影响而多少趋于女性化，因而常常花费不必要的措施和劳力，并且误以为这才是正路、才是绅士应采取的方针。其实这是受制于文明开化这一业障的畸形儿,无须多论。在此只是希望各位女士尽可能记住我刚才讲的古代故事,在紧急关头以傻竹那样单纯的意念处理事物。如果你们成了傻竹,那么夫妻之间、婆媳之间发生的令人讨厌的纠葛必定减少三分之一。人越有心计,心计越是作祟而成为不幸之源。许多女士之所以平均比男子不幸,完全是因为心计太多之故。务请诸位成为傻竹!'就是这样一场演讲。"

"呃,那么雪江你也想当傻竹?"

"不不,傻竹什么的,才不当那玩意儿呢!金田家的富子那种人,听了大为恼火,说太小看女子了!"

"金田家的富子,就是对面胡同里的?"

"嗯,就是那个时髦女郎啊!"

"那个人也在你们学校念书?"

"不是的,因是妇女会,来旁听的。果真时髦啊,吓我一大跳!"

"不是说长得很漂亮吗?"

"一般,没达到她自吹的那个程度。那么化妆,谁看上去都好看。"

"那么说,你若是像她那么化妆,肯定比她漂亮一倍!"

"哎呀呀,看你说的,我可不知道。不过,那人也打扮过分了,哪怕再有钱……"

"就算过分,有钱人不也是可以的吗?"

"那倒是……那个人多少成为傻竹才好吧!不知天高地厚!前不久还说有个什么诗人献给她一本新体诗集,跟大家吹了一通。"

"是东风君吧?"

"哦,是他献给的?太好事了!"

"不过东风君可是一本正经的。自己甚至觉得那么做是理所当然的。"

"就因为有这种人才坏事的！对了，还有一桩趣闻呢，她说近来有人往她手上寄了一封情书。"

"哎呀，这么不自重！谁呀？谁做的那种事？"

"说不知道是谁。"

"没写名字？"

"说名字倒是好端端写了，但人从没听说过。而且信很长很长，有六尺多长。上面这个那个写了好多奇妙的话，什么'我对你的思恋就好像宗教家对神的向往啦'；什么'为了你宁肯当祭坛上的羔羊任人宰割而感到无上荣光啦'；什么'心脏是三角形的，三角形的正中插着一支丘比特箭，若是吹箭肯定命中'……"

"那可是认真的？"

"当然是认真的。实际上我的朋友里边也有三人看了那封信。"

"好讨厌的人啊，那东西怎么好给别人看！既然打算嫁去寒月君那里，那种事弄得满城风雨岂不伤脑筋？"

"哪里伤脑筋，人家得意着呢！下次寒月君来时告诉他可好？寒月君怕是一无所知。"

"告不告诉呢？他光知道去学校磨球，估计不会知道。"

"寒月君想必真要娶她的，好可怜啊！"

"可怜？有钱，关键时候能帮忙，不是很好的吗？"

"叔母你一口一个钱、钱，品位不高啊！和钱相比，爱不是更重要的吗？没有爱，夫妻关系根本不成立。"

"嗬，那么你嫁去哪里？"

"那种事哪个晓得！一切都无从谈起。"

正当雪江和叔母就婚姻事件争论得不可开交的时候，尽管不懂但也一直倾听的俊子突然开口了："我也想出嫁啊！"这突如其来的希望到底充满青春气息，本应大大寄予同情的雪江也显出目瞪口呆的样子。而夫人则较为平心静气，笑着问道："想嫁去哪里？"

“我么，说真的，想嫁去‘招魂社’。可又不愿意过水道桥，不知怎么才好。”

听得这奇妙的回答，夫人和雪江没了再问的勇气，笑得前仰后合。这时次女澄子跟姐姐这样商量起来：

“姐姐也喜欢招魂社？我也大大喜欢。一起嫁去招魂社好了！嗯？不乐意？不乐意也行，我这就一个人坐车去喽！”

“我也去！”事情终于发展到连小东西也嫁去招魂社的地步。如果三个人齐刷刷嫁去招魂社，主人谅也如释重负。

正当这时，响起人力车咣咣当当停在门前的动静，随即传来阿三雄壮的声音：“您回来了！”看来主人从日本桥分署回来了。阿三接过车夫递来的大包袱，主人悠然走进起居室。

“噢，你来了！”主人一边向雪江打招呼，“砰”一声把手里一个像是酒壶的东西扔去那个有名的长形火盆。所以说像是酒壶，当然是因为并非真是酒壶，却又很难认为是花瓶。但既是一种异样的陶瓷，只好姑且这么称呼。

“好奇特的酒壶啊！这东西是从警察那里领来的？”雪江扶起倒了的酒壶，向叔父问道。

叔父看着雪江炫耀道：“怎么样？形状好看吧？”

“形状好看？这个？不怎么好看啊！干吗拿回个油壶什么的？”

“哪里是油壶！别说得那么没品位！”

“那是什么？”

“花瓶。”

“插花么，口太小，肚子大得要命。”

“这才叫有趣。你这人也了无情趣，跟你婶母一个样。无可救药！”主人独自拿起油壶，对着纸拉门那边端详起来。

“反正我不懂情趣，也就不至于做从警察署领油壶那样的傻事。是吧？婶母。”

婶母根本顾不得这边，解开包袱，圆瞪双眼清点失窃物品。

“哎呀不得了，小偷也进步了，全都拆开浆洗一遍。喏，你看！”

“谁会从警察署领油壶？等得无聊，在那一带散步淘来的。你自是不明白，这可是珍品！”

“珍品珍过头了！叔父你到底在哪儿散步了？”

“哪儿？日本堤一带嘛！也进吉原看了看，兴旺得很！可见过那个铁门[1]？没见过吧？”

“谁稀罕见？我可没有缘由去吉原那种贱妇住的地方！叔父你身为教师，居然去了那种地方，实在让人吃惊！是吧？婶母、婶母。”

“嗯，是啊！件数好像不够。这就算都返还了？”

“没返还的只有山药。本来叫我九点钟到，却让人等到十一点，不像话！所以说日本的警察成问题。”

“日本的警察成问题，吉原散步更成问题！这种事要是传出去，是要被免职的哟，是吧？婶母。”

“嗯，那是的吧。跟你说，我的衣带少了半片。所以我觉得缺了什么。”

“半片衣带就算了吧！我可是等了三个小时，宝贝时间耗掉了整整半天！”主人换上和服，无动于衷地靠着火盆打量油壶。夫人也死心塌地，把返还的物品收进壁橱，坐回座位。

“婶母，这油壶说是珍品，不是够脏的了？”

“在吉原买的？得得！”

“什么得得！不懂装懂！”

“不过毕竟是壶，不是哪里都有的吗？何苦去什么吉原！”

“没有的嘛！难得一见。”

“叔父你真是个地藏菩萨！”

① 铁门：吉原的大门。

"小孩子少说大人话！最近的女学生说话就是不中听。读读《女大学》[1]去！"

"叔父你讨厌保险公司吧？女学生和保险公司，哪个更讨厌？"

"不是讨厌保险公司，是没必要。出于未来考虑，谁都要投保。女学生则是无用的长物。"

"无用的长物也无所谓。可你根本就没投保！"

"打算下个月投。"

"一定？"

"一言为定。"

"算了吧，投保什么的！还不如用那笔投保钱买点什么。是吧？婶母。"婶母只是嘻嘻笑着。主人严肃起来：

"像你这样自以为能活到一二百岁，当然说得这么轻松。可是等你多少有了理性，就会感觉出保险的必要，理所当然。下个月无论如何也要投保！"

"呃，那就没办法了。不过，要是像前不久那样有给我买阳伞的钱，也许还是买人寿险为好。人家说不要、不要，偏要给买！"

"就那么不要？"

"嗯，真不需要什么阳伞。"

"那就还回来好了。正好俊子要，转给她吧！今天带来了？"

"哎哟，那太过分了！岂不太不像话了？特意给买的，却又让还回去。"

"因为你说不需要，所以让你还。无所谓不像话。"

"不需要是不需要。不像话！"

"说话莫名其妙啊！说不需要所以让还，这哪里是不像话？"

"可是……"

---

①《女大学》：江户时期广为流行的女子修身读本。

“可是什么?”

“可是不像话!”

“蠢货啊,只知道重复同样的话。”

“叔父你不也是只重复同样的话吗?”

“你重复我才重复的嘛!实际上你不是说不需要了吗?”

“那倒是说了。不需要是不需要,可我不乐意还。”

“不可思议啊!顽固,没个分晓,拿你没办法。你们学校不教逻辑学?”

“算了吧!反正我没教养,随你怎么说!让人家还人家自己的东西,即使外人也不会说这种不近人情的话。多少学学傻竹好了!”

“你叫我学什么?”

“我是要你真诚淡泊一些。”

“你呀,一个蠢货却死磕到底,难怪留级。”

“就算留级也用不着叔父出学费!”

说到这里,雪江似乎无法自已,让一掬红泪掉在紫色裤裙上。主人怅然若失,像要研究这红泪起因于何种心理作用似的紧紧盯视裤裙和雪江低伏的脸庞。就在这时,阿三从厨房走来,隔着门槛对齐红通通的双手说道:“客人来了。”

“谁来了?”主人问。

“学校的学生。”阿三斜眼瞥一下雪江的哭相回答。

主人走去客厅。我辈为了取材兼做人学研究,尾随主人悄然绕去檐廊。研究人学若不选择风波发生之时就一无所成。平时,大部分人都是普通人,所见所闻都是没有张力的凡夫俗子。可是到了关键时刻,其凡俗性就会突然因了灵妙而神秘的作用而化为奇物、怪物、妙物、异物鼓涌而出。一言以蔽之,从我等猫辈看来颇有参考价值的事件就会风起云涌所在皆是。雪江的红泪恰恰是其表现之一。在具有如此匪夷所思、深不可测之心的雪江和夫人交谈之间,也没觉得她有什么特异之处,而在主人回来扔掉油壶那一瞬间,便忽如死龙被气泵注水一般,将其深处无由窥知的巧妙、美妙、奇妙、灵妙的丽质勃然发挥得淋漓尽致。而其丽质实乃天下女性共通的丽质,只是遗憾的是轻易不能一睹为快。不,所表现的自是一天二十四小时不断表现,但不会表现得如此显然灼然朗然无所顾忌。所幸有主人这般动辄倒摸我辈皮毛的性情乖僻的怪人,才得以欣赏这般好戏。只要尾随主人之后,无论走去哪里,舞台上的演员肯定都会不知不觉地举手投足。有如此妙趣横生之人作为主人,短暂猫命之间也能经历多多,着实难得可贵。这次的来客是什么人呢?

一看,是个年龄十七八,和雪江不相上下的学生。大脑袋上的头发剪得很短,隐约露出头皮,蒜头鼻子盘踞在面孔正中,整个人坐在客厅一角。没有算得上特征的特征,单单头盖骨足够大。头发短得近乎和尚,头都显得那么大,而若长得主人那么长,想必引人注目。惟独这样的脑袋基本做不成学问是主人一贯的说法。事实或许那样。但初看之下,颇有俨然拿破仑的堂堂风貌。衣服照例是学生装束,是萨摩条纹布还是久留米条纹布固然无从辨认,总之身穿堪称条纹布的夹袄——袖子穿短了些——里面看样子既无衬衣又无汗衫。据说光身穿夹袄和光脚是风流洒脱的表现,但此人给我辈的感觉甚是邋遢。尤其在榻榻米上鲜明印出的上次小偷那样的大拇指印达三处之多,那无疑是光脚的责任。他像模像样坐在第四处趾印之上,显得十分局促。说起来,应该端坐的时候老老实实坐着就是,无需多么介意。问题是一个剃着光头、一身短袄的捣乱分子这般规规矩矩,未免有欠谐调。甚至以路上遇上老师都不行礼为自豪的这种家伙,即便像常人那样坐三十分钟也必定为之痛苦。而他却如天然生成的谦谦君子、如德高望重的长者一般端然正坐。尽管其本人苦不堪言,但从旁看来相当可笑。在教室或运动场上那般无法无天的人,何以如此具有自我约束力呢？想到这点，觉得可怜也觉得滑稽。

这样分别和个体相对，纵使无比愚顽的主人，也似乎对学生产生几分压力。主人想必为此得意。常言道“积尘为山”，微乎其微的一介学生若啸聚云集，也会成为不可侮的团体，闹出排斥运动或罢课运动亦未可知。其现象恰如胆小鬼喝了酒就变得胆大妄为。仗势取闹，不妨视之为酩酊大醉而失去理性的结果。若不然，眼前这个与其说是诚惶诚恐莫如说自行悄然蜷缩于隔扇一侧的萨摩条纹装束之人，哪怕主人再是老朽，而既然冠以老师之称，他就不能蔑视，不能嘲弄。

主人推过坐垫说：“请垫上！”光头生拘谨地应了声“呃”，仍然不动。眼前纹路磨光的坐垫兀自贴在榻榻米上，当然不会说：“请坐上来吧！”而其后面呆呆坐着大头来客，场景着实奇妙。坐垫自是用于坐的垫子，而并非供人盯视而由夫人从劝工场买来的。坐垫而无人坐，无疑有损坐垫的声誉，劝坐的主人也多少有失脸面。不惜让主人有失脸面也要和坐垫面面相觑的光头君绝不是讨厌坐垫本身。实不相瞒，跪坐一事，除却祖父法事之时，生来鲜乎其有。以致刚才就已有些忍无可忍，脚尖开始诉苦。然而硬是不垫。布垫闲得百无聊赖，偏偏不被垫用。主人叫垫也不垫。伤脑筋的光头和尚。既然如此客气，那么啸聚云集之时有所收敛岂不更好！在学校有所收敛岂不更好！在宿舍有所收敛岂不更好！应该逞能的时候顾虑多多，应该谦虚的时候肆无忌惮。好一个品性顽劣的光头和尚！

正当此时，身后的隔扇轻轻开了，雪江把一杯茶恭恭敬敬放在光头面前。若是平时，又要奚落说 Savage tea。但同主人一对一本来就已浑身难受，而又有妙龄女郎以在学校刚刚学得的小笠原流[①]用不无造作的手势捅来茶杯，光头显得大为尴尬。拉合隔扇时

① 小笠原流：武士家庭的一种礼仪。日本战前女校也将其纳入礼仪教育。

雪江从后面嘻嘻而笑。看来,女子在同龄人当中也十分了得,比之光头勇敢得多。特别是,刚才还潸然流下一滴懊恼红泪,因而此刻的嘻皮笑脸更加醒目。

雪江撤回后,双方默默忍耐良久。意识到这也像是业障的主人终于开口了:

"你叫什么名字来着?"

"古井……"

"古井?古井什么?名字。"

"古井武右卫门。"

"古井武右卫门,果然。名字够长的啊!不是当今的名字,过去的名字。四年级吧?"

"不是。"

"三年级?"

"不,二年级。"

"甲班?"

"乙。"

"若是乙,那么是我督导的。原来是你!"主人颇有感触。其实从入学时这个大脑袋就映入主人眼帘了,根本没忘。不仅没忘,还时不时梦见——脑袋太有印象了。然而漫不经心的主人未能把这脑袋和旧式名字联系起来进而同二年乙班连在一起,以致听得这做梦都梦到的非同寻常的脑袋是自己督导班上的学生,不由得在心里拍手叫道原来是你!至于这个脑袋硕大、名字老旧且由自己督导的学生这个时候是因为什么来访的,则推导不出。主人原本就没有人缘,正月也好年末也罢,学校的学生几乎从不登门。虽然登门的古井武右卫门君是开此先例的稀客,但主人好像还是为不明其来意而深感困惑。一来到这般古板之人家里来不可能仅仅为了闲玩,二来若是为了劝他辞职也该多少有些气派。话虽这么说,古井武右卫门君又不至于有私事商谈。无论从哪方面如何揣摩，主人都摸不着头脑。看武右卫门君这样子，或者他本人都可能不明了来这里的原因。无奈之下，主人终于劈头问道：

“你是来玩的？”

“不是。”

“那么有事？”

“嗯。”

“学校的事？”

“嗯，有点儿事想说……”

“唔。什么事呢？请说好了！”主人说道。

武右卫门只管往下看，一言不发。作为中学二年级生，武右卫门本来算是能言善辩的。相较于脑袋之大，脑力并不发达，但在摇唇鼓舌方面乃是乙班的佼佼者。实际上日前要求老师用日语解释哥伦布而致使主人狼狈不堪的，正是这个武右卫门君。这个摇唇鼓舌的干将却像生来就口吃的公主一样扭扭捏捏，个中必有文章，很难理解为单单出于客气。主人也多少为之费解：

“有话要说，痛快说不就得了？”

“有点儿难以启齿……”

“难以启齿？”说着，主人注视武右卫门君的表情。对方依然低头下看，无从判断欲言何事。主人不得不稍微改变语气，温和地补充道：“好了，无论什么，只管说就是。外面根本没人听见，我也不会往外说。”

“说也可以的？”武右卫门仍在犹豫。

“可以的！”主人自做决断。

“那么我就说。”说到这里，陡然抬起光头，不无晃眼睛似的看着主人这边。眼睛呈三角形。主人一边鼓起双腮喷出朝日牌香烟，一边侧过头去。

“事情其实……糟透了……”

“什么事？”

“什么事？因为实在糟透了才来的。”

“所以问糟的什么事？”

“本来没有做那种事的想法，但因为滨田说借、借……”

“滨田，可是滨田平助？”

“是。”

“借给滨田住宿费了？”

“借的不是那个。”

“那么借的什么？”

“借的是名字。”

“滨田借你的名字干什么？”

“寄情书。”

“寄什么？”

“所以我说名字就算了，由我投信好了。”

“根本不得要领，到底谁干了什么？”

“寄情书。”

“寄情书？寄给谁？”

“所以说难以启齿。”

“那么，你给哪个女的寄情书来着？”

“不，不是我。”

“滨田寄的？”

“也不是滨田。”

“是谁寄的？”

“不知是谁。”

“完全摸不着头脑。那么谁也没寄了？”

“只名字是我的名字。”

“只名字是你的名字——什么是什么岂不是毫无头绪？讲得有条理些！说到底，接收情书的是谁？”

“一个叫金田的女的，住在对面胡同。”

“那个叫金田的实业家的？”

“是。”

“那么，光借名字是怎么回事？”

“那里的女儿好赶时髦，自高自大，就写了情书寄去。滨田说没有名字不合适，我说写你的名字，他说自己的名字不好玩儿，还是古井武右卫门这名字好——这么着，最后借了我的名字。”

“那么，你认识那家的女儿？也有交往？”

“交往什么的根本没有。面都没见过。”

“胡闹！给面都没见过的人寄什么情书！做那种事打的是什么主意？”

“只是因为大家都说那家伙自高自大神气活现，就想捉弄她一下。”

“更是胡闹！那么，公然写着你的名字寄出去的？”

“嗯。信的内容是滨田写的，我借了名字，远藤夜里赶去那户人家投到信箱里的。”

“那么是三人共同干的了？”

“是。可是后来一想，要是败露被勒令退学，那可不得了，所以非常担心，两三天都没睡好觉，总好像神思恍惚。”

“又是一场莫名其妙的胡闹。那么写的是文明中学二年级古井武右卫门？”

“不不，没写学校的名字。”

“没写学校的名字还算好的。要是出来学校名字试试，那才关乎文明中学的声誉！”

“怎么样呢？会让我退学吗？”

“这个么……”

“老师，我家老爷子是火爆脾气，母亲又是继母，要是真被勒令退学，我可就糟透了。真可能退学吗？”

“所以要少胡闹！”

"也不是存心胡闹，结果还是闹了。不能想个办法不让我退学吗？"武右卫门君带着哭腔不断哀求。隔扇另一边，夫人和雪江一开始就嗤嗤直笑。主人则始终端着架子重复"这个么……"。太有意思了！

我辈说有意思，或许有人问什么东西那么有意思。问得在理。人也好，动物也好，自知是一生大事。只要能自知，人也可以作为人，比猫受到更多的尊敬。届时我辈也不想写这种乱七八糟的事，毕竟心有不忍，立马作罢。然而一如自己不知道自己鼻子的高度，自己为何物也好像横竖判断不出，甚至向平生蔑视的猫提出这样的疑问。人虽然看上去自以为了不起，但也还是哪里缺心眼。本以为这些万物之灵无论去哪里都以万物之灵自诩，岂料居然这区区小事也理解不了。并且泰然处之而不以为意。到了这一地步，未免催生一噱。人把万物之灵这块招牌扛在后背大声喧哗："告诉我，快告诉我鼻子在哪儿？"既然如此，以为会辞去万物之灵称号，却死也不肯放弃。如此矛盾而又公然不知自省，结果倒也可爱。而作为可爱的代价，势必甘于以傻瓜自居。

我辈此刻之所以觉得武右卫门君、主人、夫人和雪江有意思，并非仅仅因为外部事件碰在一起，而碰撞的波动传到奇妙的地方。实则因为这种碰撞的反响在人的心里引起各所不一的音色。

不说别的，主人对这一事件莫如说反应冷淡。武右卫门君的老爷子脾气再火爆也好，他的母亲再以对待继子的方式对待该君也好，主人都波澜不惊，不可能惊。武右卫门君退学和自己被免职大异其趣。假如近千名学生一起退学，没准教师也断了衣食之路。而古井武右卫门一人的命运不管怎样变化也与主人的朝夕几无关联。关联稀薄之处同情也自然稀薄。为素不相识之人蹙眉擤鼻叹息，绝非自然倾向。实难认为人是那般富有同情心、有爱心的动物。但作为生于此世的一种赋税，有时为了交往而不得不流泪或做出同情表示，仅此而已。可以说，这是蒙混性表情，其实是相当辛苦的艺术。善于蒙混的被称为“富有艺术良心的人”，极受社会珍重。所以，再没有比被人珍重之人更可怀疑的了。稍微一试即可了然。在这点上，主人莫如说属于笨拙的一类。因为笨拙，所以不被珍重。因为不被珍重，所以把内心的冷淡意外毫不遮掩地表露于外。个中消息，从他对武右卫门君一再重复“这个么”这点即可一清二楚。

虽说冷淡，但诸君切莫讨厌主人这样的善人。冷淡乃是人之本性，不竭力隐藏本性，说明他是正直之人。假如诸君在这种时刻期望出现超越冷淡的东西，那才必须说高看了人。在这个连诚实都已绝迹的世上期望过高，那么只能等志乃和小文吾从马琴的小说①穿出来而使得《八犬传》搬到左邻右舍才有可能，否则即是不着边际的空谈。[7]

[7] 这里“《八犬传》搬到左邻右舍才有可能”意思大约为《八犬传》中的侠客们搬到左邻右舍才有可能。

主人的事先说到这里，下面说在起居室里发笑的女辈。她们已大步跨越了主人的冷淡，跳进滑稽领域而乐不可支。对于武右卫门君深感头痛的情书事件，她们觉得如佛陀的福音②一般难得可贵。没有理由，但觉可贵。勉强解剖其心理，即为武右卫门君的困窘觉得难得可贵。若问诸位淑女：“你会对别人的困窘觉得好玩发笑吗？”被问的人想必说发问之人是傻瓜蛋。若不说是傻瓜蛋，大概就要说故意问这个意在侮辱淑女的品性。认为侮辱也许是事实，但嘲笑别人的困窘也是事实。果真如此，那么就等于说往下自己把侮辱自己品性那样的事做给你们看，但不许你们说三道四。好比强调我偷东西，但绝不许说不道德。若说不道德，即往我脸上抹黑，即侮辱我。女人聪明得很，想法头头是道。既然生而为人，那么遭受践踏踢打或又无人理会之时，就要有泰然处之的心理准

① 马琴的小说：指《八犬传》（全称《南总里见八犬传》）。书中主人公志乃和小文吾等人是仁义礼智信等道德化身。

② 佛陀的福音：《佛陀的福音》，保罗·卡卢斯（Dr.Paul Carus）著，铃木大拙译，释宗演序，1894年在日本出版，引起佛教界关注。

备。不仅如此，还必须在被人吐口水、淋粪便以至大声嘲笑时为之欢欣鼓舞。否则便无法和有聪明女子之称的人交往。武右卫门君也因一点点闪失而铸下弥天大错，为此惶惶不可终日。然而有人在背后嘲笑如此惶惶不可终日之人——他或许认为这有失礼貌。但那是因为他还年小幼稚，所以在别人失礼时生气。对方则以气量狭小的说法加以回应。如果不愿意对方这样回应，那么就要老老实实逆来顺受。

最后介绍两句武右卫门君的心思。他已沦为担忧的化身。他那伟大的脑袋，一如拿破仑的脑袋充满功名欲望，此刻正因担忧而几欲爆炸。蒜头鼻子之所以时不时抽动一下，是因为其担忧传导到面部神经，如反射作用那样进行下意识活动。他就像咽下一个大弹丸，腹中抱着一个奈何不得的硬块，两三天来，走投无路，苦闷至极。加之无人出谋划策，于是找到冠以督导之名的老师家里，心想老师总会伸手相助，结果来到讨厌之人的家中低下硕大的脑袋。他把平时在学校里嘲弄主人或煽动同学给主人出难题的事忘得一干二净。似乎坚信不管怎么嘲弄怎么出难题，而既然冠以督导之名，那么也一定会为自己分忧解难。相当单纯！督导并非主人喜欢当才当的，而是由于校长之令不得不当。不妨说，类似迷亭叔父的大礼帽，仅仅是个名称。仅是名称是百无一用的。倘若名称在关键时刻能派上用场，那么雪江只靠名字即可相亲。

武右卫门君不仅我行我素，而且其出发点是把人估计过高这一假设：以为别人对自己定然和蔼可亲，根本没想到会被嘲笑。他来到督导老师家里，关于人一定发现一个真理。想必他会因这一真理而将来成为更加本真的人：对别人的担忧漠然视之，在别人困窘时放声大笑。如此这般，天底下将为未来的武右卫门君所充斥，为金田及金田夫人所充斥。我辈深切期望人们为了武右卫门君而争分夺秒自觉成为本真之人。否则，无论多么担忧、多么懊悔、向善之心多么迫切，也绝无可能获得金田君那样的成功。漫说成功，社会还要在不远的将来把你放逐到人类居住地以外的地方。岂止被文明中学勒令退学。

这么一想，就觉得很有意思。正想着，格子门咣啷啷响了，一张脸从门口隔扇后面忽然闪出。

“先生！”

正当主人向武右卫门君重复“这个么”的时候，有人从门口招呼老师。谁呢？一看，从隔扇斜露半边的脸无疑是寒月君。

“喂，请进！”主人只说不动。

“有客人吗？”寒月君仍用半边脸问。

“没关系，请进！”

“其实我是找您的。”

“找我去哪儿？又是赤坂？那边就免了。上次跟你东跑西颠，腿都成棍子了。”[8]

[8] 比喻奇妙。极言跑颠之累。

“今天不要紧。好久没出动了，不动一下？”

“出动去哪里？请进来嘛！”

“想去上野听老虎叫。”

“那有什么意思！先进来再说。”

寒月君大概觉得远距离谈不拢，就脱了鞋，慢吞吞走了进来。依旧身穿那件屁股打着补丁的鼠灰色西裤。这不是因为年头多或屁股重而破的。据本人辩解，乃是近来练自行车给予局部较多摩擦的结果。他做梦也没想到会碰上给被人视为自己未来夫人的本人写情书的情敌，“呀”一声朝武右卫门君点一下头，在靠近檐廊的地方占了座位。

“听虎叫能有什么意思呢？”

“呃，现在不行。这就出门东走西走，走到半夜十一点时走去上野。”

“噢。”

“那时候，公园里古木森森，够吓人的吧？”

“那个么，怕是要比白天多少凄凉一些的。”

“这样，如果尽可能挑树木茂密的、白天也没人通过的地方散步，就会不知不觉之间没有了住在红尘万丈的都市里的感觉，而一定产生误入深山的心情。”

“产生那样的心情又怎么样？”

“带着那样的心情一动不动站立一会儿，动物园里很快就有虎叫。”

“那么巧？”

“放心，肯定叫。叫声白天都能传到理科大学那边，所以在深夜万籁俱寂、四顾无人、鬼气进逼、魑魅冲鼻之际……”

“魑魅冲鼻是怎么回事？”

“不会是那样子吗？恐惧的时候。”

“那怕是的吧，倒是没怎么听过。那么？”

“那一来，老虎就会以尽皆震落上野古杉树叶之势发出吼叫，是吧？惊心动魄。”

“想必惊心动魄。”

“怎么样？不出去冒险？我想肯定心旷神怡。老虎的叫声无论如何都要在深更半夜听一次，不然就不能说是听过了。”

“这个么……”一如对武右卫门君的哀求冷淡对待，对寒月君的探险，主人也很冷淡。

一直不无羡慕地默默听老虎话题的武右卫门因了主人的“这个么”，似乎再度想起自己的处境，又一次问道：“老师，我很担心，怎么办才好呢？”寒月君以费解的神情看这颗大脑袋。我辈因别有所思，暂且告辞，转来起居室。

起居室里，夫人一边嗤嗤笑着，一边往京都窑廉价茶杯里满满倒了一杯粗茶。放在锑制茶盘上说：

“雪江，不好意思，请把这个送过去！”

“我，不愿意。”

“为什么？”夫人显得有点儿吃惊，一下子止住笑。

“不为什么。”雪江当即做出不以为然的表情，把目光死死扑在身旁的《读卖新闻》上。夫人再次和她商量。

“瞧你，好奇怪的哟！是寒月君，无所谓的。”

“可我，就是不愿意。”眼睛也没从报纸上抬起。这种时候一个字也不可能读进去，但若直接戳穿，估计又要哭起来。

“不是完全没有好害羞的吗？”夫人这回一边笑着，一边故意把茶杯推到报纸上。

雪江说：“哎哟，婶母好坏！”说着从茶杯下抽报纸。不巧一起动了茶盘，结果茶水一下子从报纸上淌进榻榻米缝隙。夫人说：“你看你看！”雪江道一句：“哎呀，糟糕！”当即跑去厨房。料想是去拿抹布。这幕喜剧对我辈是个乐子。

寒月君对此一无所知，兀自在客厅里东拉西扯。

“先生，新糊了隔扇纸嘛，谁糊的？”

“女人糊的。糊得不错吧？”

“嗯，手很巧！是那位常来这里的小姐糊的吧？”

“唔，她也帮忙了。说是能把隔扇纸糊到这个程度，就有了出嫁的资格，口气大着咧！”

“呃，果然。”寒月君边说边盯视隔扇纸，“这边的平整，但右角这里纸有富余，出现了波纹。”

“那里是刚糊的地方，最缺乏经验时糊出来的。”

“难怪。手艺是有点儿不到家。那个表面是超绝曲线[①]，不是普通函数所能表现的。”不愧是物理学家，说得玄乎其玄。

“这个么……”主人随口敷衍。

看这情形，再哀求下去也绝无希望可言——如此看透的武右卫门君突然把他那伟大的头盖骨磕在榻榻米上，无言之中暗示诀

① 超绝曲线：transcendental curve 之译。以此数学术语表达隔扇纸皱纹的复杂，乃夸张修辞手法。

别之意。

主人说："这就回去？"武右卫门君无精打采地拖着萨摩木屐[①]走出门去。可怜！听之任之，说不定写罢《岩头吟》[②]从华严瀑上跳下去。追根溯源，此事乃金田小姐的时髦和高傲引起的。万一武右卫门君死了，最好化为幽灵把那小姐折磨死。那样的女人即使从世界上消失一两个，男子也毫不为难。寒月君另娶更像小姐的就是。

"先生，那可是学生？"

"嗯。"

"脑袋真够大的啊！学习还行？"

"脑袋虽大，但学习不行。时常提离奇的问题，前不久让我翻译 Columbus，弄得我焦头烂额。"

"怕是脑袋太大了才问那么多余的问题。先生您怎么说的？"

"哦？好歹翻译一下敷衍过去了。"

"可翻译还是翻译了，了不起！"

"面对小孩子，如果不什么都能翻译，就得不到信任。"

"您也成了响当当的政治家了嘛！不过看今天这样子，实在像是无精打采，看不出会让老师难堪，不是吗？"

"今天是有些提不起精神。一个蠢货！"

"怎么回事？一眼看去就让人十分不忍。到底怎么的了？"

"愚不可及！给金田家女儿寄了情书。"

"哦？那个大脑壳？如今的学生真是非同小可，实在出乎意料。"

"你大概也很担心……"

"一点儿也不担心，反倒觉得有趣。哪怕情书铺天盖地也胸有成竹。"

---

① 萨摩木屐：宽底杉木屐。

②《岩头吟》：1903 年有东大预科生跳进华严瀑自杀，《岩头吟》为其绝笔。

"你那么放心,就无所谓了……"

"当然无所谓,我完全无所谓。不过,那个大脑壳也写情书,多少让我吃惊。"

"那个嘛,是开玩笑。那个姑娘太时髦太高傲了,就想捉弄一下,结果三人共同……"

"三人给金田小姐写一封情书?越来越成奇谈了!那不等于说三人吃一份西餐了?"

"那是有分工的。一人写,一人投,一人借名字。刚才来的是借名字的家伙。这个最蠢。还说连金田家女儿长什么样都没见过。为什么会这么胡作非为呢?"

"这可是近来一台好戏啊!杰作!那个大脑壳居然给女的寄情书,岂不啼笑皆非?"

"但愿别闹出天大的误会……"

"闹出也毫无所谓,毕竟对方是金田。"

"那可是你有可能娶的人哟!"

"娶只是一种可能性,所以无所谓。不要紧,金田不金田,根本无所谓。"

"就算你无所谓……"

"金田也根本无所谓,放心好了。"

"若是那样就好。当事者本人后来忽然受良心责备,害怕起来,战战兢兢来我这里商量。"

"噢,所以那么蔫头蔫脑。看上去是个没胆量的小子啊!先生您说什么把他打发走的?"

"他问会不会被勒令退学。这个最让他担心。"

"因为什么要让他退学?"

"因为做了那种不道德的坏事。"

"哪里,那也算不上不道德,一点儿关系也没有。金田那边,肯定认为是光彩事到处炫耀。"

“不至于吧？”

“反正够可怜的。就算做的是坏事，也别那么让他担心受怕，那会毁掉一个年轻人的。脑壳虽然大，但看长相，人并不多么坏。鼻子一抽一抽蛮可爱的。”

“你也很像迷亭了，说话随随便便。”

“不，这是时代潮流。您太古板了，什么都看得很严重。”

“那还不够蠢的？往见都没见过的人那里恶作剧写情书，岂不完全缺乏常识？”

“恶作剧一般都是缺乏常识的嘛！帮帮他！会成为功德的。那样子，要去华严瀑的！”

“帮不帮呢……”

“帮他一把！更有头脑的大家伙不只这个样子的，而是做了坏事还佯装不知。如果让那样的孩子退学，要把那些家伙一个个流放了才公平！”

“倒也是啊！”

“怎么样，去上野听虎叫？”

“虎？”

“嗯。去听一次吧！说实话，两三天内有点儿事要回老家一趟，短时间里不能陪伴了，今天无论如何都想一起散散步，就跑来了。”

“是吗，要回老家啊！真的有事？”

“嗯，真有点儿事。反正这就出去吧？”

“好，那就出去好了。”

“这就走吧！晚饭今天我请客。现在晃晃悠悠走到上野，时间上正合适。”寒月君一个劲儿催促。主人也动心了，一起走出门去。两人走后，夫人和雪江肆无忌惮地嘻嘻哈哈笑个不止。

第十一章

壁龛前，迷亭君和独仙君把围棋盘放在中间相对而坐。

“白下不行，输了的要请客！听清楚了？”迷亭又强调一遍。

独仙君照例捋着山羊胡子，这样说道：“那一来，一场雅戏可就俗了！心思放在一赌输赢上面就没了情趣。只有把成败置之度外，以‘白云自然出岫’冉冉往来之心了却一局，才晓得个中滋味。”[1]

[1] 陶渊明《归去来兮辞》有“云无心以出岫”之句。此为化用。

“又来了！跟如此仙骨对局，未免过于劳心费神。宛如《列仙传》① 中的人物啊！”

“弹无弦素琴。”

“拍无线电报。”

“反正开始吧！”

“你要白的？”

“哪个都无所谓。”

“到底是仙人，恢宏大度。既然你执白，作为自然顺序，我就执黑喽。好了，下子儿，随便你下在哪里。”

“按规则黑的优先。”

“是的。那么我就让一让，按定式从这里开始。”

“定式没有那个下法哟！”

“没有也无所谓。新发明！”

我辈见闻不广，直到最近才见到围棋这个玩意儿。越想越觉得此物妙不可言。把一块不大的四方木板密密麻麻隔出很多方格，乱七八糟地摆出黑白石子，看上去眼花缭乱。而且，赢啦输啦

①《列仙传》：汉刘向所撰，收古代七十一仙人。

死啦活啦什么的，汗流满面地吵吵嚷嚷。充其量不过是一尺见方的面积，用猫的前爪一挠就七零八落。“拉来结起即为草庵，放开即为本来荒原。”多此一举的游戏。袖手旁观棋盘要好玩得多。而且，最初的三四十目在石子摆法上也还不至于障眼，而到了一举定乾坤之际，斜眼看去，样子早已惨不忍睹。白子黑子相互挤得嗷嗷叫，险些从棋盘跌落下去。虽说逼仄，却又不能让旁边的家伙躲开；虽说碍事，却又无法让前面的老兄让路。除了死心认命一动不动蜷缩身子别无选择。

发明围棋的人，假如认为人的嗜好表现在棋局上，那么不妨说逼仄的棋子命运体现了蝇营狗苟的人之本性。如果人的本性能够用棋子的命运加以推测，那么不得不断言：人喜欢自行压缩海阔天空的世界，喜欢用小计谋圈定自家领地，以便除了自己立足之地别无活动空间。一言以蔽之，人是强行自讨苦吃的动物。[2]

悠然自得的迷亭君和自有禅机的独仙君不知出于何种动机，单单今天从壁橱中拽出棋盘，开始这热得透不过气的无理取闹。到底是难得相聚的两人，最初自行其是，白子儿与黑子儿在棋盘上自由穿梭。但棋盘面积有限，横竖交叉点每下一手就埋没一处。哪怕再悠然自得再自有禅机，也难免变得拥挤不堪。

“迷亭君，你下棋是野路子，哪有往那里下子儿的着法呢！”

“禅和尚的棋也许无此着法，但本因坊①棋术是有的，奈何不得！”

“那就死定了！”

“‘臣死且不辞，况彘肩乎？’[3]这手，行得通吧？”

“这手好！‘熏风自南来，阁殿微生凉。’[4]我补上一手就万无一失了。”[5]

“嗬，补上了？到底厉害。没以为你能补上。补上了，且撞八

[2] 猫对围棋发明的理解有独到之处。

[3]《史记·项羽本纪》“鸿门宴”樊哙之语。“彘肩”是猪肩肉。

[4]《唐诗纪事·四十》柳公权句。

[5] 谜亭君和独仙君以下边下棋边对话，引诗引句，自然顺畅。

① 本因坊：日本围棋四大流派之一。

幡钟[1]。来这一手,看你怎么办!"

"怎么办也不怎么办。'一剑倚天寒。'[2]噢——,麻烦!看我断你后路!"

"哎呀呀,糟了糟了,那里一断我就死了。不是开玩笑。让我一步!"

"所以刚才不说了么,这种地方不可下子儿。"

"下子儿了,多有得罪。把这个白子儿拿掉!"

"这也要让?"

"顺便把旁边的也撤回去!"

"脸皮太厚了,喂!"

"Do you see the boy ?[3]——哪儿的话,你我之间嘛,别说那么见外的话,给我撤回去!这可是生死关头。暂等、暂等[4],正要从花道上场。"

"我可管不了那么多。"

"不那么多也可以,让一点点!"

"刚才你就悔六次了!"

"记忆力蛮可以嘛。往下我要加倍悔棋才是。所以说让一点点喽!你也够固执的。坐坐禅,或可多少豁达些。"

"问题是,不用这个子儿封死,我可能大势不妙……"

"你不是一开始就打定主意:输也无所谓的吗?"

"我倒是输也无所谓,但不想让你赢。"

"荒唐的悟道。还是'春风影里斩电光'不成?"

"不是'春风影里',是'电光影里'。你颠倒了。"

"哈哈哈哈,以为你差不多神魂颠倒了,原来清醒着呢!没办

① 补上了,且撞八幡钟:"补"在日语中作つぐ,"撞"为つく,二者谐音,俏皮话。"八幡钟",深川富冈八幡宫报时钟。

② 一剑倚天寒:无学祖元答北条时宗之语。

③ Do you see the boy:ずうずうしい(脸皮太厚了)的英语模拟音。

④ 暂等、暂等:歌舞伎十八番《暂》中的场面。

法了，也罢也罢！”

“生死事大，无常迅速。[6]也罢！”

[6] 禅语。据考证，漱石生身之家的隔扇上亦写有此语。

“阿门！”迷亭先生这回往毫无关系的位置投下一子儿。

迷亭君和独仙君在壁龛前拼命争输赢时间里，客厅入口并坐着寒月君和东风君，主人在两人旁边以蜡黄的脸色坐着不动。寒月君面前有三条鲣鱼干在榻榻米上赤条条齐刷刷排成一列，堪称奇观。

鲣鱼干出自寒月君怀中。刚掏出时还不凉，手心仍能觉出裸露的鱼身带有的温煦。主人和东风君以奇特的眼神将视线投射在鲣鱼干上面。寒月君少顷开口道：

“其实四天前就从老家回来了。这个事那个事，到处跑来跑去，以致没能登门拜访。”

“没必要那么迫不及待。”主人说话照例不讨人喜欢。

“不迫不及待也可以，但这礼物不及早献上，让人放心不下。”

“不是鲣鱼干吗？”

“嗯，老家的名产。”

“名产？这东西东京好像有的嘛！”主人拿起一条最大的，凑到鼻尖嗅了嗅。

“嗅是嗅不出鲣鱼干的好坏的。”

“所以说是名产，是因为比较大喽？”

“啊，一吃就知道了！”

“吃总是要吃的，不过这家伙是不是缺了个尖儿？”

“所以说不赶快拿来就放心不下。”

“为什么？”

“为什么？给老鼠吃了。”

“这可危险。乱吃是要得鼠疫的。”

“放心好了！咬那么一点点不碍事。”

“到底在哪里咬的？”

“船上。”

“船上？那怎么会？”

“没地方装，就和小提琴一起装进袋子了。上了船，当天晚上就被咬了。若光咬鲣鱼干倒还好，结果连小提琴的琴身也被错当成鲣鱼干，同样咬了一点点。”

“好个粗心的老鼠！怕是船上住久了，就没有了界线。”主人说着谁听了都一头雾水的话，依然盯住鲣鱼干不放。

“毕竟是老鼠，住在哪里都照样粗心大意。所以拿来宿舍也担心被咬。担心得不行，搂在被窝里睡来着。”

“像是有点儿脏哟！”

“吃时要稍微洗洗。”

“稍微怕是洗不干净的。”

“那么就用草木灰什么咔嗤咔嗤打磨好了。”

“也搂着小提琴睡来着？”

“小提琴太大，搂不过来……”寒月刚话到这里，迷亭从对面大声掺和进来：

“什么？搂小提琴睡？风流！有俳句说，匆匆春去也，怀抱琵琶沉甸甸，一颗惜春心[①]。你可是远在其上！明治秀才若不怀抱小提琴而眠，是不可能超越古人的。薄薄棉睡衣，长长暗夜正愁时，怀拥小提琴——如何？东风君，新体诗能表达出来吗？”

东风君神情肃然：“新体诗和俳句不同，一下子作不出来。不过作出来时，会发出约略触及灵魂机微的妙音。”

“是吗，我本以为灵魂要烧麻秆[②]才能迎出来呢，用新体诗之力也能迎出？”迷亭把围棋抛去一边，继续调侃。

“那么多嘴多舌，又要输了哟！”主人提醒迷亭。迷亭满不在乎：

① 怀抱琵琶沉甸甸，一颗惜春心：行く春や重たき琵琶のだき心。俳人与谢芜村之作，收于《五车反古》。

② 烧麻秆：日本民俗，盂兰盆节烧麻秆迎送死者灵魂。

“想赢也好想输也罢，反正对方形同釜中章鱼，手脚早已动弹不得。我也百无聊赖，不得不加盟小提琴阵营。”话音刚落，对手独仙君以不无亢奋的语气回应说：

“该你下了，我可是严阵以待。”

“哦？已经下子儿了？”

“下了，早下了！”

“下哪儿了？”

“把白棋斜连上了。”

“果然。白棋斜连上，吾棋败阵乎？看我攻这边……这边，这边灯火已黄昏，已然穷途末路。我再让你多下一个子儿，随你怎么下子儿好了！”

“哪有那么下棋的？”

“既然哪有那么下棋的，我下就是。那么，我就往这拐角拐过去？寒月君，你的小提琴太便宜了，老鼠看不上眼才咬的。你要下狠心买一把多少好些的。我给你从意大利定购一把三百年前的古物？”

“拜托！付款也一并拜托！”

“那么古旧的东西，岂能管用！”纯属外行的主人大声呵斥迷亭君。

“你怕是把人之古物同小提琴之古物混为一谈了。即使人之古物，如金田某某之辈如今仍然流行，及至小提琴，更是越古越好。喂，独仙君，请你快快下子儿。倒不是重复庆政年间的台词，‘秋天日短暮色临’[①]。”

“和你这种急性子下棋真是一种折磨，根本没工夫考虑。没办法，往这里下一子儿做个眼吧！”

“嗬嗬，起死回生了！可惜可惜。没想到你会下去那里，就搜

① 秋天日短暮色临：据义太夫小调《恋女房染分手纲》：暮色已降临？秋天日不长。

肠刮肚闲扯几句。到底斗不过你不成?”

“那还用说!你不是下棋,是瞎胡混。”

“此乃本因坊流、金田流、当代绅士流!喂,苦沙弥先生,独仙君不愧去镰仓吃了老咸菜,不为物动。佩服佩服!棋艺不怎么样,胆量非比寻常。”

“所以像你这样的胆小鬼,要多少向他学学才好。”

主人背对着迷亭说。迷亭当即刷一下子伸出大红舌头。独仙君也事不关己似的催促对手:“喂,该你的了。”

“你什么时候开始学小提琴的?我也想学一学来着,听说难学得很。”东风君问寒月君。

“唔,一般程度的,谁都没问题。”

“因为同是艺术,我以为有诗歌爱好的人在音乐上面也容易上手,因此多少有自恃之处。是不是这样的呢?”

“是的吧!你肯定出手不凡。”

“你是什么时候开始的呢?”

“高中时代。先生,我说过学小提琴的来龙去脉吧?”

“没有,还没听得。”

“高中时代跟老师学的?”

“哪里有什么老师,自学。”

“绝对天才!”

“自学也未必限于天才。”寒月君显得不快。被说是天才而不快的人估计只有寒月。

“是不是天才无所谓,让我听听你是怎么自学的,好作为参考。”

“说也可以。先生,我可以说吗?”

“啊,说好了!”

“如今常有年轻人拎着小提琴盒在街上走来走去,但那时候作为高中生几乎没有鼓捣西方音乐的。尤其我所在的学校地处乡下的乡下，非常朴实，甚至带麻布衬里的草鞋都见不到。学校里的学生拉小提琴的，当然一个也没有……”

“好像开始讲什么趣闻了。独仙君，就下到这里可好？”

“还有两三个地方没下满。”

“有就有吧，统统拱手相送。”

“就算你那么说，我也不能接受。”

“你这人倒够认真的，不像禅学家。也罢，来个一气呵成！寒月君好像蛮有意思嘛……喏，那所高中，学生全都光脚丫上学……”

“没那回事。”

“可我听说，大家都光脚做军事体操，由于向右转，脚底板大大变厚。”

“何至于？谁那么说来着？”

“谁说的无所谓。而且，一人一个伟大的饭团子，像酸橙那样悬在腰上，就吃那东西。说是吃，其实更是啃。啃着啃着，中间就冒出一个酸梅干。因为期待酸梅干冒出，就一心一意啃掉四周没有盐味儿的部位向中间进攻——精力真够旺盛啊！独仙君，你听了正中下怀吧？”

“质朴刚健，风气可喜可贺！”

“可喜可贺的事还有。听说那里没有烟灰筒。我的朋友去那里任职期间，出去买带有吐月峰商标的烟灰筒，不料别说吐月峰，就连名叫烟灰筒的东西也一个都没有。他觉得奇怪，一问，对方不当回事似的回答烟灰筒那玩意儿，只要去后面竹林砍一根竹子，谁都做得出来，用不着买。这也是表现质朴刚健风气的美谈吧？喂，独仙君！”

“唔，那倒也罢了。可这里得填一个单官才行。”

“好，单官、单官、单官！这回了结了。——我听了你说的情况，实在吃惊不小。在那样的地方你能自学小提琴，绝对不简单！《楚辞》说'惸独而不群',你寒月君完全是明治的屈原!"

"不愿意当屈原。"

"那么就是本世纪的维特[1]!怎么?要我把子儿拿下来数一数?好一个认死理的家伙!不数也是我输了,肯定。"

"可是不数做不出结论……"

"那么你数好了!我顾不得了,如果不听一代才子维特君学小提琴起因的奇闻逸事,未免愧对先祖。失陪了。"迷亭君离席挪到寒月君这边。独仙君一丝不苟地拿起白子儿填白空儿,又拿起黑子儿填黑空儿,口中不断念叨数字。寒月君继续下文:

"当地风气已经够伤脑筋了,而我老家的人又非常顽固,一旦有哪个稍微软弱一点儿,就说在其他县的学生面前有失面子,毫不留情地胡乱制裁。头痛死了。"

"提起你老家的学生,的确不通情达理。不说别的,何苦偏穿那种清一色藏青裤裙呢?以为那很潇洒不成?再说,也许给海风吹拂的关系,颜色总好像黑乎乎的。男的倒也罢了,而女的如果也那样,怕是够难办的。"只要迷亭这个人掺和进来,谈话主题就不知飞去哪里。

"女的也照样是黑的。"

"居然也有人娶!"

"毕竟整个县全都是黑的,有什么办法!"

"命啊!是吧?苦沙弥君。"

"还是黑的好吧?若勉强是白的,每次照镜子都自作多情岂不麻烦。女人那东西可是不好对付的物件啊!"主人喟然长叹。

"可另一方面,如果整个县统统是黑的,黑的不也要自作多情?"东风君发出理所当然的疑问。

"总之女的纯属多余。"主人说。

---

① 维特:歌德《少年维特的烦恼》中的主人公。失恋后自杀。

“你那么说，夫人可要在后面不高兴的哟！”迷亭先生笑着提醒。

“不怕，不要紧！”

“不在？”

“刚才领小孩儿出去了。”

“怪不得安静。去哪里了？”

“哪里不晓得，擅自出去的。”

“并且擅自回来？”

“算是吧！你独身好啊！”

听主人说罢，东风君约略现出难以认可的神情。寒月君嘻嘻作笑。迷亭君说：

“有了妻室，全都是那种感觉。喂，独仙君，像你这样的，也为老婆犯难吧？”

“哦？且慢。四六二十四、二十五、二十六、二十七。觉得空地儿不大，竟有四十六目！本以为能多赢些，但摆满一看，只差十八目。——你说什么？”

“说你是不是也为老婆犯难？”

“啊哈哈哈哈，也没什么犯难的，因我老婆本来爱我。”

“失礼失礼。不愧是独仙君！”

“不但独仙君，那样的例子任凭多少都有。”寒月君为天下所有的妻君代行辩护之劳。

“我也赞成寒月君。在我看来，人要进入绝对领域，只有两条路，这两条路就是艺术和恋爱。夫妇之爱代表其一，所以人若不结婚来达成这一幸福，我认为那是有违天意的。尊意如何？先生。”东风君仍然一本正经地转向迷亭。

“高论！看来我无论如何也无法进入此境。”

“不娶妻就更进不了。”主人满脸严肃地说。

“反正我等未婚青年若不沾染艺术灵气一路开拓向上，就不能理解人生的意义。所以我想从学小提琴入手,一开始就在倾听寒月君的经验之谈。”

“是的是的,是该聆听维特君的小提琴物语了,请往下讲。不再打扰了。”寒月君终于收敛锋芒。

“向上一路,靠小提琴之类是开拓不了的。若是以那种游戏三昧就能悟得宇宙真理,那还得了！要想知晓个中消息,还是要有悬崖撒手、死后复苏的气魄才行。”独仙君煞有介事地对东风君进行训诫式说教倒也未尝不可,问题是东风君连禅宗的禅字都不知道,以致毫无顿悟的样子。

“呃,或许言之有理,但我想艺术终究是表达人类渴望之极致的载体,无论如何也不能抛弃。”

“如果不能抛弃,那么就依你所愿,谈谈我的小提琴故事吧！刚才也说了,开始学小提琴之前我也曾煞费苦心。买就首先成了问题。”[7]

[7] 以下买小提琴的故事设计了一个又一个“包袱”,在“耍弄人”中尽显作者幽默风趣的功力,引人入胜。

“那怕是吧,带麻布衬里草鞋都没有的地方,不可能有小提琴。”

“不,有是有的。钱也早就准备好了,不成问题,但就是不能买。”

“为什么？”

“小地方,买了马上就会被人发现,发现了就会说是不自量力,立马制裁。”

“天才自古以来就是受迫害的。”东风君大大表示同情。

“又提天才？我可不愿意别人一口一个天才叫我。这么着,每天散步路过有小提琴的店前都心想:把那东西抱在胳膊上的心情会是怎样的呢？啊,想买、想买——没有一天不想买。”

“理所当然。”这么评论的是迷亭。

“居然如此着迷！”感到费解的是主人。

“到底是你,天才！”由衷佩服的是东风君。

只有独仙君捋着胡须，超然物外。

“那种地方为什么有小提琴，这点也许着实让人不可思议。但细想之下，情有可原。为什么呢？因为这地方也有女校，作为功课，女校的学员每天都要练小提琴。当然好的没有，只有勉强可以称为小提琴的那类东西。因此，店里也不很看重，两三把一起吊在店门口。散步路过时常常被风吹出声或被小伙计的手碰出动静。每次听了，觉得心脏就像要突然破裂似的，坐立不安。”

“危险啊！有水癫痫、人癫痫等种种癫痫。你的么，不愧是维特，属于小提琴癫痫。”迷亭君冷嘲热讽。

“不，如果感觉不那么敏锐，是成不了艺术家的。无论如何都是天才气质！”东风君愈发五体投地。

“嗯，实际上癫痫也不一定。不过惟独音色真是稀奇。自那以来至今，不知拉过多少，但从未拉出那般美妙的声音。是的，怎么形容好呢？简直无以言表。”

“响起来莫不是琳琅璆锵？”出难题的固然是独仙君，遗憾的是谁都不响应。

“每天路经店门口散步时间里，那灵异声响终于听得了三次。第三次我下了决心，横竖非买不可。即使受到老家人的谴责，就算受到他县人的轻蔑——纵然因铁拳制裁而气绝身亡，或者稍有不慎而受到退学处分——小提琴也非买不可。

“这就是天才！不是天才不可能如此如醉如痴。羡慕！一年来我也想方设法激起这般势不可遏的情感，然而就是不成。去听音乐会什么的也专心听来着，而兴致却总是上不到那个高度。”东风君一味表示羡慕。

“上不到才幸福。现在说起来诚然心平气和，但那时的痛苦完全属于无法想像的那一种类。后来，先生，终于豁出一切，买了回来。”

“唔，如何买的？”

“正是十一月天庆节[①]前一天的晚上，老家同学倾巢而出去温泉住一晚上，一个人也没有。我说生病了，那天学也没上，躺了一天，脑袋里只有一个念头：今晚可要出去把朝思暮想的小提琴弄到手。”

“不惜装病旷课？”

“一点不错！”

“果然算得上天才，这样子。”迷亭君也多少显出惶恐的样子。

“从被窝探出脑袋一看，天迟迟不肯黑，心焦意躁。无奈，又蒙上脑袋，闭目等待。还是不成。而探出脑袋，烈烈秋阳正整个照在六尺隔扇上晃晃耀眼，让我气恼得不行。往上看，有一串细细长长的影子，不时随着秋风轻轻摇动。”

“什么呀，那细细长长的影子？”

“把涩柿子剥皮吊在房檐下了。”

“嗬！往下？”

“无可奈何，我就钻出被窝，拉开隔扇，走到檐廊，摘下一个柿饼吃了。”

“可好吃？”主人问小孩子问的事。

“好吃，那一带柿子。东京什么的，根本不晓得那个味儿。”

“柿子可以了，往下如何？”这回东风君问。

“往下又钻进被窝闭目合眼，心里暗暗向神明祈祷：天快快黑吧！估计过去了三四个小时，该差不多了，不料一伸脑袋，烈烈秋阳依然明晃晃照在整面六尺隔扇上。上面那串细长影子还在摇摇摆摆。”

“那已经听过了。”

“有好多遍的。我又钻出被窝，拉开隔扇，吃了一个柿饼。吃完重新钻进被窝，心里暗暗向神明祈祷。”

① 天庆节：明治天皇诞生日。

“岂不又重复回来了？”

“啊，请先生耐心听下去。往下我在被窝里忍耐了三四个小时。心想这回可以了，猛地伸出脑袋一看，烈烈秋阳依然明晃晃照在整面六尺隔扇上。上面那串细细长长的影子还在摇摇摆摆。”

“怎么老重复个没完啊？”

“随后钻出被窝，拉开隔扇，走到檐廊，吃了一个柿饼……”

“又吃柿饼？怎么老吃柿饼吃个没完没了啊！”

“我也够着急的。”

“听的人比你还急！”

“先生性子急，很难讲下去了。”

“听的人也很难嘛！”东风君也悄声流露不满。

“既然诸君都为难，那就没办法了，只好大大简化。简而言之，我吃了柿饼钻进被窝，钻出被窝吃了柿饼，结果把房檐吊的家伙一扫而光。”

“一扫而光天该黑了吧？”

“哪里，没那么容易。吃完最后一个，以为可以了，伸头一看，烈烈秋阳依然故我，打在整面隔扇上……”

“我可不再听了，总是原地打转，没个结果。”

“我也忍无可忍了。”

“不过能忍到这个地步，事情基本都能成功。这么听下去，听到明天早上秋阳大概都要明晃晃的。你到底打算什么时候买小提琴？”就连迷亭君也似乎有些急不可耐了。惟有独仙君泰然自若，到明天早上也好，到后天早上也好，秋阳再晃晃耀眼也罢，看样子全然不为所动。寒月君也足够沉着冷静。

“问我什么时候买，只要天一黑就马上去买。遗憾的是，什么时候探头看秋阳都明晃晃的。说起我当时的痛苦，那可不是诸位的心焦所能相比的。吃完最后一个柿饼，我看天也还是不黑，不由得潸然泪下，哭了起来。东风君，我的确没出息，哭了。”

“那是吧！艺术家本来就多情多恨。所以对于哭我是同情的，但话还是得快些推进才成。”东风君人好，说话自始至终认认真真而又滑稽好笑。

“想推进的心情诚然万分迫切，问题是左等右盼天也还是不黑，伤脑筋！”

“天若不黑，听的人也伤脑筋。算了吧！”看上去主人也终于忍无可忍了。

“算了更伤脑筋，毕竟往下渐入佳境。”

“那就听。让天快黑可好？”

“要求多少有些无理，但既然先生说了，那么就退让一下，在这里就算天黑了吧。”

“这再好不过。”独仙君说得那么一本正经，以致大家不由得笑出声来。

“终于天黑入夜，姑且如释重负，我走出鞍悬村住处。因为生来讨厌热闹场所，所以特意避开交通便利的城区，而在人迹罕至的寒村百姓家设下我的蜗牛庵……”

“人迹罕至太夸大其辞了吧？”主人抗议。

“蜗牛庵也言过其实。还是说成没有壁龛的四张半榻榻米房间较为写意有趣。”迷亭君也表示不满。

只有东风君夸奖说：“无论事实如何，语言颇为诗性，感觉不俗。”

独仙君神情肃然，问道：“住在那样的地方，上学怕是够受的吧？有多少里？”

“到学校四五百米。因为学校本来就在寒村……”

“那么说，学生大部分住在那一带吧？”独仙君寸步不让。

“嗯，一般百姓家里都必有一两个学生。”

“那能说是人迹罕至？”独仙君迎头一击。

“呃，如果没有学校，绝对人迹罕至。……说起当晚的服装，手织布做的棉衣套了一件铜扣制服外套,用外套头巾整个蒙住脑袋,尽可能不惹人注意。正是柿树落叶时节,从住处到南乡街道,一路上铺满了落叶。每走一步都沙沙作响,让人心惊,总觉得有谁从后面跟来。回头看去,东岭寺树林黑魆魆的,成了黑暗中的黑影。这东岭寺,是松平家的菩提所,位于庚中山的山脚,离我的住处不过一百来米,是一座相当幽邃的梵刹。林木上方是无边无际的星空,那道天河横向跨过长濑川,末端、末端么,首先往夏威夷方向淌去……"

"夏威夷莫名其妙。"迷亭君说。

"沿南乡街道走了二百来米,从鹰台町进入市区,走过古城町,拐过仙石町,在食代町旁边经过通町,一丁目、二丁目、三丁目依序穿过,往下是尾张町、名古屋町、鯱钵町、蒲钵町……"

"不经过那么多町也可以的。总之小提琴买了还是没买?"主人焦急地问。

"有乐器的店是金善,也就是金子善兵卫家的,还远着呢!"

"管它远近,快买要紧。"

"明白了。这么着,来到金善家一看,店里的煤油吊灯明晃晃……"

"又是明晃晃,你的明晃晃一次两次晃不够,一个劲儿晃。"这回迷亭设下防线。

"不不,这回的明晃晃只晃一遍就不晃了,不必那么担忧。透过灯影一看,那把小提琴隐约反射着秋夜灯光,琴身凹下的浑圆部位带着冷艳的光,只有紧绷绷的琴弦的一部分白亮亮映入眼帘……"

"描述精彩绝伦!"东风君夸奖道。

"就是它,就是那把小提琴!这么一想,胸口怦怦直跳,两腿瑟瑟发抖……"

"呵呵。"独仙君用鼻子笑道。

"情不自禁地扑上前去,从衣袋里掏出钱包,从钱包里拈出两张五元钞票……"

"终于买了?"主人问。

"很想买的,可是且慢,这可是紧要关头,弄不好会鸡飞蛋打。还是算了吧,在这千钧一发之际转念作罢。"

"什么呀,还没买?这把小提琴也太要弄人了吧?"

"不是要弄。还不能买,别无他法。"

"为什么?"

"为什么?刚刚入夜,街上熙熙攘攘人来人往嘛!"

"有什么关系呢?来往的是二百人也好三百人也罢!你这人真是古怪!"主人怒气冲冲。

"若是一般人,一千两千也无所谓。问题是有学校的学生撸起胳膊,拿着大手杖走来走去,轻易出手不得。其中有人号称'沉淀党',为总在班里沉底而欢天喜地。恰恰是这种人柔道厉害。不敢随便朝小提琴伸手,不知会触怎样的霉头。作为我,固然想得到小提琴,但命也还是舍不得的。较之拉小提琴被杀死,还是不拉小提琴活着快活。"

"那么,到底作罢没买喽?"主人追问。

"不,买了。"

"你这人不够爽快。买就快买,不买就算了,快点儿有个了结多好!"

"嘿嘿嘿嘿,世上的事不可能让我们如愿以偿的哟!"寒月君边说边冷冷点燃朝日牌喷出一口。

主人似嫌啰嗦,霍然起身,走进书斋。却又拿一本好像很旧的洋书走出,咕噜一声趴下读了起来。独仙君不知何时退到壁龛跟前,一个人摆子儿下独角棋。令人期待的趣闻也因实在太长而听众一减再减,剩下的只有忠于艺术的东风君和从未败在冗长手下的迷亭先生。

将悠长的烟雾毫不客气地吐向人间的寒月君,少顷以一如前面的速度继续下文:

"东风君,那时我这么想来着:毕竟刚刚入夜,不成。话虽这么说,深更半夜来,金善又睡觉了,还是不成。如果不在看准学校的学生散完步回去而且金善还没睡的时候来,好不容易做的计划就要泡汤。可是看准那个时候很不容易。"

"确实不容易。"

"我估计那个时候应是十点左右。这样,必须找地方从现在挨到十点。回去再回来,那吃不消。而去朋友家闲聊又好像有些内疚,提不起兴致。无奈之下,决定在市里散步散到相应时候。不料,平时东游西逛当中两三个小时不知不觉就过去了,而单单那天夜里时间过得极慢。怎么说来着?所谓'一日千秋',大概说的就是这回事,我算是深深感觉到了。"寒月做出一副深有感触的样子故意转向迷亭先生那边。

"古人也说'等人一何苦,如悬炉火中'。况且,也是由于等人的人比被等的人还不是滋味,那吊在檐前的小提琴想必也够难受的。而像找不到作案线索的侦探一样转来转去心神不定的你,估计就更难受了。累累如丧家之犬。是啊,实际上再也没有比无家可归的狗更可怜的了。"

"说狗太苛刻了,再怎么着,也从没被人拿狗来比较。"

"听你讲话,总有一种像读往日艺术家传记那样的心情,不胜同情。拿狗比较是先生开玩笑,别往心里去,只管往下讲!"东风君安慰道。即使不被安慰,寒月君当然也打算继续讲。

"接下去,从徒町走过百骑町,从两替町来到鹰匠町,去县政厅数点枯柳数目,在医院旁边计算窗灯数量,在绀屋桥上吸了两支烟,而后看一眼表……"

"到十点了?"

"可惜还没到。跨过绀屋桥,往东走上川添,遇上三个按摩师。

还有,狗叫个没完没了,先生……”

“‘秋夜一何长,河边闻犬吠。’——不无戏剧性嘛!你成了落难武士。”

“干了什么坏事不成?”

“这就要干喽!”

“可怜!如果说买小提琴是干坏事,那么音乐学校的学生岂不成了罪人?”

“做别人不认可的事,哪怕事情再好也是罪人。所以,世上再没有比罪人更说不清的了。耶稣若生在那个世道也是罪人嘛!美男子寒月君也一样,在那种地方买一把小提琴就成了罪人。”

“那就让一步,罪人就罪人吧!是罪人倒无妨,问题是总不到十点让人吃不消。”

“再数一遍町名就是!如果还不够,就让秋阳明晃晃卷土重来。要是还不到时间,就再吃上三打柿饼嘛!我们永远听下去,你就坚持到十点好了!”

寒月君嘻嘻笑道:“既然你那么抢先说了,我就只好投降了。也罢,一步跨到十点就是。这样,到了十点来金善家店前一看,因为正是夜寒时分,就连两替町这条主要街道也差不多没了行人,甚至对面临近的木屐声也让人心生寂寞。金善家大门早已关了,只有一扇小门供人出入。感觉上自己就像被狗跟踪了似的,拉开小门走了进去,心里七上八下……”

主人这时从脏兮兮的书本稍微抬起眼睛问:“喂,小提琴可买了?”

“这就买。”东风君应道。

“还没买啊,真是够久的了。”自言自语地说罢,主人又看起书来。独仙君兀自默不作声,用黑白棋子儿把棋盘添满大半。

“一咬牙闯到里边,头巾没摘就说把小提琴拿来!火盆周围四五个小伙计和学徒工正聚在一起说话。听得他们吃了一惊,不约而同地往我脸上看。我不由得抬起右手一下子把头巾往前一拉，又说了一遍：‘喂，把小提琴拿来！’最前面那个定定盯视我的小伙计含含糊糊应一声‘呃’，起身把吊在店头的三四把小提琴一股脑儿卸了下来。问多少钱，说五元两角……”

“喂，有那么便宜的小提琴？那岂不是玩具？”

“我问：‘都是一个价？’回答：‘是的，哪一把都一样，全都精心做得结结实实。’于是我从钱包里取出五元纸钞和两角硬币，掏出准备好的大包袱包皮包了小提琴。这当中，店里的人中止交谈，目不转睛地看着我。脸被头巾包着不担心他们看出，但还是觉得心急，恨不得马上出门上路。终于把包袱放进外套之后，刚一出门，店掌柜领头齐声喊道‘谢谢光顾’，让我心头一抖。上路环顾四周，幸好谁也没有。但对面百米开外有两三个人正在吟诗，声音几乎响彻大街小巷。这可不妙！我向西拐过金善屋角，沿濠畔走上药王师道，从榛木村走去庚甲山麓，好歹返回住处。返回住处一看，差十分两点。”

“好像整整奔波了一整夜啊！”东风君不忍似的说。

“总算讲完了。得得，长卷道中双六[①]！”迷亭君舒了一口气。

“好戏还在后头，到这儿只是序幕。”

“还没完？这可不得了。碰上你，差不多所有人的耐性都要败下阵去。”

“耐性姑且不论，若到此为止，就等于画龙不点睛，再让我说一会儿。”

“说当然随意。听也还是听的。”

“怎么样，苦沙弥先生，也来听听如何？小提琴已经买好了。嗯？先生。”

“这回要卖小提琴了？卖不听也无所谓。”

① 道中双六：一种掷骰子游戏图，绘有东海道五十三个驿站的风景和民俗。

“还谈不上卖。”

“那就更用不着听了。”

“伤脑筋啊！东风君，只你一个认真静听，倒是有点儿泄气。没办法，就讲个梗概吧！”

“不光梗概也没关系，慢慢讲来，妙趣横生。”

“小提琴总算搞到手了。首先棘手的是放在哪里。我那里有不少人来玩，随手挂在哪里靠在哪里，马上就会给人发现。挖个洞埋起来吧，可挖洞又是个麻烦。”

“对了，不藏在阁楼里？”东风君说得轻松之至。

“没阁楼，农户人家。”

“那是够棘手的。放去哪里了？”

“你看放去哪里了？”

“不知道。防雨套窗？”

“不是。”

“包在被里藏进壁橱？”

“不是。”

在东风君和寒月君就小提琴的藏身之处如此一问一答时间里，主人和迷亭君也就什么说个不停。

“这个什么意思？”

“哪个？”

“这两行。”

“这是什么？ Quid aliud est mulier nisi amiticire inimica[①]……”

“这不是拉丁语吗？”

“知道是拉丁语。问题是什么意思？”

“你平时不是说懂拉丁语的吗？”迷亭君嗅出危险，虚晃一枪。

“当然懂，懂是懂，可意思是什么？”

① Quid aliud est mulier nisi amiticire inimica：语出托马斯·南希《愚行解剖》。大意为：“女子是什么？莫不是友爱之敌？”

“你说懂，却问我，太坏了！”

“随你怎么说，反正译成英语好了，快！”

“快？好大的口气！简直成了你的侍从。”

“侍从就侍从，快译！”

“好了，拉丁语稍后再说，是不是该听听寒月君的高谈阔论啊？正是紧急关头，眼看就要暴露了，岌岌可危，千钧一发，兵临安宅关[①]！——喂，寒月君，往下情况如何？”迷亭兴致陡增，加入小提琴一伙。主人被无情地抛在一边。寒月君因之得势，开始讲藏琴场所：

“最后藏在一个旧藤条箱了。这藤条箱是离开老家时祖母送给我的，听说是祖母出嫁时带过来的。”

“那是旧物啊！和小提琴有点儿不谐调。是吧？东风君。”

“嗯，是有点儿不谐调。”

“阁楼不也是不谐调吗？”寒月君敲打东风先生。

“诚然不谐调，但能成为俳句，放心好了！‘秋日凉风起，躲在藤条箱里啊，我的小提琴。’——如何？二位。”

“先生今天出口成俳嘛！”

“不限于今天。任何时候都腹有诗书。说起我在俳句方面的造诣，就连已故子规[②]都惊得瞠目结舌！”

“先生，您和子规可有交往？”直率的东风君直率地问道。

“哪里，即使不交往，我们也始终以无线通讯肝胆相照。”听得迷亭君一派胡言，东风先生也愕然沉默下来。寒月君笑着继续下文：

“这样，存放场所倒是有了，接下去的难题是拿出。若仅仅拿出来避人眼睛偷偷欣赏不是做不到，可单单欣赏什么用也没有，不拉起不了作用。而一拉就出声，一出声就败露。偏巧一道木槿

① 安宅关：安宅，石川县地名。曾有关口，据传平安末期源义经逃难途中在此关险遭不幸。

② 子规：正冈子规（1867—1902），日本诗人，作家，尤工俳句。亦是夏目漱石的朋友。

篱笆之隔的南院住有‘沉淀党’的头目。提心吊胆啊！”

“伤脑筋！”东风君不无同情地附和道。

“的确伤脑筋。论据强于论点。毕竟有声发出，小督局[①]也正是因为这个而坏事的。若是偷吃东西或制造假钞倒还有法可想，但乐曲不是瞒得了人的东西。”

“只要不出声，怎么都好办……”

“且慢！你说只要不出声，但即使不出声也有藏不住的。过去我等在小石川一座寺院里自己开伙的时候，有个叫铃木藤的人。这个铃木藤非常喜欢甜料酒，买了装在啤酒瓶里一个人喝得津津有味。一天他外出散步后，偏偏给苦沙弥君偷喝了一点点，不料……”

“我哪里喝铃木的甜料酒了，喝的是你！”主人突然大声说道。

“哎哟，以为你正看书不要紧，原来还是听见了，你这人真让人马虎不得啊，眼观六路，耳听八方。那么说倒也是，我也喝了。我喝了，的确喝了，可被发觉的是你。两位好好听着，苦沙弥先生天生不能喝酒，却心想是别人的甜料酒就大喝特喝。嗬，可不得了，喝得红头涨脸，都不敢看他第二眼……”

“闭嘴，连拉丁语都不懂！”

“哈哈哈哈，结果铃木藤回来拿起啤酒瓶一摇晃，少了不止一半。就说肯定是谁喝了，四下一看，那位老兄正直挺挺躺在墙角，活像朱泥捏出的偶人……”

三人不禁哄堂大笑。主人也一边看书一边哧哧笑出声来。至于孤军奋战的独仙君，因为弄机外机[②]弄过头了，看上去有些疲劳，不知何时趴在棋盘上呼呼睡了过去。

“有一次还没出声就被发现了。过去我曾去姥子温泉[③]和一个

① 小督局：高仓天皇的宠姬。隐居嵯峨野期间，因其琴声而被天皇使者发现。

② 机外机：夏目漱石自造语。

③ 姥子温泉：神奈川县箱根七泉之一。

老头儿合住一个房间。像是东京一家丝绸店的隐退老板什么的。因是合住，丝绸店也好旧衣店也好，谁都无所谓。只是出了件麻烦事。具体说来，我到姥子之后的第三天香烟吸光了。诸位想必知道，姥子只是山里边的一座房子，除了洗温泉和吃饭，别的事怎么做怎么不方便。这么着，断了烟就麻烦大了。东西没了，就更想要。一想到烟没了，就更想吸，平时本来没那么厉害。可气的是，那个老头儿准备了满满一包袱烟。每次拿出一点点来盘腿坐在人家前面吧唧吧唧喷云吐雾倒也可以原谅，但最后吐出很多花样：竖着吐，横着吐，乃至和枕邯郸梦里的枕头相反，倒着吐，又或者从鼻洞出来进狮子洞，出洞又回洞。总之就是炫吸……”

“什么呀，什么叫炫吸？”

“衣着用品叫炫耀。因为是烟，就叫炫吸。”

“噢，与其那么眼馋难受，讨一支不就得了？”

“可是不能讨嘛，我也是男人。”

“哦，烟不可以讨的不成？”

“或许可以，但没讨。”

“那是为何？”

“没讨，偷了。”

“哎呀哎呀！”

“老家伙拎着毛巾去泡温泉了，心想吸烟此其时也，于是尽情尽兴大吸特吸，何等快活！正快活着，门很快咣啷一声开了。哦？回头一看，烟主回来了！”

“他没去泡温泉？”

“想泡，却想起了钱袋，又从走廊折了回来。人家根本不至于偷什么钱袋，这点就够失礼的了。”

“什么都不好说哟！你可是偷烟的手！”

“哈哈哈哈，老头也很有眼力的！钱袋倒也罢了，老头儿一开纸拉门，见满屋子给我这个憋了两天没吸烟的人吸得乌烟瘴气，马上就露馅了。常言说恶事传千里嘛!”

“老头儿说什么来着?”

“毕竟年高阅历多。他一声不响地拿出五六十支烟用八裁纸包了,对我说别见怪,如果这样的粗烟也不嫌弃的话,请吸好了!说完又出去泡温泉了。”

“那就是所谓江户趣味?”

“是江户趣味还是丝绸店趣味我不晓得,反正那以后我和老头儿大大地肝胆相照,两个星期过得有滋有味。”

“两个星期一直白吸老头儿的烟?”

“噢,算是那样吧!”

“小提琴告一段落了?”主人终于合上书,起身表示屈服。

“还没有。往下才是高潮。正是火候,请好好听着。顺便也想请那位在棋盘上午睡的先生——叫什么来着?啊,独仙先生,独仙先生也听听。那么睡对身体有害的哟!叫醒也不碍事了吧?”

“喂,独仙君,起来起来!高潮来了!那么睡有害健康,太太要担心的!”

“呃。”应声抬起脸来的独仙君,口水顺着山羊胡子长长淌了一条下来,像蜗牛爬过的痕迹闪闪发光。

“啊,睡过去了。吾辈懒慵,堪比山上白云乎?啊,睡得神清气爽!”

“你睡,大家都认可的。不过差不多该起来了!”

“起来是可以的。可有什么有趣的事?”

“往下就要说小提琴怎么着了吧?苦沙弥君。”

“怎么着了呢?全然捉摸不出。”

“这就拉。”

“这就拉小提琴!过这边来,好好听!”[8]

“还是小提琴?伤脑筋!”

“你是弹无弦素琴,所以不伤脑筋。而寒月君吱吱呀呀怕给左

[8] 以下拉小提琴的故事与买小提琴异曲同工,妙趣横生。

邻右舍听见,那才叫伤脑筋。"

"是吗,寒月君不知道不让左邻右舍听见的小提琴拉法?"

"不知道。若有,但请指教。"

"不必指教,只要看一下露地白牛,即刻明白。"[9]说的总好像莫名其妙。寒月君认定这是独仙君睡糊涂了说的胡话,故意不予理睬,兀自推进话头。

[9]"露地白牛"是禅语,见《碧岩录》,意为毫无烦恼的清净境界。

"好歹琢磨出一个方案。第二天因是天庆节,我就从早到晚待在房间里,一会儿打开藤条箱的盖子一会儿合上,心慌意乱过了一天。等到天黑了,蟋蟀在箱底叫起的时候,我一咬牙拿起那把小提琴和琴弓。"

"动真格的了!"东风君语音刚落,迷亭君提醒道:"轻举妄动要出危险哟!"

"先拿弓,从弓尖查看到弓柄……"

"你又不是刀匠,何必呢!"

"实不相瞒,想到这是自己的魂灵,就产生一种类似武士在长夜的灯影下把磨得极为锋利的宝刀抽出刀鞘时的心情。我拿着琴弓瑟瑟抖个不停。"

"纯然天才!"东风君说。"绝对疯癫。"迷亭按上一句。主人说:"快点儿拉好不好?"独仙君则现出一副无可奈何的神情。

"庆幸的是弓没问题。这回把琴身同样凑到煤油灯旁,里里外外彻底检查一遍,时间约五分钟——请大家记住:这时间里蟋蟀始终叫个不停。"

"我们记什么都行,放心拉好了。"

"还没拉。幸好小提琴无可挑剔。这就好了!我霍然立起……"

"立起去哪儿?"

"安静听着!说一句打岔一句就没办法说了。"

"喂,诸君,叫咱们安静。嘘——嘘——"

"不安静的只你一个!"

“唔，是吗，失礼失礼，恭听恭听。”

“我把小提琴挟在腋下，蹬上草鞋，两三步走出茅屋。且慢……”

“看，又来了！我早就认定你要在哪里断电。”

“回去也没甜柿饼了哟！”

“诸位先生这么胡搅蛮缠，委实遗憾之至，只好讲给东风君一个人听了。注意，东风君，走出两三步我又折了回来，把离开老家时花三元两角买的红色毯子蒙在头上。噗一声吹灭煤油灯。跟你说，忽然一团漆黑，草鞋在哪儿找不到了。”

“究竟要去哪里？”

“听我说嘛！好不容易找到草鞋，走到外面一看，满天星斗，遍地落叶，红色毯子，小提琴。向右再向右爬上缓坡，爬到庚申山时，东岭寺的钟咚一声透过红毯，钻过耳朵，在脑海中回荡开来。你以为几点？”

“不知道。”

“九点。漫长的秋夜，只我一个人爬这八百米山路，爬到名叫大平的那个地方。若是平时，胆小如鼠的我肯定怕得不得了。但专心致志爬起来，你说怪不怪，怕也好不怕也好，那种念头在心中荡然无存。心里边满满都是想拉小提琴这一个念头，不可思议！大平那个地方在庚申山南侧，是最适合眺望的平地。天气好的日子爬上来从红树林间隙一看，城邑尽收眼底。对了，面积足有一百坪吧！正中有一块八张榻榻米大小的整块石板，北侧连着名叫鹈池的水池，池周围全都是需三人合抱那么粗的樟树。因是深山里面，人家只有采樟脑的一座小屋。水池附近即使白天也不是多么舒心惬意的场所。幸亏有工兵为演习开出了一条路，往上爬并不吃力。终于爬到石板上面，铺了毯子，只管坐了上去。毕竟第一次在这么冷的夜里爬山，坐在石板上稍微沉静下来不久，四周的凄寂便一点一点沁入腹底。在这种情况下，扰乱人心的只有害怕这种感觉。所以只要排除这种感觉，那么剩下的惟独皎然冽然的空灵之气。茫然二十多分钟时间里，总觉得自己一个人住在用水晶建造的宫殿里。而且孤身居住的我的身体——不，不单单是身体，心也好魂也好都像是琼脂或什么做成的，那么清澈透明。不知是自己住在水晶宫里，还是自己体内有座水晶宫……”

“事情荒唐起来了。”迷亭君认真挖苦一句。独仙君则多少显出钦佩的样子，补充道：“有趣的境界！”

“假如这种状态长时间持续下去，没准直到第二天早上我都拉不成一心想拉的小提琴，一味呆呆坐在那块石板上……”

“那地方可有狐狸什么的？”东风君问。

“如此这般，自他差别也开始消失了，是活着还是死了都两相混淆的时候，忽然听得身后古池里发出一声‘嘎——’。”

“越来越玄了。”

“声音在远处引起反响，连同冷风一起掠过满山秋林的树梢，我猛一下子回过神来……”

“总算放下心来。”迷亭君做出往下抚摸胸口的手势。

“大死一番乾坤新。”独仙君使个眼色。寒月君全然无动于衷。

“回过神来四下一看，庚申山阒无声息，连个雨点那么小的动静也没有。哎呀，刚才的声音是什么声呢？我想。作为人声过于尖锐，作为鸟叫过于响亮，作为猿啼……这一带早已没了猿猴。什么声呢？什么声呢？这个疑问既然出现在脑海里，我就想解释。结果，刚才还静悄悄的一切顿时甚嚣尘上，以俨然当时欢迎康诺特①的京城人士的狂热态度在我脑袋里东奔西窜。这时间里，浑身的毛孔一下子全都张开了，就像被喷上烧酒的多毛的小腿，所有被称为勇气、胆力、理性、沉着的‘顾客’嗖嗖蒸发一空。心脏在肋骨下跳滑稽舞②。两腿也开始像风筝的嗡嗡声一样颤抖不已。不得

① 康诺特：Prince Arthur of Connanght（1883—1938），英国皇族，1906 年访日。

② 滑稽舞：ステテコ。明治相声表演家三遊亭园表演的滑稽性舞蹈，广受欢迎。

了！我猛然把毯子蒙在脑袋上，腋下挟着小提琴晃晃悠悠跳下石板，一溜烟沿八百米山道向山脚那边跑去。跑回住处一头钻进被窝睡了过去。至今想来也没有那么可怕的事。东风君！”

“后来呢？”

“这就完了。”

“没拉小提琴？”

“不是想拉也拉不成嘛！‘嘎——’一声，你也拉不成的！”

“总觉得你的故事好像虎头蛇尾。”

“再怎么觉得这也是事实。怎么样？先生。”寒月君环视全座，一副洋洋得意的神气。

“哈哈哈哈，这个出类拔萃。弄到这个地步，想必费了搜肠刮肚的功夫。原以为男子汉桑德拉·威洛尼[①]会现身于东方君子之邦，所以认认真真听到此时此刻。”迷亭说道。想必有人要他讲一下桑德拉·威洛尼，不料没有任何提问。于是迷亭君兀自讲解起来：“桑德拉·威洛尼在月下拉竖琴，在树林中唱意大利民歌那个地方，和你挟着小提琴上山可谓异曲同工。遗憾的是，对方惊动的是月中嫦娥，你则被古池狐狸吓破了胆，在紧要关头闹出滑稽与崇高的反差。够遗憾的吧？”

“并不觉得多么遗憾。”寒月君意外恬淡。

“说到底，要在山顶拉小提琴这个念头就很时髦，所以被吓着了。”主人加以酷评。

“好汉向鬼窟里讨生活。可惜！”独仙君发出叹息。大凡独仙君所言都不为寒月君理解。不但寒月君，恐怕谁都不明不白。

“这个暂且不论。寒月君，最近你也还去学校磨珠子吧？”少顷，迷亭先生转换话题。

“没去，最近回乡省亲了，处于暂停状态。珠也已经磨烦了。

① 桑德拉·威洛尼：梅雷迪斯小说《桑德拉·威洛尼》中的女主人公。

说实话,正在考虑是不是算了。"

"可是,不磨珠就当不成博士喽!"主人微微蹙眉。而当事人却意外乐观:

"博士?嗳嘿嘿嘿嘿,博士不当也无所谓的。"

"问题是延迟结婚,双方都不好办吧?"

"结婚?谁结婚?"

"你呀!"

"我跟谁结婚?"

"金田家的小姐。"

"哦——?"

"哦什么?不是早已海誓山盟了吗?"

"哪里谈得上海誓山盟。弄得满城风雨的,是对方自行其是。"

"这可有点儿乱弹琴!喂,迷亭,那件事你也知道吧?"

"那件事?鼻子事件?鼻子事件么,可不是只你我两个知道,那已作为公开秘密普天下尽人皆知。实际上《万朝》[1]已经烦不胜烦问我什么时候什么时候能获得以新郎新娘为题在报纸刊登两人的照片了。东风君等人已经作了一首鸳鸯歌长诗,三个月前就翘首以待。寒月君若不当博士,呕心沥血的杰作也可能难见天日,为之焦头烂额。喂,东风君,是吧?"

"我还不至于焦虑到那个地步。不过,反正是打算公开发表这满怀同情的作品的。"

"你看,你当博士还是不当,影响可要波及四面八方哟!再加把劲儿,好好磨珠子!"

"嘿嘿嘿嘿,劳各位诸多操心,实在过意不去。但博士不当也是不碍事的。"

"为什么?"

①《万朝》:日报,创刊于1892年。

“为什么？我已经有了明媒正娶的老婆。”

“哎呀，石破天惊！原来不知不觉秘密结婚了，这世道实在马虎不得。苦沙弥君，您刚才也听见了，寒月君说他已经有了妻子。”

“小孩还没有。结婚不到一个月就有了孩子，那可是件事儿。”

“到底什么时候在哪儿结婚的？”主人发出俨然预审法官的询问。

“什么时候？一回乡，正在家里等我呢！今天拿来先生家的鲣鱼干就是婚礼上亲戚们送的。”

“贺礼就三条，太小气啦！”

“哪里，很多的，只带来三条。”

“那么，老家的女子，肤色也是黑的？”

“嗯，漆黑漆黑，和我正相配。”

“金田那边打算怎么办？”

“怎么办也不怎么办。”

“情理上不太好吧？嗳，迷亭？”

“无所谓不太好，嫁去别处也一样。反正夫妻这东西就像是摸黑碰对儿。总之没碰在一起却硬要碰，纯属白费力气。既然白费力气，那么谁和谁相碰都无所谓。可怜的是作鸳鸯歌的东风君。”

“没关系，鸳鸯歌针对这边酌情改一下就万事大吉。金田家的婚礼另作一首就是。”

“不愧是诗人，进退自如。”

“跟金田那边解释了？”主人仍放心不下金田。

“哪里，也没必要解释。我这方面从未向对方求婚，请嫁给我也好我想娶也好都没说。不吭声足矣。其实也用不着吭声，这个时候，早有十个二十个侦探打探得滴水不漏。”

听得侦探一词，主人陡然露出苦相：

“那么就不吭声好了。”说罢好像意犹未尽，就侦探发表了下面一番高谈阔论：

"趁人不注意掏其腰包是谓扒手,趁人不注意刺探其心事是谓密探,趁人不知之时卸掉木板套窗偷其物品是谓毛贼。把大砍刀插在榻榻米上硬抢人家的钱,是谓强盗;罗列恫吓性词语强迫人家就范,是谓侦探。因此,侦探这种家伙和扒手、毛贼、强盗是一丘之貉,是不齿于人类的狗屎堆。如若听之任之,即是助纣为孽,决不可姑息养奸!"

"不怕,放心,侦探一千也好两千也好,在上风头排好队列突袭也罢,都不足为惧,俺是磨珠高手理学士水岛寒月者也!"

"呵呵,了不起!不愧是新婚学士,元气正盛!不过苦沙弥君,如果说侦探和扒手、毛贼、强盗是一丘之貉,那么雇用侦探的金田也和他们是一路货色吧?"

"不外乎熊坂长范[①]之类吧?"

"熊坂,说得好!谣曲说看似一个长范,死去时却成两个。可是靠高利贷起家的胡同对面那个长范,作恶多端,贪而无厌,自以为永远死不了。万一给那种家伙缠上了,可要倒霉的哟,一辈子都不得安生。寒月君,你要当心!"

"哪里,没关系的。'哎哟哟好个江洋大盗,你那两下子早已领教,还不知好歹打上门来?'我可就要给他个厉害的瞧瞧!"寒月君泰然自若地口吐宝生流[②]式豪言。

"说起侦探,二十世纪的人大多都有侦探倾向。是何缘故呢?"独仙君提出非独仙君莫属的无关乎时局问题的超然性疑问。

"物价高的关系吧!"寒月君回答。

"不解艺术情趣吧!"东风君应道。

"因为人长出了文明犄角,就像金米糖一样粗粗拉拉。"迷亭君给出答案。

这回轮到主人。主人以煞有介事的语气评论道:

---

① 熊坂长范:平安末期传说中的大盗。因谣曲节目《熊坂》而愈为人知。

② 宝生流:能乐流派之一。相关引文出自谣曲《乌帽子折》。

“那是我考虑了很久的事。据我的解释，当代人的侦探倾向完全归因于个人自觉心过于强烈。我所说的自觉心，和独仙君说的见性成佛啦自己与天地同体啦那种悟道不是一类。”

“嗬，好像满腹经纶了嘛！苦沙弥君，既然作为你如此摇动三寸不烂之舌，那么这个迷亭我也要随后就现代文明堂堂正正表达我的不满。”

“悉听尊便。本来理屈词穷！”

“不屈不穷，理词大大的有。你这人么，日前奉刑警为神明，今天又把侦探比作扒手毛贼，简直是自相矛盾的怪胎。而我始终如一，从未改变己见，自父母未生我以前想到当下此刻。”

“刑警是刑警，侦探是侦探。日前是日前，今天是今天。固执己见是智力不发达的证据，所谓‘下愚不移’即是指你这种情况……”

“出言不逊。侦探如果做事正派，也自有其可爱之处。”

“我是侦探？”

“你不是侦探，你好就好在为人正直。吵架不要不要。好了，继续聆听高论！”

“当今之人的自觉心，意思就是对自己与他人之间有一道明显的利害鸿沟这点看得太重。这样，随着文明的推进，这种自觉心就一天比一天敏锐，最后一举手一投足也好像无法自然而然。一个叫亨利[①]的人评价史蒂文森，说他是时时刻刻不能忘记自己，以致每次进入挂有镜子的房间从镜前经过时都非照自己不可——这充分表达了当今趋势。无论睡去还是醒来，这个自己所在皆是，挥之不去。因此人的举止言行变得蝇营狗苟叽叽歪歪，自己痛苦不堪，人世痛苦不堪。正如相亲时的男女心情，从早到晚忧心忡忡。悠然啦从容啦等字眼，成了只有笔画而没有意义的词语。在这点

① 亨利：William Ernest Henley（1849—1903），英国诗人、批评家。

上，当代人就是侦探性存在，是毛贼。侦探是避人耳目只琢磨对自己有利的活计，势必自觉心强，否则无以成事。毛贼亦然，怕被逮住，怕被发现，这样的担忧时刻挂在心头，自觉心势必有增无已。现在的人无论睁眼还是闭眼都处于患得患失状态，其自觉心必然和侦探毛贼同样变本加厉。一天二十四小时贼眉鼠眼鬼鬼祟祟，一刻不得心宁，这就是当下的人心，文明的诅咒。荒唐透顶！"

"这一解释果然有趣。"独仙君开口了。事关这类问题，独仙君绝不会弓身后退。"苦沙弥君的解释甚得我意。古人教人忘记自己，今人教人勿忘自己，截然有别。以致自己这一意识朝朝暮暮充斥心间。以致从早到晚不得安宁，总是处于炼狱之中。若说天底下何为良药，无他，良药就是忘记自己。'三更月下入无我'，所咏即是这一至境。英语自夸为Nice[1]的行为，也是意外绷紧自觉心的。据说英国天子出游印度和印度王族一起吃饭时，那位王族没有意识到是在天子面前，不知不觉露出本国习俗，手抓马铃薯放在盘子里，后来羞得满脸通红。而天子佯装不知，同样用两个手指拿起马铃薯……"

"那是英式教养吧？"这是寒月君的提问。

"我听得这样一个故事。"主人随后补充，"同是英国的一座兵营里，联队里的很多士官设宴请一个下士官。宴后把洗手水装在玻璃盆里端了上来，看样子下士官对宴会不熟悉，把玻璃盆拿到嘴边咕嘟嘟喝里面的水。这一来，联队长突然说祝下士官身体健康，说着也把玻璃盆里的水一饮而尽。于是，在座的士官们也不甘示弱，举杯饮水祝下士官身体健康。"

"这样的故事也是有的。"不甘沉默的迷亭君说道，"卡莱尔第一次谒见女王时，因为他是个不学宫廷礼仪的怪人，这位先生突然一边问可以吗一边一屁股坐在椅子上。不料女王身后站立的好

---

① Nice：有教养，美好，亲切。

多侍从和宫女全都哧哧笑了起来——不是想笑，而是忍不住——这时女王回头约略做了个手势，那些侍从和宫女不觉之间统统坐在了椅子上，使得卡莱尔没丢面子。这种煞费苦心的好意也是有的。”

“那个卡莱尔，即使大家全都站着，说不定他也满不在乎。”寒月君尝试短评。

“表示好意的一方的自觉心算是不错的。”独仙君往下继续，“惟其有自觉心，表示好意也就劳神费力，让人不忍啊！一般认为随着文明的进展，杀伐之气会消失不见，个人与个人的交际会变得和风细雨，其实大错特错。自觉心如此之强，怎么可能变得和风细雨呢？乍看上去的确像是风平浪静相安无事，但相互关系痛苦至极，就好像大相扑在赛场正中相互抓住对方静止不动。旁人看来安稳至极，而当事人的肚皮正起伏不定。不是吗？”

“吵架也是这样。过去的吵架因是以暴力压制，所以反而没罪。而如今因变得极其巧妙，所以自觉心愈发有增有已。”这回轮到迷亭先生上阵了，“培根有言：‘顺从自然的力量才能战胜自然。’现今的吵架恰恰符合培根的格言，匪夷所思！和柔道如出一辙，意在以敌之力而制敌……”

“又和水力发电是一码事。不逆水力，反而将其变为电力，使之完全为己所用……”寒月君说到这里，独仙君立即攀援而上：

“所以说贫时缚于贫，富时缚于富，忧时缚于忧，喜时缚于喜。才子毙于才，智者败于智。对待苦沙弥君那样的肝火旺盛者，只要利用其肝火即可使其上蹿下跳，落入敌人圈套……”

“正是正是！”迷亭君拍手赞同。苦沙弥先生嘻嘻笑道：“未必那么轻易受骗上当哟！”听得众人齐声大笑。

“对了，像金田那样的，会毙于什么呢？”

“老婆毙于鼻，主人毙于孽，喽啰毙于侦探。”

“女儿？”

“女儿——他女儿没见过，什么都不好说——首先是毙于穿、毙于吃，或者毙于醉什么的吧？肯定不至于毙于恋。弄不好像《卒塔婆小町》[1]那样毙于路旁也说不定。”

“那太过分了！”东风君到底献过新体诗，在此提出异议。

“所以，‘应无所住而生其心’，实为至理名言。不达此境界，人必定苦海无边。”独仙君不断兀自说着已然开悟般的话。

“不要那么自鸣得意嘛！说不定你也要在电光影里来了倒栽葱的哟！”

“总之文明若以这种势头发展下去，我可是不愿意活的了。”主人表示。

“无需客气，要死就死！”迷亭言下道破。

“死更不愿意。”主人顽固得好笑。

“生时谁也不会考虑好再生，死时谁都看上去难受。”寒月君说出仿佛事不关己的格言。

“一如借钱时不以为然，还钱时全都愁眉苦脸。”这时能立马接茬的是迷亭君。

“正如不考虑还钱的人是幸福的，不以死为苦的人也是幸福的。”独仙君超然世外。

“照你那么说，死不要脸才能开悟喽！”

“正是。有一句禅语说‘铁牛面铁牛心，牛铁面牛铁心’。”

“就是说你是其活标本喽？”

“那也不是。不过以死为苦，是神经衰弱病被发现之后的事。”

“难怪你无论从哪方面看都是神经衰弱以前那个时候的臣民。”

迷亭和独仙君如此唇来舌去斗嘴时间里，主人以寒月东风两人为对象一味诉说对文明的不满。

①《卒塔婆小町》：谣曲名。美女小野小町年老色衰，死于街头。

“问题在于如何能让借的钱不了了之。”

“不存在那样的问题，借的东西必须还。”

“或许。我有说法，静静听着！一如问题在于如何能让借的钱不了了之，如何让死不了了之也是问题。不，已经是问题了。炼丹术为的就是这个。所有炼金术都失败了。人横竖都有一死，这点已然明白。”

“早于炼丹术就明白了。”

“或许。说法没完静静听着，好么？明白了横竖都有一死之时，产生了第二个问题。”

“哦？”

“既有一死，那么怎么死好呢？这是第二个问题。《自杀俱乐部》[①]就有和这第二个问题同时产生的命运。”

“呃。”

“死诚然痛苦，但死不成更为痛苦。对于神经衰弱的国民，生要比死痛苦得多。因而以死为苦。讨厌死并非以死为苦，乃是忧虑如何死最好。一般人因智慧欠缺，只能任其自然，置之不理，如此一来二去，就被社会欺负死了。然而与众不同之人，就不满足于被社会一点一点欺负死，必然就死法做种种研究。其结果，肯定提出全新高招。由此观之，世界未来趋势是自杀者增多，而自杀者必以独创性方式离世而去。”

“世界可就乱套了啊！”

“是的，一点不错。一个叫阿瑟·琼斯[②]的人写的剧本里边，有个再三主张自杀的哲学家……”

“他自杀了？”

“可惜他没有自杀。但是，再过一千年，肯定都要自杀。一万年以后，说起死有可能只指自杀。”

---

①《自杀俱乐部》：斯蒂文森短篇集《新天方夜谭》中的一篇。

② 阿瑟·琼斯：Henry Arthur Jones（1851—1929），英国剧作家。

“事态将十分严重。”

“笃定严重。那一来，自杀也将有很多研究成果，成为堂而皇之的科学。落云馆那样的中学，将把自杀学代替伦理学作为正课讲授。”

“妙趣横生！很想去旁听。迷亭先生听见了吧？苦沙弥先生的高论。”

“听见了。到了那时候，落云馆的伦理先生会这样说：‘诸君，不可以墨守公德那样野蛮的遗风。作为世界青年，诸君首先要注意的义务是自杀。但是，己之所欲可施于人，所以不妨将自杀推进一步而成他杀。尤其像校门前的穷措大珍野苦沙弥氏这号人，活着显得那般痛苦万状，所以诸君的义务就是争分夺秒结果了他。不过和过去不同，现今是开明时代，不能使用长矛大刀或弓箭飞镖干那种卑鄙勾当。而只能通过含沙射影这一高尚技术羞辱致死，这既是为其本人着想的功德之举，又可成为诸君的荣誉……’”

“果然讲得妙趣横生。”

“妙趣何止于此。当今时代，警察以保护人民生命财产为第一宗旨。然而到了那时候，巡警将手提打狗棍到处扑杀天下公民……”

“却是为何？”

“为何？因为今天以生命为重，需要警察保护，而那时候的国民则以活命为苦，需要警察出于慈悲而予以打杀。不过稍微聪明些的大多自杀了事。因此由巡警打杀的家伙仅限于极为优柔寡断的胆小鬼，或没有自杀能力的白痴，抑或残疾人。这样，想被打杀的人就在门口贴出条子。简单得很，想被打杀的——男也好女也罢——只要贴出，巡警就会在方便时候转来，马上让对方称心如愿。死尸？死尸也由巡警拉车拾走。有趣的事还有……”

“先生的玩笑方兴未艾啊！”东风君心服口服。

这时，独仙君一边照旧捋着山羊胡子，一边慢条斯理开口道：

"说玩笑就是玩笑，说预言或许就是预言。不能认清真理之人，往往囿于眼前的现象世界，不由自主地将泡沫的梦幻认定为永恒的事实。稍微说一点超越尘俗之事，就立马当成玩笑。"

"燕雀安知鸿鹄之志哉！"寒月君表示无限钦佩。独仙君以仿佛说诚哉斯言的表情继续话题：

"过去西班牙有个地方叫科尔多瓦……"

"现在不也是有的吗？"

"有也未可知。今昔问题另当别论。作为那里的风习，每当日暮钟声在教堂响起，家家户户的女人倾巢而出下河游泳……"

"冬天也游？"

"那方面所知不详。反正无论贵贱老少，纷纷跳下河去。但男子一个也不掺和，只是远远观看。从远处看去，暮色苍茫中的水波之上，白花花的裸体隐约移动……"

"有诗意！能作新体诗啊！那地方叫什么？"只要有裸体出现，东风君必然披挂上阵。

"科尔多瓦。这样，当地的小伙子不能和女人一起游泳。而从远处看真切些也不被允许。他们对此感到遗憾，就搞了一点恶作剧……"

"哦，怎么个搞法？"听得恶作剧，迷亭君乐不可支。

"他们贿赂教堂敲钟人，把以日落为信号敲的钟提前一小时敲响。这一来，浅薄无知的女人们听得钟响了，就分别往河岸聚集。穿着短褂裤衩扑通扑通跳进水中。跳是跳进去了，但和平时不同，天还亮着。"

"烈烈秋阳闪闪发光不成？"

"往桥上一看，很多男人站着观赏。虽然害羞，但无可奈何，一个个面红耳赤。"

"后来呢？"

“后来明白，人仅仅受制于当下习惯而忘却根本原则是不行的，这点务必注意。”

“确是难得可贵的开导。受制于当下习惯的故事，我也来一个可好？近来看杂志，有这样一篇写骗子的小说。假设我在这里开书画古董店。店头摆着大画家的画和名人用品之类。当然不是赝品，摆的全是地地道道毫不含糊的高档品。因是高档品，自然全都很贵。这期间，来了一个好事的顾客，询问元信[①]这幅多少钱？我说暂且算六百元吧！顾客说，想买是想买，但手头没有六百元，只好放弃，遗憾！”

“一定是那么说的？”主人说话总是大煞风景。迷亭君以机警的神情说：

“喂喂，小说嘛！姑且是那么说的。于是我说钱没关系，既然中意，请拿去好了！顾客说也不好那样，犹豫不决。那么每月分期付款吧！分期付款，细水长流，反正以后您会经常关照的，完全用不着客气，怎么样，一个月十元，或者一个月五元也不妨——我说得极为慷慨。往下我和顾客商谈了两三次，最后我以六百元卖出了狩野法眼元信的画。只是分期付款，每月十元。”

“活像英国时报的《百科全书》[②]。”

“英国时报确有其事，我的相当不确定。往下就要讲巧妙诈骗情形了，好好听着！每月十元，六百元要还多少年呢？寒月君。”

“当然是五年。五年时间你认为是长呢还是短呢？独仙君。”

“一念万年，万年一念。说短即短，说长即长。”

“什么呀，道歌[③]？缺乏常识的道歌。这样，五年之间每月还十元。就是说，对方还六十次即可。可是，习惯是很可怕的，同样的事重复六十次之多，到了第六十一次还是觉得要还十元。六十二

---

① 元信：狩野元信（1476—1559），室町后期画家，成就狩野派崭新画风。

② 英国时报的百科全书：英国时报报社曾以每月分期付款的方式推销百科全书。

③ 道歌：吟咏道德、训诫的和歌（诗歌）。

次、六十三次，如此反复之间，那天一到，无论如何都要还十元才能放下心来。人看样子聪明，但有个受制于习惯而忘记根本这个大弱点。我利用这个弱点不知赚了多少次每月十元。”

“哈哈哈哈，忘性不至于大到那个程度吧？”寒月笑道。主人以不无严肃的神情接道：

“不，那种事情的确是有的。我偿还大学学费贷款期间也没有每个月每个月按月计算，以致最后对方拒收了。”主人将自己的丑事像说他人丑事似的公之于众。

“喏，那样的人这里实际就有一个，不容怀疑。所以，听我刚才说的文明未来记而一笑置之的，正是认为理应把还到六十次即可的分月付款还一辈子的家伙。尤其像寒月君、东风君这样缺乏经验的年轻人，更要听好我们所讲的，注意不要受骗上当。”

“明白了。分月付款，一定以六十次为限。”

“这个故事像是笑话，但很有实际参考价值。寒月君！”独仙君转向寒月君，“举个例子。现在苦沙弥君和迷亭君觉得你不打招呼就结婚是不稳妥的，如果他们劝你向金田那个人请罪，你怎么办？打算请罪吗？”

“请罪就请饶了我吧！如果对方道歉另当别论，我这方面没有那种欲望。”

“如果警察命令你道歉呢？”

“就更不道歉了。”

“若是大臣、华族呢？”

“更更不了。”

“你看，过去和现在相比，人的变化如此之大。过去那个时代，如果上头有令，什么都能办到。在那以后的时代，出现了上头有令也办不到的情形。当今之世，纵然是殿下是阁下，超过一定程度，也不能凌驾于个体人格之上。说极端些，对方越有权势，被凌驾的一方越感到不快，越要反抗。所以，当代不同于往昔，出现了因为上头有令所以办不成的新情况,乃是由往昔之人想来几乎无法设想的事情大行其道的社会。世态人情的变迁实在是不可思议的。迷亭君的未来记说是笑话就不过是笑话,而若视为解释个中消息的说法,那不也是很有意味的吗?

"有了这样的知己,未来记无论如何都要继续下去。如独仙君所说,在当今之世,依赖上头狐假虎威,自恃两三百条竹枪就一意孤行,那好比坐着轿子硬要和火车一比快慢。那样的人堪称落后于时代的老顽固,堪称胡搅蛮缠的典型代表,放高利贷的长范先生。所以静观其动即可。我的未来记表现的,不是权宜性处理的当下小问题,而是关乎整个人类命运的社会现象。如果完全看透当下文明倾向和卜算遥远将来的趋势,那么结婚就没了可能性。请勿惊讶,结婚的不可能,其缘由如下:如前所述,当今之世乃个人中心之世。丈夫代表一家,郡守代表一郡,藩王代表一国——在那个时代,代表者以外的人全然不具有人格。即使有也不被承认。而在这点彻底改变之后,所有生存者统统开始主张个性,无论见了谁都仿佛在说你是你、我是我。两个人在路上相遇,彼此心中暗想你是人、我也是人,就这样在暗暗争持不下当中擦肩而过——个人便是变得如此之强。

"因为个人如此对等地强化起来,所以个人如此对等地弱化下去。在别人很难妨碍自己这点上,自己的确变强了。而就很难对别人出手这点而言,又可能明显比过去变弱了。变强了诚然可喜,变弱了则谁都心有不甘。所以一方面要坚决维持自己的强点以丝毫不受别人侵犯,另一方面又尽可能不扩大弱点以便攻击别人,哪怕攻击一星半点也好。这样一来,人与人之间的空间就消失了,生存变得局促苦闷——尽量绷紧自己,让自己膨胀得几欲爆裂,如此苦苦挣扎。结果想方设法在个人与个人之间追求余裕。如此这般,人为自作自受所苦。而为摆脱痛苦琢磨出的第一个方案,就是亲子别居。在日本,不妨到山里边看看,一家一户独门独院的房子横躺竖卧。没有应该主张的个性,有也不主张,安于现状。但文明人即便亲子之间也尽最大限度强调自我,不强调就要吃亏。为了保持相安无事,势必分居。欧洲文明走在前面,早于日本实行这一制度。纵使偶有亲子同居的,儿子从老子手里借钱也是带利息的,或者和外人一样交房租。正因为父母承认儿子的个性并予以尊重,这样良好的习俗才得以成立。这一习俗迟早非输入日本不可。

"亲戚早已分开,亲子正在分开。忍无可忍的个性的发展及伴随其发展而无限延伸的对于个性的敬畏之念,致使不分开就无以快乐。但在亲子兄弟已然分开的今天,已经没有可以分开的了,故作为最后的方案是夫妻分开。依当代人的想法,住在一起才是夫妻。这是大错特错的。为了住在一起,就必须有足以保证住在一起的个性。过去没有异议,所谓异体同心,就是说看起来是夫妻两人,实则是一人。故而称为偕老同穴,死也要化为一个洞穴里的狐狸。野蛮!如今此路不通。丈夫始终是丈夫,妻子横竖是妻子。妻子在女校穿灯笼裤锻造出牢不可破的个性,是以西式发型嫁过来的,无论如何都不可能夫唱妇随。如若夫唱妇随,则妻子便不是妻子,而成了偶人。越是贤妻,个性越是变本加厉。越是变本加厉,越和丈夫合不来。而若合不来,和丈夫冲突就势在难免。所以,既然有贤妻之名,必然从早到晚和丈夫针锋相对。这固然可圈可点,但问题是越是娶得贤妻,双方的痛苦越是有增无已。夫妻之间如水与油一般截然有隔。假如这也告一段落,隔阂保持一条水平线倒还好,但因为水与油相克不已,致使家中如大地震忽上忽下。到了这个地步,人们逐渐明白夫妻合居对双方都有害无利……"

"于是夫妻分开?让人担心啊!"寒月君说。

"分居,肯定分居。天下所有夫妻都要分居。迄今住在一起才是夫妻。从今往后,住在一起将被世人视为没有夫妻资格。"

"那么说来,我这样的就要被归入没有资格的那边了?"寒月君在极其微妙之处说了一句情有不舍意味的话。

“生于明治盛世是幸运的。我么，毕竟在作未来记，头脑自然比时势先进了一两步，所以往后要独身。别人吵吵嚷嚷说是失恋的结果，其鼠目寸光委实可怜之至。这个姑且不论，未来记的续篇是这样的。届时将有一个哲学家自天而降，倡导一种破天荒的真理。其说曰人是个性动物。若扼杀个性，在结果上等于扼杀人。既然要实现做人的意义，那么势必不惜付出任何代价。故而在保持个性的同时，必须使之发扬光大。囿于那种陈规陋习而勉勉强强结婚，乃是有违人类自然倾向的野蛮习俗。若处于个性不发达的蒙昧时代倒也罢了，而在文明开化的今天犹然陷此弊窦而恬然不顾，实为无比谬见。在达至开化高潮的当今之世，不可能存在两个个性以超出一般程度的亲密性相结合的理由。尽管这理由显而易见，但没有教养的青年男女受一时冲动的驱使而随便举行合卺仪式，悖德悖伦，于此为甚。为了人道、为了文明、为了保护彼等青年男女的个性，吾人必须全力以赴抵抗这野蛮习俗……”

“先生，我完全反对这一说法。”东风君这时“砰”一声手拍膝盖，以毅然决然的语气开口了，“私见以为，若说人世间什么尊贵，再没有比爱与美更尊贵的了。给我们以慰藉、予我们以充实、致我们以幸福的，无不是此二者。使吾人的情操变得优美、品性变得高洁、同情变得洗练的，尽为二者所使然。所以，无论吾人生于何世何处，都不能忘记这两个东西。这两个东西出现在现实世界，爱即为夫妻关系，美即分为诗歌、音乐之形式。因此，只要人类存在于地球表面，夫妻与艺术就不至于消亡。”

“不消亡固然好，但如当今哲学家所说，它们已然消亡，无可挽回，死心塌地好了！艺术是什么？艺术也要归于和夫妻同样的命运。所谓个性发展，意思大约是个性的自由吧？而个性自由的含义，想必即是我是我、别人是别人。艺术云云，那东西难道是能够存在的吗？艺术的繁荣，应该是艺术家与其享受者之间个性一致的结果。哪怕你再坚称自己是新体诗家，而若夸说大作有趣的人一个也没有，那么你的新体诗——对不起——只能由你一个人欣赏了，是吧？鸳鸯歌无论作多少篇都无济于事。幸好生在当今明治时代，普天下都百读不厌……”

“不不，没到那个程度。”

“如果现在都没到那个程度，那么在人文发达的未来即出现一位大哲学家主张不婚论的时候，就更没人读了。不，不是不读你的诗，而是因为人人皆有特殊个性，对任何人写的诗全都不屑一顾。实际上英国等国现在就已出现了这种倾向。现今英国小说家已经推出了个性极为鲜明的作品，且看梅瑞狄斯①！且看詹姆斯②！读的人岂不是少而又少？当然少！那样的作品，若非有那种个性的人，读起来不可能觉得有趣，奈何不得的。这一倾向渐渐发展下去，等到婚姻变得不道德的时候，艺术也就彻底消亡。是吧？你写的东西我看不懂，我写的东西你看不懂——到了那一天，你和我之间哪有什么艺术可言呢？”

“那倒也是。不过我在直觉上不能那么认为。”

“你在直觉上不那么认为，我在直觉上则那么认为，如此而已。”

“也许是我的错觉。”独仙君这回插嘴道，“反正，越是允许人有个性自由，互相之间越是变得苦闷，毫无疑问。尼采所以搬出超人论什么的，也完全是因了无法排遣这种苦闷而迫不得已才扭曲成那样一种哲学。乍看上去，那似乎是他的理想，其实那不是理想，是无奈。他蜷伏于个性发展起来的十九世纪，对邻人都很难推心置腹地直言相告，所以这位老兄才多少变得气急败坏，那么乱写一通。读之，与其说是酣畅淋漓，莫如说心有不忍。那声音不是勇往直前之声，而是愤世嫉俗之声。那也情有可原。毕竟过去一

① 梅瑞狄斯：George Meredith（1828—1909），英国小说家、诗人。

② 詹姆斯：Henry James（1843—1916），美国出生的小说家，1915 年加入英国国籍。

旦出现一个了不起的人，天下人就会向其麾下翕然云集，何其快哉！倘若如此快事实际出现，根本没必要像尼采那样以纸笔之力表现在书上。所以，荷马[①]也好Chevy Chase[②]也好，即使同样描写超人性格，其感觉也完全不同。写得开朗、欢快。因有快事，故有快作。理应没有苦味。尼采那个时代无法做到。英雄一个也没出现，出现也没人奉为英雄。古时候因孔子只有一个，所以孔子吃得开。而今孔子有好几个，说不定天下人全是孔子。这样，即便一口咬定自己是孔子也压不住别人。因为压不住，所以愤愤不平。因为愤愤不平，所以让超人在书上耀武扬威。吾人想自由就得以自由，得以自由的结果又感到不自由而郁郁寡欢。因此，西洋文明那玩意儿像是不错，实则不管用。与此相反，东方古来就修心。这是对的。不信且看，个性发展的结果，全都得了神经衰弱。及到走投无路之时，这才发现'王者之民荡荡然'那句话的价值，'无为而化'之语不可等闲视之。[10]然而，即使领悟了，领悟时也为时已晚。这和得了酒精中毒症以后才后悔喝酒是一回事。"

[10]"王者之民荡荡然"语出《论语》，大意为有德之民坦坦荡荡。无为而化语出《老子》，大意为人民因无为而得到教化。

"先生们之说似乎相当厌世，我则有些奇怪，听来听去也毫无所感。这是怎么回事呢？"寒月君说道。

"那是因为你刚刚娶妻。"迷亭立刻予以解释。这时，主人突然说出这样的话来：

"娶了妻子就以为女人是好东西，那可就大错特错。为参考起见，我念一段有趣的文章给大家听，好好听着！"主人拿起最初从书斋里拿来的那本旧书说道，"书虽是旧书，但从中可以清楚看出从那时开始女人就是要不得的。"

"有些意外啊！到底是什么时候的书？"寒月君问。

"托马斯·纳什[③]写的，十六世纪的著作。"

① 荷马：Homer，古希腊叙事诗人，被视为《伊利亚特》和《奥德赛》的作者。

② Chevy Chase：英国最早叙事诗，成书于15世纪前后。

③ 托马斯·纳什：Thomas Nashe（1567—1601），英国作家，文风辛辣。

“更让人意外了。那时就有人说我妻子的坏话不成？”

“说了形形色色的女人，其中肯定有你的妻子的同党，听着好了！”

“嗯，听就是。值得感谢啊！”

“书中写道，先要介绍一下古来贤哲的女性观。好吗？可听着呢？”

“都听着呢，就连独身的我也听着呢！”

“亚里士多德曰：女人总是祸水。如要娶妻，较之大的，娶小的为好。因为小的比大的祸水少……”

“寒月君的妻子是大的还是小的？”

“属于大的那类。”

“哈哈哈哈，这书有趣。快，快读下去！”

“或有人问，如何成为最大奇迹，贤者答曰贞妇……”

“贤者是谁？”

“没写名字。”

“笃定是被女人抛弃的贤者。”

“其次，第欧根尼[①]出场了。或有人问，娶妻应以何时为宜。第欧根尼答曰：青年尚早，老年已迟。”

“先生是在酒桶中思考的吧！”

“毕达哥拉斯[②]曰：天下可惧者有三，曰火，曰水，曰女。”

“希腊哲学家之流，所言意外粗疏。若让我说，天下不存在可惧者。入火不燃，入水不溺……”独仙君只说到这里就卡住了。

“遇女不迷吧？”迷亭先生派兵增援。主人赶紧往下念：

“苏格拉底称驾驭女人乃人间最大难事。狄摩西尼[③]曰，人若欲苦其敌，良策莫若送己女于敌。家庭风波将日日夜夜致其疲惫

① 第欧根尼：Diogenēs（公元前400？—前324），古希腊哲学家，以居于酒桶中闻名。

② 毕达哥拉斯：Pythagors。古希腊哲学家、数学家，以毕达哥拉斯定律闻名。

③ 狄摩西尼：Dēmosthenēs（公元前384—前322），古希腊政治家、雄辩家。

不堪一蹶不振。塞内加[①]将妇女与文盲视为世界两大灾难；玛克斯·奥勒留[②]谓驾驭女子之难点与驾船相似；普劳图斯[③]认为女子具有身着华服之嗜好，乃以此遮掩其丑陋禀性之下策使然也；瓦勒里乌斯[④]曾致书于友人，告曰天下万事，概无女子不忍为之者。惟愿皇天垂怜，佑使君勿陷其术中。又曰何为女子？非友爱之敌乎？非欲逃不得之痛楚乎？非必然之害乎？非自然之诱惑乎？非似蜜之毒乎？不得不说，若抛弃女子为不德，不抛弃则愈受呵责之苦……”

“足矣足矣，先生，听了这么多愚妻坏话，再不想听了。”

“还有四五页，顺便听完如何？”

“差不多可以了，快到太太回府时刻了吧？”迷亭先生开玩笑说。话音刚落，起居室那边响起夫人叫女佣的声音：

“阿清、阿清！”

“不得了，太太在家呢！喂喂！”

“呵呵呵呵。”主人笑道，“管她呢！”

“太太，太太，什么时候回来的？”

起居室悄无声息。

“太太，刚才说的听见了？嗯？”

仍无回答。

“刚才说的，不是您丈夫的想法，是十六世纪南希君的说法，您放心好了！”

“我管不着。”夫人在远处简单应道。寒月君嗤嗤作笑。

“我也管不着，失礼了，啊哈哈哈！”迷亭君放声大笑。正笑着，门咣啷一声开了，不问‘在家吗’不说‘我来了’，只听得咚咚脚步

---

① 塞内加：Lucius Annaeus Seneca（公元前 4？—65），古罗马哲学家。

② 玛克斯·奥勒留：Marcus Aurelius Antoninus，古罗马皇帝（161—180 在位）、哲学家，著有《沉思录》。

③ 普劳图斯：Titus Maccius Plautus，古罗马喜剧作家。

④ 瓦勒里乌斯：古罗马历史学家。著有《善言懿行录九卷》（约成书于公元 20 年）。

声。旋即客厅纸拉门被一把拉开，多多良三平君从中探出脸来。

三平君今天不同以往，身穿雪白的衬衫、新做的礼服，多少有些异乎寻常。不仅如此，右手拎的四瓶啤酒用绳子捆在一起，往鲣鱼干旁边一放，招呼也不打就一屁股坐下，而且双膝分开，样子甚是威武。

“先生，胃病近来好了？这么成天窝在家里，怎么行呢？”

“谈不上好也说不上糟。”

“不是我说，脸色很不好看，发黄。近来正适合钓鱼。上个星期天我就去了，从品川雇一条船。”

“钓着什么了？”

“什么也没钓着。”

“没钓着也有意思的？”

“养浩然之气嘛！怎么样？诸位，钓过鱼吗？有意思着哩，钓鱼！毕竟乘一叶小舟荡漾于浩瀚的海面。”他不管三七二十一，兀自主动搭话。

“我倒是想乘大船兜圈于窄小的海面。”迷亭开始接话。

“既然钓鱼，就要钓人鱼才好，不然没有意思。”寒月君应道。

“那东西能钓上来吗？文学家缺乏常识……”

“我不是文学家。”

“不是？那么是什么呢？像我这样的公司职员，常识至关重要。先生，最近我积累了足够丰富的常识。毕竟是在那种地方，耳濡目染，自然而然成了这样子。”

“成了什么样子？”

“比如吸烟吧，不吸朝日、敷岛[①]就没面子。”说着，掏出带有金嘴儿的埃及烟[②]，一口接一口吸了起来。

“有那么摆阔儿的钱？”

① 敷岛：日本 1904 年开始出售的过滤嘴香烟。

② 埃及烟：埃及进口的高价烟。

"钱谈不上有，但现今总有办法可想。吸这种烟，信用大为不同。"

"信用比寒月君磨珠子来得轻松，不费事。轻便信用啊！"迷亭对寒月说。没等寒月回答，三平君说道：

"你就是寒月君？博士到底没当上？因为你没当上博士，所以由我接受了。"

"接受博士？"

"哪里，金田家的小姐。实在对你不起啊！问题是对方死活非要我接盘不可，最后只好接了，先生！可我觉得在情理上对不起寒月君，心里忐忑不安。"

"请别客气！"寒月君说。

"想娶，娶也无妨吧？"主人模棱两可。

"可喜可贺！所以，家里有什么样的女儿都无需担心，总有人娶。如我刚才所说，这不是有了如此绅士派头的女婿了吗？东风君的新体诗有题材了，赶快动笔！"迷亭君一如往常兴致勃勃。

三平君说："你就是东风君？结婚时给写一点儿什么可好？马上印出来四处分发。《太阳》[1]那里也派人送去。"

"嗯，写点什么好了。什么时候用？"

"什么时候都可以。过去写好的也可以。作为回报，请你出席婚宴吃喝一顿。喝香槟。你喝过香槟吗？香槟好喝。先生，婚宴上打算请乐队，把东风君的诗谱曲演奏怎么样？"

"悉听尊便。"

"先生，能请您谱曲吗？"

"傻话！"

"在座的没有懂音乐的？"

"落第候补者寒月君是小提琴高手，好好求求他！不过只请喝

①《太阳》：1905年创办的月刊，当时有众多读者。

香槟,他怕是不会答应的。”

“香槟也不例外,一瓶四五元的不好喝。我请喝的不是那种便宜货。你就给谱个曲可好?”

“好好,谱就是了。即使两角一瓶的香槟也照谱不误。或者,白谱也没关系。”

“不会白求,一定酬谢。香槟如不喜欢,这么酬谢如何?”说着,三平君从上衣内袋里掏出七八张相片,啪啪啦啦撒在榻榻米上。有半身的,有全身的,有站着的,有坐着的,有穿裤裙的,有穿和服的,有梳高岛田发髻的,清一色妙龄女子。

“先生,候补者有这么多。为了酬谢寒月君和东风君,任凭二位选哪一个,我去周旋。这个怎么样?”三平君向寒月君递上一张。

“不错嘛,务请成全!”

“这个也不错吧?”又递上一张。

“是不错,务请周旋!”

“哪个呢?”

“哪个都行。”

“你啊,足够多情嘛!先生,这个是博士的侄女。”

“是吗?”

“这位性格极好,又年轻,才十七。若要这位,还有一千元嫁妆。这边的是知事的女儿。”三平君独自喋喋不休。

“不能统统娶过来吗?”

“统统?这个太贪心了。一夫多妻主义不成。”

“不是多妻主义,是肉食论者。”

“是什么都无所谓,快把这种东西收起来好了!”主人训斥似的说道。

“那么,哪个都不要的喽?”三平君一边叮问,一边把照片一张张揣进衣袋。

“干什么用?那啤酒。”

“送给您的。在街角酒店买来的，算是提前庆祝。干一杯！”

主人拍手叫来女佣开瓶。主人、迷亭、独仙、寒月、东风五位像模像样捧杯祝贺三平君的艳福。三平君满面春风，说道：

“我要请在座诸君出席婚宴，都肯赏光吗？都肯赏光吧？”

“我懒得去。”主人即刻回答。

“为什么？这可是我一生仅有一次的大礼，不肯赏光？多少有点儿不近人情啊！”

“不是不近人情，反正我不去。”

“没有衣服？外褂和裤裙什么的，怎么都无所谓。偶尔到人堆里去一下也可以的嘛，先生！给您介绍介绍名人。”

“我可不稀罕。”

“对胃病有好处的。”

“不好也不碍事。”

“那么固执己见，自是奈何不得。你怎么样，能出席吗？”

“我么，保准去！如果可能，甚至想荣获媒人之誉。香槟酒，三三九度交杯哟，醉春宵！什么？媒人是铃木家的阿藤？果然，早就猜想可能找他。遗憾，只好作罢。媒人有两个想必过多，只作为普通人出席。”

“你怎么样？”

“我？‘一竿风月闲生计，人钓白蘋红蓼间。’”

“说的什么？莫不是唐诗选[①]？”

“是什么不清楚。”

“不清楚？伤脑筋。寒月君会出席吧？又有老关系。”

“一定出席！漏听乐队演奏自己作的曲，毕竟令人遗憾。”

“那是那是。你怎么样？东风君。”

“这个么……出席，我要在二位新人面前朗诵新体诗。”

---

① 唐诗选：编于明代的《唐诗选》，自江户时期开始在日本广为流传。

“太高兴了！先生，我有生以来从未这么高兴过。所以，再干一杯！”他独自咕嘟咕嘟喝着自己买的啤酒，喝得满脸通红。

照耀时间不长的秋阳渐渐落山，往随手扔进烟蒂的火盆里一看，火早已熄了。分外欢天喜地的这伙人看上去也已意兴阑珊，“够晚的了，该回去了！”独仙君首先站起身来。接着，大家异口同声说“我也回去”，一齐走到门口。客厅就像散场后的戏台冷清下来。

主人吃罢晚饭，走进书斋。夫人拢合单薄的衬衣领，开始缝那件洗褪色的家常服。小孩子摆好枕头躺下。女佣洗澡去了。

看上去无忧无虑的人们，而若叩击心底，某处也会发出悲伤的声响。即使一副开悟的样子，独仙君的双腿也还是踩在地上。或许舒心惬意，但迷亭君的世界也不是画上的世界。寒月君不再磨珠，到底把太太从老家领了过来。理所当然。然而理所当然之事持续久了，难免单调无聊。东风君也不例外，再过十年，想必会觉察一味作新体诗的害处。至于三平君，不知他是水中人还是山上人，一下子不易断定，但愿他这辈子喝着三鞭酒一切如愿以偿。铃木家的阿藤将永远滚个不停。滚，就要沾泥。总比沾泥也不滚的吃得开。生而为猫住在人世也早已两年过去。本以为再不会有自己这样的杂学家了，岂料有个名叫摩尔①的素不相识的同族突然大出风头，为之吃了一惊。细细打探，原来它一百年前就已死了，但出于突如其来的好奇心，故意化为幽灵，为了惊吓我辈而从遥远的冥土赶了过来。据说此猫去和它的母亲相见时，作为见面礼叼了一条鱼，但路上实在忍无可忍，自己吃了个精光——也是因为它如此不孝，才气也完全不亚于人，一次作诗令其主人吃惊不小。这等豪杰一个世纪之前既已出现，那么碌碌无为者如我辈，理应告假归卧无何有乡才是正理。[11]

[11]“无何有乡”是《庄子》中的自然乐土，世外桃源。

主人迟早要死于胃病。金田那个老头儿欲壑难填，沦为死活

① 摩尔：德国小说家霍夫曼（1776—1822）的小说《公猫摩尔的人生观》中的主人公。

人。秋天的树叶大体落光。死是万物的宿命。倘若活着也无甚用处，那么早早死了不失为明智之举。依据各位先生之说，人的命运最后归于自杀。一不小心，猫也不得不活在这寸步难移的人世间。可怕可怕。不知何故，总觉得闷闷不乐。喝一杯三平君的啤酒提提神可好？

转去厨房。吱呀作响的门扇开了一条细缝，大概有秋风从缝中吹了进来，煤油灯不知何时灭了。像是月夜，月影从窗口泻了进来。茶盘上摆着三个杯子，两个还有半杯褐色液体。玻璃杯里的东西，即使是热水也觉得凉凉的。何况在冷夜月光的照射下，和消火缸静静排在一起的这种液体没等沾嘴唇就觉得发凉，根本没心思喝。不过，凡事不妨一试。三平等人喝那东西喝得满脸通红，热辣辣喘息不止。那么猫喝了，也未必不精神倍增。反正命中注定总有一死。什么都要在活命期间尝试一番。死后从墓场阴影中后悔也晚了。好，喝！奋不顾身地伸进舌头吧唧吧唧一舔，心里不禁一惊，舌尖像被针扎似的一下下痛个不止。人出于何种奇想喝这腐烂的东西自是不得其解，但猫横竖喝不下去。猫和啤酒死活合不来。糟糕！一度伸出的舌头赶紧缩了回来。却又转念想道：人像口头禅一样说良药苦口，每次感冒都皱着眉头喝莫名其妙的东西。至于一喝就好了还是好了才喝，一直是个疑问。此刻正是良机，用啤酒解决这个问题好了！喝了若苦到肚子里自然到此为止，而若像三平那样开心得好比腾云驾雾，那可就赚大了，告诉附近的猫也未尝不可。结果如何？听天由命！我一狠心，再次伸出舌头。睁眼是难以下咽的，于是紧闭双目，重新吧唧吧唧舔了起来。

我辈忍了又忍，终于把一杯啤酒喝干之时，发生了奇妙的现象：起始舌尖阵阵刺痛，口腔像从外部施压那样难受，而后随着越喝越多而渐渐舒服起来，及至喝干一杯之际，已经不费什么事了。再喝也不在话下！结果第二杯也轻易干掉。顺便把洒在盘子上的也如擦拭一般纳入腹中。

接下去好一会儿一动未动以观察自己的动静。身上逐渐变暖,眼睑变重,耳朵发热,想一唱为快,想喵喵起舞。主人啦迷亭啦独仙啦,统统一边玩儿去!恨不得挠一把金田老头儿,恨不得咬一口其夫人的鼻子,如此不一而足。最后想摇摇晃晃站起来,站起来又想踉踉跄跄走一走。感觉太妙了!还想去外面逛一逛。到了外面很想来一声'月亮姐姐晚上好[①]'!委实乐不可支。

所谓陶然,想必就是这个样子。边想边随意移动飘忽不定的脚步,感觉就像在那一带漫无目标地散步或没散步。这当中一阵阵困得不行。闹不清是躺着还是走着。本想睁眼,却沉甸甸睁不开。这一来只好听之任之了。火海也好刀山也罢,何足惧哉!遂将前腿软绵绵往前一伸。刹那间扑通一声响,糟了!完了!至于怎么完了,想都没时间想,只是觉得——或来不及觉得——完了,往下就一下子昏天黑地。

苏醒过来时正浮于水面。由于难受,就用爪子胡乱抓来抓去。但能抓的只有水,一抓就立马沉下水去。无奈之下,只好用后腿腾空,用前腿一划,随即哗啦一声,终于有了一点点质感。脑袋好歹浮上来四下一看,原来我辈掉在大水缸里。春夏之交水缸里密密麻麻长着一种名叫雨久花的水草,后来就有乌鸦飞来把雨久花吃光,继而在里面洗澡。一洗澡,水就减少了。水少了,就不再来了。近来少了很多,刚才还想见不到乌鸦了,根本没料到我辈自身会代替乌鸦在这种地方洗什么澡。

从水面到缸沿足有四寸高,伸腿也够不到,跳也跳不上去,稍不注意就沉入水中,挣扎也仅仅是爪子咔嚓咔嚓碰在缸壁而已。碰上时好像多少浮上来了,而一滑就马上沉了下去。沉下去痛苦不堪,又马上咔嚓咔嚓折腾。这当中身体筋疲力尽。腿不好使了,

① 月亮姐姐晚上好:日本民谣博多小调有此一句。

干着急。最后连自己也搞不清是为沉入水中挠缸的，还是为挠缸而沉入水中的。

痛苦之中这样想道：之所以遭此磨难，是因为一心想从缸里爬上来。心情固然迫不及待，但脑袋深知爬不上来。我辈的腿长不足三寸，就算身体浮上水面并从浮上的地方使劲伸出前腿，爪子也还是无法搭上五寸多高的缸沿。而爪子若搭不上缸沿，再怎么挣扎怎么着急，即使粉身碎骨，也一百年都休想出去。明知出不去又要出去，纯属徒劳。明知徒劳而又不罢休，自然苦不堪言。毫无意义。自讨苦吃，自愿受难，傻里傻气！

“算了吧！听天由命就是。咔嚓咔嚓到此为止！”我辈决定放弃抵抗。前腿也罢后腿也好，脑袋也好尾巴也罢，任其自然好了！

渐渐变得舒坦起来，不清楚是折磨还是幸遇，也不明了是在水中还是在客厅。在哪里都无所谓，但觉舒坦而已。不，甚至舒坦本身也感觉不出。割落日月，粉碎天地，进入匪夷所思的太平境界。我辈死矣，死而获此太平。太平不死无以获得。南无阿弥陀佛、南无阿弥陀佛。万幸万幸！[12]

[12] 猫以死为“万幸”，是无奈，也是呐喊，从中体现的是对其生活的社会的厌倦。猫虽然死了，但其眼中的一帮知识分子空虚无聊的生活状态还将继续。

名著导读

一、关于作者

作者夏目漱石（1867—1916），本名夏目金之助，笔名漱石，取自“漱石枕流”（《晋书》），日本近代作家。夏目漱石在日本近代文学史上享有很高的地位，被称为“国民大作家”。他对东西方的文化均有很高造诣，既是英文学者，又精擅俳句、汉诗和书法。写小说时他擅长运用对句、迭句、幽默的语言和新颖的形式。他对个人心理的描写精确细微，开了后世私小说（作者以第一人称的手法来叙述故事）的风气之先。他一生坚持对明治社会的批判态度。主要作品有长篇小说《我是猫》《野分》，短篇小说《伦敦塔》等。

【背景资料】

日本在明治初期，对外开放，努力吸收西方文明，民众以极大的热情学习西方，而这种学习更多带有盲目性，由于不加选择，只要是好的，就照搬照抄，完全失去判断和选择性。比如以前日本民众虽然也注意养生，对饮食、生活环境等方面有要求，但像洗海水浴，对于从小身处海边的绝大多数日本人来说，是一项再平常不过的运动了。可是，当西方的思想大量传播到日本时，由于西方人推崇这项运动，日本人也开始重新审视它，并把它当作一项时髦的运动。

日俄战争以后，日本资本主义迅速发展，资本家剥削工人阶级越发严重，阶级分化日趋严重，人们的价值观也发生了巨大的变化，金钱成为人们竞相追逐的对象，道德标准下降，拜金主义日益严重。夏目漱石为发泄多年郁愤而写成的长篇小说《我是猫》，淋漓尽致地反映了二十世纪初日本中小资产阶级的思想和生活，尖锐地揭露和批判了明治“文明开化”的资本主义社会。

二、主要内容和主题思想

《我是猫》是夏目漱石的成名作和代表作，这部作品写于1904年至1906年9月，1905年1月起在《杜鹃》杂志上连载，不久，编成上、中、下三册出版，颇受当时好评。这一时期，明治维新为日本带来了西方资本主义的生活方式，追求个性解放、呼唤自由和个人独立的意识在日本蔚然成风。面对这种思想意识形态的大变革，以穷教师苦沙弥、美学家迷亭、理学士寒月等人为代表的一部分日本知识分子惶惶不知所措。一方面，他们正直善良、鄙视旧俗、自命清高；另一方面，他们胸无大志、软弱无能，以插科打诨、玩世不恭来填补生活的空虚，在嘲笑和捉弄他人的同时，自己也在遭受命运的捉弄与嘲笑。小说正是通过猫的视角观察这一时期的日本社会，以幽默辛辣的语言，嘲笑和鞭挞了金钱世界的社会时弊，还大量引用了古今东西哲人达士的名言，处处闪烁着机智和文采，极尽嬉笑怒骂之能事，语言典俚合炉，雅俗共赏，读来令人抑制不住地惊叹。

【主要内容】

小说别出心裁地由一只猫担任叙述者，这只猫善于思索，精于辞辩，崇尚自由平等，而且爱憎分明，富有正义感；它不仅深谙西洋文学的精髓，对读者大谈荷马、毕达哥拉斯、笛卡儿、尼采、贝多芬、巴尔扎克和莎士比亚，而且精通中国的孔孟之道，《诗经》《论语》《淮南子》《左传》《史记》等数不清的汉学典籍都成为它针砭时弊的武器。作者正是通过这只被拟人化的“神猫”之口，对日本社会极尽嬉笑怒骂之能事；猫的主人苦沙弥是一个贫穷而又有点迂腐的教师。为了选择女婿，靠高利贷起家的富商金田的妻子来到苦沙弥家里，向他了解理学士寒月的情况。傲慢而又固执的苦沙弥接待客人态度冷漠，因而招来了金田夫妇的嫉恨和迫害。整个故事的叙述结构以这只“神猫”所耳闻目睹的生活片段为主线，把苦沙弥和金田夫妇的一次次矛盾冲突串连起来，最后，这只终其一生也没有学会逮老鼠的“神猫”因喝多了啤酒而掉进水缸里淹死，故事到此戛然而止。就是这样一个没有悬念的、平淡无奇的故事，在夏目漱石的生花妙笔下娓娓道来，令人读得津津有味，不能释卷。

【主题思想】

《我是猫》是一部具有独特形式的批判现实主义小说。作品通过一只猫的视角向读者展现了苦沙弥、迷亭、寒月等知识分子以及以金田为代表的资本家的生活面貌，对阴暗腐朽的社会和庸俗无聊的小说人物进行戏谑和批判，并以独特的讽刺手法描述了一幕幕滑稽、丑陋的场面，取得了狂欢式的喜剧效果。

小说中的“我”——“猫”是虚构的、独特的艺术形象，不仅具有动物的习性，而且具有人的思想意识。在这部小说里，“猫”是叙述者、评判者，又是一个完整的形象，起着多方面的作用。

作品有力地批判了明治政府的暴力工具——警察制度。作者笔下的小资产阶级知识分子对警察和侦探极为鄙视。作者通过他们的议论，揭露了警察制度镇压人民、剥夺人民言论思想自由、草菅人命的反动本质。

作品还用众多篇幅描写了以主人公苦沙弥为首的明治时期的知识分子，他们正直、善良，鄙视世俗，不与败坏的社会时尚同流合污。但他们最大的弱点是胸无大志、无所事事；虽然自命清高，但是过着无聊、庸俗的生活。他们为了寻求精神的刺激，填补生活的空虚，卖弄知识、故作风雅、嘲笑世俗。他们这种矛盾的生活状态和性格特点，正是当时一种既不满上层统治者又不与人民为伍的处在社会中间状态的中小资产阶级知识分子的典型写照。作者来自这个阶层，熟悉他们的生活习性和心理特征，因而在作品中真实地再现了他们的生活，有力地鞭挞和嘲笑了他们的弱点。

作品除了上面所揭露和描写的之外，对当时的官吏、教育制度也有所抨击，尤其对当时追逐金钱、损人利己的时尚更是予以深刻地揭露；另外也写到了这样污浊的社会所造成的一般劳动人民朝不保夕、卖儿鬻女的生活惨景。可以说，《我是猫》是日本近代文学中一部视野广阔、描写深刻、贯穿着批判精神的讽刺小说。

三、故事梗概

小说的主角是一只猫，故事由猫以第一人称的口吻讲述。

"我"是猫。主人的事"我"一清二楚。"我"的主人是个中学教员，人们叫他苦沙弥先生。主人在家总躲在书房里捧着书用功，可是没看上几页便磕睡了；主人患有胃病，他饮食却没有节制；主人的工作清闲，悠然，而他自己觉得他是世上最辛苦最受委屈的人，总要诉苦发牢骚。主人生活虽然清贫，性情却是极为高傲的，每当女主人谈起家里的经济，他俨然是个"天然居士"。

主人有两个朋友："美学家"迷亭和"理学士"寒月。他们常在小书房里闲聊打发时日。他们卖弄些书本知识，相互吹捧吹捧各自写的奇文，还有新诗、诗剧等，可是这些东西，连我这个猫也觉得有点古里古怪，不成样子。

有一天，资本家金田的夫人来找他，了解他的学生兼朋友寒月的情况。原来，寒月正和她的女儿富子谈恋爱，金田夫人要求寒月考上博士，否则不准与富子结婚。主人苦沙弥和"美学家"迷亭把金田老婆嘲弄了一番。这事使金田家很恼火，而主人又竭力劝阻寒月娶金田家的小姐。金田家就来报复主人，由此主人家里添了不少麻烦。金田先是派了一个叫铃木的人警告主人，没有奏效，后又收买了主人家的邻居和附近学校的学生，经常到他门窗下捣乱，搅得他心烦意乱。他由"江湖隐士"渐渐变成了"绿林好汉"，整天疲于奔命，追赶那群在门前胡闹的学生。这给"我"提供了嘲笑的资料。

风波过后，生活如故。主人与他的朋友迷亭、寒月，还有"艺术家"东风、"哲学家"独仙又聚在客厅里高谈阔论了，什么世道每况愈下，什么资本家可恶，等等。"我"总在旁边打磕睡。主人的学生三平来邀请主人参加他与金田小姐的婚礼，被主人断然拒绝。三平见主人"执迷顽固"实在无药可医，也就作罢了。主人家的聚会散了，家里顿时静寂起来。"我"是猫，也觉得十分沉闷，于是就跑去偷三平婚宴上的啤酒来喝。酒倒不错，可是醉酒的"我"却不慎掉进了水缸。“我”挣扎，却只觉得飘飘然了。“我”死了。死了也好，“太平不死无以获得”。

《我是猫》借用猫的眼睛来观察世界，讽刺世态，广泛地触及社会时弊，受到日本及世界各国人民的喜爱。它也是在我国流传最广的夏目漱石作品。早在60年代，中国就开始有关于小说《我是猫》的评论。70年代末以来，对这部作品的研究走向深入。小说的全新视角、讽刺手法以及批判精神，成为众多国内研究者关注的焦点。

【经典故事】

1. 野外遇险

我是猫。名字还没有。至于在哪里出生，全然无从知晓。只记得似乎是在黑麻麻潮乎乎的地方喵喵哭泣来着。我在这里第一次看见了人这一物种，且是书生——后来听说——人中最凶恶的种类。被他托在掌心飕一下子举起时有战战兢兢之感。而后以非同寻常的速度动了起来。觉得天旋地转，胸口难受。本以为根本活不成了，不料扑通一声眼睛冒出火花。此前的事倒是记得，此后的事无论怎么回想也不明所以。

2. 落户主人家

原来我从稻草上被一把甩到细竹丛中。天色渐晚。肚子饿得不行。于是开始围着水池从左往右绕行。勉强忍着爬行之间，终于来到似乎有人的气息的地方。心想爬来这里总有办法可想，遂从竹篱破洞钻进一家宅院。在这里，最先遇见的是阿三，立马抓我脖颈扔去外面，比前面的书生还要凶狠。于是再次趁阿三不注意爬进厨房。结果又很快被扔了去。被扔出去，我又爬进来；爬进来，又被扔出去。记得好像如此反复四五遍。当时我对阿三那个人实在烦不胜烦。最后一次被她抓起正要扔出去时，此家的主人一边说吵什么一边走了出来。主人拈着仁丹胡看了一会我的脸，少顷说道：“那么就留在家里吧！”阿三老大不乐意地把我甩进厨房。如此这般，我终于决定把这户人家作为自己的家。

3. 猫眼中的教师

我的主人极少和我面对面。听说职业是教师。从学校返回就一头扎进书斋，几乎一整天不出来。我时而蹑手蹑脚窥看他的书斋：他经常睡午觉，不时把口水淌在打开的书上。他胃不好，皮肤带有淡黄色，没有弹力，显出缺乏活力的征候。然而甚是能吃。大吃之后又吃淀粉酶。吃完后打开书本。看了两三页就开始犯困。口水淌在书上。这是他每晚周而复始的功课。虽然是猫，但我也时有所思：教师这东西实在自在得很。倘生而为人，非当老师不可。既然这般躺躺歪歪也能胜任，那么猫也未必不行。尽管如此，若让主人说来，再没有比当教师痛苦的了。每次有朋友来，他都这个那个抱怨一番。

4. 茶园遇老黑

某个小阳春风和日丽的午后二时，午饭后我美美睡了一觉，随后权作运动移步茶园。我一株株嗅着茶树根部来到西侧杉树墙旁边，见一只大猫压倒枯菊躺在上面睡得昏天黑地。它是纯粹的黑猫。而后两者就“人力车夫和教师到底哪个厉害”这一话题展开了辩论。我和车夫家的老黑成为知己就是从这时开始的。而后我也常常和老黑相遇。

5. “我”意外出名

过年以来，我多少有了名声。元旦，主人的一位画家朋友给他寄来了一枚明信片，对明信片的色彩主人诚然欣赏，但不知道所画动物的究竟。谁看都知道非猫莫属，稍为有些眼力，都能一眼看出即使猫中也不是别的猫而是我这只猫——便是画得如此高明。如果可能，真想告知画的是我。就算看不出是我，也起码要让他知道是猫。然而人这东西不懂我等猫类语言，他们没有得到上天这分恩宠。

6. “我”偷吃年糕

实不相瞒，年糕这东西迄今一次也未曾吃到嘴。看上去，既好像美味可口，又多少让人惧怵。用前爪拨弄上面的菜叶。再看爪子，粘了年糕的表皮黏糊糊的。嗅了嗅，一股把锅底的饭移去饭桶时的香味。我就像把全身的重量砸进碗底一样，猛一下子把年糕一角吞进口中。以为可以了就往外拽牙，却拽不出来。想重咬一口，却又动弹不得。牙齿被年糕肉吸收了，掉牙一般疼痛。最后好歹想到仅有的一招：借助前爪把年糕扯掉。左右开弓轮番上阵，情况依然如故，牙齿悬在糕中不动。为了弄掉糕魔，开始满脸抓来挠去。满厨房到处左冲右突上蹿下跳，作战之间，似有足音响起有人走来。心想人来这里可不得了，随即一跃而起，更快地满厨房跑动。主人到底目不忍视，命令阿三把年糕拿掉！紧紧咬进年糕的牙被毫不留情地强拉硬扯！受此重挫之际而被家中阿三看个正着也让我不大好意思。

7. “我”与三毛子

三毛子以貌美闻名附近。我辈固然是猫，但风情大体还是懂的。在家中目睹主人的愁眉苦脸，或遭到阿三申斥而心情郁闷之时，必定去找这位异性朋友谈天说地。见三毛子戴着正月才戴的新项圈有模有样端坐檐廊。我神思恍惚注视有顷。而后蓦然回神，一边低声呼唤“三毛子三毛子”一边以前爪示意。三毛子来我身旁由右往左摇一下尾巴：“哎哟先生新年快乐！”因我住在教师家中，只有三毛子示以敬意而一口一个先生相称。

8. 猫公探金田府

来到对面胡同一看，所闻洋房果然神气活现地盘踞在拐角地面。进门打量建筑物，除了上下两层无谓地兀然矗立之外，别无可观之处——目的大概只是力图高人一等。我进入这堪称厨房典范的厨房。一看,用石灰夯实的两坪左右的门口空地上站着那个车夫老婆,以烧饭女仆和人力车夫为对象正就什么喋喋不休。从他们的话语中才知这帮家伙原来是要去调戏苦沙弥先生,遂从三人一侧蹑手蹑脚溜了过去,进到里面。我不管不顾地到处转。木格拉门里响起鼻子语声。我锁定此处,止住脚步,斜转双耳,屏息敛气。不可思议的是,寒月君的事则只字不提。不知是我钻来之前已经品评完毕,还是已认定他不及格而置之度外。这方面让人放心不下,却又无计可施。事不宜迟,赶紧朝那边赶去。赶到一看,一个女的正大声说着什么。我正要听往下如何发展,对面客厅金田大声叫喊:"富子、富子!"小姐不得已地应了一声,走出电话室。眼睛嘴巴都挤在脸中央的比我稍大的哈巴狗尾随而去。我再次蹑手蹑脚从厨房走上路面,急忙回主人家。探险十二分成功。

9. 猫之新式运动——捕螳螂

先去院子找出一只螳螂。在领教对手本事之前打算较量一番,我用右前脚轻碰它挥起的镰刀臂。此时螳螂的表情颇添兴味,十足目瞪口呆。我趁机绕到螳螂君的身后,从背后轻搔它的翅膀。有时正面相对,在大多场合都惟独脖子愣愣直立,倘它坚持时间过长,便又给它一巴掌。假如敌人老老实实往后跑,我就于心不忍,像飞鸟一样围着院里的树转两三圈。螳螂君又跑出五六寸远。螳螂君因其惰性而无法迅速转身,只好往前移动。朝它的鼻子上打了一下。此刻,它必然张开翅膀瘫倒在地。于是我用前脚使劲按住它,稍事休息。而后再次放开,放开又按住,以七擒七纵之孔明战略进攻不止。这一顺序大约反复三十分钟,见它一动也动不得了,就用嘴叼起甩了甩,而后松口放下。这回它躺在地上再也不动。于是我用手捅它,它趁势跃起,我当即再次按住。这也玩腻了,作为最后的手段,大口小口一吃而光。

10. 喝酒之猫

茶盘上摆着三个杯子,两个还有半杯褐色液体。奋不顾身地伸进舌头吧唧吧唧一舔,心里不禁一惊,舌尖像被针扎似的一下下痛个不止。我一狠心,再次伸出舌头。睁眼是难以下咽的,于是紧闭双目,重新吧唧吧唧舔了来。于把一杯啤酒喝干之时,发生了奇妙的现象:起始舌尖阵阵刺痛,口腔像从外部施压那样难受,而后随着越喝越多而渐渐舒服起来,及至喝干一杯之际,已经不费什么事了。再喝也不在话下!结果第二杯也轻易干掉。顺便把洒在盘子上的也如擦拭一般纳入腹中。

11. 猫之结局

身上逐渐变暖,眼睑变重,耳朵发热,闹不清是躺着还是走着。本想睁眼,却沉甸甸睁不开。苏醒过来时正浮于水面。一心想从缸里爬上来。心情固然迫不及待,但脑袋深知爬不上来。明知徒劳而又不罢休,自然苦不堪言。我辈决定放弃抵抗。在哪里都无所谓,但觉舒坦而已。

我辈死矣，死而获此太平。

四、创作特色

《我是猫》又是以讽刺小说著称的。作者继承了日本俳谐文学和西欧讽刺文学的传统，善于运用风趣幽默、辛辣讽刺的手法进行揭露和批判。他的描写既夸张又细腻，语言诙谐有趣。对金田夫妇的面容描写用夸张的手法，达到讽刺的效果。金田夫人的鼻子“大得出奇，仿佛将别人的鼻子偷来安在脸盘正中”；而金田则不同，不仅“鼻子扁平”，而且“整个脸盘也够扁平”。这种夸大、对照突出了他们面容的丑陋，也收到令人发笑的效果。作者还善于用突兀的滑稽手法收到批判的效果，“一顿胡说八道，竟会叫人信以为真”，“激起滑稽的美感”。迷亭信口吹嘘意大利某画家如何画自然从写生做起。苦沙弥信以为真，照章做起。后来迷亭又说这是他胡诌捏造出来的。结果是一场笑话。这在让人发笑的同时，也使人感到迷亭的玩世不恭、戏弄别人的不良作风和苦沙弥愚拙、迟钝的性格特点，更使人认识到他们生活的空虚、无聊。全部作品语言幽默戏谑，处处闪烁出作者机智诙谐的风趣。

《我是猫》具体的创作特色体现在：

1. 视角独特奇崛。在夏目漱石的《我是猫》中，作者以一只猫作为叙述者，视角新颖，令人眼前一亮。作者赋予了这只猫全知的视角，它充当了小说的第一人称叙述：“我”既是人类世界的叙述者，又是猫世界的参与者；“我”的眼睛既观察自己的族类生活，又凝视人类的生活。从而极大地充实了作品的内容空间，拓展了作品的内涵。

2. 出众的幽默与讽刺。作者深受日本俳谐文学和西欧讽刺文学传统的深刻影响，在《我是猫》之中，作者采用了多变的讽刺手法，如：“如此写罢，笔再也不动。主人拿着笔歪头思量，但看样子无甚奇思妙想，兀自舔起笔毛，嘴唇黑得不能再黑。旋即在其下端画了个小圆圈。往圆圈里点两个点以为眼睛，又往正中画了形状扁平的鼻子，拉了一横算是嘴巴。”活灵活现地描写出了苦沙弥之流的故作风雅而又文墨皆无的粗鄙丑陋形象，在令人一笑过后则是深深的触动，从思想当中折射出现实社会的弊端与人性的弱点。

3. 大量运用反语。《我是猫》采用了多种反语形式，有时故意颠倒口语表达中的敬辞、谦辞和礼貌用语，如：“说不定社会全都是由狂人构成的。这么着，关进疯人院的是普通人，院外上蹿下跳的反倒是疯子了。”“大疯子滥用财力和威力驱使众多小疯子为非作歹，却被称为正人君子——这样的例子绝不为少。何是何非茫无头绪。”通过这样的对比方式，是非颠倒、社会混乱之景象可见一斑。作家借此尖锐地讽刺了这个颠倒黑白、等级森严、残酷黑暗的社会。

《我是猫》艺术精熟，叙述流畅，舒展自若，表现出作者高超的艺术造诣。但是，它也有结构松散、内容庞杂、议论较多、调子偏向阴沉、描写有油滑低俗之弊。尽管有这些不足，毕竟瑕不掩瑜。《我是猫》可以说是日本近代文学中讽刺文学的典范之作。

【名人点评】

夏目漱石的著作以想象丰富、文词精美见称。早年所登在俳谐杂志《子规》上的《哥儿》《我是猫》诸篇,轻快洒脱,富于机智,是明治文坛上新江户艺术的主流,当世无与匹者。

——鲁迅

日本文坛上一部空前绝后的、与众不同的杰作。

——日本著名文艺评论家伊藤整教授

这本书借助猫的眼光来观察日本的社会生活,有非常详尽的关于日本山川、街道、庭院的描述,关于日本普通人家生活的描述,这比一般的导游书要可靠得多。而且夏目漱石是一个伟大的作家,通过日常生活来揭露、反映、批判日本当时的方方面面。所以《我是猫》既是一本爱猫人可以看的书,也是一本热爱日本文化的人可以看的书。

——孙甘露

夏目漱石在日本的地位,怎么说呢?有一张日币(面值1000日元)就是用他的头像。

——陈子善

以日本的小说而言,夏目漱石小说中出现的人委实多姿多彩,富有魅力。即使稍稍露面的人物也栩栩如生,有其独特的存在感。他们发出的一句话、一个表情、一个动作,无不奇异地留在心间。我读漱石的小说每每心悦诚服的是,"因为这里有必要出现这样一个人物,所以大致推出一个来"——类似这种权宜性出场人物几乎一个也没出场。那不是用脑袋琢磨出来的小说,而是切切实实有"体感"的小说。不妨说,每一个句子都是"自掏腰包"的。那样的小说,读起来就有一一值得信赖的地方,能让人放心地读下去。

——村上春树

五、人物形象

苦沙弥 猫的主人苦沙弥,是个"像牡蛎一般把自己藏在壳里"、只知从书本中讨生活、一有机会就大讲知识可贵的教师。作品以直叙法表现了这个显然是作者自身影子的主人公自甘寂寞的自负心志,同时又使用旁敲侧击的手法揭示了知识分子因清贫而招致社会轻蔑的可悲现实;不仅如此,小说更通过穷教师苦沙弥与暴发户金田之间的矛盾与冲突,暴露了明治时代的黑暗,批判了"金钱万能"的世态。奉金田之命去窥伺动静的拜金主义者铃木在与不谙世事而直言不讳的苦沙弥的一段对话中公然宣称:没有和钱一起殉情的决心是干不来的,要赚钱,必须使用三角术——不要义理、不要人情、不要脸;透过对所谓三角术的嘲笑,小说无情地讽刺了市侩哲学的丑恶本质。猫偷听到的金田与铃木的一段街头对话同样耐人寻味。

金田见苦沙弥“不对金钱磕头”,总感到心里不痛快,恶狠狠地骂他是个“不知天高地厚的家伙”,扬言要“惩罚”他,要让他“尝尝实业家的厉害”;铃木则随声附和,讥笑苦沙弥“太傲气”,“不得要领”,“根本不懂得算算自己是否会吃亏”,“打肿脸充胖子”,“难调理”,是个“缺乏利害观念的家伙”。这段运用反语技巧虚贬实褒的描写,赞美了重视知识、热爱学问的文人学士洁身自好的品质,抨击了洒于金钱的泥潭中的肮脏的灵魂。

典型情节:身为教师,却不喜爱自己的职业;“没有什么像样的本事,什么都想插手”;他经济拮据,却不屑于向他所痛恨的现实妥协。

性格特征:明治时期知识分子的代表,性格倔强,自命清高,鄙视世俗,不与败坏的社会时尚同流合污,但又软弱无能,不谙世道。

猫公 小说的主人公猫公很富于哲理,精于辞辩,对人类的弱点讽喻得十分透骨。猫公博学多识,通晓天地古今,他引证或褒贬了荷马、毕达哥拉斯、笛卡儿、克莱尔、尼采、贝多芬、巴尔扎克、莎士比亚、孔子、老子、宋玉、韩愈、鲍照、晏殊、陶渊明,以及《诗经》《论语》《淮南子》《左传》《史记》等数不清的中外名人名言。他还很有点自由平等观念。以它的眼睛看世界,悲痛化为笑声,怎能不尖酸刻薄!当然,它同时又是个俗猫、蠢猫。他自作聪明,假冒圣贤君子,误了不少事,吃了不少苦头,甚至不知酒桶会淹死猫,最终丢了性命。

性格特征:博学多识,通晓天地古今,有点自由平等观念,自作聪明。

铃木藤十郎 作者笔下的小资本家铃木藤十郎,具有唯利是图、损人利己的丑恶本质。他的人生观是“要做资本家就得做个大的”。铃木与金田不同的个性是“圆转油滑”。“他以为一个人的事业,倘能不经劳神苦思,不经辩驳争论而获得开展的话,那也就是人生达到快乐的极致了”。铃木毕业之后,就是靠这种“极乐主义”获得成功,戴上了金表,并成了“金田老爷的股肱”。

典型情节:甘当金田老爷的走狗,毫无学友之情;两次来到苦沙弥家,做金田的暗探。

性格特征:趋炎附势,唯利是图,损人利己,典型的势利小人。

金田老爷 金田老爷是靠高利贷起家的、“穷凶极恶,又贪又狠”的大资本家,拥有大量的财产。他发财致富的“秘诀”是“要精通三角术”,即不要义理、不要人情、不要脸。“把鼻子、眼睛都盯在钞票上”“只要能赚钱,什么事也干得出来”,把金钱看得比生命还重要。金田依仗自己的财势,成为社会上赫赫有名的人物。他财大气粗,仗势压人。

典型情节:主人苦沙弥和“美学家”迷亭把金田老婆嘲弄了一番。这事使金田家很恼火,而主人又竭力劝阻寒月去娶金田家的小姐。金田家就来报复主人,由此主人家里添了不少麻烦。金田先是派了一个叫铃木的人警告主人,没有奏效,后又收买了主人家的邻居和附近学校的学生，经常到他门窗下捣乱。

性格特征：仗势压人，傲慢，势利。

水岛寒月 理学士寒月是标准的书呆子。他为了做博士会去研究“吊颈力学”“紫外线对青蛙眼珠的影响”等荒唐的学科。为了研究青蛙眼球去磨玻璃球，吹毛求疵地去追求完美球体，最后只是浪费了大好青春。迷亭问他什么时候磨好，他居然会回答“快的话得十年，慢的话大概要二十年”。真的是迂腐得可爱了。

典型情节：为金田小姐努力完成论文考取博士，最终没有和金田小姐结婚；为了做博士会去研究“吊颈力学”“紫外线对青蛙眼珠的影响”等荒唐的学科。

性格特征：正直善良，不慕权贵，迂腐。

巩固训练

一、填空题

1.《我是猫》的作者是________(国籍)夏目漱石,他在日本近代文学史上享有很高的地位,被称为“__________”。

2.1905 年 1 月,日本作家________在《杜鹃》杂志上发表了处女座小说《我是猫》,“________”,在当时创作手法上是一大突破,讲了一只身世可怜的猫被中学英语老师________收留,却遭到他家人的厌恶,冷眼旁观了人类世界的种种。

3.《我是猫》刻画了众多极具讽刺性的人物形象:如自命清高,却无所事事,不满现实,却无力反抗的迷亭、寒月等人;靠高利贷起家、穷凶极恶、又贪又狠的大资本家________和他那势利眼的“大鼻子”夫人;还有诸如________那样的市侩,虽学子出身却毫无骨气,视财如命,投靠权门……

4. 因我住在教师家中,所以只有________示以敬意而一口一个先生相称。

5. 主人因在厕所中哼唱谣曲,结果被左邻右舍取了个诨名________。

6. 他就像生性顽劣的________那样窝在书斋之内,从不曾面对外界。还居然摆出一副颇有________的神态,未免滑稽可笑。

7. 一看,乃活版印制,________只外国猫齐刷刷排成一排,或________或开卷用功。其中有一只独自离席,在桌角大跳西洋猫步探戈。上端以日本墨赫然写道“________________”。

8. 据主人介绍,法兰西有个名叫________的小说家,乃是极为讲究的人。

9. 车夫家养的猫叫作________,它后来成了瘸猫,变得落魄起来。

10. “我”暗恋琴师家的猫________,后来它因为________不肯给它看病而病逝。

11. 寒月要当上________之后,才能娶金田小姐。

12. 金田小姐最后和________结婚了。

13.《我是猫》这部小说用________、________、________的手法,借助一只猫的________、________、________,以主人公中学教员________的日常起居为主线,穿插了邻居资本家________企图嫁女不成,阴谋报复的矛盾冲突,嘲笑了时代知识分子空虚的精神生活,讥讽他们自命清高,却无所事事;不满现实,却无力反抗;平庸无聊,却贬斥世俗的矛盾性格。

14. 夏目漱石的《我是猫》里的那只猫自称________。

15. 夏目漱石的《我是猫》围绕________引起的风波，通过________的视角向读者展现了苦沙弥、迷亭、寒月等知识分子以及金田为代表的资本家的生活面貌，对阴暗腐朽的社会和庸俗无聊的小说人物进行戏谑和批判，并以独特的________

手法描述了一幕幕滑稽、丑陋的场面，取得了狂欢式的________效果。

16. 夫人枕边当宝贝似的放着一个长约一尺五寸的钉着钉子的木箱。箱里装着________，是老家在肥前的唐津居民多多良三平君日前省亲时带来的家乡特产。

17.《我是猫》中我辈新式运动中甚是有趣的东西首先是________。

二、选择题

1. 对《我是猫》的说法不正确的一项是(　　)

A.《我是猫》围绕金田小姐的婚事引起的风波，有力地揭露了资产阶级的黑暗，批判了社会拜金主义风气。

B.《我是猫》以金田老爷的猫为主人公，以这只被拟人化的猫的视角来观察人类的心理。

C.《我是猫》中的“猫”是虚构的、独特的艺术形象，不仅具有动物的习性，而且具有人的思想意识。

D.《我是猫》的作者继承了日本俳谐文学和西欧讽刺文学的传统，善于运用风趣幽默、辛辣讽刺的手法进行揭露和批判。

2. 下面不属于《我是猫》中的人物的是(　　)。

A. 竹中石雄　　B. 苦沙弥

C. 迷亭　　D. 寒月

3. 日本作家夏目漱石的代表作《我是猫》是(　　)。

A. 短篇讽刺小说　　B. 长篇叙事诗

C. 长篇讽刺小说　　D. 讽刺喜剧

4. 夏目漱石代表作《我是猫》对当时的社会现实进行了广泛的揭露和批判。其采用的最主要方法是(　　)。

A. 以古代文学的题材表达作者现代的思想

B. 以沉重的笔调表现悲观主义思想

C. 以猫为叙述者，见人之所未见，言人之所不能言

D. 以作家独特的方言进行一语双关式的叙述

5. 长篇讽刺小说《我是猫》的作者是(　　)。

A. 田山花袋　　B. 芥川龙之介

C. 夏目漱石　　　　　　　　D. 岛崎藤村

6. 下列说法不正确的一项是(　　)

A. 夏目漱石对东西方的文化均有很高造诣,既是英文学者,又精擅俳句、汉诗和书法。

B.《我是猫》是一部具有独特形式的浪漫主义小说。

C.《我是猫》淋漓尽致地反映了二十世纪初,日本中小资产阶级的思想和生活,尖锐地揭露和批判了明治“文明开化”的资本主义社会。

D.《我是猫》的主人公是一只善于思索、有见识、富有正义感又具有文人气质,但至死也没有学会捕捉老鼠的猫。

7.《我是猫》有力地批判了明治政府的暴力工具(　　)。

A. 世袭制　　　　　　　　B. 禅让制

C. 警察制度　　　　　　　D. 封建专制

8.《我是猫》中三毛的主人是什么身份? (　　)

A. 教师　　　　　　　　　B. 车夫

C. 律师　　　　　　　　　D. 军人

9. 下列说法不正确的一项是(　　)

A. 老黑把女主人搁在板架上的马哈鱼给吃了。

B. 直到前几天我偷了阿三的秋刀鱼,报了仇,才算出了先前的闷气。

C. “哼,一年只能买一次牛肉,说话却那么粗声大气,一斤牛肉就对四邻炫耀,无可救药!臭娘们!”三毛子一边嘲笑一边叉开四肢站定。

D. 女仆故意抹黑我,说我是一只脏兮兮的公猫,三毛姑娘的病一定是被我传染的。

10. 下面的语句不是出自《我是猫》的是(　　)

A. 对主人来说,书不是用来读的,而是用来催眠的。书就是印刷出来的催眠药。

B. 遍观人世间,往往越无能无才的小人,越是肆意妄为,削尖脑袋想要爬上无法胜任其职的位子。

C. 身为一只猫,我刹那间悟出了一条真理:“难得的机会,可诱使所有动物做出并非本能的选择。”

D. 我看到它的头和一只爪子,估计这只猫有三头公牛那么大。

11.《我是猫》采用了(　　)的写法。

A. 第一人称　　　　　　　B. 第二人称

C. 第三人称　　　　　　　D. 第二人称和第三人称

12. 下列名著中,以动物为主人公的是(　　)。

A.《骆驼祥子》　　B.《海底两万里》

C.《我是猫》　　D.《钢铁是怎样炼成的》

13. 下列人物不是夏目漱石的《我是猫》中塑造的知识分子的是(　　)。

A. 苦沙弥　　B. 寒月

C. 金田先生　　D. 迷亭

三、简答题

1. 尽管是猫,什么原因使我基本无所不吃?

2. 猫类之间互相寒暄时尾巴是什么样的?

3. 猫在偷吃年糕时候发现了哪几条真理?

4.《我是猫》为什么被视为一部才子书?

5. 猫在苦沙弥家中过着什么样的生活?

6. 作者以猫的视角,想让读者看到些什么?

7. 苦沙弥对金田先生是什么态度？

8. 书房里的教师苦沙弥在猫眼里是什么样子的？

9. 作为被其朋友揶揄的结果，主人最先尝试的是对“我”来个写生。那么主人笔下的“我”是什么样的？

10. 简单介绍一下女佣拿来的第二枚明信片上的内容。

11. 意外接受主人命令负责接待迷亭先生，“我”是怎么做的？迷亭先生又是怎么对“我”的？

12. 随着潜入次数的增多，金田君一家不想看、不想记的什么情况映入我的眼帘、留在我的脑海？

13.《我是猫》中的那只猫是一只怎样的猫？

14. 夏目漱石的《我是猫》中讲述了人性的那些缺点？

15. 水岛寒月为了做博士做了些什么荒唐事？

四、列举简述

1. 简述《我是猫》中苦沙弥的典型意义。

2. 简析《我是猫》以“猫”为主人公的原因。

3. 请从《我是猫》中选择苦沙弥的几个朋友进行简要的品析。

4. 请简述苦沙弥与鲁迅笔下阿 Q 的异同。

5. 请简述一下猫吃年糕时的精彩过程。

6. 在世界文学作品中，有一种典型的现象叫“多余人”。他们多是不满上流社会的知识分子，但又无力改变现实，缺少改革的勇气。“多余人”生活空虚，性格软弱，生活忧郁而彷徨，终日无所事事。《我是猫》中有这样的形象吗？如果有，请指出来，结合他的生平进行剖析。（建议答题字数：180 字左右。）

7. 简述夏目漱石《我是猫》的叙述视角。

8. 夏目漱石的《我是猫》和郑振铎的《猫》都写到了猫，且都采用了第一人称的叙述方式，简述采用这种叙述方式有什么好处。他们借用笔下的猫分别表达了各自的什么情感？

9.《围城》与《我是猫》在讽刺艺术方面存在着很强的可比性，请结合作品内容进行简要的分析。

10. 简述《我是猫》中铃木藤十郎的人物形象。

五、语段

（一）阅读片段，按要求作答。

有幸享受天佑的我辈拼死拼活同糕魔作战。作战之间，似有足音响起有人走来。心想人来这里可不得了，随即一跃而起，更快地满厨房跑动。足音越来越近。啊，遗憾，天佑略嫌不足。终于给小孩发现了，大声说道：“哎哟，猫吃年糕跳舞呢！”

最先听得此声的是阿三，羽毛毽和毽拍都一扔了之，啊一声从厨房门闯了进来。太太则以带有家徽的皱纹和服形象说：“讨厌的猫！”甚至主人也从书斋出来：“这个混账东西！”连称有趣有趣的都是小孩子。这么着，众人不约而同地哈哈大笑。

气恼，痛苦，舞步欲罢不能，狼狈之至。笑声好歹停下时，那个五岁女孩儿又来一声：“妈妈，猫也真够意思啊！”众人当即以挽狂澜之势重新起哄。

人之缺乏同情心的行径，所见所闻相当不少，但从未像此时这般又气又恨。天佑终究去而不来，遂如往日四脚爬地，眼珠忽黑忽白，丑态百出，情何以堪。

1. 选段主要写了什么？（建议答题字数：30 字左右。）

2. 概括选段中猫吃年糕被发现的心路历程。

（二）阅读选段，回答问题。

今早见到的年糕以今早见到的颜色粘在碗底。实不相瞒，年糕这东西迄今一次也未曾吃到嘴。看上去，既好像美味可口，又多少让人惧怵。用前爪拨弄上面的菜叶。再看爪子，粘了年糕的表皮黏糊糊的。嗅了嗅，一股把锅底的饭移去饭桶时的香味。吃？还是算了？四下环视。不知幸与不幸，空无一人。阿三正在以腊月正月都同样的神情打羽毛毽，小孩子在客厅里唱“你说什么呀小白兔”。要吃，此其时也。若错失良机，势必等到来年才能知道年糕那东西的滋味。尽管是猫，我辈也刹那间悟得一条真理：“难得的机会使得所有动物敢做不情愿做的事情。”

说实话，我不特想吃年糕。莫如说，那碗底状态越细看越觉得心里发怵，懒得吃了。假如此时阿三推开厨房门，或者听得小孩子的脚步声越来越近，我肯定毫不留恋地弃碗而去。而且明年来临之前年糕之念都不会浮上心头。可是谁也没来，怎么犹豫都没人来。感觉就像有人劝我快吃怎么还不快吃！我一边窥看碗中一边期盼有谁快来。还是谁都不肯来。年糕非吃不可。最后，我就像把全身的重量砸进碗底一样，猛一下子把年糕一角吞进口中。如此竭尽全力扑食，一般东西都必定咬断。糟了！以为可以了就往外拽牙，却拽不出来。想重咬一口，却又动弹不得。年糕莫不是魔物？觉察时为时已晚。如同掉进泥沼之人越着急拔腿越咕嘟咕嘟深陷下去,我越咬嘴越不灵,牙齿动弹不得。齿感诚然有,但仅有齿感是无济于事的。美学家迷亭先生曾评价我的主人,说他优柔寡断。诚哉斯言！这年糕也和主人一样,无论如何都优柔寡断。咬啊咬啊,怎么咬都如同以三除十,尽未来际遥遥无期。如此烦闷之际,我辈不觉邂逅了第二条真理:“所有动物都本能地预知事物的适与不适。”

真理诚然发明了两条,但由于年糕黏之不去,丝毫没觉出快意。牙齿被年糕肉吸收了,掉牙一般疼痛。再不咬断逃走,阿三就来了。小孩的歌唱似已停歇,必来厨房无疑。烦闷之极,咕噜噜摇了摇尾巴,全无效用。耳朵或竖起或平卧,同样徒劳。想来,耳朵尾巴和年糕了不相干。总之摇尾没用,竖耳没用收耳没用。觉察之后,再不尝试。最后好歹想到仅有的一招:借助前爪把年糕扯掉。首先举起右边那只来回抚摸嘴巴四周。仅仅抚摸是摸不掉的。其次伸出左边那只以嘴巴为中心急速画圈。魔物不会因如此咒语脱落。耐心是关键。遂左右开弓轮番上阵,情况依然如故,牙齿悬在糕中不动。啊,麻烦！两只爪同时使用。结果奇异的是,惟独此时能用两只后腿站起来了。感觉好像不是猫了。

是猫也好不是猫也好,时至今日怎么都无所谓了。为了弄掉糕魔一切在所不惜！决心既定,开始满脸抓来挠去。由于前腿动作剧烈,每每失去重心扑倒。扑倒时必须用后腿调整平衡,因而不能居于一处不动,满厨房到处左冲右突上蹿下跳,连我自己都佩服居然这般敏捷灵巧。第三条真理蓦然浮现眼前:“临危之际,能为平时不能为之事,是谓天佑。”

有幸享受天佑的我辈拼死拼活同糕魔作战。作战之间,似有足音响起有人走来。心想人来这里可不得了,随即一跃而起,更快地满厨房跑动。足音越来越近。啊,遗憾,天佑略嫌不足。终于给小孩发现了,大声说道:“哎哟,猫吃年糕跳舞呢！”

最先听得此声的是阿三,羽毛毽和毽拍都一扔了之,啊一声从厨房门闯了进来。太太则以带有家徽的皱纹和服形象说:“讨厌的猫！”甚至主人也从书斋出来:“这个混账东西！”连称有趣有趣的都是小孩子。这么着,众人不约而同地哈哈大笑。

1. “难得的机会使得所有动物敢做不情愿做的事情。”这里难得的机会指的是什么机会?

2. 当猫吃年糕被发现时,写到了小女孩、女仆、女主人、男主人的反应有何用意?

（三）阅读语段，回答下面问题。

和人住在一起时间里，越观察越不得不断言他们是为所欲为的。特别是时常睡一个被窝的小孩，简直无法无天。兴之所至，或把我大头朝下拎着，或用口袋套住脑袋，或一把扔开，或塞进灶膛。而我只要稍一还手，就全家出动对我穷追猛打。前几天也是同样，我轻轻往榻榻米上磨一下爪子，太太就勃然大怒，再也不肯让我进起居室。哪怕人家在厨房地板上冻得浑身发抖也满不在乎。

我所敬重的斜对面的阿白，每次相见都说再没有比人更没人情的了。阿白近来产了四只珍珠般的猫崽。可是那家的书生在第三天把它们拿去房后的水池扔了，四只一只没剩。阿白流着眼泪从头到尾诉说一遍，而后宣称为了保全我等猫族亲子之爱，为了过上美好家庭生活，必须和人开战，将其赶尽杀绝。所论无不在理。另外，相邻的三毛君也大为愤慨，谓人不懂何谓所有权。本来我等同族之间，无论鱼干头还是鲻鱼脐，最先发现者拥有食之的权利。假如对方不守此规矩，诉诸武力也未尝不可。然而他们人类似乎丝毫没有这一观念，我等发现的佳肴必为彼等夺走。他们依仗力气大而把本应由我等食用的美味佳肴掠为己有。阿白居于军人之家，三毛君的主人是律师。我因住在教师家里，事关这等事，同他们两位相比，莫如说别无挂碍，一天天得过且过即可。纵然人类，也不至于永远蒸蒸日上。也罢，耐着性子静等猫时代到来好了！

1. 我所敬重的斜对面的阿白，每次相见都说再没有比人更没人情的了。从文中举例证明“再没有比人更没人情的了”。

2. “再没有比人更没人情的了”反映了一种怎样的社会现象？

（四）阅读片段，按要求作答。

我家后面有十坪左右的茶园。虽然不大，但日照好，颇觉心旷神怡。家里小孩吵闹不堪而无法安心午睡的时候，或者百无聊赖肚子不甚舒服之时，我总是来此养吾浩然之气。

某个小阳春风和日丽的午后二时，午饭后我美美睡了一觉，随后权作运动移步茶园。我一株株嗅着茶树根部来到西侧杉树墙旁边，见一只大猫压倒枯菊躺在上面睡得昏天黑地。对我的临近也好像浑然不觉，或觉察也满不在乎，只管长拖拖鼾声如雷地大睡特睡。潜入别人家庭园却能睡得如此肆无忌惮，我不能不为其大胆大度而惊讶。它是纯粹的黑猫。刚刚偏午的太阳将透明的光线抛洒在它的皮毛上，就好像那金灿灿的柔毛间有肉眼看不见的火焰不断升腾。它体格魁伟，堪称猫中的大王，足有我的两倍。我既有赞叹之念，又有好奇之心，忘乎所以地伫立在他面前一心看个没完。静谧的春风轻轻诱动探出杉树墙的梧桐树枝，使得两三片树叶翩翩然落在枯菊丛中。大王陡然睁开滚圆的眼睛。至今仍然记得，那眼睛比人珍视的琥珀还远为美丽，闪闪生辉。它一动不动，将仿佛从双眸深处射出的光聚集于我窄小的额头，开口道："鬼东西到底是谁？"

作为大王，觉得用词多少有失斯文，但其声音底层蕴含着足以让猛犬也为之折服的力量，我因之怀有不少畏惧。但我思忖倘不寒暄则事情不妙，于是尽可能故作镇静冷冷答道："我

是猫，名字还没有。"而实际上此刻我的心跳远比平时剧烈。他报以绝对轻蔑的语调："什么？猫？听得我全然莫名其妙！到底住哪儿？"完全旁若无人。

"我住在这里的教师家中。"

"估计是那么回事，都瘦成什么样子了！"毕竟是大王，口气极大。察其用词，很难认为是良家之猫。不过看他如此丰盈富态，想必丰衣足食，受用山珍海味。以致我不得不问：

"这个，你究竟是谁？"

"俺是人力车夫家的老黑！"他昂然答道。

人力车夫家的老黑，乃是附近无人不晓的捣乱分子。但毕竟是人力车夫家，只是力大，而无教养，谁都很少与之交往，是个堪称"同盟敬远主义"标本的家伙。听得他的名字，觉得屁股隐隐发痒。与此同时，也产生了些许轻蔑之念。我想先试一下他是何等不学无术，遂有以下问答：

"人力车夫和教师到底哪个厉害？"

"当然是人力车夫啦！瞧你这鬼东西家的主人，简直皮包骨！"

"不愧是车夫家的猫，看上去力大无穷。在车夫家，吃香喝辣不成问题吧？"

"瞧你说的，俺去哪个地方都不愁没好吃的。你这鬼东西也别总是在茶园里钻来钻去了，跟在我后面试试看，不到一个月就胖得认不出来！"

"那就拜托了！可我觉得教师住的房子好像比车夫的宽敞。"

"傻瓜蛋，房子再大不是也填不满肚皮吗？"

看样子他大为气恼，一个劲儿抖动那仿佛紫竹削成的耳朵，雄赳赳气昂昂地走了。我和车夫家的老黑成为知己就是从这时开始的。

而后我也常常和老黑相遇。每次遇上,他都俨然车夫口出狂言。日前入耳的无德事件,其实就是从老黑口中听得的。某日,我和老黑照例在温暖的茶园里东倒西歪谈天说地。他把常说的大话当作新闻重复一遍之后,向我提问如下:“鬼东西你以前捉过几只老鼠?”尽管自知论力气和勇气根本比不过老黑——知识倒是比他充实得多——但接触这一提问之时,到底有些难为情。而事实终究是事实,容不得弄虚作假,于是回答:“一直想捉还没捉到”。老黑不停地抖动其鼻端直挺挺探出的长须一阵狂笑。老黑原本只知道自吹自擂,而脑浆却不够用。只要装出心悦诚服的样子喉咙咕噜咕噜响着听他口吐狂言,他就极好对付。和他接近之后,我很快就明白了个中奥妙。这种场合也不例外,勉强自我辩解弄得形势越来越糟,那可是不明智的。我打定主意,索性让他自我吹嘘一番,趁机敷衍再好不过。这么着,我乖顺地逗他:“你毕竟正当年,捉了很多吧?”不出所料,他冲着墙壁裂缝一阵呐喊:“倒也不是很多,不过三四十只还是捉过的吧!”他得意洋洋地回答。

他继续下文:“老鼠一两百只,我单枪匹马什么时候都不在话下。可黄鼠狼那家伙对付不来。一次去扑黄鼠狼,结果倒了大霉。”

“噢,难怪。”我随声附和。

老黑眨巴一下大眼睛说道:“去年大扫除时的事。我家主人拎着石灰袋放到檐廊地板下面,没想到一只大黄鼠狼慌慌张张跳了出来。”

“嗬!”我现出钦佩的神情。

“虽说是黄鼠狼,但也就比老鼠大一点点。畜牲!我赶紧追去,终于把它追进了脏水沟。”

“干得好!”我一声喝彩。

“不料这家伙到了紧急关头放出最后一屁,臭啊臭啊!自那以来一看见黄鼠狼,胸口就堵得慌。”讲到这里,就好像现在仍能嗅到去年的臭气似的,抬起前爪往鼻头来回抹了两三下。

我也觉得不无可怜,就想给他加油打气:“不过若是老鼠,给你盯上可就一命呜呼了吧?毕竟你捕鼠大名鼎鼎,除了老鼠不吃别的,所以才那么胖,毛色才那么好。是吧?”为了讨老黑欢心的这句问话,不料结果适得其反。

他喟然长叹:“想起来真没意思啊!哪怕再能赚再能捕鼠,可世界上再没有比人那种家伙更霸道的了——把人家捉的老鼠统统没收拿去派出所。派出所不知谁捉的,反正每只给五分钱!因了我的关照,我家主人已经至少赚了一元五角,可是从不让我吃一口像样的东西。跟你说,人这东西,无非是冠冕堂皇的盗贼!”

看来,不学无术的老黑也到底明白了这点儿事理。看样子他相当气愤,背上的毛倒竖起来。我心里有些不是滋味,遂适当敷衍一番,返回家中。从此下了决心再不捕鼠。不过当了老黑的喽啰之后，到处物色老鼠以外的美食的事也不做了。较之好吃好喝，还是睡觉来得舒坦。看来，住在教师家里，猫也难免染上教师那样的习惯。可得小心才是，否则很快得胃病也有可能。

1. 我和老黑是怎样相识并最终成为知己的？

2. 文中日前入耳的"无德事件"其实就是从老黑口中听得的，那么"无德事件"具体指的是什么事件？

（五）阅读语段，回答问题。

人本来就有个毛病，动不动就随口以轻蔑的语气"猫儿猫儿"评价我辈，甚为不妥。牛马来自人类渣滓、猫来自牛粪马粪——对于浑然不觉自家无知而满脸傲慢神气的教师来说，如此想法也许并不稀罕。但在旁人眼里则实在有失体统。哪怕再是猫，也不是那般粗制滥造的。别人看来或许一般模样、别无差异、哪一只都不独具特色，然而进入猫之社会一看，简直五花八门，十人十样那句人界之语完全适用于此。眼神也好鼻头也好毛色也好腿形也好，千差万别。从胡须的张弛到耳朵的曲直、尾巴的垂翘，没有一样是相同的。长相丑俊、好恶取向、风流与否，即使说悉数迥异也不过分。尽管如此判然有别，然而人的眼睛说只朝上看也好什么也好，总之只往天上看，所以我等脾性自不用说，就连识别长相这等小事也全然无能为力，可怜之至！

据说古来就有同类相求之语，言之有理。年糕铺晓得年糕铺，猫晓得猫——了解猫到底非猫不可。就算人聪明绝顶，这点也稀里糊涂。而且——恕我直言——他们并不如其自信那般无所不能，故而难上加难。何况如我家那位缺乏同情心之流，口称相互知根知底，实则连爱的至关重要都不明白。无可救药。他就像生性顽劣的牡蛎那样窝在书斋之内，从不曾面对外界。还居然摆出一副颇有远见卓识的神态，未免滑稽可笑。作为并无远见卓识的证据，我的肖像就在眼前却丝毫没有开悟的样子，居然说出这等无可理喻的话来："今年是征俄第二年，所以画的怕是熊吧？"简直不打自招。

1. 他就像生性顽劣的牡蛎那样窝在书斋之内，从不曾面对外界。这里的"他"指的是

________（人名）。

2. “还居然摆出一副颇有远见卓识的神态，未免滑稽可笑。”他真的颇有远见卓识吗？请说明理由。

（六）阅读选段，回答问题。

也巧，格子门叮铃、叮铃、叮铃铃响了起来。估计有客来访，既是来客，自有女佣出门相迎。除了鱼铺的梅公来时我概不动身，故而照样悠悠然伏在主人膝头。岂料，主人像被高利贷上门讨债一般以不安的神情看着房门口那边。看样子他懒得接待拜年的客人和陪其喝酒。偏执到如此地步，作为人未免说不过去。既然那样，那么早早外出岂不更好？可他又无此勇气，其牡蛎根性愈发暴露无遗。不大工夫，女佣进来说＿A＿先生驾到。这个人据说同是主人的旧日弟子，今已大学毕业，似乎比主人还有作为。不知何故，此人常来主人这里玩。来了就牢骚不断：爱恋自己的女人有还是没有啦，人世有趣还是无聊啦，或耸人听闻或情色可餐。何苦找主人这样日渐枯槁之人讲这种话呢？着实令人费解。而另一方面，牡蛎式主人听其倾谈之间不时随声附和这点就更加妙不可言。

1. 横线A处应填________。

2. 怎么理解“主人像被高利贷上门讨债一般以不安的神情看着房门口那边？”

（七）阅读选段，回答问题。

主人家中似乎鲜有女客来访。一看，尖锐语音的持有者在榻榻米上拖着双层绉纱盛装走了进来。年龄大约四十刚过，前面的头发如防洪河堤一般从后退的发际巍然耸起，致使面庞长度的至少二分之一朝上探出。眼睛以开凿出来的坡路那样的倾斜度呈直线吊起，左右对峙。所谓直线，是形容眼睛比鲸鱼眼还要细。惟独鼻子大得出奇，仿佛将别人的鼻子偷来安在脸盘正中，又如把招魂社的石灯笼搬来自家三坪小院。显得惟我独尊，却又好像心神不定。鼻子是所谓鹰钩鼻，一度无限拔起，而后自知过分而中途变得谦恭起来。及至鼻端，已然失去最初的气势而颓然下垂，窥视下面的双唇。因了如此独具一格的鼻子，以致此女说话时较之唇动，莫如说鼻动——只能这么认为。我辈为了向其伟大的鼻子致以敬意，打算从今往后称此女为“鼻子鼻子”。

鼻子结束初次见面的寒暄之后,环视客厅说:“府上好有气派啊!”

主人腹中说道“胡扯!”兀自喷云吐雾。

迷亭一边眼观天花板,一边悄然催促主人:“我说,那里是漏雨漏的还是木纹?图形妙不可言。”

“当然是漏雨漏的。”主人回答。

“好气派啊!”迷亭若无其事。

鼻子暗自恼怒:不懂社交之人!三人默默鼎坐有顷。

“这次登门拜访,是因为有事请教。”鼻子重新开口。

“啊哈!”主人冷若冰霜。

鼻子觉得形势不妙:“其实我就住在府上附近——对面胡同拐角那座公馆。”

“那座带仓房的大洋房?难怪那里挂出写有金田字样的名牌。”看来主人终于认识到了金田洋房和金田仓房,但对金田夫人的尊敬度则一如刚才。

“按理,应由丈夫出面请教,但公司那边实在太忙……”客人的眼神似乎说这回见效了吧?

而主人全然无动于衷。作为初次见面的女人,鼻子刚才的话语过于目空一切,使得主人早已不满。

“公司不止一家,另有两三家之多。而且在哪一家都身兼要职——想必您略有所知……”神情仿佛说还不诚惶诚恐?

1. 选段中的“鼻子”指的是谁?主人和迷亭对“鼻子”的态度怎样?

2. 选段中的“鼻子”有什么特点?

(八)阅读选段,完成文后问题。

“牧山男爵。”迷亭愈发认真起来。还没等主人表示什么,鼻子当即转身朝迷亭那边看去。迷亭身着大岛捻线绸和服,套了一件进口印花布外褂,一副气定神闲的样子。

“哎呀,您是牧山大人的——该怎么称呼呢?居然一点儿也不知道,失礼之至!丈夫每每提起承蒙牧山大人关照。”话语陡然恭敬起来,甚至施以一礼。

迷亭笑道:“哪里哪里,哈哈哈哈。”

主人瞠目结舌默默看着两人。

“听丈夫说小女的婚事也承蒙牧山大人牵挂……”

“哦,是吗?”这对迷亭也似乎事出突然,发出的语声不无惊慌。

“说实话,东南西北到处都有人要和我们攀亲,但因为我们也是有身份的,所以不能轻易相许……”

“那是那是。”迷亭总算放下心来。

“对了,我是因此登门请教的。”鼻子看一眼主人,陡然换回不太客气的语体。

“听说有个叫水岛寒月的人时不时来你这里。那个人是怎样一个人呢?”

“打听寒月干什么?”主人不胜厌恶地说。

迷亭到底机灵:“想必同是由于千金婚事的关系,想多少了解一下寒月君的操行吧?”

“若能就此赐教,自是再好不过……”

“那么,就是说想把千金给寒月君了?”

“我没说什么给不给的。”鼻子立马顶撞主人,“此外也不断有人求亲,不勉强他娶也无所谓。”

主人也心头火起:“既然这样,不打听也可以的吧?”

鼻子也多少摆出吵架阵势:“没什么好隐瞒的吧?”

迷亭坐在两人中间,像拿军配团扇一样拿着银管烟斗,心中呐喊快呀快呀快见分晓!

“那么,你的意思是寒月提出非娶不可的喽?”主人迎面开了一枪。

“倒也不是他说要娶……”

“是你心里认定他想娶的吧?”主人似已明白对这个妇人只能硬磕。

“事情还没进展到那个阶段……寒月君也未必就不喜欢吧?”鼻子在紧要关头稳住阵脚。

“寒月莫不是热恋着府上千金?”主人重振旗鼓,仿佛说果真那样但请交代!

1.“鼻子”来主人家的目的是什么?

2. 主人和迷亭对“鼻子”的态度，反映了怎样的社会现象？

（九）阅读选段，回答下列问题。

三人中，来客容貌最为普通。而惟其普通，也就没有堪可特别强调之处。说普通自是无可厚非，但若普通得到了登平凡之堂入庸俗之室的地步，反倒让人不胜怜悯。带着理应拥有如此枯燥无味面孔之命运生于明治圣明时代的是何人呢？倘不照例站在檐廊底下倾听其谈话，当然无由知晓。

“……这样，妻子特意去那个男的那里问了情况……”金田君依然出言不逊。虽然不逊，但毫无严厉之处。其语言一如其脸盘平铺直叙。

“果然，那个男的曾教过水岛君。果然是个好主意，果不其然。”来客一口一个果然。

“可是全然不得要领。”

“嗯，苦沙弥是个不得要领的人。和我一起寄宿的时候说话就模棱两可。想必够难为您的了！”来客转向鼻子夫人那边。

“难为也好不难为也好，跟你说，到这把年纪了，我去别人家还从没那么不受待见。”鼻子照例大出鼻气。

“说什么不礼貌的话了吧？一向脾气固执，毕竟十年如一日当 Reader 课教员，情形可想而知。”来客得体地随声附和。

“啊，根本不像话的，妻子问什么都爱理不理的……”

“那是有些岂有此理……说到底，一旦做一点学问，就往往生出傲慢之心。若再生活贫穷，就硬要逞强。人世间无法无天的家伙也是有的。对自己的无能浑然不觉，看见有钱人就气不打一处来，活像他们的财产被人卷走了似的。啊哈哈哈！”来客神采飞扬。

“嗯，简直无可理喻，既然那么一意孤行不懂人情世故，就想给他点厉害教训一下。稍稍搞了一次。”

“果然。怕是吃不消了吧？完全是为了他本人好嘛！”来客在没了解搞法之前就对金田君表示赞同。

……

“于是今天专门请你来。”停顿片刻，传来金田君的语声，“对那样的蠢货，只要背地里捉弄一下就可以的，可是仍有件事有点头痛……”金田君像吃金枪鱼生鱼片时那样啪嗒啪嗒拍着秃脑瓜子。不过我辈因躲在檐廊下，无法看见他是拍了还是没拍，但那秃脑瓜子的动静近来已经越听越熟了。一如比丘尼能分辨木鱼的声音，即使从檐廊底下也能即刻鉴别声音的出处——只要声音足够清晰——听那动静准是秃脑瓜子。"所以想麻烦你一下……"

"大凡我能做到的，请只管吩咐。这次能来东京工作，也不外乎是您诸多关照的结果。"来客一口答应金田君的委托。以语气判断，来客到底是得过金田君关照的人。噢，事情的发展渐入佳境。原本因为天气风和日丽，就有意无意跑了过来，全然没有想到会获得这么好的情报，好比春分时节去寺院拜佛偶然在方丈吃得牡丹饼。金田君要把什么事委托给来客呢？我从檐廊下竖耳倾听。

"苦沙弥那个变态者，不知何故，听说他暗暗唆使水岛别娶金田家的女儿——喂，鼻子，是这样的吧？"

"岂止暗暗唆使，而是明说：'哪里会有娶那种家伙的女儿的傻瓜呢？寒月君你万万娶不得！'"

"岂在此理！那家伙真说这种粗话来着？"

"什么真说假说！车夫老婆亲口告诉我的，千真万确。"

"铃木君，如何？你都听见了，够棘手的吧？"

"头痛啊！别的事倒也罢了，这种事是不应该由别人胡乱插嘴的。苦沙弥哪怕再不晓事，这个道理也该懂得才是。到底因为什么呢？"

"所以嘛，你学生时代就和他住在一处，现今另当别论，过去相当要好来着。这样，你能不能见见他本人，好好晓以利害？也许他在生什么气，但生气是他本人不好。只要他不乱说乱动，他个人的方便我自会充分考虑，惹他不快的事也会停止。可是，如果对方死不悔改，我也要报以颜色——也就是说，再一意孤行下去，只有他吃亏的份儿！"

"嗯，如您所说，进行愚蠢的抵抗，对他本人有害无益，没有任何好处可言。我好好开导一下就是！"

1. 选段中的"来客"是谁？

2. 来客来这里的目的是什么？

3. 文中可看出“来客”有什么性格特点？他的行为揭示了怎样的社会现象？

（十）阅读选段，回答问题。

（1）我的主人极少和我面对面。听说职业是教师。从学校返回就一头扎进书斋，几乎一整天不出来。家人以为他是甚是了得的用功者。他本人也做出一副用功者的样子。实则并非家人所说的用功者。我时而蹑手蹑脚窥看他的书斋：他经常睡午觉，不时把口水淌在打开的书上。他胃不好，皮肤带有淡黄色，没有弹力，显出缺乏活力的征候。然而甚是能吃。大吃之后又吃淀粉酶。吃完后打开书本。看了两三页就开始犯困。口水淌在书上。这是他每晚周而复始的功课。虽然是猫，但我也时有所思：教师这东西实在自在得很。倘生而为人，非当老师不可。既然这般躺躺歪歪也能胜任，那么猫也未必不行。尽管如此，若让主人说来，再没有比当教师痛苦的了。每次有朋友来，他都这个那个抱怨一番。

（2）我住进此户人家的当时，除了主人甚是不受待见。无论去哪里都被一脚踢飞，无人搭理。至今连个名字都没给取，即使从这点也可看出自己如何不被当个玩意儿。无奈之下，只好尽可能待在让我住进来的主人旁边。早晨主人看报时必定趴在他膝上，他午睡必定伏于其背部。这未必意味着我喜欢主人，而是因为此外无人搭理，实属迫不得已。其后有了种种经验，得知作为睡觉佳处，早晨为饭桶之上、夜晚为被炉之上、晴好的中午为檐廊之中。不过最为舒心惬意的，是夜里钻进此家小孩被窝与之同床共寝。小孩一个五岁一个三岁，晚上睡同一房间同一被窝。任何时候都能在他们中间找出足以容身的余地，想方设法挤进了事。若运气不佳而有一个小孩醒来，最后势必天翻地覆。小孩——尤其那个小的心术不正——说猫来了猫来了，深更半夜也大哭大叫。这么着，那个神经性胃消化不良的主人必定起身从另一房间飞奔而出。实际上几天前还被他用尺子狠狠打了屁股。

（3）和人住在一起时间里，越观察越不得不断言他们是为所欲为的。特别是时常睡一个被窝的小孩，简直无法无天。兴之所至，或把我大头朝下拎着，或用口袋套住脑袋，或一把扔开，或塞进灶膛。而我只要稍一还手，就全家出动对我穷追猛打。前几天也是同样，我轻轻往榻榻米上磨一下爪子，太太就勃然大怒，再也不肯让我进起居室。哪怕人家在厨房地板上冻得浑身发抖也满不在乎。我所敬重的斜对面的阿白，每次相见都说再没有比人更没人情的了。阿白近来产了四只珍珠般的猫崽。可是那家的书生在第三天把它们拿去房后的水池扔了，四只一只没剩。阿白流着眼泪从头到尾诉说一遍，而后宣称为了保全我等猫族亲子之爱，为了过上美好家庭生活，必须和人开战，将其赶尽杀绝。所论无不在理。另外，相邻的三毛君也大为愤慨，谓人不懂何谓所有权。本来我等同族之间，无论鱼干头还是鲻鱼脐，最先发现者拥有食之的权利。假如对方不守此规矩，诉诸武力也未尝不可。然而他们人类似乎丝毫没有这一观念，我等发现的佳肴必为彼等夺走。他们依仗力气大而把本应由我等食用的美味佳肴掠为己有。阿白居于军人之家，三毛君的主人是律师。我因住在教师家里，事关这等事，同他们两位相比，莫如说别无挂碍，一天天得过且过即可。纵然人类，也不至于永远蒸蒸日上。也罢，耐着性子静等猫时代到来好了！

（4）提起为所欲为，我想起一件事来，一件我家主人因了为所欲为而受挫的事。主人原来不具有能压人一头的本事，却无论对什么都想插一手。或者鼓捣俳句向《布谷鸟》投稿，或者写新体诗投给《明星》，或者写错误连篇的英文。有时还沉溺于弯弓射箭、练习谣曲，又有时吱吱呀呀拉小提琴。可怜的是，哪一样都提不起来。然而一旦着手就不顾胃病而欲罢不能。因在厕所中哼唱谣曲，结果被左邻右舍取了个诨名：厕所先生。而他丝毫不以为意，依然反复哼唱吾乃平宗盛是也。以致众人忍俊不禁："噢，宗盛驾到！"不知主人出于何种考虑，我住进来一个月后，在某月的发薪日提了个大包袱匆匆返回。思忖买回的是什么呢？原来是水彩画颜料、毛笔和瓦特曼纸，看样子决心自今日起开始画画而不再鼓捣谣曲和俳句什么的了。果不其然，翌日开始的一段时间里，午觉也不睡了，每天每日一味在书斋里挥笔作画。问题是看他画出来的东西，谁都分辨不出画的是什么。也许本人也觉得不怎么样，某日搞美学的朋友来时，听得如下谈话：

（5）"像是画不太好啊！看别人画，觉得那还不容易？而一旦自己动笔，到底觉得实非易事。"此乃主人的感慨。果然实话实说。

（6）他的朋友透过金边眼镜看着主人的脸说道："一开始是不可能顺手的。不说别的，单单闭门想象是画不出来的。过去意大利的大画家安德烈·德尔·萨托说过，画画务求摹写自然本身。天有星辰，地有露华，飞有飞禽，走有走兽，池有金鱼，枯木有寒鸦。大自然即是一幅活的巨画。如何？如果你要画出像样的画来，我劝你务必写生。"

（7）"哦，安德烈·德尔·萨托说过这样的话？一无所知啊！言之有理，诚哉斯言！"主人心悦诚服，对方则从金边眼镜里面透出仿佛嘲笑的笑意。

1. 下列对小说相关内容和艺术特色的分析鉴赏，不正确的一项是（　　）

A. 第一段中，"这是他每晚周而复始的功课"使用了比喻的修辞，凸显了男主人行为的同一性、模式化，生动塑造了人物形象。

B. 发现"我"钻进被子，两个孩子高声叫喊，致使"我"挨打。这种行为缺少孩童的善良和童真，增添了“我”对人类的厌恶。

C. 小说中的“我”有人的思想意识，也有猫的习性，趴主人背后、床席磨爪、以鱼为食都从细节上丰满了“猫”的动物性形象。

D. 文中“猫”和“人”都以“群像”出现，小说以“我”、白猫大嫂、三毛君构建了“动物群像”，并借其自述来展现两个世界的矛盾。

2. 小说写出了人性的哪些缺点？试结合文本进行分析。

3. 试分析本文的叙述特征。

实战演练

1. 下列说法有误的一项是(　　)

A.《曹刿论战》选自纪传体史书《左传》,《邹忌讽齐王纳谏》选自国别体史书《战国策》,司马迁的《孙权劝学》选自编年体史书《资治通鉴》。

B. 日本夏目漱石的《我是猫》中作为一只猫的“我”,只能把看到的故事用“我”觉得最有趣——荒诞、新奇、夸张、诙谐——的方式讲给人们听。

C. 古诗词中常可见到“节气”的身影,比如“露从今夜白,月是故乡明”“微雨众卉新,一雷惊蛰始”分别写到了“白露”“惊蛰”两个节气。

D.“城市的记忆不是历史教科书中枯燥的数字和资料,而是活生生存留于城市空间和时间中生命的热度、岁月的痕迹、文化的积淀。”此句为并列关系的复句。

2. 下面的说法不正确的一项是(　　)

A.《契诃夫短篇小说选》高度淡化情节,只是截取平凡的日常生活片段,凭借精巧的艺术细节对生活和人物作真实描绘和刻画。

B.《变色龙》是《契诃夫短篇小说选》中的作品,讽刺了赫留金为了得到一笔赔偿费而诬陷小狗的故事。

C.《我是猫》的作者是日本作家夏目漱石,小说以一位穷教师家的猫为主人公,以这只被拟人化的猫的视角来观察人类的心理。

D.《我是猫》中的猫是一只善于思索、有见识、富有正义感又具有文人气质,但至死也没有学会捕捉老鼠的猫。

3. 下面的说法不正确的一项是(　　)

A.《一个文官的死》是契诃夫的短篇小说,主人公因为在剧场打了一个喷嚏,不小心喷到前面长官的秃头上,最终忧惧而死。

B. 在《套中人》中,契诃夫塑造了一个性格孤僻,胆小怕事,恐惧变革,想做一个纯粹的现行制度的“守法良民”别里科夫的形象。

C.《我是猫》中,猫的主人苦沙弥,是个“像牡蛎一般把自己藏在壳里”、只知从书本中讨生活、一有机会就大讲知识可贵的教师。

D.《我是猫》通过金田小姐与暴发户金田之间的矛盾与冲突,暴露了明治时代的黑暗,批判了“金钱万能”的世态。

4. 下列关于文学名著的说法不正确的一项是(　　)

A.《儒林外史》作者是清朝的吴敬梓,小说并没有贯穿全书的中心人物和主要情节,而是由众多故事连缀而成,表现的是普通世人日常生活中的生存状态与精神世界。

B.《契诃夫短篇小说选》作者是法国作家契诃夫。这些小说没有情节上的大起大落,没有激烈的矛盾冲突,作者只捕捉一些平凡人物的日常琐事,通过人物的自我表演,表达对人性和生活本质的深刻洞察。

C.《我是猫》中的猫是一只身世可怜、尖酸刻薄、聪明绝顶的猫,它把自己看到的故事用“荒诞、新奇、夸张、诙谐”的方式讲出来。

D.《水浒传》记叙以宋江为首的108位好汉在梁山聚义,接受招安、四处征战的故事。其中“鼓上骚时迁”“小李广花荣”“神行太保戴宗”是三位身怀绝技的英雄。

5. 下列表述不正确的一项是(　　)

A.《水浒传》中的人物都有绰号,“九纹龙”是史进,“黑旋风”是李逵,“智多星”是吴用,“及时雨”是宋江。

B. 武松是《水浒传》中着力塑造的一位英雄好汉,他有仇必报,有恩必报,曾经斗杀西门庆,醉打蒋门神,大闹野猪林,血溅鸳鸯楼,风雪山神庙。

C. 清代小说家吴敬梓的长篇讽刺小说《儒林外史》没有贯穿全书的中心人物和主要情节,是由众多故事连缀而成的,表现的是普通士人日常生活中的生存状态与精神世界。《范进中举》就是其中一个故事。

D. 外国优秀小说作品《变色龙》《格列佛游记》《我是猫》《我的叔叔于勒》的作者分别是俄国的契诃夫、英国的乔纳森·斯威夫特、日本的夏目漱石和法国的莫泊桑。

6. 阅读甲乙两选段,完成后面的问题。

【甲】今天是天气晴好的星期日。主人慢慢腾腾从书斋出来,在我辈身旁摆开笔砚和原稿纸,伏身趴下,口中念念有词。大概是作为动笔写稿的序幕而阴阳怪气吧!留心一看,少顷大笔一挥“香一炷”。嗬,写诗?作俳句?作为主人,香一炷未免过于洒脱。正想着,主人很快置“香一炷”于不顾,而另起一行飞快写道“我一直想写天然居士”。如此写罢,笔再也不动。主人拿着笔歪头思量,但看样子无甚奇思妙想,兀自舔起笔毛,嘴唇黑得不能再黑。旋即在其下端画了个小圆圈。往圆圈里点两个点以为眼睛,又往正中画了形状扁平的鼻子,拉了一横算是嘴巴。如此看来,既不是文章又不是俳句。看情形主人自己也烦了,把这张脸草草涂抹了事。主人再次改行。依他的想法,似乎只要改了行,诗也罢赞也罢语也罢录也罢,总会写出什么。纯属想入非非。未几,以言文一致体来了个一气呵成:“天然居士是个研究空间、读《论语》、吃烤红薯、淌鼻涕的人。”总好像写得啰啰嗦嗦。而后，主人纵情朗读。“哈哈哈有趣有趣！”一反常态地大笑。而后说道：“淌鼻涕未免过分，删掉！”于是往此句上面划了一条线。本来一条足矣，却又加划两条、三条，平行线甚是整齐可观。纵使划出行外也不介意，但划不止，结果划了八条。看样子划完八条也出不来下句，随即扔开笔，拈须而视。那架势，就好像拈须能拈出文章似的，铆足力气拈个不停，忽而往上，忽而向下。

【乙】在它的国家有些地方的田野里，有几种颜色不同的、闪闪发光的石头，“耶胡”们极其喜爱；有时这些石头的一部分就在土里埋着，它们就会整天整天地用爪子去把石头挖出来，然后运回去一堆堆地藏在自己的窝里，可是一面藏一面还要十分小心地四下里张望，生怕伙伴们会发现它们的宝贝。我的主人说，它始终都不明白它们怎么会有这么一种违反天性的欲望，这些石头对“耶胡”又有什么用处。但是它现在相信，这也许是由于我所说的人类的那种贪婪的习性。它说它曾经做过一次试验，曾悄悄地将它的一只“耶胡”埋藏在某处的一堆这样的石头搬走。那利欲熏心的畜生见它的宝贝丢了，就放声哀号起来，弄得所有的“耶胡”都跑到这地方来。它在那里惨叫着，对别的“耶胡”又是撕又是咬，这之后便日见消瘦，不吃不睡也不干活。这时主人就命一个仆人私下里将这些石头运回原来的坑里并照原样埋好。它的这只“耶胡”发现后，精神立刻就恢复了，脾气也变好了，只是越发小心地将石头埋到了另一个更安全的地方。从此以后，这畜生一直十分听话。

我的主人还告诉我，我自己也看出来了，在像这种闪闪发光的石头很多很多的田地里，由于邻近的“耶胡”不断来入侵，往往会发生最激烈、最频繁的战争。它说，两只“耶胡”在地里发现了这样的一块石头，正在为此相争不下的时候，第三者占了便宜将石头拿走了，这样的事也是常有的。我的主人偏要认为这跟我们在法庭上打官司有点相似，我则觉得为了我们的名声最好还是不让它知道真相的好，因为它提到的那种裁决的方法比起我们的许多法律来要公平得多；在它们那里，原告和被告除丢了它们争夺的那块石头外，并没有别的损失，可在我们公平的法庭上，不把原告和被告整得一无所有，法庭是决不会结案的。我的主人继续往下讲。它说，“耶胡”最叫人厌恶的是它们那好坏都不分的食欲，无论碰到什么，草也好，根也好，浆果也好，腐烂的兽肉也好，或者乱七八糟全都混在一起的东西也好，它们统统吞吃下去。它们还有一种怪脾气，家里给它们准备得好好的食物放着不吃，却喜欢到老远的地方去偷或者抢。弄来的东西如果一时吃不完，它们还是吃，直吃到肚子要炸。这之后大自然会指引它们去吃一种草根，吃下去肚子就会拉得干干净净。还有一种草根，汁很多，可是比较稀罕，不容易找到；“耶胡”们找起这种草根来劲头很大，一找到就兴味盎(àng)然盎然：形容气氛、趣味等浓厚的样子。地吮吸一阵。这种草根在它们身上产生的作用就像我们喝了酒一样。它们一会儿搂搂抱抱，一会儿又厮打起来；它们号叫，狞笑，喋喋不休，发晕，打滚，最后在烂泥地里酣然睡去。

（1）【甲】文选自________（国籍）________（人名）的________（书名），文中的“主人”是________。

【乙】文选自________（国籍）________（人名）的________（书名），在这个国度里________是理性的载体，人被称为“__________”。

（2）【甲】【乙】两文都运用了讽刺这一手法，请结合选文内容进行分析。

7. 阅读文段，回答问题。

今早见到的年糕以今早见到的颜色粘在碗底。实不相瞒，年糕这东西迄今一次也未曾吃到嘴。看上去，既好像美味可口，又多少让人惧怵。用前爪拨弄上面的菜叶。再看爪子，粘了年糕的表皮黏糊糊的。嗅了嗅，一股把锅底的饭移去饭桶时的香味。吃？还是算了？四下环视。不知幸与不幸，空无一人。阿三正在以腊月正月都同样的神情打羽毛毽，小孩子在客厅里唱“你说什么呀小白兔”。要吃，此其时也。若错失良机，势必等到来年才能知道年糕那东西的滋味。尽管是猫，我辈也刹那间悟得一条真理：“难得的机会使得所有动物敢做不情愿做的事情。”

说实话，我不特想吃年糕。莫如说，那碗底状态越细看越觉得心里发怵，懒得吃了。假如此时阿三推开厨房门，或者听得小孩子的脚步声越来越近，我肯定毫不留恋地弃碗而去。而且明年来临之前年糕之念都不会浮上心头。可是谁也没来，怎么犹豫都没人来。感觉就像有人劝我快吃怎么还不快吃！我一边窥看碗中一边期盼有谁快来。还是谁都不肯来。年糕非吃不可。最后，我就像把全身的重量砸进碗底一样，猛一下子把年糕一角吞进口中。如此竭尽全力扑食，一般东西都必定咬断。糟了！以为可以了就往外拽牙，却拽不出来。想重咬一口，却又动弹不得。年糕莫不是魔物？觉察时为时已晚。如同掉进泥沼之人越着急拔腿越咕嘟咕嘟深陷下去，我越咬嘴越不灵，牙齿动弹不得。齿感诚然有，但仅有齿感是无济于事的。美学家迷亭先生曾评价我的主人，说他优柔寡断。诚哉斯言！这年糕也和主人一样，无论如何都优柔寡断。咬啊咬啊，怎么咬都如同以三除十，尽未来际遥遥无期。如此烦闷之际，我辈不觉邂逅了第二条真理：“所有动物都本能地预知事物的适与不适。”

真理诚然发明了两条，但由于年糕黏之不去，丝毫没觉出快意。牙齿被年糕肉吸收了，掉牙一般疼痛。再不咬断逃走,阿三就来了。小孩的歌唱似已停歇,必来厨房无疑。烦闷之极,咕噜噜摇了摇尾巴,全无效用。耳朵或竖起或平卧,同样徒劳。想来,耳朵尾巴和年糕了不相干。总之摇尾没用,竖耳没用收耳没用。觉察之后,再不尝试。最后好歹想到仅有的一招:借助前爪把年糕扯掉。首先举起右边那只来回抚摸嘴巴四周。仅仅抚摸是摸不掉的。其次伸出左边那只以嘴巴为中心急速画圈。魔物不会因如此咒语脱落。耐心是关键。遂左右开弓轮番上阵,情况依然如故,牙齿悬在糕中不动。啊,麻烦!两只爪同时使用。结果奇异的是,惟独此时能用两只后腿站起来了。感觉好像不是猫了。

是猫也好不是猫也好,时至今日怎么都无所谓了。为了弄掉糕魔一切在所不惜!决心既定,开始满脸抓来挠去。由于前腿动作剧烈,每每失去重心扑倒。扑倒时必须用后腿调整平衡,因而不能居于一处不动,满厨房到处左冲右突上蹿下跳,连我自己都佩服居然这般敏捷灵巧。第三条真理蓦然浮现眼前:“临危之际,能为平时不能为之事,是谓天佑。”

有幸享受天佑的我辈拼死拼活同糕魔作战。作战之间,似有足音响起有人走来。心想人来这里可不得了,随即一跃而起,更快地满厨房跑动。足音越来越近。啊,遗憾,天佑略嫌不足。终于给小孩发现了,大声说道:“哎哟,猫吃年糕跳舞呢!”

最先听得此声的是阿三,羽毛毽和毽拍都一扔了之,啊一声从厨房门闯了进来。太太则以带有家徽的皱纹和服形象说:“讨厌的猫!”甚至主人也从书斋出来:“这个混账东西!”连称有趣有趣的都是小孩子。这么着,众人不约而同地哈哈大笑。

气恼,痛苦,舞步欲罢不能,狼狈之至。笑声好歹停下时,那个五岁女孩儿又来一声:“妈妈,猫也真够意思啊!”众人当即以挽狂澜之势重新起哄。

人之缺乏同情心的行径,所见所闻相当不少,但从未像此时这般又气又恨。天佑终究去而不来,遂如往日四脚爬地,眼珠忽黑忽白,丑态百出,情何以堪。

(1)选文中猫在偷吃年糕的时候发现了哪几条真理?分别是在什么情况下发现的?当时猫的心理活动是怎样的?

(2)你觉得片段中哪些情景最可笑?为什么?

(3)你的脑海中留下的仅仅是猫可笑的形象吗?还有什么?

参考答案

【巩固训练】

一、

1. 日本　国民大作家　2. 夏目漱石　猫眼看世界　苦沙弥　3. 金田老爷　铃木藤十郎　4. 三毛子　5. 厕所先生　6. 牡蛎　远见卓识　7. 四五　手握铅笔　我是猫　8. 巴尔扎克　9. 老黑　10. 三毛子　甘木医生　11. 博士　12. 多多良三平　13. 幽默　讽刺　滑稽　视觉　听觉　感觉　苦沙弥　金田　苦沙弥　金田　14. 我辈　15. 金田小姐的婚事　一只猫　讽刺　喜剧　16. 山药　17. 捕螳螂

二、

1.B　2.A　3.C　4.C　5.C　6.B　7.C　8.C　9.C　10.D　11.A　12.C　13.C

三、

1. 一来没有像车夫家的老黑那样远征巷口鱼铺的气力，二来不是像新道的二弦琴女师傅家的三毛那样可以挑肥拣瘦的身价。

2. 我等猫类之间互相寒暄时须尾巴直立如棍并往左摇晃一周。

3. 第一条真理：难得的机会使所有的动物敢做不情愿做的事情。

第二条真理：所有动物都本能地预知事物的适与不适。

第三条真理：临危之际，能为平时不能为之事，是谓天佑。

第四条真理：所有安乐都不应不通过痛苦。

4. 因为书中大量引用古今文化知识，叙述知名的文学家艺术家的趣闻轶事，这些和作者的讽刺之笔相结合，增强了讽刺艺术的趣味性和形象性。

5. 我住进此户人家的当时，除了主人甚是不受待见。无论去哪里都被一脚踢飞，无人搭理。至今连个名字都没给取，即使从这点也可看出自己如何不被当个玩意儿。无奈之下，只好尽可能待在让我住进来的主人旁边。早晨主人看报时必定趴在他膝上，他午睡必定伏于其背部。这未必意味着我喜欢主人，而是因为此外无人搭理，实属迫不得已。

6. 以猫的视角审视明治维新时期日本的社会变革，对日本中小资产阶级、知识分子的思想和生活发出犀利但诙谐的批判，直面人性，内容深刻。

7. 金田？原来是那家伙！不喜欢实业家，所以也必不中意作为实业家一分子的金田其人。

8. 他经常睡午觉，不时把口水淌在打开的书上。他胃不好，皮肤带有淡黄色，没有弹力，显出缺乏活力的征候。然而甚是能吃。大吃之后又吃淀粉酶。吃完后打开书本。看了两三页就犯困。口水淌在书上。这是他每晚周而复始的功课。虽然是猫，但我也时有所思：教师这东西实在自在得很。倘生而为人，非当老师不可。既然这般躺躺歪歪也能胜任，那么猫也未必不行。尽管如此，若让主人说来，再没有比当教师更痛苦的了。每次有朋友来，他都这个那个抱怨一番。

9. 首先颜色不同。我拥有的肤色是含黄的浅灰色掺以漆样斑点，同波斯猫别无二致。然而目睹主人现在用的彩色，非黄非黑，非灰非褐。而又并非其混杂之色，只能评价为此乃一种颜色。更为不可思议的是没有眼睛。当然，这是酣睡当中的写生，自是情有可原。可是就连仿佛眼睛所在之处也找不见，势必分不清是瞎猫还是睡猫。

10. 乃活版印制，四五只外国猫齐刷刷排成一排，或手握铅笔或开卷用功。其中有一只独自离席，在桌角大跳西洋猫步探戈。上端以日本墨赫然写道“我是猫”。右侧甚至来了一首俳句：看书复跳舞，猫之春日正迟迟，书舞两不误。

11. 意外受命负责接待迷亭先生，自然不能显得冷若冰霜，我“喵喵”撒娇爬上他的膝头。

不料迷亭一把抓住我的后脖梗高高举起：“哎哟哟，肥了很多嘛，啧啧！”“后腿这么郎当着怕是抓不成老鼠的……“果然一副长袖善舞的面相。这只猫的面貌可大意不得哟，很像过去草双纸中的猫又。”迷亭一个劲儿向夫人信口开河。

12. 比如鼻子夫人每次洗脸都执著于擦拭鼻子，富子小姐狼吞虎咽食用阿倍川饼，以及金田君本人——金田君与其夫人不相配，鼻子扁平。

13. 这是一只善于思考、有见识、富有正义感又具有文人气质，但至死也没有学会捕捉老鼠的猫。

14. 主要是资本主义的弊端，拜金主义，金田老爷就是典型，猫也觉得金田老爷是罪恶的人。夏目漱石著书时，日本正值明治维新，主张文明开化，但对西方好的文化，直接照搬，人们的思想跟不上，阶级分化，价值观退化，金钱成为竞争追逐的对象，拜金主义严重，夏目漱石厌恶这种风气，进行批判。同时还讲到了虚伪、自负、唯利是图等人性的缺点。

15. 他为了做博士会去研究“吊颈力学”“紫外线对青蛙眼珠的影响”等荒唐的学科。

四、

1. 苦沙弥为人善良，不求荣迁，安贫乐道。故意怠慢趾高气扬的金田夫人，竭力反对寒月娶金田的女儿等举动，表现出对权势、淫威一种本能的厌恶与憎恨及对金钱的极端蔑视。可是由于他缺乏明确的生活目标和进取精神，虽然对不良现象不满，但又不知如何是好，因此，只满足于即兴嘲讽时弊时语言的尖刻,面对资产阶级暴发户时的不屑一顾与轻蔑,结果和敌对势力斗争时因不知对象是谁而无用武之地,显得虚张声势。在谈笑风生中表现出迂腐和虚荣。丑恶的生存环境使他常为小事而大动肝火,以致苦闷无奈。苦沙弥这一形象不仅有某些自传成分,也是明治时期政治知识分子情绪的反映和他们的典型。

2. 这本书虽然以猫为第一人称,但主要描述的还是通过猫的视角看到的人类。这个第一人称的主角要满足如下条件:第一,能非常接近人类,便于近距离观察;第二,要和人类保持一定距离,以做出客观的描述;第三,要有一定的智商;第四,不能令人厌恶。这些条件猫都符合,所以它是主人公。

3. 美学家迷亭机敏多智,锋芒毕露,一有机会便嘲讽金田、铃木,使他们陷入窘态,但是又轻浮说谎,玩世不恭,还往往故弄玄虚、哗众取宠。理学士寒月不慕时尚,没做财主金田家的乘龙快婿。哲学家独仙宣扬"心的修行",用"大彻大悟"教诲大家,实则是一种戮害人们身心的毒剂。他们最大的弱点是胸无大志、无所事事;虽然自命清高,但是过着无聊、庸俗的生活。他们为了寻求精神刺激、填补生活的空虚,卖弄知识,故作风雅,嘲笑世俗。他们这种矛盾的生活状态和性格特点,正是当时一种既不满上层统治者又不与人民为伍的处在社会中间状态的中小资产阶级知识分子的典型写照。

4. 共同点:(1)都是封建等级制度和闭关锁国政治导致的国民性格严重畸形的典型,如落后封闭、自恃清高、脆弱无能。

(2)遵循自尊自大自我优越的精神胜利法。

(3)具有浓厚的等级意识和奴性观念。

不同点:苦沙弥是平庸的中学老师,属长衫阶层,生活在日本资本主义化的城市。

阿Q是短衫的乡村农汉,属赤贫之列,生活在半殖民地半封建的中国未庄。

5. 我就像把全身的重量砸进碗底一样,猛一下子把年糕一角吞进口中。如此竭尽全力扑食,一般东西都必定咬断。以为可以了就往外拽牙,却拽不出来。想重咬一口,却又动弹不得。如同掉进泥沼之人越着急拔腿越咕嘟咕嘟深陷下去,我越咬嘴越不灵,牙齿动弹不得。摇尾没用,竖耳没用,收耳没用。最后好歹想到仅有的一招:借助前爪把年糕扯掉。首先举起右边那只来回抚摸嘴巴四周。仅仅抚摸是摸不掉的。其次伸出左边那只以嘴巴为中心急速画圈。遂左右开弓轮番上阵,情况依然如故,牙齿悬在糕中不动。两只爪同时使用。结果奇异的是,惟独此时能用两只后腿站起来了。感觉好像不是猫了。为了弄掉糕魔开始满脸抓来挠去。由于前腿动作剧烈,每每失去重心扑倒。扑倒时必须用后腿调整平衡,因而不能居于一处不动,满厨房到处左冲右突上蹿下跳。

6. 示例：小说中的“苦沙弥”就是一个“多余人”的形象。苦沙弥是日本近代小资产阶级知识分子的典型，在苦沙弥身上我们看到了这样的矛盾。一方面，他接受了比较新式的教育，思维开阔、活跃；另一方面，刚刚起步的近代教育还无力全面、健康地培养他，他在现实面前往往心有余而力不足，只会漫无边际地夸夸其谈。他既针砭时弊，不满现状，又缺乏高度的社会责任感，无力把握时代的潮流，同时丧失了人生目标，认识不到人生的意义，是无所适从的弱者。

7.《我是猫》是一部通过一只被遗弃的猫的眼睛来观察社会与人生的讽刺小说，由于作品匪夷所思地采用了猫的叙述视角，也使得整个小说获得了非常独特的审美效果。

8. 郑振铎的《猫》作品中虚构的“我”，是三只猫的主人，他喜欢前两只猫，厌恶第三只猫；他是前两只猫的悲剧的目击者，又是第三只猫的悲剧制造者。这样，作者可以极自然地利用“我”在文章的地位，借“我”之口，抒发作者的真情实感，揭示作品的主题思想，引起读者共鸣，收到强烈的艺术效果。

《猫》文叙写了“我”家先后养成三只猫的故事，抒发了“我”的喜爱、痛惜和勇于自责的思想感情，进而告知人们做任何事情都要实事求是，摆脱偏见，绝不可主观武断。文章反映了当时一个并不完善的知识分子的严于律身、勇于解剖自己的可贵精神。

在夏目漱石的《我是猫》中，作者以一只猫作为叙述者，视角新颖，令人眼前一亮。作者赋予了这只猫全知的视角，它充当了小说的第一人称叙述：“我”既是人类世界的叙述者，又是猫世界的参与者；“我”的眼睛既观察自己的族类生活，又凝视人类的生活。从而极大地充实了作品的内容空间，拓展了作品的内涵。

小说围绕金田小姐的婚事引起的风波，以一位穷教师家的猫为主人公，通过猫的视角向读者展现了苦沙弥、迷亭、寒月等知识分子以及以金田为代表的资本家的生活面貌，对阴暗腐朽的社会和庸俗无聊的小说人物进行戏谑和讽刺，有力地批判了拜金主义风气。

9. 这两部作品都以知识分子和当时的社会现状为讽刺对象，通过主观评论与客观叙述的巧妙结合、灵活运用典故等手法进行讽刺，形成了悲喜交织、幽默讽刺相结合的风格。

《围城》里运用比喻进行讽刺的地方很多。书中有一句话说：“这一张文凭，仿佛有亚当、夏娃下身那树叶的功用，可以遮羞包丑；小小一方纸能把一个人的空疏、寡陋、愚笨都掩盖起来。”文凭本是一个读书人的学历的证明，作者将它比喻为“遮羞布”，讽刺了当时社会不重真才实学、追求留洋“镀金”、弄虚作假的教育状况。在《我是猫》之中，作者采用了多变的讽刺手法，如：“如此写罢，笔再也不动。主人拿着笔歪头思量，但看样子无甚奇思妙想，兀自舔起笔毛，嘴唇黑得不能再黑。旋即在其下端画了个小圆圈。往圆圈里点两个点以为眼睛，又往正中画了形状扁平的鼻子，拉了一横算是嘴巴。”活灵活现地描写出了苦沙弥之流故作风雅而又文墨皆无的粗鄙丑陋形象，在令人一笑过后则是深深的触动，从思想当中折射出现实社会的弊端与人性的弱点。

10. 作者笔下的小资本家铃木藤十郎具有唯利是图、损人利己的丑恶本质。他的人生观是“要做资本家就得做个大的”。铃木与金田不同的个性是“圆转油滑”，“他以为一个人的事业，倘能不经劳神苦思，不经辩驳争论而获得开展的话，那也就是人生达到快乐的极致了”。铃木毕业之后，就是靠这种“极乐主义”获得成功，戴上了金表，并成了“金田老爷的股肱”。他虽然是学子出身，但唯财是命，崇拜金钱，甘当金田老爷的走狗，毫无学友之情，两次来到苦沙弥家，做金田的暗探。铃木是典型的势利小人。

五、

（一）1. 写因为偷吃年糕被发现，“我”不得不在人们的嘲笑下无奈而愤恨地演完一场丑剧。

2. 遗憾—恼火、痛苦—恨。

（二）1.　面对年糕的诱惑，四下环视。不知幸与不幸，空无一人。

2. 面对猫无助尴尬的处境，小女孩、女仆、女主人、男主人表现的态度是冷漠和嘲讽，表现了作者对弱者的深切同情，并以笑为武器痛斥了当时社会人情世态的冷酷无情。

（三）1. 示例：（1）特别是时常睡一个被窝的小孩，简直无法无天。兴之所至，或把我大头朝下拎着，或用口袋套住脑袋，或一把扔开，或塞进灶膛。而我只要稍一还手，就全家出动对我穷追猛打。前几天也是同样，我轻轻往榻榻米上磨一下爪子，太太就勃然大怒，再也不肯让我进起居室。

（2）阿白近来产了四只珍珠般的猫崽。可是那家的书生在第三天把它们拿去房后的水池扔了，四只一只没剩。

（3）他们依仗力气大而把本应由我等食用的美味佳肴掠为己有。

2. 淋漓尽致地反映了 20 世纪初日本整个社会的人情冷漠，奠定了社会的灰暗基调。

（四）1. 我家后面有十坪左右的茶园。家里小孩吵闹不堪而无法安心午睡的时候，或者百无聊赖肚子不甚舒服之时，我总是来此养吾浩然之气。某个小阳春风和日丽的午后二时，午饭后我美美睡了一觉，随后权作运动移步茶园。我一株株嗅着茶树根部来到西侧杉树墙旁边，见一只大猫压倒枯菊躺在上面睡得昏天黑地。而后就“人力车夫和教师到底哪个厉害？”这一话题展开了辩论。我和车夫家的老黑成为知己就是从这时开始的。

2. 世界上再没有比人那种家伙更霸道的了——把人家捉的老鼠统统没收拿去派出所。

派出所不知谁捉的,反正每只给五分钱！因了我的关照,我家主人已经至少赚了一元五角,可是从不让我吃一口像样的东西。

（五）1. 苦沙弥

2. 他并无远见卓识。证据是,我的肖像就在他眼前却丝毫没有开悟的样子,居然说出这等无可理喻的话来:“今年是征俄第二年,所以画的怕是熊吧？”简直不打自招。

（六）1. 寒月

2. 他懒得接待拜年的客人和陪其喝酒。偏执到如此地步,作为人未免说不过去。既然那样,那么早早外出岂不更好？可他又无此勇气,其牡蛎根性愈发暴露无遗。

（七）1. 金田夫人

“鼻子”华丽登场,不受主人和迷亭的见,两人还对她的鼻子一阵奚落、讽刺。

2. 追逐金钱、利欲熏心。

（八）1. 为了自己的女儿,来打探寒月的情况。

2. 当时的文人虽生活在底层,物质基础薄弱,但精神层面丰厚、自尊自爱,不被金钱迷惑,不向劣绅屈服。这里表露出作者对资产阶级的不满,对金钱至上的批判。

（九）1. 铃木

2. “我”的主人苦沙弥和迷亭怠慢了金田夫人后,金田先生便找来铃木,开始兴师动众地打击报复。

3. 虽然学子出身,但唯财是命,甘当金田老爷的走狗,毫无学友之情。

他的行为是资本主义制度下人与人之间冷漠的、虚伪的关系的体现,揭露了明治时代的黑暗,有力地批判了社会拜金主义风气和“金钱万能”的世态。是资产阶级在社会中功利性生存和市侩哲学的丑恶本质。

（十）1.B

2. ①懒惰。主人进入书房后就是昏睡,并未工作。②残忍暴虐。学生竟把四只猫崽儿扔到池塘中;“我”被装进布袋里扔到灶膛中。③缺少恒心。学习了一小段时间的谣曲和俳句,便放弃了,改学绘画。④虚伪。主人的朋友表面上勉励主人作画,实际心中在嘲讽主人。

3. 人称：以第一人称“我”展开叙述,拉近了与读者距离,使读者进入“我”这个角色中,更好地理解文本；便于在叙事过程中,更详细地描写心理活动。（人称效果上答“真实”不能得分。）叙述视角：以“猫”的动物视角（或“全知全能的视角”）写作,使小说场景的切换和情节剪裁更自由,便于安排和组织情节（陌生化的叙事效果,读来新奇有趣）；以动物视角写人类,便于对陌生的人类世界进行全面观察。表达方式：叙事以记叙为主,夹杂议论,（反讽的叙事手法)能更有力地表现小说主旨,对人性的缺点进行批判。叙事顺序:叙事顺序灵活多样,既有倒叙,也有情节的插叙讲述,使文章生动,增强了小说的可读性和感染力。

【实战演练】

1.A　2.B　3.D　4.B　5.B

6.(1)【甲】日本　夏目漱石

《我是猫》　苦沙弥

【乙】英国　乔纳森·斯威夫特

《格列佛游记》　马　耶胡

(2)在【甲】中,作者采用了多变的讽刺手法,如:如此写罢,笔再也不动。主人拿着笔歪头思量,但看样子无甚奇思妙想,兀自舔起笔毛,嘴唇黑得不能再黑。旋即在其下端画了个小圆圈。往圆圈里点两个点以为眼睛,又往正中画了形状扁平的鼻子,拉了一横算是嘴巴。活灵活现地描写出了苦沙弥之流的故作风雅而又文墨皆无的粗鄙丑陋形象,在令人一笑过后则是深深的触动,从思想当中折射出现实社会的弊端与人性的弱点。

在【乙】文中,也运用了这种讽刺手法。在文中"慧骃"所有的美德和理性,人类丝毫都没有;相反人类好吃懒做、肮脏淫荡、狡诈虚伪,恰恰和慧骃国里供马驱使的畜生"耶胡"属于同一种类。再加上人类在仅有的一点理性的驱使下胡作非为,就显得不可救药。人类不仅不能和"慧骃"相提并论,就是连毫无理性的"耶胡"也不如。"慧骃"像乙文中的猫公一样,尖刻地批评着人的同类"耶胡"。无论是斯威夫特,还是夏目漱石,他们用犀利的笔,鞭挞的是丑陋,但最终表达的却是对人类美好生活的向往。

7.(1)第一条真理:难得的机会使得所有动物敢做不情愿做的事情。这条真理是猫在看到没有人在,偷吃年糕的时候发现的。它当时的心理活动是:还不快吃!有人来就吃不到了。

第二条真理:所有动物都本能地预知事物的适与不适。这条真理是猫咬年糕而牙齿陷在年糕里动弹不得的时候发现的。它当时的心理活动是:年糕是魔物,虽有嚼头,却令自己陷入"不可自拔"的境地。

第三条真理:临危之际,能为平时不能为之事,是谓天佑。这条真理是猫在拔年糕时竟靠两条后腿战力起来了的时候发现的。它当时的心理活动是:要快点咬断年糕,再不咬断逃走,阿三就来了,那后果就惨了。

(2)示例一:"想重咬一口,却又动弹不得。年糕莫不是魔物?觉察时为时已晚。如同掉进泥沼之人越着急拔腿越咕嘟咕嘟深陷下去，我越咬嘴越不灵，牙齿动弹不得。”这几句话很形象地描写了猫在偷吃年糕时发现年糕并不是自己想象的那么容易吃掉，又可怜又好笑。

示例二：“烦闷之极，咕噜噜摇了摇尾巴，全无效用。耳朵或竖起或平卧，同样徒劳。想来，耳朵尾巴和年糕了不相干。总之摇尾没用，竖耳没用，收耳没用。觉察之后，再不尝试。最后好歹想到仅有的一招：借助前爪把年糕扯掉。首先举起右边那只来回抚摸嘴巴四周。仅仅抚摸是摸不掉的。其次伸出左边那只以嘴巴为中心急速画圈。魔物不会因如此咒语脱落。耐心是关键。遂左右开弓轮番上阵，情况依然如故，牙齿悬在糕中不动。”这几句话很形象地表现了猫为了摆脱被年糕粘住的尴尬，又是摇尾竖耳又是左右爪子交替画圈的情态，引人发笑。

（3）还有当时社会人情的冷漠。作者对这种冷漠的人情充满不满与愤恨，对弱者充满深切的同情。